C. R. Schmidt

Sherman‘s End

Das Buch

Nach einem verheerenden Krieg liegt das Nordamerika der Zukunft in Schutt und Asche. Der junge Hud hält sich mit zwielichtigen Geschäften über Wasser, zieht als Plünderer durchs Land und ist vor allem eins: sich selbst der Nächste. Als ihm eine Karte zum geheimnisumwobenen Sherman's End in die Hände fällt, beschließt Hud kurzerhand, diesen Ort zu finden, denn zahlreiche Schätze sollen dort verborgen sein. Auf seiner Reise schließt sich ihm ein Mann namens Archie an, der über sonderbare Fähigkeiten verfügt und sich insgeheim geschworen hat, Sherman's End um jeden Preis zu vernichten.

Der Autor

Als Kind der frühesten Neunziger würde C.R. Schmidt gerne behaupten, ein Rebell gegen das System zu sein. Er ist aber laut eigener Aussage viel zu faul dafür. Seine Liebe gilt stattdessen den Sci-Fi- und Horrorgeschichten, die seine Teenagerjahre prägten. Der Autor lebt in Kiel, möchte es aber dringend verlassen

C. R. Schmidt

SHERMAN'S END

Roman

in Farbe und Bunt

Originalveröffentlichung

in Farbe und Bunt Verlags-UG (haftungsbeschränkt)
Kruppstraße 82 - 100
45145 Essen

www.ifub-verlag.de

2. Auflage

Cover-Gestaltung: Eileen Steinbach
Satz: Winfried Brand
verantwortlicher Redakteur: Bettina Petrik
Lektorat: Martina Guttek, Kathrin Tofall
Korrektorat: Nadine Sönnichsen

Print-Ausgabe gedruckt von: Bookpress.eu,
uL Lubelska 37c, 10-408 Olsztyn

ISBN 978-3-941864-46-7 (Taschenbuch)
978-3-941864-47-4 (E-Book)
978-3-941864-48-1 (Audiobuch)

Sherman‘s End

Widmung

Für VG, FR und CG,
die in diesen finsteren Zeiten Licht gespendet haben.

»Words are, of course, the most powerful drug used by mankind.«

– Rudyard Kipling

Kapitel 1 – Aas-fress-er, der |

1 Tier, dessen Nahrung größtenteils aus Kadavern besteht

2 ugs.: Mensch, der aus dem Schaden anderer seinen Lebensunterhalt zieht; Opportunist

Es war kurz nach Mitternacht.

Hud hatte die Sitze seines Wagens umgeklappt und seine Füße bereits auf dem Armaturenbrett abgelegt, sodass er bald schlafen können würde. Er war von völliger Stille umgeben. Seine Ohren rauschten leicht – und seine Gedanken drifteten ab. Das war das Junk, aber er würde es schon unter Kontrolle bekommen.

Seine muffige alte Wolldecke hatte er sich bereits über die Beine geworfen. Das Gesicht der Leiche am Wegesrand, der er sie abgenommen hatte, schoss ihm durch den Kopf. Die kalten, verwesten Finger des Mannes hatten sich darum geklammert, so stark, dass er sie hatte abreißen müssen. Die Fingerabdrücke waren sogar noch immer schemenhaft am Rande der Decke zu erkennen. Er fühlte sich jedoch nicht schlecht. Der Mann hätte sie sowieso nie wieder gebraucht – höchstens als Teil seiner Beerdigung.

Doch wer bekam schon Beerdigungen in diesen finsteren Zeiten?

Sein Vater hatte Hud einmal erzählt, dass Tote eine Beerdigung bräuchten, da sie sonst nicht auf *die andere Seite* kommen würden. Zudem sollte es dem Toten *Respekt* zollen. Diese Ansicht hatte Hud nie verstanden. Die Menschen fraßen sich hier draußen manchmal regelrecht gegenseitig, schlugen einander die Köpfe auf und tranken das Blut ihrer Feinde, selbst wenn sie Wasser hatten. Sich an solch einem Ort Respekt zu verschaffen, war so, als würde man in der Wüste einen Regenschutz anziehen: Man selbst schien sich vielleicht wohl zu fühlen, aber der Rest, der einem zusah, hielt einen für einen Idioten. Nein – diese Decke gehörte ab dem Moment ihm, in dem Hud sie fand. Sie hatte keinen Besitzer mehr gehabt, als das Herz des Mannes aufgehört hatte zu schlagen.

Respekt war heutzutage fehl am Platze. Dinge gehörten denen, die sie sich nahmen. Wer das nicht tat, hatte meist das kürzeste Leben. Besitz zog Menschen an wie Möbel Staub, wie sie es in den vielen leer stehenden Häusern fast magisch taten. Wer sich Land nahm und niederließ, dem wurde sein Land genommen. Wer ahnungslos mit seinem Geldbeutel durch die Nacht zog, dem wurde sein Geld genommen. Wer das Pech hatte, mit Brüsten zur Welt zu kommen, wurde bestenfalls nur mit schlechten Erinnerungen bestraft, im schlimmsten Fall aber mit dem Verlust von Freiheit oder des Lebens.

Nehmen, nehmen, nehmen. Das war alles, was auf diesem Fleckchen Erde noch zählte. Die Menschen dachten nur noch mit ihren schwitzigen, schmierigen Händen und ihren geifernden Mäulern. Wer gab, der bekam nichts zurück. Wer Trost spendete, bekam nichts zurück. Wer dachte, dass sein Name in Gold gegossen an irgendwelchen Häuserwänden hängen könnte, würde nur bemerken, dass das Gold am nächsten Morgen fehlte. Nein. Respekt war nutzlos in diesen finsteren Zeiten.

Hud ließ seinen Blick schweifen. Sein Wagen stand auf einer kleinen Lichtung fernab von der Straße. Eigentlich perfekt. Niemand wusste, dass er hier war. Wer unsichtbar war, konnte auch nicht gefunden werden. Seine Scheiben waren abgedunkelt. Die Scheinwerfer längst aus. Seine Augen hatten sich schon so lange an die Dunkelheit gewöhnt, dass er das Licht nicht mehr vermisste.

Er griff in sein Handschuhfach, um sein Ritual vor dem Schlaf vorzubereiten. Sobald die fast nur noch in Fetzen hängende Klappe aufflog, drang schon der Duft hervor. Hach, dieser Duft. Nichts war besser als das. Absolut nichts. Es war zwei Jahre her, dass Hud mit einer Frau geschlafen hatte. Und das war nicht besser als das Junk – obwohl es in Kombination wohl unschlagbar wäre. Ein richtig gutes Essen war nicht besser als Junk. Und gutes, selbstgemachtes Essen, das nicht aus Konserven stammte, war selten – aber auch das in Kombination mit Junk war mehr als zufriedenstellend. Selbst die letzten Erinnerungsfetzen an seine Eltern waren nicht so schön wie das Junk.

Seine Gedanken drifteten wieder ab. Nebenwirkungen des Junks. Nein, jetzt musste er sich kurz konzentrieren.

Er nahm die neue Pfeife aus dem Handschuhfach. Oh, diese Pfeife. Eine wahre Schönheit. Seine alte Pfeife war nun ein billiger Ersatz, den er sich dafür aufhob, wenn diese kaputt gehen würde. Die Neue war aus Holz, das sich so wunderschön glatt anfühlte, wenn man mit dem Finger über ihre Seiten strich. Ihr geschwungenes Mundstück war … Wie sagt man noch? *Elefant*?

Ja, sie sah *elefant* aus. Wie die Kurven einer Frau. Wie eine wunderschöne Straße. Einfach *elefant*. Dieses Wort musste er sich merken. Die Leute waren schnell beeindruckt, wenn man beim Verkauf Worte aus der alten Zeit einwarf. Worte selbst waren ein teures Gut und furchtbar wertvoll. Schreiben konnte kaum noch jemand. Selbst mit dieser Fähigkeit könnte man sicherlich Geld machen.

Aber seine Profession stellte alles in den Schatten. Hud brachte die Menschen zusammen, brachte ihnen für kurze Zeit Frieden und Ruhe – zumindest die … die was? Die … Wie war dieses Wort? Elo… *Elosion*? Genau. Die *Elosion* von Frieden und Ruhe.

In Zeiten, die alles andere als friedlich und ruhig waren.

Er mochte das angenehme Gewicht der Pfeife in seinen Händen. Oh, sie passte sich den Konturen perfekt an. Er hatte sich an diesem Abend wirklich einen tollen Freund gemacht.

Wenn er schon daran dachte …

Kapitel 2 – Rou-ti-ne, die |

Ausführung eines Prozesses, der dem Anwender durch mehrmaliges Wiederholen wie normal vorkommt; automatisiert

Richmond hieß das kleine Dörfchen.

Hud mochte Siedlungen. Er kam gut in ihnen zurecht. Sie waren meist übersichtlich und gleich aufgebaut: einfach gebaute Wohnhäuser, Parkplätze, vereinzelte Autos, meist eine Werkstatt und immer ein Saloon. In jedem Fleck, der sich Siedlung schimpfte, fand man einen Saloon. Dort fand Hud jedes Mal seine Kunden. Es war gut zu wissen, dass Menschen sich in Alkohol und Glücksspiel flüchteten, wenn die Realität grausam war. Also praktisch überall.

Es ging meist schnell. Sich einmal kurz an die Theke setzen, die Pfeife hervorholen und Junk rauchen, als wäre nichts dabei. Der Duft verteilte sich immer wieder im Raum wie Pisse in einem See. Die ersten Augenpaare ruhten schon auf Hud. Und spätestens bei der zweiten Ladung der Pfeife wurden die ersten Fragen gestellt. »Was ist das?« oder »Ein spezieller Tabak? Riecht auf jeden Fall wie der Himmel.« Man schüttelte die ersten Hände, gab einen Zug, ohne etwas zu verlangen, und die Leute wollten mehr. Jedes Mal.

Dann sagte man: »Hey, ich habe nicht mehr viel, aber ich kann immer handeln. Wenn du was abzugeben hast, mach mir 'n Angebot.«

Die Barkeeper boten meist Freiverzehr gegen eine kleine Menge.

Mit Betrunkenen konnte man um Kleidung verhandeln. Ja, die Leute zogen sich für Huds Junk tatsächlich freiwillig aus.

Und die Frauen … Na ja, man fand sie selten in kleineren Saloons, eher in den größeren Siedlungen an den Hauptstraßen und Highways. Sie wussten es am besten: Solche Orte konnten schnell gefährlich werden … Männer, Alkohol und der allgemeine Mangel an Respekt waren nie eine gute Kombination. Männer und Junk wurden zusammen jedoch friedlich wie Lämmer.

Junk lockerte die Zunge. Junk verfärbte die Augen. Junk machte müde und … Wie war das Wort nochmal? Etwas mit T … *Trüge*? Das würde es wohl sein. Junk machte *trüge* – das war der Zustand, in dem man sich schwer bewegen konnte, aber trotzdem nicht müde war. Definitiv ein Luxus, friedlich in seinem Bett einschlafen zu können. Und alle liebten es. Kunden luden einen auf ein kaltes Ale ein, spielten Karten, erzählten ihre schlechtesten Witze. Oder schliefen einfach im Sitzen ein. So würde es auch heute sein.

»RICHMOND SALOON« – in großen hölzernen Buchstaben stand es über dem Eingang. Es war keine allzu kleine Siedlung. Sie wirkte etwas wohlhabender, wurde möglicherweise beschützt von Männern, die dachten, dass ausgerechnet sie sich Respekt verdient hatten. Selbst die Wände des Saloons waren angemalt, und Farbe war schwer zu bekommen. Ein Parkplatz, der mindestens zehn Wagen fassen konnte. Das war sicherlich ein Treffpunkt, der viele Menschen anzog – sicherlich nicht alle davon ungefährlich. Der Ort war für Huds Vorhaben perfekt.

Von draußen hörte man nur Gelächter und kreischende, heisere Männerstimmen. Aus einer Ecke wurde ein Song angestimmt. Der Pegel war hoch. Zeit einzugreifen. Hud stieß locker die Tür auf und sah sich um. Etwa zwanzig Personen, alle männlich. Das hier war kein Freudenhaus, sondern ein waschechter Saloon, in dem Frust und Sorgen in Alkohol ertränkt wurden und am nächsten Morgen in Form von Kopfschmerzen zurückkehrten.

Erste Blicke trafen ihn. Das war normal. Er war fremd in der Siedlung und Siedlungen sahen nicht oft Fremde, die nicht vielleicht auf Ärger aus waren. In der Ecke saß eine Gruppe von Männern, die sogar anständig gekleidet waren. Von denen hielt sich Hud lieber fern, denn unter den langen, grauen Mänteln lugten seltsame Wölbungen in Pistolenform hervor. Das stand selten für etwas Gutes.

Hud nahm an der Theke Platz und setzte sich neben einen alten Mann mit langen, zerzausten grauen Haaren. Die Haare seines Schnurrbartes waren so dick und borstig wie die einer alten Pferdebürste. Sie verbargen seinen Mund ganz und gar, sodass man beim Reden wohl nur einen hin und her schwingenden Haufen Haare beobachten würde. Hud war gespannt.

Sobald er saß, warf der Barkeeper Hud bereits merkwürdige Blicke zu. Sein linkes Auge schien er nicht richtig öffnen zu können. Die Augen mit dicken Tränensäcken untersetzt, dazu eine lange Narbe quer über das Gesicht. Dieser Barkeeper schien etwas düster. Doch Junk lockerte immer das Gemüt. Von ausnahmslos Jedem.

Schnell packte Hud seine Pfeife aus, stopfte sie mit einem großzügigen Schuss Junk, holte eine Packung Brennhölzer hervor und zündete sie sich an. Ein paar konzentrierte Züge später begann es zu wirken. Die Wärme, die sich durch seine Eingeweide fraß, war überwältigend. Er spürte, wie sich seine Gliedmaßen Stück für Stück entspannten. Er konnte sich dieses Gefühl immer und immer wieder antun.

Da kam bereits die erste Stimme aus dem Hintergrund. »Hoy, Junge, das riecht ja wie Blüten und Seide! Schieß mir einer den Schwanz ab! Das ist doch wohl nicht etwa Mary-Jane?«

Alles lief nach Plan. Hud richtete seinen Blick nach links. Es war tatsächlich der alte Mann. Hud stellte sich eine Mausefalle vor, die langsam zuschnappte und sich in einem riesigen Schnurrbart verfing.

»Mary-Jane?«, fragte Hud gedämpft, da ihm noch immer dicker, schwerer Rauch aus dem Mund quoll. »Den Namen hab ich dafür noch nie gehört.«

»Mein Großvater«, schoss es hinter dem Schnurrbart hervor, »rauchte einmal die Woche dieses Kraut. Einer seiner Compadres hatte eine Farm, auf der er es anpflanzte. Als er irgendwann zu viel davon hatte, knallte es ihm das Hirn weg. Der alte Gramps wurde irgendwann einfach nur … träge und lustlos. Ein Schatten seiner selbst. Deshalb hab ich größtenteils die Finger davon gelassen … größtenteils.« Der Oldtimer zwinkerte ihm zu.

»Grampa erzählte mir oft Geschichten über Mary-Jane, zumindest bevor das Kraut ihn schnappte ... Dass es eine der wenigen Nutzpflanzen war, die den Großen Krieg überlebt hatten. Einige der Pflanzen sind sogar mutiert, meinte er, sodass sie noch wirksamer wurden, ähnlich wie es in Corn County passiert ist. Es erquickt den Geist, entspannt, färbt die Augen rot?«

Hud war mehr als erstaunt. Er konnte nur verdutzt nicken. Der Mann hatte Recht.

»Und es macht einen verdammt nochmal hungrig!« Der alte Mann begann seinen grotesken Schädel zurückzuwerfen und schallend zu lachen.

Daraufhin reichte er ihm die Hand. »Jim Burgundy, mein Freund. Danke für den Trip in meine Vergangenheit. In Erinnerungen zu schwelgen, macht mich immer unfassbar glücklich.« Neben den Augen vom alten Jim Burgundy zeichneten sich Lachfalten ab. »Schieß mir den Schwanz ab, du verrückter Kerl, wo hast du das her?«

»Von einem Händler. Ich hab sogar noch was übrig. Tauschen wir einen Zug gegen ein kaltes Ale?«

Jim lachte einmal kurz. Man konnte jedoch in seinem Blick spüren, dass einige Erinnerungen aufkamen. »Gramps hat das Zeug sein halbes Leben lang geraucht, ehe es ihm den Verstand geraubt hat. Für mich ist es schon zu spät. Ich kann dem Tod nicht mehr davonrennen, da kann ich ihm auch gleich einen kleinen Vorsprung geben und die Zeit genießen. Gib mir ruhig etwas davon ab, Junge.«

»Man nennt mich den Coyoten«, sagte Hud. Decknamen waren immer gut. Er benutzte ständig einen anderen.

»Na dann, Coyote«, säuselte der alte Jim und signalisierte dem grimmigen Barkeeper mit einer Handgeste, dass er zwei Bier wolle, »her mit der guten alten Mary-Jane.« Dann zog er aus seiner Tasche eine wunderschöne Pfeife hervor – geschwungen, kunstfertig aus Holz geschnitzt, mit Reliefs verziert und hochglanzpoliert. »Die alte Pfeife meines Vaters wird damit schon fertig. Sie hat Erfahrung.«

Zwei Stunden später trug Hud den alten Greis bereits nach Hause. Das Kraut und das Ale hatten ihm mehr als gutgetan. Er schlief fast im Stehen ein, hatte es aber doch noch geschafft, ihm lallend mitzuteilen, wo er wohnte.

Sobald Hud ankam, setzte er den alten Mann auf die Bank vor seinem alten, schon fast auseinanderfallenden Haus und griff ihm in die Tasche. Als Beute für diesen Abend kam ein Paar robuster Stiefel heraus sowie die Pfeife des Großvaters, Jeremiah Burgundy, dessen Namen Hud an diesem Abend viel zu oft hatte hören müssen.

Dann stiefelte er durch die Nacht zurück zu seinem Auto.

Kapitel 3 – Kon-fron-ta-tion, die |

1 Gegenüberstellung zweier Parteien, Meinungen, Ideologien etc.
2 Auseinandersetzung, Kampf

Hud zündete sich seinen Zug aus der neuen Pfeife an, erneut gefolgt von diesem Wahnsinnsgefühl, das seine Sinne betäubte und ihm den Atem nahm – gefolgt von Husten. Nun würde er vorzüglich schlafen können. Er nahm seine Decke, legte sich auf die Seite über seine umgeklappten Sitze und schloss seine Augen.

Etwas brach durch das Fenster auf der Fahrerseite seines Wagens.

Huds Augen schossen auf. Er war jedoch zu sehr auf Junk, um sich schnell aufzurichten. Dieser Aufwand wurde ihm nicht gerade zimperlich abgenommen. Eine riesige Pranke riss die Autotür auf, packte ihn und zerrte ihn mit unvorstellbarer Kraft aus seinem Wagen. Dann wurde er mit voller Wucht auf den Boden geschleudert. Stechendes Licht traf in seine Augen. Es zog wie ein verdammter Donnerschlag durch Huds Schädel und zwang ihn dazu, seine Lider augenblicklich fest zu schließen. Der Mistkerl hatte eine Taschenlampe. Und solange er die angeschaltet ließ, würde Hud nichts sehen können. Seine Augen reagierten gerade äußerst empfindlich auf Helligkeit, wie immer nach dem Junk und besonders, weil sie sich schon so an die Dunkelheit gewöhnt hatten.

»Na, Dingo, wie läuft das Geschäft?« Hud mochte die Stimme, die zu diesem Mann gehören musste, überhaupt nicht. Sie war rau, aber dennoch hoch. Sie jagte ihm eine Gänsehaut über den Rücken. »Heute irgendwas geschossen?«

»Wovon redest du, Arschloch? Was zur Hölle hab ich dir getan? Und wer bist du?«

Jemand trat ihm mit extremer Kraft in die Magengegend.

»Das war nicht, was ich hören wollte. Direktere Antworten, bitte. Sonst sage ich Hektor, er soll kräftiger zutreten. Nicht wahr, Hektor?«

»Alles klar, Boss«, sagte einer der Schatten, die über Hud türmten. Dieser war besonders riesig. Er musste ihn aus dem Wagen gezerrt haben. Ein verdammter Hüne. In diesen finsteren Zeiten sah man nur noch selten Menschen mit solch einer Statur.

»Also. Wie läuft das Geschäft, Junge?«, krächzte die Stimme des Mannes, der hier wohl das Kommando führte.

»Ganz miserabel«, antwortete Hud. »Irgendein Schwanzlutscher hat meine Karre zerlegt und mich auf den Boden geworfen, um mich kräftig in den Arsch zu ficken.«

Ein weiterer Tritt folgte. Er war so stark, dass Hud dachte, er müsse Blut spucken. Hud erkannte jetzt vier Schatten, die in einem Kreis um ihn herumstanden. Lange Mäntel zeichneten sich ab. Nach einigen Überlegungen erkannte er sie: Sie hatten in dem Saloon in Richmond gesessen. Das hier waren vermutlich die Hoodlums irgendeines Kartells. Er war in der falschen Gegend tätig. Und sie würden ihn umbringen.

»Nun, lassen wir die Spielereien. Werden wir etwas direkter. Sagt dir der Name Bertrand Simmons irgendetwas, Dingo?«, fragte einer der Hoodlums.

»Nein«, keuchte Hud, der sich zusammenreißen musste, um nicht vor Pein zu schreien. Dieser Hektor hatte einen verdammt harten Tritt.

»Das hier ist sein Territorium, Dingo. Und er mag es nicht, wenn Ungeziefer wie du sich hier herumtreibt und die Leute ausnimmt. Solche Aasfresser wie dich kann er nicht leiden.«

»Würdest du bitte zum Punkt kommen?«, fragte Hud.

Ein weiterer Tritt in den Magen.

»Du hattest keine Frage gestellt«, hauchte Hud, der sich nun vor Schmerzen auf dem Boden krümmte.

»Ich lasse dich von Hektor treten, wann ich will. Siehst du?«

Hektor trat ein weiteres Mal zu. Diesmal begann Hud zu schreien.

»Wirst du kooperieren?«

»Koperawas?«, fragte Hud winselnd. »Bitte nich' treten, Hektor. Ich kenn das Wort nich'.«

»Kooperieren, Dingo. Das heißt etwa so viel wie: ›Willst du jetzt mit uns arbeiten und keinen Scheiß mehr bauen, da wir dich sonst auf der Stelle aufschlitzen?‹«

Hud nickte.

»Gut.« Einige Sekunden später wurde Hud aufgerichtet und an seinen Wagen gelehnt. Da sah er den Kerl das erste Mal richtig: klein, schmächtig, kurze schwarze Haare, und dazu riesige, buschige Augenbrauen. Hässlicher als die Nacht, in der er gerade festsaß.

»Mr. Simmons mag deine Art nicht, Dingo. Aber er mag, was du versucht hast zu verkaufen. Halt uns nicht für dumm, Dingo. Ich weiß, dass du es irgendwo hast.«

»Im Kofferraum«, schoss es aus Hud hervor.

»Pablo«, befahl der Anführer in einem harschen Tonfall, »schau im Kofferraum nach.«

»Geht klar, Dewey«, murmelte ein langer, dürrer Kerl, dessen Mantel ihm deutlich zu groß war.

Hud griff währenddessen vorsichtig in sein Auto. Die Scheibe war zerbrochen, deshalb konnte er problemlos sein Lenkrad erreichen. Er hatte eine kleine Überraschung für diese Hurensöhne. Eine explosive Überraschung.

Im vergangenen Sommer hatte er mit einem Mechaniker abgemacht, dass er ihm eine Bombe mit Zeitzünder in sein Auto einbauen lassen würde. Er nannte das Zeug *Zehphier* oder so ähnlich. Klang wie aus einer anderen Sprache. Fünf Minuten lang würde sie brauchen, um zu explodieren, sobald man einen Schalter hinter dem Lenkrad betätigte. Der Mechaniker hatte nur gesagt, dass er nicht in der Nähe des Wagens sein sollte, wenn es hochging. Dafür hatte Hud eine Menge Junk abgegeben, aber im Endeffekt hatte es sich ausgezahlt. Vorsicht war immer besser.

Er schaffte es, den Schalter zu drücken. Kaum einer bemerkte es, da nur Hektor nach Hud sah und dieser kaum einen größeren Intellekt als ein Freak hatte. Seine wulstige Stirn schlug mehr Falten als ein altes Hemd. Seine eingesunkenen, kleinen Augen und sein ständig offen stehender Mund schienen dasselbe auszudrücken. Doch Hud musste vom Wagen wegkommen. Er hatte fünf Minuten. Na ja, weniger. Er stand unter Junk, er war verletzt und er war auf sich allein gestellt. Was nun?

Mitleidstour. Die Waffen. Die verdammten Waffen. Er müsste warten, bis der Scherge Pablo mit dem Junk aus dem Kofferraum zurückkommen würde.

»Hier is' nichts, Dewey«, hörte Hud von hinten.

Dewey wollte gerade sein hässliches Maul öffnen, da unterbrach ihn Hud schon. »Im Ersatzreifen.«

Es dauerte nicht lange, da hörte Hud nur ein »HEILIGE SCHEISSE!« vom Mann, den sie Pablo nannten. War auch nicht anders zu erwarten. »Das müssen … zehn Kilo sein! Mehr noch! Absoluter Riesenvorrat! Sowas hab ich noch nie gesehen!«

»Nicht lang reden, her damit!«, fauchte Dewey. »Sergio, hilf deinem Bruder!«, schoss es hinter seinen knirschenden Zähnen hervor, woraufhin der Vierte im Bunde dorthin ging.

Dann kamen schon die ersten der noch immer verschlossenen Pakete hervor. Eingeschweißt in dem Zeug, das die Menschen vor dem Großen Krieg Plastik nannten. Faszinierendes Zeug – leicht, durchsichtig, reißfest und flexibel.

Deweys Augen weiteten sich beim Anblick des Berges an Junk, der sich anhäufte. »Eine Frage«, sagte er nun ruhigen Blutes. »Wo zur Hölle hast du das her?«

Klar würde Hud ihm das nicht sagen. Seine Gedanken drifteten wieder ab. Das Junk war schuld. Er erinnerte sich an diesen Tag vor drei Jahren …

Kapitel 4 – Be-la-ge-rung, die |

1 Militärtaktik, bei der eine Partei eine Stellung umringt, um die andere durch Aushungern zur Kapitulation zu zwingen; Abschneidung von Versorgung

2 Bedrängung (»Die Paparazzi belagerten schon seit drei Stunden das Grundstück.«)

Hud fuhr eine lange, schnurgerade Wüstenstraße herunter. Es war Hochsommer, so heiß, dass der Schweiß in den Poren brannte. Man konnte nicht einmal der eigenen Gürtelschnalle trauen, da man sich verbrannte, sobald man sie auch nur anfasste Tja, das Leben als Dingo war nicht einfach. Keine Siedlung, keinen Ankerpunkt zu haben, das war für viele ein Todesurteil. Es gab keine Aufzeichnungen über das eigene Leben. Wenn jemand einem Dingo die Kehle aufschlitzte, würde der Tote nie vermisst werden, da er niemanden kannte. Einige Leute hatten Häuser, in denen sie wohnten. Hud stand jedoch die gesamte Welt offen. Es war nicht nur der Rücksitz seines Wagens. Er hatte den Sternenhimmel, jeden Saloon, in den er je wollte, Teiche, Tümpel, verlassene Städte. Gefahren lauerten zwar überall, aber das Leben als Dingo war zumindest eins nicht: langweilig.

Jedoch ging es ihm jetzt an den Kragen. Normalerweise mochte Hud es, allein zu sein. Jetzt brauchte er jedoch Menschen und Wasser. Man fand aber kaum Menschen auf der Straße. Hochsommer halt. Hud musste eine Siedlung finden, einen Tümpel, einen Händler. Irgendetwas.

Seine Kehle hatte nun seit eineinhalb Tagen kein Wasser mehr zu spüren bekommen. Er hungerte seit einem Tag. Dass ihm ab und zu die Augen zufielen, war kein gutes Zeichen. Die andauernde Müdigkeit, die ständige Kraftlosigkeit, das Licht, das schmerzte, wenn es vom blauen Lack der Motorhaube reflektiert wurde und seine Augen traf. Sekundenschlaf.

Hud wusste, dass er nicht mehr lange leben würde, das Schicksal der vielen Knochen teilen würde, die verscharrt in der Welt herumlagen.

Die anderen Menschen jedoch waren intell… *intellent*? *Intellektiv*? So ähnlich. Jedenfalls, sie waren *intellektiv* genug, um von der Straße zu verschwinden und in den Schatten zu gehen. Genauso die Tiere und Freaks und was sonst noch auf der Erde herumstreunte. Sie wussten, dass das Wetter ein Grund zum Fürchten war. Hud wusste es auch. Er würde jedoch so oder so sterben. Er brauchte Vorräte.

Und da war es. Ein Punkt am Horizont. Etwas Schwarzes am Wegesrand. Relativ groß. Ein Auto.

Hud trat sofort auf die Bremsen, aber vorsichtig. Man durfte ihn nicht sehen. Dann drehte er um, bis er den Wagen nicht mehr sehen konnte und blieb stehen. Wem auch immer der Wagen gehörte, er war genauso erschöpft von der Hitze wie Hud. Und sie erwarteten vermutlich keinen Besuch.

Hud versteckte seinen Wagen hinter einem verdorrten Baum am Wegesrand, der zwar überhaupt nichts half, aber immerhin besser war, als die Karre auf der Straße stehen zu lassen. Dann stapfte er mit gebeugtem Rücken los. Es würde der schwerste Weg seines Lebens sein. Hud begann bereits zu schwanken, hatte Schwierigkeiten, sich auf den Beinen zu halten, sah Sterne, sobald er sich zu hastig bewegte. Er schmeckte den bitteren Staub in seinem Mund, der zwischen seinen Zähnen knirschte, atmete immer lauter, heftiger und röchelnder, mit jedem Schritt. Doch er schleppte sich weiter, getragen von dem Gedanken, dass dieser schwarze Wagen dort hinten aussah wie ein verdammter Braten, so wie seine Mutter ihn damals einmal im Jahr gemacht hatte. Das Luftflimmern ließ es so aussehen, als würde er dampfen. Hätte er Wasser in seinem Körper gehabt, wäre es in Huds Mund zusammengelaufen.

Die Hälfte des Weges war etwa zurückgelegt und Hud begann, leise Stimmen zu hören. Er konnte erst nicht verstehen, was sie sagten, jedoch klangen sie verzweifelt. Zwei Stimmen konnte er erkennen, mindestens. Männer. Hud zückte das kleine Messer, das in seinem Gürtel hing, und humpelte weiter.

Gesprächsfetzen wurden nun durch den warmen Wind getragen. »... doch auf, Steve!« oder »Er braucht Wasser!« Hatte man etwa auch ein verdurstendes Opfer der Hitze? Kämpften diese Männer genauso mit dem Hitzetod wie er?

»Wir müssen unser Wasser aufsparen, das Ödland ist noch groß genug und wir sind nur zu dritt. Es passt nich', Mann.« Der andere brach in Tränen aus. »Wir müssen Steve hier lassen. Er stirbt und wir leben, oder wir gehen alle drei drauf.« Hud nahm an, dass wohl Letzteres passieren würde und lächelte. Er hatte lange nicht mehr gelächelt.

Das Wort »Wasser« war gefallen. Hud hatte eindeutig das Wort *Wasser* gehört. Diese Leute hatten Wasser. Er musste es ihnen nur irgendwie abnehmen, wenn er diese Wüste noch lebendig verlassen wollte. Freiwillig würden sie es ihm wohl kaum überlassen. Es lief auf einen Kampf hinaus. *Leben oder sterben*, dachte er, *leben oder sterben. Sie oder ich.* Und sein Leben lag ihm am Herzen.

Zwischen den drei Kerlen und Hud war nur ihr schwarzer Geländewagen. Ein wunderschönes Teil. Aber diese Burschen würden Hud nur sehen können, wenn sie hinter dem Wagen hervorkämen. Das nutzte er zu seinem Vorteil und humpelte weiter gebückt zu ihnen hinüber. Er umklammerte die kurze Klinge noch stärker.

»Ich mach da nich' mit, Kumpel. Ich lass Steve nie im Leben zurück.«

»Schieß mir den Schwanz ab, Mann!« Einer der beiden wurde lauter – als wenn er das Gewissen seines Freundes verscheuchen wollte. »Verdammt nochmal! Schlägt dir die Hitze aufs Hirn? Wir werden verrecken, wenn wir ihn weiter versorgen! Uns geht es bald allen so wie ihm!«

Die beiden waren beschäftigt. Perfekt. Hud robbte weiter zum Wagen und kniete sich, sobald er diesen erreichte, mit dem Rücken zur Beifahrertür. Jetzt musste er auf eine Gelegenheit warten.

»Denk dran! Wir können die Beute durch zwei teilen! Mehr für uns alle!«

»Es geht hier nich' um Benzin und Essen, Drake. Es geht um unseren Kumpel! Ich kenne Steve seit zehn Jahren! Einen Scheiß werde ich tun!«

»Wie willst du das dann entscheiden, hm?«, fragte Drake mit reichlich Sarkasmus in seiner Stimme.

Die beiden würden sich vielleicht gegenseitig umbringen und Hud würde gar nicht erst eingreifen müssen.

»Wir ziehen gleich Streichhölzer. Schlägt niemals fehl. Doch erst mal muss ich pinkeln.«

Einer der beiden stand auf. Scheiße. Der einzige Baum weit und breit war auf Huds Seite des Wagens. Dort würde er hinpinkeln. Er würde ihn sehen.

Und da zog auch schon ein Schatten an Hud vorbei. Ein großer Kerl, zerrissenes weißes Shirt, schwarzer Lockenkopf. Ein kleiner Revolver hing an seiner Seite. Wenn dieser Kerl ihn sah, war Hud auf der Stelle tot. Er hatte einen Revolver. Andersherum betrachtet könnte Hud, wenn er Glück hatte, auf diese Weise vielleicht einen Revolver bekommen.

Der Lockenkopf ging weiter, beachtete Hud jedoch keines Blickes. Ein kurzer Ruck am Hosenstall, als er am Baum stand, und da floss es bereits.

Hud handelte, ohne zu planen. Sein Geist war getrübt. Er watschelte gebückt umher, nahm sein Messer und hielt es dem Kerl an seinen Schwanz. Wenn man jemanden schon mit heruntergelassener Hose erwischte, war der Sack ein wirklich guter Punkt, um ein Messer anzusetzen. Bei den meisten Männern sogar überzeugender als die Kehle.

»Heilige Scheiße!«, sagte der Lockenkopf.

»Mach alles, was ich sage und nichts passiert euch.« Der letzte Teil war gelogen. »Hände hoch.«

»Ich pinkel' gerade, Dingo«, sagte der Lockenkopf mit einer in seiner Situation überraschenden Gelassenheit.

»Hände hoch, verdammt!«

Eine Stimme ertönte von hinten. »Drake, was is' los?«

Drake der Lockenkopf hob seine Hände. Warmer Urin lief über Huds Hände. Es fiel ihm schwer, sich diese Tatsache einzugestehen, jedoch fühlte sich Flüssigkeit gerade sehr wohltuend an. Hud nahm ihm den Revolver ab. Dann ging er zurück hinter das Auto und zielte auf den Rücken des pissenden Drake.

»Du da, hinter dem Wagen. Ich hab die Waffe von deinem Kumpel und richte sie auf ihn. Wirf deine Knarre rüber, dann passiert euch nichts.«

»Das kannst du vergessen!«, hörte er kurz und knapp von drüben.

Hud dachte nicht mehr. Sein Durst war unerträglich geworden. »Na gut«, sagte er, und drückte ab. Ein gellender Knall ging durch die Einöde. Blut tropfte aus dem Rücken des Mannes, den sie Drake nannten. Er sackte sofort zusammen. Seine Blase jedoch entleerte sich weiterhin.

»DRAKE! DRAKE! VERDAMMTE SCHEISSE!« Der Kerl verlor seinen Verstand.

»Mach, was ich sage oder dir passiert das Gleiche«, keuchte Hud.

»Dafür werd ich dir den Schädel aufschlitzen, du dreckiger Dingo. Ihr herumstreunendes Pack! Gottverlassener Hurensohn! Ich ficke dich mit dem glühenden Lauf meiner Knarre!«

Klang nach einem unangenehmen Zeitgenossen.

»Spar dir deine Kräfte, Kumpel«, versuchte Hud zu sagen, ohne dabei ängstlich zu klingen, »das hier ist jetzt eine Belagerung. Weißt du, was eine Belagerung ist?«

Der andere wartete kurz. »Nein, Dingo. Erklär's mir doch.«

»Mein Vater«, fing Hud an, »erzählte mir einmal, dass die Menschen vor vielen, vielen Hunderten von Jahren, noch bevor es Autos, Knarren und Solar gab, in großen Häusern aus Stein lebten. Nannte man Schlösser, diese Dinger.«

Er schluckte kurz.

»Wenn die Menschen aus dem einen Schloss die Dinge aus dem anderen Schloss wollten, so holten sie sich das Ganze durch Krieg. Sie gingen mit langen Messern aufeinander los und ritten auf Kühen und Pferden. Und dann umzingelten sie das Schloss, in das sie wollten, und drohten den Menschen darin. Die Leute in dem Schloss wiederum zeigten ihnen den Mittelfinger und sagten: ›Wir sind hinter dicken Steinmauern. Ihr kommt nicht rein. Macht doch, was ihr wollt.‹ Daraufhin sagten die anderen: ›Ihr kommt aber auch nicht raus.‹«

»Und was willst du mir damit sagen, Dingo?«

»Das hier ist eine Belagerung. Einer von uns beiden kommt hier nicht lebend heraus. Entweder nehme ich dein Schloss ein oder du schaffst es, mich davonzujagen. Jedoch müssen wir, bis das passiert, bleiben, wo wir sind.«

Der andere schwieg kurz. »Und wie endeten diese … *Lagerungen* meist?«

»*Be*lagerungen.«

»Jaja, egal, Dingo. Wie ging es aus?«

»Die Belagerer, also die Menschen vor den Schlosstoren, hatten Lebensmittel. Die im Schloss wiederum konnten keine neuen Lebensmittel holen und wurden daher von Hungersnot, Durst und Krankheiten heimgesucht. Es kam meist doch irgendwann zu Kämpfen, wenn die Anspannungen zu groß waren.« Heillos übertrieben, aber Gott, Hud hoffte, dass der Bluff funktionierte. Er war derjenige ohne Vorräte, kurz vorm Verdursten. Er war derjenige, der nichts mehr zu verlieren hatte.

»Weißt du, was ein Duell ist?«

Die Sonne brannte auf Huds Kopf. Der Wagen war unfassbar heiß. Und alles wurde noch schlimmer. Klar wusste er, was ein Duell war. »Ja«, antwortete er kurz.

»Ich finde keine Lösung für das hier«, offenbarte der andere.

»Ich auch nicht«, fügte Hud hinzu. Und diesmal war er ehrlich. Er hatte nicht nachgedacht.

»Wie wäre es damit? Der Sieger bekommt alles.«

»Dann soll es halt so sein«, sagte Hud.

»Waffenstillstand?«, fragte der andere.

»Waffenstillstand«, sagte Hud.

Die Fratze des Kerls kam hinter dem Wagen hervor. »Gut, ich dachte, dass ich mich nie würde entspannen kö…« Da hatte er auch schon eine Kugel im Gesicht und fiel um.

Hud hatte den Mist satt. Er schaffte es, seinen Körper nach oben zu bringen, schoss noch auf den armen Schlucker namens

Steve, der verdurstend auf der anderen Seite des Wagens lag. Dann nahm er dem anderen die Waffe ab, eine verdammte Schrotflinte.

Er betrachtete den Wagen und stieg hinein. Der Tank war voll, Benzin auf der Rückbank, dazu ein Plastikschlauch zum Umfüllen des Benzins. Der Wagen war zudem top in Schuss.

Als Nächstes war der Kofferraum an der Reihe. Sobald er diesen öffnete, wehte ihm augenblicklich ein Geruch entgegen, den er nicht kannte. Es war keine Verwesung, nein. Es war himmlisch. Es roch stark würzig und unfassbar süß, wie ein Tannenwald im Tau. Und dann sah er es: über ein Dutzend Pakete mit grünen Pflanzenteilen. Mit einem dicken Stift hatte jemand »JUNK« darauf geschrieben. Daneben lagen eine billige Pfeife und eine Feldflasche.

Feldflasche.

Huds Hände waren schneller als sein Hirn, beim Gedanken an das Wort hatte er schon den ersten riesigen Schluck angesetzt. Die Hälfte ließ er in der Flasche – Vorsicht war nun mal geboten.

Er fand den Autoschlüssel bei Drake, stieg ein, fuhr zu seinem eigenen Wagen, leerte mit dem Schlauch seinen alten Tank, füllte es ab und ließ die alte Karre dann stehen. Das war der Beginn von etwas Großem, dachte er. Nein, er spürte es.

Kapitel 5 – Deal, der |

1 Abmachung, Pakt
2 ugs.: Drogenhandel

Dewey schlug Hud mit dem Griff der Pistole, die er gezückt hatte, mit nicht zu unterschätzender Kraft ins Gesicht. »Nicht abdriften, Dingo«, sagte er, während er näher an Huds Gesicht rückte, »du wolltest mir gerade sagen, wo du das her hast.«

Hud sagte einfach gar nichts. Das war wohl besser unter diesen Umständen.

Dewey warf einen kleinen Blick in die Fahrerkabine und sah Huds Hand darin. Er war so sehr in sich gekehrt, dass sich die Hand noch immer in der Nähe des Schalters befand, nachdem er ihn betätigt hatte. Das Auto würde in ein paar Minuten in die Luft fliegen. Er musste hier weg.

»Dingo, was macht deine Hand da am Lenkrad?«

Hud bemühte sich absichtlich, schlecht zu schauspielern. Das war sein Ticket in die Freiheit.

»N-nichts …« Er zitterte absichtlich. Hätte er von selbst seinen Schweißfluss steuern können, wäre dieser jetzt auf volle Stärke gestellt.

Dewey zeigte auf einen seiner Schergen. »Such nach Waffen im Fahrerbereich. Wir können hier sicherlich noch was abgreifen. Und du …« Er packte Hud am Hals. »Du kommst jetzt erst mal mit mir.« Er riss Hud mit vorgehaltener Waffe mit sich, entfernte sich einige Meter vom Auto und stieß ihn zu Boden. »Du hast noch die Dreistigkeit, mich verarschen zu wollen, Dingo?«

»Was bedeutet ›Dreistigkeit‹?«, fragte Hud scheinheilig. Er musste Zeit gewinnen.

»Komm mir nicht so. Sag mir lieber, was du noch Brauchbares in diesem rollenden Schrotthaufen hast.«

Hud schaute hinüber. In dem Wagen wühlten drei der vier Kerle herum – zwei luden Dinge aus dem Kofferraum aus, einer kroch unter die Sitze und das Armaturenbrett, um nach Waffen zu suchen, die er vermutlich auch finden würde. Etwas zum Zeitvertreib. *Du musst lügen, Hud. Nutze die Lügen*, sagte er sich. *Nutze die Lügen.*

»Ich hab 'nen Goldbarren in dem Wagen. In eine der Kopflehnen eingenäht.«

»Jetzt versuch dir nicht, unnötig Zeit zu verschaffen. Du weißt, wie absurd das klingt, Kumpel.« Hud verstand lediglich nicht, was das Wort »absurd« bedeutete.

Plötzlich drang ein Geräusch aus der Ferne. Ein ungutes Geräusch. Es klang wie ein röchelnder Schrei, nicht sonderlich laut, aber deutlich hörbar. Es klang wie jemand, der Blut hochwürgte. Und Hud kannte das Geräusch nur zu gut.

Dewey begann, seine Taschenlampe hin und her zu schwenken und mit der Waffe um sich zu zielen. Er wusste scheinbar auch, was dieses Geräusch bedeutete.

Absolut nichts Gutes.

Hektor, der Größte der Truppe, streckte seinen dicken Hals aus dem Wagen. »Knarre gefunden«, sagte er vollkommen ausdruckslos und hob einen kleinen Revolver hervor.

Dewey sah Hud an. »War das alles?«

»J-ja …«

»Du bist ein schlechter Lügner, Mann.«

»Sucht weiter!«, fuhr er seine Kumpane an, »Aber beeilt euch. Wir müssen verschwinden.«

Ein Hoch auf schlechte Lügner, dachte sich Hud. Und ein Hoch auf Gier. Sie war manchmal doch zu etwas nützlich.

Die beiden Brüder, die den Kofferraum ausräumten, schlossen nun die Klappe. Er war vermutlich endgültig leer. »Wir sind fertig, Dewey«, sagte der Größere von beiden.

Hud drehte sich zu Dewey um.

Eine gigantische Gestalt türmte sich hinter ihm auf, vermutlich über zwei Meter hoch und etwa halb so breit. Die Kleidung, die dieses Ding trug – wenn man überhaupt von Kleidung sprechen konnte – hing nur noch in Fetzen an seinem grotesken Torso. Aus seiner linken Achselhöhle wuchs ein dritter, unfassbar muskulöser Arm. Und es hob gerade eine stumpfe, rostige Axt in den Himmel. Mit einem ekelhaft schmatzenden Geräusch bohrte sich die Klinge tief in Deweys Oberarm. Blut spritzte umher und traf Hud an seinem Ärmel. Dewey stieß einen gellenden, fast animalischen Schrei aus und drehte sich um. Die Taschenlampe richtete er auf das Gesicht des Biestes. Ein dicker Faden Rotz drang aus dem linken Mundwinkel, der so weit von seinem Ursprungspunkt abgewichen war, das der Mund dieses Dings etwa bis zu dem Ansatz seiner Koteletten gehen musste.

»FREAKS!«, schrie Dewey und schoss dem dreiarmigen Riesen ins Gesicht.

Der große Kerl setzte sich augenblicklich in Huds Wagen und schloss die Türen, auf die zerbrochene Scheibe vergessend. Die beiden anderen Schergen Deweys versuchten, sich in den Kofferraum einzuschließen. Jedoch sprang dem einen der beiden bereits ein Wesen ohne Beine, nur mit Einsatz seiner kräftigen Arme, auf den Rücken, und biss mit riesigen, scharfen Zähnen in seinen Hinterkopf.

Ein weiterer Freak, dessen Beine so lang wie ein ausgewachsener Mann waren, der aber keine Arme besaß, kam mit unfassbarer Geschwindigkeit aus dem Wald gelaufen und stieß dabei aus voller Kehle einen lauten, heiseren Schrei aus. Und er fixierte nur Hud.

Der Langbein-Freak machte einen gewaltigen Satz aufs Dach von Huds Wagen, sah sich kurz um und hielt sofort auf Hud zu. Hud griff in seine Socke und holte endlich seinen zweiten Revolver hervor. Diese Kerle waren ja dumm genug gewesen, nicht direkt an seinem Körper zu suchen.

Hud verfehlte den Freak zwar bei seinem ersten Versuch, beim zweiten Mal traf er ihn jedoch direkt in eines seiner abnorm großen Knie und brachte ihn sofort zu Fall. Der Freak versuchte japsend weiterhin, auf Hud zuzukriechen. Erst jetzt sah Hud, dass der Langbein-Freak zwei Münder aufwies, beide mit Reihen von scharfen Zähnen gefüllt, die er fletschte und welche vor eitrigem Sabber überquollen. Er blinzelte nicht und robbte noch immer ohne anzuhalten auf seine Beute zu, als wäre Hud das Einzige, was für ihn auf der Welt existierte. Hud pinkelte sich fast in die Hosen. Er stand auf und entfernte sich vom Wagen.

Dewey, der seinen verletzten Arm hielt, rief ihm zu: »Na, Dingo, hast du einen Plan?«

»Allerdings, den h…« In diesem Moment flog sein Wagen mit unvorstellbarer Wucht in die Luft. Ein Druck, so wie der stärkste Orkanwind, prallte gegen Huds Brustkorb und schleuderte ihn zurück. Er krachte gegen einen morschen Baum und sank zu Boden.

Hud war immer noch bei Bewusstsein, hatte aber starke Schmerzen in der Brust. Ein greller Quietschton hallte durch seinen Kopf. Er konnte sehen, wie ein halbes Dutzend Freaks in den merkwürdigsten Farben und Formen kreischend und brennend umherlief. Er konnte nicht sagen, welche der Kreaturen als Resultat der Explosion Gliedmaßen verloren hatten, und welche einfach nur wie seltsame Kinderzeichnungen aussahen, die zum Leben erwacht waren. Eine Kreatur besaß einen Kopf so groß wie ein Autoreifen, aus dem groteske, tentakelartige Gliedmaßen wuchsen. Ein anderer hatte vier Beine und anstelle von Armen hing an seinen Schultern ein weiteres Paar Beine.

Sie fielen alle nacheinander zu Boden und zuckten und jammerten, bis sie allmählich aufhörten sich zu bewegen.

Hud versuchte aufzustehen. Dies erwies sich als deutlich schwieriger als gedacht. Die vielen Tritte in die Magengrube sowie die Explosion verursachten einen stechenden Schmerz in seinem Brustkorb, der alle anderen Gefühle und Gedanken ausblendete. Ein Glück, dass er auf Junk war. Es wäre sonst deutlich schlimmer gekommen. Er hörte jedoch ein weiteres Winseln – ein quietschendes, raues Jammern. Hud blickte ein Stück weiter zu seiner Linken auf den Boden.

Es war Dewey, dem noch immer ein rostiges Beil aus seiner Schulter ragte und das ihm starke Schmerzen bereitete. Er bewegte sich langsam hin und her und rollte sich, so gut er konnte, über den Boden, auf Hud zu.

Hud stand auf und taumelte behutsam zu Dewey. Dann trat er ihm mit voller Wucht mit seinem neuen Paar Stiefel in den Bauch.

Dewey schnappte nach Luft und stieß noch einen Schrei aus.

»So fühlt sich das an, du dämlicher Hoodlum«, sagte Hud, während er sich mit einer Hand an die schmerzende Brust griff. »So und nicht anders, Kumpel.«

»Du ...« Dewey versuchte etwas zu sagen. »Du kannst mich nicht ... hierlassen. Die Freaks kommen zurück. Die zerfleischen mich. Das hier ...« Er zeigte auf den noch immer brennenden Trümmerhaufen, der einmal Huds Wagen gewesen war. »Das hier wird sie anlocken.«

»Tja, nicht mein Problem, oder?« Hud hob die Pistole auf, die Dewey hatte fallen lassen, und steckte sie sich in seinen Hosenbund. Dann kehrte er um und lief zu dem Geländewagen der Hoodlums. Er drehte sich noch einmal um. »Ich hoffe es macht eurem Bertrand Simmons nichts aus, wenn ich eines eurer Autos mitnehme? Irgendjemand hat meins in die Luft gejagt, ich könnte ein Neues gebrauchen.«

»Warte!«, keuchte Dewey. Er klang mittlerweile wie ein kaputter Motor.

Hud blieb stehen. »Was denn, hm?«

»Du magst Deals, oder? Du bist ein Dealer. Deals sind dein Leben, Dingo.«

»Willst du mir etwa was anbieten?«

Dewey richtete sich auf, so gut er nur konnte und spuckte etwas Blut. Sein Gesicht war erhellt durch die Flammen, die noch immer brannten. Der Geruch von sengendem Fleisch stand in der Luft und erinnerte Hud an frisch gebratenes Schwein.

»Ich möchte etwas gegen mein Leben tauschen. Du hast die Chance, es zu retten. Ich will hier nicht sterben, Mann. Nicht hier, nicht jetzt, nicht so.«

»Ich höre. Mal sehen, ob du mich überzeugen kannst. Aber beeil dich.«

»In dem Wagen ist etwas.« Dewey wurde schlagartig ernst und konzentrierte sich, um halbwegs flüssig zu reden. Es ging immerhin um sein Leben. Seine Augen weiteten sich. »Etwas unsagbar Wertvolles. Etwas so unfassbar Schönes, dass du dir nicht in deinen kühnsten Träumen ausmalen könntest, wie kostbar es ist.« Es sah fast aus, als würde er beginnen zu weinen. »Mir fehlen die Worte, mit denen ich dir beschreiben könnte, wie wunderschön dieser Gegenstand ist.«

»Lass mich raten? Er gehört mir, wenn ich dir helfe?«

Dewey nickte. »Im Handschuhfach ist eine Karte. In der Nähe ist ein Stützpunkt von Simmons. Wirf mich vor der Tür raus, man kennt mich dort und wird mich verarzten. Dann kannst du wegfahren.«

Hud rieb sich sein Kinn. Das klang interessant. »Warum kann ich es mir nicht selbst nehmen, Dewey? Wieso sollte ich mir die Arbeit machen, dich zu tragen?«

»Ich weiß, wie man es bedient. Ich weiß, wo es ist. Ich zeige es dir.«

Hud dachte nach. Das könnte eine Falle sein. »Was, wenn du mich verarschst?«

Dewey hielt kurz inne. Sein langer grauer Mantel war mittlerweile blutdurchtränkt. Das Beil ragte noch immer aus seiner Schulter.

»Weil«, begann er, »du eigentlich nichts zu verlieren hast.« Dewey zeigte mit seinem unverletzten Arm in ein Gebüsch. »Dort steht der Wagen. Schwarzer Geländetruck. Es liegt im Handschuhfach, etwa so groß wie eine Handfläche. Du wirst ohne mich nicht herausfinden, wie es funktioniert. Also find es doch für dich selbst heraus – aber bitte, mach es schnell. Es werden bald mehr kommen, Dingo.«

Hud fand, dass das kein schlechter Deal war. Falls Dewey log, würde er ihn noch immer umlegen können. Er musste ihn nur zu diesem Wagen schaffen.

»Dann komm mit, Arschloch«, stürzte es in befehlendem Ton aus Hud heraus, »wir bringen dich zu deinen Leuten.« Hud ging zügig auf Dewey zu, legte ihm seinen Revolver an den Rücken und befahl ihm zu gehen.

»Eine Sache noch«, sagte Dewey.

»Willst du jetzt noch Forderungen stellen, hm?«

»Kannst du die Axt …«

Hud schlug gegen die Axt. Und es bereitete ihm große Freude. Dewey schrie und fiel augenblicklich wieder um. Hud packte ihn an seinem verletzten Arm und zog einmal kräftig. Dewey schrie wieder, diesmal aber lauter.

»Wenn du dich nicht beeilst«, sagte Hud, »zerr ich dich an diesem Arm zum Wagen. Und wenn er abreißt, nehm ich halt den anderen.«

Dewey stand sofort und war gehbereit.

Kapitel 6 – Reiz-über-flu-tung, die |

Der Zustand, bei dem der Körper aufgrund übermäßig vieler Reizquellen nicht imstande ist, alle eingehenden Reize zu erfassen; Überforderung

Dewey saß friedlich auf dem Beifahrersitz. Ernsthaft friedlich – Hud dachte nicht, dass er irgendwelche Probleme machen würde. Dewey war lediglich froh, dass er vermutlich nicht sterben musste.

Ein Glück, dass der Wagen wie die meisten Automatik hatte. Nicht nur, dass die weniger anstrengend zu benutzen war als das alte, klapprige Gangschaltgetriebe, das Hud zuvor hatte. Nein, er hatte sogar noch eine Hand frei, um seinen Revolver permanent auf Dewey zu richten.

Eigentlich hatte Dewey gefragt, ob er sich auf die Rückbank legen könnte. Hud hatte verneint, denn der Hoodlum hätte ihn von hinten erwürgen können. Und vielleicht waren dort Waffen versteckt. Jedoch spukte nur ein Gedanke durch Huds Kopf, auch wenn er versuchte, ihn zu unterdrücken und in die hintersten Ecken seines Schädels zu verbannen: Neugier.

Er hatte das Ding betrachtet, von dem Dewey geredet hatte. Es war vollkommen flach und etwa eine halbe Handbreite dünn, rechteckig und dabei so groß wie der Tacho des Wagens. Die eine Seite bestand aus einer spiegelnden, schwarzen Fläche, die Rückseite war aus einem glatten, Hud völlig unbekanntem Material. Was war das für ein Ding? Hatte Dewey ihm einen Bären aufgebunden? Würde dort etwas kommen, auf dem mysteriösen X auf der Karte, das nicht mehr weit entfernt war?

Dewey wusste es und er saß, überwiegend ohne einen Ton von sich zu geben, neben Hud auf dem Beifahrersitz. Ab und zu gab er einen zischenden Schmerzlaut von sich und verdrehte die Augen.

Hud musste etwas tun. Noch bevor sie ankommen würden. Er musste Vorkehrungen treffen. Er fuhr an den Straßenrand, stoppte den Wagen und zog den Schlüssel.

»So«, begann Hud, »ich glaube, wir sind weit genug von diesen Freaks weg.« Er griff ins Handschuhfach, zog den flachen Gegenstand heraus und zeigte ihn Dewey. »Jetzt wirst du mir mal sagen, wofür ich deinen Hintern hierhergeschleppt hab.«

Dewey erschrak. »Hey …« Er rutschte im Sitz umher und schloss dabei schmerzverzerrt die Augen, als das Sitzpolster seinen Oberarm berührte. »Kann das nicht warten? Ich blute hier deine neuen Polster voll.«

»Ich kann dich auch jetzt rausschmeißen, die paar Kilometer schaffst du noch zu Fuß!«, antwortete Hud gelassen.

Dewey stieß einen tiefen Seufzer aus und streckte Hud die Hand seines intakten Arms entgegen.

Hud reichte ihm den Gegenstand.

Dewey drückte einen Knopf am Rand des Teils und auf einmal begann es zu leuchten. Wirklich zu leuchten. In Dutzenden von Farben und Mustern.

»Das hier«, erklärte Dewey, »ist der Touchscreen. Momentan ist die Sperre eingeschaltet. Du musst dir Folgendes merken …« Dewey hielt ihm das Gerät hin. Auf dem Bildschirm zeichneten sich neun in einem Quadrat angeordnete Kreise ab. Er drückte seinen Finger auf das in der linken oberen Ecke, zog es zur rechten, dann zur linken unteren, und zuletzt zur rechten unteren – es ergab die Form eines kleinen »Z«. Dann erschienen eine Menge kleinerer Quadrate auf dem Bildschirm.

»Das hier«, sagte Dewey, »nannten die Menschen vor dem Großen Krieg ein Smartphone. Es war ein Gegenstand zur Kommunikation über große Entfernungen. Wenn zwei Menschen so ein Teil hatten, konnten sie problemlos miteinander reden, auch wenn sie jeweils am anderen Ende der Welt standen.«

Hud fiel die Kinnlade herunter. Es war lange her, dass er so etwas Interessantes gesehen hatte. Er wusste von den Erfindungen vor dem Krieg. Die Autos, die großen, mittlerweile verrosteten Maschinen, die manchmal am Straßenrand standen. Die Solarpanels, die in größeren Siedlungen noch immer Strom lieferten. All dies schien Hud aber nichts im Vergleich zu diesem Ding. Er ließ Dewey weiter erklären.

»Klar können wir es nicht mehr zur Kommunikation benutzen, da die alten Netzwerke seit vielen Jahren zusammengebrochen sind, aber dieses Teil kann noch so unfassbar viel mehr Dinge, dass du anfängst, an schwarze Magie zu glauben. Erst mal reagiert es auf deine Finger. Wenn du etwas sehen willst, musst du es nur berühren.«

Diese verheißenden Gedanken sprengten den Rahmen von Huds Vorstellungskraft. Das Junk in seinem Körper verstärkte die Wirkung, die dieses kleine Etwas auf ihn hatte, ungemein.

Dewey fuhr fort: »Wie lange ist es her, dass du Musik gehört hast?«

Hud überlegte kurz. »Ein Saloon in einer größeren Siedlung unten in den Marshes hatte eine funktionierende Maschine, die sie ›Jukebox‹ nannten. Das war wunderschön. Die Leute pilgerten zu diesem Saloon, aus riesigen Entfernungen. Alle wollten diese Musik hören, und die Besitzer des Ladens hatten sogar bewaffnete Männer engagiert, um es zu bewachen. Niemand, egal wie betrunken er war, wagte es auch nur, das Ding anzufassen. Die Vorstellung, es kaputt zu machen, nagte wohl an ihren Herzen.«

Dewey sagte nichts, nahm das Gerät, drückte auf ein kleines Symbol, das aussah wie ein schwarzer Kreis mit einem Fähnchen, und auf einmal kam es.

Musik.

Echte, gottverdammte Musik. Auf diesem kleinen Ding.

Auf dem Bildschirm stand »acdc_-_back_in_black – ripped-by-StOrMaNgEl44.mp3«. Hud verstand nicht, was es bedeutete. Vermutlich die Sprache der alten Menschen.

Doch die dröhnende Musik, voller schneller, krächzender Töne, die, wie Hud glaubte, aus einer Gitarre stammen müssten, umhüllte seine Ohren wie ein Kokon. Eine unfassbar hohe, abgehackte Stimme setzte ein. Eigentlich klang die Stimme grässlich, jedoch in Verbindung mit dieser trägen, derben Musik passte es. Es klang kraftvoll und erhaben.

Es war das Schönste, was er je gehört hatte.

»Hier, auf diesem Ding«, sagte Dewey, »sind 8.000 Songs.« Er ließ diese Zahl sacken, weil er wusste, dass Hud es nicht würde verstehen können.

»8.000 …«, flüsterte Hud. »So viel wie eine große Siedlung Einwohner hat.«

»Du musst nur herumforschen«, sagte Dewey. »Hier sind Filme drauf, Spiele, sogar ein verdammtes Wörterbuch.«

Bei dem Wort »Wörterbuch« ging Hud das Herz auf. »Wie zum Teufel … Wo hast du das her?« Hud musste fast mit seinem Atem ringen.

»Bertrand Simmons hat es in einem alten Haus gefunden, erzählte er mir immer. Es war vollkommen von Luft unberührt, jahrhundertelang in Sicherheit vor jeglichen möglichen Schäden. Es ist noch immer atemberaubend.« Deweys Gesichtsausdruck dabei wirkte ehrlich. Hud konnte es verstehen.

»Wird das nicht … leer?« Hud wusste das nicht wirklich in Worte zu fassen. »Ich weiß, einige Städte haben Benzingeneratoren oder Solar, um Strom zu produzieren. Das hier läuft auch mit Strom, oder? Brauche ich einen Generator dafür?«

Dewey lachte. »Das ist das Beste an diesem Ding.« Dewey drehte das Smartphone um. Die Rückseite bestand aus blau schimmerndem, halb durchsichtigem Metall, unter dem goldene Fäden hingen. »Wenn die Batterie zur Neige geht«, dabei zeigte er auf eine kleine Leiste in der Mitte des Bildschirms, die halb voll war, »dann leg es in die Sonne. Es hat eingebautes Solar.«

»Weißt du, Dewey«, sagte Hud, »dass du mir das geben willst, macht dich mir echt sympathisch.«

»Weiß ich zu schätzen. Du rettest mir gerade mein Leben, da musste ich doch was auf den Tisch bringen.«

Hud hatte aus dem Nichts eine Idee. Eine brillante Idee.

Bertrand Simmons besaß Dinge wie diese hier. Es schien ein Mann zu sein, der Dinge besaß, mit denen Hud sich zur Ruhe setzen konnte. Und die Frührente erschien ihm gerade sehr attraktiv. Endlose Sorgenlosigkeit, Musik, soviel er wollte … Ja, er hatte eine Idee.

»Ich will dir auch etwas geben, Dewey.« Hud dachte, dass er jetzt schauspielern müsste, um glücklich zu wirken, aber er war glücklich. »Ich weiß, dass du Schmerzen wegen deines Arms hast. Ich habe das Junk. Ein paar Züge aus der Pfeife, und du nimmst deine Schmerzen kaum mehr wahr. Das ist das Mindeste, was ich jetzt tun kann.«

Deweys Augen leuchteten auf wie die eines Kindes. Für einen Moment sah er nicht wie ein verbitterter, böser kleiner Mann aus, sondern wie ein vernünftiger Mensch. »Wirklich?«

»Ja, wirklich. Steig kurz mit aus, wir gehen an den Kofferraum.«

Einige Minuten später nahm Dewey den fünften Zug durch die Pfeife. Seine Augen schlossen sich mehr und mehr. »Du … hattest Recht, Mann. Du bis' gar nich' so übel.« Er schlief ab und zu ein. Hud konnte seinen Magen knurren hören.

Und mit »seinen« meinte er ihre beiden Mägen.

»Mach's dir's aus, wenn'sch schlafen geh?« Doch bevor Hud auf Deweys Frage antworten konnte, war dieser bereits weggenickt.

Hud nahm selbst einen Zug durch die Pfeife und startete den Wagen erneut.

Kapitel 7 – Schwindel, der |

1 Negative Beeinträchtigung des Gleichgewichtssinns
2 Bewusste Täuschung; Betrug

Huds Wagen kam vor den dicken Eisentoren eines Geländes zum Halt, das relativ abgeschieden und von einer Mauer umzogen war, durch die es nur einen Eingang gab. Es schien eine Art verlassene Fabrik zu sein, ein relativ großer Komplex an Gebäuden, in dem man sicherlich eine halbe Armee unterbringen konnte. Ein Dutzend Lichter brannte noch immer an verschiedenen Stellen.

Nun wäre es an der Zeit gewesen, Dewey rauszuwerfen und zu verschwinden. Aber das war nicht Teil des neuen Plans. Jetzt musste er sich anpassen, wie ein Tier an eine harsche neue Lebensbedingung. Hud betätigte dreimal die Hupe und stieg aus. Sofort kamen hinter dem Tor zwei mit Pistolen bewaffnete Männer hervor, allesamt mit zueinander passenden grauen Mänteln, so wie Dewey einen trug.

»Wer zum Teufel bist du?«, wurde er unsanft von einem der Männer gefragt. »Was willst du hier? Du hast besser 'ne Antwort parat, sonst ist der Inhalt deines Schädels gleich auf dem Asphalt!«

Hud hob die Hände und begann, Lügen zu spinnen. »Ich brauche sofort Hilfe! Wir wurden im Wald von Freaks attackiert. Drei Männer sind tot, wir zwei haben überlebt. Dewey ist im Wagen, aber ich habe ihn unter Drogen gesetzt, um den Schmerz zu unterdrücken.«

Der Mann hinter dem Tor beäugte Hud argwöhnisch. Dann sah er auf das Auto, das hinter Hud stand. »Wie heißt unser Auftraggeber?«

Hud reagierte blitzschnell. »Bertrand Simmons, du Idiot! Hör mit dem Scheiß auf – Dewey verblutet!«

Die beiden Männer steckten die Köpfe zusammen und berieten sich still. »In Ordnung, komm rein!«, winkten sie ihn schließlich durch.

Hud grinste. »Danke, Jungs.«

Sie passierten zahllose Flure, ehe sie Dewey auf einer improvisierten Trage zur notdürftig eingerichteten Krankenstation brachten, die kaum als solche zu bezeichnen war. Nebenbei fragte man Hud nach seinem Namen, da ihn niemand zuvor gesehen hatte. »Angus«, antwortete Hud. Er sei ein Neuling auf seiner ersten Streife gewesen, hätte sich Dewey geschnappt und wäre vor den Freaks davongefahren. Und er wäre nur um Haaresbreite seinem Tod entkommen. Da er selbst angeschlagen war, glaubte man ihm. Und es war ja auch nicht komplett gelogen.

Dann blitzte eine Kettensäge unter dem Tresen der Krankenstation hervor, die wohl früher ein Büro gewesen sein muss. Hud erschrak. »Was wollt ihr mit dem Ding?«, fragte er erstaunt.

»Amputation«, sagte der Doktor hinter seiner Maske, die zu einem Schweißbrenner gehörte. »Den Arm könnte nicht einmal mehr Gott persönlich retten.«

»Verschwinden wir von hier, ich will das nicht mit ansehen«, sagte der Kerl, der Hud am Tor begrüßt hatte. Auf dem Weg hatte er ihm seinen Namen anvertraut: Stevenson.

Und so schritten sie einen langen Korridor herunter, während von hinten laute Schreie kamen, die sogar den unfassbaren Krach der Kettensäge übertönten. Das Junk mochte Dewey zwar beruhigt haben, aber außer Gefecht gesetzt war er sicherlich nicht.

Hud lächelte kurz schadenfroh, zeigte es gegenüber Stevenson aber nicht.

»Nun …«, fragte Stevenson, »was ist passiert?«

»Wir sind durch den Wald gefahren, weil wir einen Dingo verfolgten. Er hatte in Richmond versucht, Drogen zu verticken. Das Zeug haben wir jedenfalls bekommen, doch dann kamen aus dem Nichts diese Freaks …« Hud schauderte ohne zu schauspielern. Es war wirklich unheimlich.

Stevensons Glubschaugen weiteten sich. »Oh … Das ist übel … Aber ihr habt den Stoff, oder?«

»Sicherlich, den haben wir.«

»Dann wird Simmons sich doch bestimmt freuen?«

»Und wie! Dazu hätte ich aber noch eine Frage.«

Stevenson hörte aufmerksam zu.

»Ich wollte den Stoff noch heute zu Simmons bringen. Ist eine unfassbar große Menge, die dieser Schwanzlutscher bei sich hatte. Doch ich brauche Vorräte dafür. Benzin, Essen, Munition, vielleicht noch ein paar kleine Pillen gegen den Schmerz.« Hud zeigte auf seine Brust.

»Du willst so weit fahren? Noch heute Nacht? Allein, obwohl du verletzt bist?!«

Oh Scheiße. Scheiße. Das hatte er nicht bedacht.

Hud wurde schlagartig noch eine Stufe ernster. »Weißt du, Stevenson, ich bin noch neu hier, ein ganz kleiner Fisch. Und du weißt ja, wie Simmons sein kann.«

Stevenson nickte mit noch stärker geweiteten Augen. Sein Gesichtsausdruck sprach Bände. Bertrand Simmons war also kein netter Mensch.

»Das hier wäre mein Ticket in eine höhere Etage. Ich könnte Simmons einen riesigen Haufen Drogen geben, ihm zeigen, dass ich Dewey das Leben gerettet habe. Das wäre absolut perfekt.«

Stevenson nickte.

»Und ihr, ihr alle hier. Ihr könnt behaupten, dass ihr geholfen habt. Ihr rettet Dewey das Leben, ihr versorgt mich für die Fahrt. Ich würde ein gigantisches Wort bei Simmons für euch einlegen. Wir würden allesamt nur davon profitieren. Und ihr habt doch genug Vorräte hier, oder?«

Stevenson dachte eine Sekunde nach. Dabei sah er Hud starr in die Augen.

»Weißt du was, Angus, das klingt wirklich nach einem Plan. Komm mal kurz mit.«

Eine halbe Stunde später war Huds Wagen mit genug Konserven für die nächste Woche gefüllt, wenn er sie gut rationierte. Man gab ihm dazu ein paar Liter Wasser und Benzin, zwei Dutzend Schuss Munition für seinen Revolver, zwei Hülsen für seine Schrotflinte sowie ein Magazin für seine neue Pistole, die er Dewey abgenommen hatte. Dazu drückte ihm Stevenson mit einem Augenzwinkern etwas Ketamin in die Hand. »Gegen das Wehwehchen, hm?«, sagte er schmunzelnd.

Hud war im Schlaraffenland gelandet.

»Oh, eine Sache noch!«, Stevenson kochte über vor Euphorie. »Hat man dir von der Karte erzählt, die Mr. Simmons wollte?«

Hud schüttelte den Kopf. Das konnte ja etwas werden.

»Damit besorgst du uns allen noch mehr Ansehen und Respekt bei Simmons, vertrau mir mal. Komm noch eine Sekunde mit.«

Stevenson, der offensichtlich der Anführer dieses Stützpunktes war, ging mit Hud und zwei Wachen in den Keller eines kleineren Gebäudes. Nach einem kurzen, schlecht beleuchteten Treppenabstieg gerieten sie vor eine dicke Stahltür, die zu einem gigantischen Safe gehörte.

Stevenson gab schnell und roboterartig eine Zahlenkombination ein. Dann drehte er an einem großen metallenen Rad und die Tür schwang auf. Dahinter verborgen waren Berge und Berge von allen erdenklichen Kostbarkeiten: Kanister über Kanister voll mit Benzin, einzelne Goldbarren (Hud hatte seit Jahren kein Gold mehr gesehen), etliche Schusswaffen, Messer, flaschenweise Alkohol wie Whisky, Gin und Wein, durchsichtige Beutel voll mit Pillen, sowie einzelne komplizierte Maschinenteile, deren kleine Lichter in Intervallen blinkten. Das hier war eine Goldgrube. Auf dem Tisch in der Mitte des Tresorraumes jedoch lag eine kleine Rolle Papier, die Stevenson in die Hand nahm. Er breitete sie sorgfältig aus.

Das vergilbte Papier zeigte die Umrisse eines Landes, die Hud vor langer, langer Zeit in einem Klassenraum gesehen hatte. Es war das Land, das sein Lehrer einmal als »Nordamerika« bezeichnete hatte, das Land, in dem sie alle lebten.

Stevenson zeigte auf einen Punkt an der Ostküste. »Hier sind wir«, sagte er, dann zog er vorsichtig seinen Finger komplett Richtung Westen, wo ein rotes X auf ihn wartete. »Hier«, sprach er andächtig, »ist Sherman's End. Ja, *das* Sherman's End. Unheimlich, oder?«

Der Name kam Hud vage bekannt vor, und er weitete seine Augen, um Überraschung vorzutäuschen.

»Relativ wenig ist darüber bekannt, was das zu bedeuten hat. Einige behaupten, schon dort gewesen zu sein. Dort soll es Reichtümer jenseits unserer Vorstellungskraft geben.«

»Was für Reichtümer?«, fragte Hud.

Stevenson zeigte auf all die Dinge, die sich um ihn herum im Raum befanden. »Dinge, die das hier in den Schatten stellen. Kein Wunder, dass Mr. Simmons eine Karte dorthin wollte.«

Huds Blick huschte noch immer über die Karte. Unten in der Ecke standen Zahlen, die anscheinend wie in Eile krude mit einem Bleistift gekritzelt worden waren: »16 1 14 4 15 18 1 19 - 2 15-X«. Hud fragte besser nicht nach, was sie bedeuten sollten. Stevenson wusste es sicher selbst nicht.

»Aber …« Stevenson wurde überraschend ernst. »Man sollte mit Vorsicht damit umgehen.«

»Wieso?«, fragte Hud, ohne seinen Blick von der Karte zu lösen.

»Na ja, Carl sollte die Karte besorgen. Und das hat er ja auch. Nur kam Carl nicht wirklich … komplett zurück.«

»Was soll das bedeuten?«, fragte Hud und konnte endlich seinen Blick von der Karte reißen. »Was ist mit ihm geschehen?«

»Willst du ihn selbst fragen?«, fragte Stevenson.

Nach einem kleinen Fußmarsch kamen sie zu einer Zelle am hinteren Ende des Geländes. Es war wirklich eine Zelle, inklusive kleiner rostiger Gitterstäbe vor dem einzigen Fenster in der Tür.

Stevenson schlug gegen die Tür. »Carl, komm doch mal her!«

Sofort erschien eine Fratze vor dem kleinen Gitterfenster. Es war eine groteske Karikatur eines Menschen. Seine Augen waren weit aufgerissen, der Mund in einem breiten Grinsen eingefroren, das eine Reihe von Zähnen präsentierte – gelblich und mit zahlreichen Lücken.

»Ja, Boss?«, fragte Carl überaus freundlich.

»Dieser hier« – Stevenson zeigte auf Hud – »wird die Karte zu Mr. Simmons bringen. Kannst du berichten, was du in Sherman's End gesehen hast?«

Carls Grinsen wurde noch viel breiter. Es war fast unmenschlich. Und nun fixierte er Hud mit seinen Augen. Er blinzelte nicht – seine Augen schienen so vertrocknet zu sein, dass Hud dachte, er könne gar nicht anders. »Junge«, zischte Carl, dessen Stimme etwa so angenehm wie Sandpapier klang, »du kannst dir nicht im Ansatz vorstellen, was ich gesehen habe. Ich habe Dinge gesehen, die mir die Augäpfel fast aus dem Schädel gebrannt haben. Dinge, die ich nie wieder werde vergessen können. Dinge, die so unfassbar …« Carl hielt einen Moment inne. Eine Träne floss seine Wange herunter. »Dinge, die so unfassbar … groß waren. Von solchen Ausmaßen. Dinge, die wertvoller waren als Gold, wertvoller als alles Benzin der Welt, wertvoller als eine Nacht mit allen schönen Weibern dieses gottverlassenen Kontinents.«

Hud bemerkte jetzt erst, dass er auch nicht geblinzelt hatte. Er zitterte am ganzen Leib. Er begann zu schwitzen. Es war, als wenn dieser irre Blick in sein absolut Innerstes bis zu seiner Seele drang. »Was hast du gesehen?«, fragte Hud fast schon flüsternd.

»Die Wahrheit«, sagte Carl. »Die Wahrheit. Reiner als frisches Quellwasser, reiner als eine sengende Flamme, reiner als die Seele eines gerade geborenen Kindes. Dort waren zwar Gold und Diamanten und alles, was du dir an schönen Dingen vorstellen kannst. Da kannst du mir trauen, Junge. Aber nichts, absolut nichts kommt auch nur an das heran, was sonst dort auf uns wartet.«

»Ich … ich verstehe ni…«

Carls Hände umklammerten die Gitterstäbe. Er rüttelte schlagartig daran. Er hatte merkwürdige Narben an seinen Handinnenflächen, etwa in Form einer Ellipse. Hud hätte sie nicht bemerkt, wenn sie nicht auf beiden Händen an der gleichen Stelle wären – sie sahen aus wie gespiegelte Muttermale. »Geh dort hin! Und wenn du es selbst tun musst, falls Simmons es nicht will! Es ist vollkommen egal, Junge! Aber ich habe hinter den Vorhang geschaut! Ich habe Dinge gesehen, die mich nicht mehr schlafen lassen, aber nicht aus Angst, sondern aus bloßer Ehrfurcht!« Carl rüttelte noch stärker. Er brüllte mittlerweile. »Was macht ihr noch hier?! Geht! Los! Seht es doch selbst! Es ist das Paradies! Der Garten! Es ist der Garten!«

Dann packte Stevenson Hud am Kragen und zerrte ihn davon, während Carl noch immer seine Parolen brüllte.

»So war er, seit er hier ankam. Er hatte tatsächlich die Taschen voller Diamanten. Echter Diamanten. Irgendetwas ist dort, aber ich weiß wirklich nicht, ob es das wert ist. Mich zumindest würde kein Geld der Welt auch nur in die Nähe dieses Ortes gehen lassen.«

»In Ordnung«, sprudelte es aus Hud heraus, der noch immer nicht so recht wusste, was gerade passiert war. »Ich werde Mr. Simmons die Karte überreichen.« Dann lächelte er kurz und sagte: »Mr. Simmons wird euch ewig dankbar sein! Wirklich!«

Stevenson lächelte. Hud mochte den Kerl irgendwie. Das Ganze tat ihm fast leid.

Dann stieg er jedoch in seinen neuen Wagen, der vollgestopft war mit Lebensmitteln, wartete, dass man ihm das Tor öffnete und fuhr langsam raus.

Als er über den Hügel war, trat er erneut aufs Gaspedal und lachte, wie er lange nicht mehr gelacht hatte.

Er warf einen Blick auf seine Karte, suchte sich eine Route heraus, die ihn schneller an sein Ziel bringen würde, und gab noch mehr Gas.

Er war nämlich ab jetzt auf der Jagd nach einem Schatz.

Kapitel 8 – Ver-gan-gen-heit, die |

Die Summe aller Ereignisse, die zeitlich zurückliegen

Hud hielt seinen neuen Wagen am Wegesrand an. Es war ein unfassbar tolles Auto, das gut gewartet und gepflegt war, vermutlich schneller fuhr als alles, was er zuvor besessen hatte und genug Platz für alle möglichen Dinge hatte, die ein Wanderer durch das Ödland gebrauchen konnte.

Das Junk hatte er erneut in dem Ersatzreifen versteckt, der im Kofferraum lag. Zumindest gab es einen. Seine Pfeife ruhte zusammen mit den beiden Handfeuerwaffen im Handschuhfach und die bereits geladene Schrotflinte hing in dem ausklappbaren Sonnenschutz über dem Fahrersitz, für den der vorherige Besitzer bereits eine Halterung für genau diesen Zweck eingebaut hatte. Mehr Besitztümer waren ihm seit der Explosion seines Wagens auch nicht übrig geblieben. Doch nun hatte er neue Dinge. Bessere Dinge. Und er würde nach Sherman's End fahren und herausfinden, was es mit all diesen Merkwürdigkeiten auf sich hatte.

Aber was war mit diesem Carl los gewesen? Es war zwei Tage her, aber dieser Kerl geisterte noch immer gelegentlich durch Huds Kopf. Er hatte angeblich Diamanten bei sich gehabt, aber diese schienen ihm egal gewesen zu sein. Er hatte »die Wahrheit« gesehen und sie schien ihm nicht gutgetan zu haben. Das erinnerte Hud an eine Geschichte aus seiner früheren Zeit, vor all dem hier. Sein Lehrer hatte sie ihm erzählt. Wie ging das noch einmal … Irgendetwas, das mit »Ika« anfing, flog mit Flügeln zu nah an die Sonne und fiel dann zurück zur Erde, weil es Feuer gefangen hatte – oder so ähnlich. Vielleicht wusste das Wunderding Bescheid.

Er nannte das Gerät immer nur Wunderding, weil er sich nicht merken konnte, wie Dewey es bezeichnet hatte. Und Wunderding war ein passender Name. Es war so unfassbar klein, aber es steckte dennoch voller Dinge, die Huds Verstand um ein weites überschritten. Es war ein echtes Zeugnis von all dem, wozu die Menschen vor dem Großen Krieg in der Lage gewesen sein mussten.

Hud griff in die geklauten Vorräte und schnappte sich wahllos eine der Konserven. Ein Blick aufs Etikett zeigte ihm ein nur allzu bekanntes Gesicht: einen dicken Mann mit einem massiven Schnurrbart, gekleidet in merkwürdigen weißen Klamotten. »Michelangelos Best – Grüne Bohnen«, stand darunter in großen, roten, weiß umrandeten Buchstaben. Auf der Rückseite stand »Der Inhalt dieser Dose ist unbegrenzt haltbar«. Hud entdeckte auf der Konserve noch ein Bild von den langweiligen Bohnen, das niemals auch nur im Ansatz der Realität entsprach, unterlegt mit dem Begriff »Serviervorschlag«. Ein Begriff, den er nie verstand. Aber: Er konnte es ja jetzt mit dem Wunderding nachschlagen. Das würde er gleich als erstes tun.

Er nahm den flachen Gegenstand vorsichtig aus dem Platz in der Mittelkonsole hervor. Hud betrachtete alles noch einmal genau. Auf der Rückseite fand er die Worte »HONTOR ELECTRONICS«, und er verstand es ebenfalls nicht. Ein weiteres Wort zum Nachschlagen.

Nun drückte er den Knopf an der Seite, zog auf dem Bildschirm mit dem Finger das »Z« nach, so wie Dewey es ihm beschrieben hatte, und schon klappte das Menü auf. All diese Klötze in verschiedensten Farben, mit kleinen Symbolen, die er wohl nie würde verstehen können. Er hatte schon einige ausprobiert, und wusste, was er als erstes tun musste.

Er berührte das Symbol für »Musik«. Es sah etwa aus wie zwei Fähnchen, die falsch herum hingen und oben durch einen Strich verbunden waren. Das hatte er sich zuerst eingeprägt – es war unglaublich, die Musik aus der Vergangenheit zu hören.

Sofort erschien eine Folge von Buchstaben vor seinen Augen: »haddaway_-_what_is_love.mp3«. Ein weiterer Song, den er nicht kannte. Wie denn auch? Im Hintergrund tauchte das Bild eines Mannes auf, der vor weißem Grund nachdenklich seine Hände zusammenlegte. Diese Bilder änderten sich ständig mit der Abfolge der Songs, doch er ignorierte es.

Einmal auf das Symbol in der Mitte, das wie ein Pfeil aussah getippt und sofort ertönten die Worte »What is love?«, zusammen mit merkwürdigen elektronischen Geräuschen. Was für eine dumme Frage. Jeder wusste, was Liebe war. Doch er würde es jetzt erneut herausfinden.

Ein Pfeil zurück und er war im Hauptmenü. Dann eins der Kästchen mit einem Buch darauf. Und schon war er im Wörterbuch.

Das Wörterbuch kannte alle Wörter, was Hud am meisten faszinierte. Er selbst kannte nicht viele dieser Wörter, jedoch faszinierten sie ihn alle. Große Worte kamen oft von großen Personen, hatte sein Vater früher immer gesagt.

Er tippte auf das Feld, in dem »Suche« stand, woraufhin sofort alle Buchstaben, die es gab, auftauchten. Dann tippte er mit vorsichtigen Fingern (da er oft daneben traf) das Wort »Liebe« ein. Es erschien Folgendes:

»Lie-be, die |
1 Starke Form von Zuneigung für einen Menschen; Grundlage für eine Beziehung
2 Enger Bund; Freundschaft
3 ugs.: Starke Bindung zu Vorlieben (›Ich liebe Makkaroni mit Käse!‹)«

Da hast du es, Haddaway. Das ist Liebe, dachte sich Hud. Doch Haddaway war zu beschäftigt, weiter zu elektronischen Geräuschen über dieses Gefühl zu singen. Hud hasste den Song jetzt schon.

Daraufhin rauchte er erst einmal einen großzügigen Zug Junk aus seiner Pfeife. Er tippte weiter. »Serviervorschlag« war als Nächstes an der Reihe.

»Ser-vier-vor-schlag, der |
Bildlicher Vorschlag für das Anrichten von Lebensmitteln, meist in Form von Abbildungen auf Verpackungen«

Da hatte das Wunderding allerdings Recht. So konnte man grüne Bohnen definitiv anrichten, wenn man es wollte. Wenn sie denn nur in Wirklichkeit so aussähen.

Das Lied war mittlerweile zu Ende. Ein kleines Kästchen tauchte im linken unteren Rand des Bildschirms auf. Der nächste Song hieß »depeche_mode_-_people_are_people.mp3« und begann mit merkwürdigen Trommelgeräuschen. Das klang seltsam, doch Hud saugte alles auf wie ein Schwamm. Die Menschen waren früher halt anders.

Im Anschluss gab er »HONTOR ELECTRONICS« ein. Für diesen Begriff gab es keine Ergebnisse. Musste wohl ein Name oder sowas sein.

Ein weiteres Feld sprang ihm ins Auge. Er hatte es letzte Nacht entdeckt, und er konnte nicht genug davon bekommen. »Zufall«, hieß es dort. Es spuckte ihm einfach ein Wort aus. Auf diese Weise hatte er bereits tolle Wörter wie »Garnitur«, »Labyrinth«, »Milchzahn« oder »Sternzeichen« gelernt. Mal sehen, was es ihm diesmal präsentieren würde.

»To-hu-wa-bo-hu, das |
Chaos, Unordnung«

Hud fasste sich an die Stirn und brauchte erst mal einige Sekunden, um den Begriff laut auszusprechen. Tohuwabohu? Gott, was für ein merkwürdiges Wort. Er liebte es!

Er drehte sich um und betrachtete die Rückbank des Wagens, voll mit seinen Vorräten, Munition und völliger Unordnung. Dann sagte er laut: »Was für ein Tohuwabohu!«, und warf seinen Kopf schallend lachend zurück.

Dieses Wunderding war herrlich. Er durfte es nie wieder weggeben und nie verlieren. Das hier war ernsthaft seine Chance darauf, den Rest seines Lebens in endlosem Glück zu verbringen. Das Wunderding, der neue Wagen, Junk bis an sein Lebensende … und der Schatz, der in Sherman's End auf ihn wartete.

Er musste noch mehr Funktionen ausprobieren. Hud ging zurück in das Hauptmenü und drückte auf ein weiteres Kästchen, das er zufällig wählte. In dem neuen Menü stand groß »Nachrichten«, darunter einige Unterpunkte: »Nachricht verfassen«, »Postausgang«, »Posteingang«, »Entwürfe«.

Das Feld »Posteingang« war aus all den anderen Feldern hervorgehoben. Dort stand eine »(1)«. Als würde es Hud magisch anziehen drückte er auf das Feld, nur um eine endlose Menge von Zahlen zu finden. Ständig das gleiche Muster – eine Menge Zahlen, die durch Schrägstriche getrennt waren und immer auf 2134 endeten, dazu immer das Wort »Sherryl«.

Das oberste Feld war grau hinterlegt: *– 11:47, 4/7/2134 – Sherryl*

Hud legte einfach sanft seinen Finger darauf.

Ein Text erschien:

Sherryl 11:47, 4/7/2134: ich liebe dich auch max

Dewey hatte erwähnt, dass es sich bei dem Wunderding um ein Kommunikationsgerät handelte. Der ehemalige Besitzer hieß wohl Max und er war mit einer Sherryl zusammen gewesen.

Neben der Nachricht entdeckte Hud ein Feld namens »Nachrichtenverlauf anzeigen«. Das klang interessant. Er würde jetzt wohl Worte von jemandem aus der Vergangenheit lesen können.

Eine weitere Box tauchte in der Ecke des Bildschirms auf: »chuck_berry_-_johnny_b_good.mp3«, gefolgt von einer Kaskade von Gitarrenklängen. Es hatte einen schnellen und kraftvollen Rhythmus. Das Lied gefiel Hud sehr.

Er konzentrierte sich auf die Nachrichten. Er konnte den Bildschirm mit dem Finger ziehen – anders wusste er es nicht zu beschreiben – um vorherige Nachrichten zu sehen. Die letzte Nachricht von Max lautete:

Max 11:46, 4/7/2134: ich liebe dich sherryl

Das hätte sich Hud auch denken können. Seine Neugierde war aber geweckt. Das hier war die Chance, die Unterhaltungen von Menschen zu verfolgen, die seit vielen Jahren tot waren und nun wie Geister in diesem kleinen Kasten lebten. Er rieb sich kurz die Augen, da das grelle Licht des Displays ihm in seinen empfindlichen Augen weh tat, und fuhr fort.

Sherryl 11:41, 4/7/2134: oh gott, ich höre bereits die sirenen. die bomben werden bald kommen
Max 11:40, 4/7/2134: wie weit ist es bei dir? ich hab angst
Max 11:40, 4/7/2134: angeblich trefffen die bomben in zehn minuten heir an
Sherryl 11:21, 4/7/2134: oh gott! chicago wurde gerade getroffen
Max 11:19, 4/7/2134: new york und LA wurden bereits erwischbt
Max: 11:18, 4/7/2134: gehts dir gut, baby? bittte sag mir dass du ok bist

Hud schloss die Nachrichtenfunktion. Er verstand nicht, was die beiden da schrieben. Das Junk hatte ihm zu sehr den Kopf vernebelt. Er zündete sich erneut die Pfeife an und legte sich schlafen.

Kapitel 9 – Ge-schmack, der |

1 Der Teil von etwas (meist Essbarem), der durch das Sinnesorgan Zunge wahrgenommen wird
2 Summe persönlicher Präferenzen

Es waren mittlerweile vier Tage vergangen, seit Hud Bertrand Simmons sein Hab und Gut weggenommen hatte.

Seine Brust schmerzte nicht mehr so stark wie zuvor. Die Pillen, die ihm Stevenson netterweise zugesteckt hatte, erfüllten ihren Zweck. Sie gaben ihm ein angenehmes warmes Gefühl in der Mitte seines Torsos, das langsam aber sicher die Stelle des Schmerzes einnahm. Durch diese Babys würde er fitter als sonst sein.

Nun, da er erneut im Schatten des Wagens saß und sich einen weiteren Zug aus seiner Pfeife genehmigte, warf er einen Blick auf die Karte, die er genaugenommen hatte mitgehen lassen. Er breitete sie vorsichtig im Sand vor sich aus und fixierte sie mit den vier größten Steinen, die er in der Umgebung finden konnte. Huds Finger verfolgten so in etwa die Route, die er gefahren war. Er hatte bisher keine große Strecke zurückgelegt. Benzin oder ein fahrbarer Untersatz generell waren eine Rarität und ein unsagbarer Luxus. Natürlich nicht von großem Nutzen für Menschen, die sich niederließen, aber für einen Dingo wie ihn war es der Himmel.

Jedoch musste das Benzin sparsam eingesetzt werden. Der Asphalt der großen Straßen, den die Menschen vor dem Großen Krieg so sorgfältig verlegt hatten, war an einigen Stellen wie die Naht eines alten, vernachlässigten Stofftiers aufgeplatzt. Einzelne Büschel Gras und Gestrüpp sprießten unter ihnen hervor wie graue Haare aus dem Schädel eines gestressten alten Mannes. Manche der größeren Highways waren nach all diesen Jahren noch immer ideal mit hoher Geschwindigkeit befahrbar, aber nicht diese hier. Auf solchen Straßen wie dieser zügellos Gas zu geben, war ein Ding der Vergangenheit. Und Gott bewahre, wenn einmal ein Ersatzteil kaputt ging. Falls in irgendeiner vermaledeiten Gegend einmal ein Wagen liegen geblieben war, war es quasi eine Pflicht, anzuhalten und auszuschlachten, was noch zu gebrauchen war.

In seinem alten Wagen hatte Hud eine große Sammlung an noch nutzbaren Autoteilen gehabt: Zündkerzen, Katalysatoren, Ersatzscheinwerfer, Kolben, Ventile und sonstige Teile, deren Namen er nicht einmal in tausend Jahren würde lernen können. In größeren Siedlungen gab es sogar große öffentliche Märkte hierfür, genauso wie einen Haufen korrupter Werkstätten mit Arbeitern, denen man nicht seinen Wagen anvertrauen konnte, ohne ihnen bei jedem noch so kleinen Handgriff misstrauisch über die Schultern zu schauen. Es sollte sogar noch in abgeschiedenen Teilen dieser Welt Fabriken und Schmiede geben, die nach Vorbildern von Einzelteilen weiterhin diese Teile herstellten – in minderer Qualität, aber funktionstüchtig. In Texas förderten noch immer die letzten Ölbarone mit den schlecht gewarteten Pumpen einzelne Vorkommen vom schwarzen Gold. Es wurde sicherlich weniger gebraucht als früher und würde noch für einige Zeit ausreichen. Die Menschheit hatte sich gegenseitig fast ausgerottet, aber, das war Hud klar, sie würde noch sehr lange Zeit ihre Wagen bedienen können. Hud war wieder abgeschweift. Verdammtes Junk, nun auch noch in Verbindung mit diesem Teufelszeug von Ketamin. Er musste sich auf die Karte konzentrieren.

Ein paar Kilometer voraus würde er auf einen großen Highway stoßen, was hervorragend für sein Vorhaben war. Nicht nur würde er etwas schneller fahren können, sondern entlang des Highways fand man auch die größten Siedlungen, die meist sehr freundlich gegenüber Dingos waren. Sie brachten neue Waren in die Stadt und ließen ihre Wirtschaft florieren. Mit dem Junk würde er sich dort sicherlich mit Vorräten aller Art eindecken können.

Jedoch zogen diese Siedlungen auch Abschaum regelrecht an. Leute, die sich einen Dreck darum scherten, dass Menschen sich dort wieder eine Wirtschaft aufbauen wollten. Menschen, die man kaum noch Menschen nennen konnte, da ihr einziger Antrieb Zerstörung und Terror zu sein schien. Eine falsche Bewegung im örtlichen Saloon könnte große Probleme mit solchen Leuten bedeuten. Vorsicht war dort immer am besten.

Hud rollte die Karte zusammen und stieg wieder in den Wagen ein. Er wusste, welcher Straße er zum Highway folgen musste. Und von da an war es sicherlich ein Kinderspiel.

Die Sonne brannte ihm durch sein Fenster direkt in den Ausschnitt seines Hemdes. Der Schweiß trat ihm erneut aus allen Poren. All dies nahm er durch das Junk nur noch intensiver wahr. Seine Synapsen hatten praktisch ein Fest für die Sinne.

Die Luft flimmerte leicht am Ende der Straße und würde es so lange tun wie die Sonne weiterschien. Er würde diesem Flimmern folgen müssen.

Nach etwa einer halben Stunde Fahrt mit gemächlichem Tempo stand er vor der Kreuzung, die in den Highway mündete. Eine lange, gerade und vierspurige Straße, die in beide Richtungen bis zum Horizont verlief, breitete sich vor ihm aus.

Hud dachte noch einmal an Diamanten und Reichtum und an ein ewiges Leben in Freiheit und Glück. Dann fiel sein Blick auf ein Straßenschild, das all die Zeit überlebt hatte. Es war rot und achteckig, an vielen Stellen an- und teilweise auch durchgerostet, aber die Nachricht war immer noch lesbar: »STOP«. Jemand hatte mit einer Spraydose »FOR NOBODY« hinzugefügt.

Dann bog Hud behutsam und andächtig ein, als wäre es der erste Schritt auf einer großen Reise.

Es waren nicht einmal zwanzig Kilometer in dieser endlosen Monotonie vergangen, als er am Ende der Straße einen schwarzen Fleck erkannte, der dort nicht hingehörte. Er stach aus der Einöde heraus und begann wie ein Wilder mit den Armen zu fuchteln, sobald Hud näher kam. Ein Anhalter. Anhalter in dieser Zeit waren ein großes Problem. Hud war sich dieser Sache definitiv bewusst. Ein Dingo auf der Durchreise hielt seinen Wagen an, und eine bewaffnete Bande sprang hinter Büschen hervor und verursachte ein echtes … Tohuwabohu.

Hud grinste noch einmal kurz, als er an dieses Wort dachte.

Würde er im Nirgendwo gestrandet sein, wäre eine Mitfahrgelegenheit für Hud das Beste. Er konnte sich in diese winkende

Gestalt am Ende der Straße hineinversetzen. Hud würde wollen, dass man dasselbe für ihn täte. Dennoch: Vorsicht war das einzig Richtige. Vorsicht war das, was ihn bisher am Leben gehalten hatte. Also würde er auch hier vorsichtig vorgehen müssen.

Hud zog den Revolver behutsam aus seinem Handschuhfach. Das Gewicht dieses schweren Metallklotzes beruhigte ihn ungemein. Die andere Pistole steckte er sich in eine Socke. Dann fuhr er langsam näher an den Anhalter heran und kurbelte das Beifahrerfenster herunter.

Je näher er diesem Gentleman kam, desto geringer schien jedoch die Gefahr zu werden, die von ihm ausging. Er war relativ schmächtig, trug ein dreckiges, viel zu langes Hemd und eine ausgebeulte Jeans. Der Anhalter hatte ein freundliches und offenes Gesicht.

Hud hielt den Wagen direkt neben dem Fremden und zielte mit dem Revolver durch das offene Beifahrerfenster.

Die Augen des Mannes weiteten sich augenblicklich. »Oh Gott, nicht schon wieder!«, entfuhr es ihm. Er zog seine Augenbrauen hoch und seine Pupillen wurden kleiner. »Wenn du irgendetwas von mir willst«, sagte er, »muss ich dich enttäuschen. Dir ist jemand zuvorgekommen. Ich habe nichts außer der Kleidung an meinem Leib, Kumpel.«

Hud sagte nichts und starrte den Mann nur an. Hinter dem Fremden war nur ein offenes Feld mit stellenweise vertrockneten kurzen Gräsern. Es versteckte sich niemand. Hud stieg daraufhin aus und ging zu dem Mann herunter, ohne aufzuhören, mit dem Lauf des Revolvers auf ihn zu zielen. Er packte den Mann und untersuchte ihn auf Waffen. Einige tastende Bewegungen an seinen Hosentaschen, an den Beinen, zuletzt am Hosenbund. Alle verdächtigen Verstecke waren negativ.

Er setzte sich wieder ans Steuer, ohne den Mann auch nur eine Sekunde von der Gefahr durch die Waffe zu befreien und starrte ihn an. »Steig ein«, sagte Hud kurz und knapp.

Das Gesicht des Kerls schien wie ein Feuerwerk an Freude zu explodieren. »Du bist ein verdammter Engel, das sag ich dir«, quasselte er. Seine Stimme war hoch und dennoch rau, passend zu seiner Gestalt. Das war ein verdammt armer Kerl.

Er öffnete die Beifahrertür und setzte sich. Hud steckte den Revolver in seine Hosentasche.

»Wie heißt du?«, fragte der Mann. »Ich bin Melvin.« Er reichte Hud die Hand. Dieser erwiderte die Geste nicht.

»Hud«, warf er nur hinzu. Dieser Melvin erschien wie eine arme Seele, die ihm niemals weh tun würde. Er verzichtete demnach auf einen seiner Decknamen.

Melvin lächelte. »Hud? Noch nie gehört. Is' das 'n Spitzname?«

»Meine Eltern haben mich damals Hudson genannt«, sagte er. »Ich konnte den Namen noch nie leiden. Aber mir ist nie was Besseres eingefallen.«

Melvin lachte nun. Es war ein kurzes, schnappendes Lachen, wie Hud es noch nie gehört hatte. Aber es klang aufrichtig.

»Nun denn, Hudson, dreißig Kilometer geradeaus ist Finneagan, eine größere Siedlung. Würdest du mich mit dahin nehmen? Ich kenne da ein paar Leute, die mir eine Fahrt nach Hause organisieren können. Für dich würde ich sicherlich etwas als Wiedergutmachung besorgen, sobald wir da sind.«

»Gut«, sagte Hud, »von mir aus machen wir das so.«

Melvin freute sich und sprang fast im Sitz auf und nieder. Hud konnte den seltsamen Kerl irgendwie leiden. Er war etwa so gefährlich wie eine Fliege. Melvin würde ein paar Sätze plaudern, ihn ein paar Vorräte kaufen lassen und dann verschwinden. Es klang nach einem guten Plan.

Melvin war eine verdammte Quasselstrippe. Wenn Hud nicht so selten menschlichen Kontakt hätte, wäre es nervig für ihn gewesen. Doch so genoss er es. Er kommentierte Melvins Aussagen selten mit mehr als ein paar Silben und versuchte wie ein harter Kerl zu wirken, aber insgeheim genoss er jede Sekunde davon. Ein so tolles und aufrichtiges Gespräch würde er sicher lange nicht mehr haben.

»Wusstest du«, sagte Melvin, »dass die Menschen früher ihr Aussehen veränderten? Also, ich habe in einem Buch gelesen, dass sie sich operieren ließen, um sich komplett zu verändern. Sie entfernten sich Fett, richteten ihr Gesicht, veränderten sogar ihre Augenfarbe. Das bringt mich um, wenn ich nur darüber nachdenke. Den Körper, den man bekommt, bewusst verändern zu können … Das alte Volk muss voller Wunder gewesen sein, die wir alle nicht mehr kennen.«

Hud musste sich beherrschen, nicht das Wunderding auszupacken. Es wäre besser, wenn Melvin nicht wusste, dass er so etwas besaß. »Klingt eher gruselig«, knurrte Hud.

»Wieso das denn?«, fragte Melvin.

»Weiß nicht. Einen alten Bekannten zu grüßen, der ein neues Gesicht hat, würde mich völlig verwirren. Das sind doch andere Menschen, wenn sie in den Spiegel sehen.«

Melvin kicherte wieder. »Ich würde mir meine riesige Nase gegen eine kleinere tauschen, glaube ich. Die Ladys würden es mögen.«

Hud lächelte. Der Kerl hatte einen verdammten Zinken. »Wenn du es so bedenkst – sein hässliches Gesicht gegen ein neues zu tauschen wäre tatsächlich praktisch. Ein neues Leben, ohne dass die Leute wissen, wie viel Mist man im Lauf seines Daseins gebaut hat. Ein erfrischender Neuanfang. Für so etwas würde ich das glaube ich tun.«

Hud entspannte sich. Dann holte er seine Pfeife hervor.

»Willst du einen Zug?«, fragte er.

»Nein, ich rauche nicht«, sagte Melvin freundlich. »Mach ruhig.«

Der Kopf der Pfeife war bereits gestopft. Hud konnte sie auch während der Fahrt anzünden. Er hatte Übung. Dann drang der süße Rauch bereits in seine Lungen ein und erfüllte ihn mit der inneren Wärme, die er so liebte.

»Wow …«, sagte Melvin erstaunt, »Das riecht phantastisch. Was ist das?«

»Junk«, murmelte Hud leicht benebelt. »Ein besonderer Tabak, wenn du so willst.«

»Oh, du wirkst wie ein Mann mit einem besonderen Geschmack, muss ich dir lassen.«

»Danke.« Hud lehnte den Kopf leicht zurück.

»Ich würde gern mal ein Stück von dir probieren.«

Hud guckte verdutzt zur Seite.

Ein Tentakel brach aus Melvins Bauchdecke hervor. Ein weiteres aus seinem Hals. Blutspritzer flogen kreuz und quer durch den Wagen, ausgehend von den Stellen, an denen Melvins Körper einfach aufzubrechen schien.

Innerhalb weniger Sekunden war der Wagen voll mit schwarzen Tentakeln, die wild tastend umher glitten. Sie fuchtelten und betatschten alles, was sich in ihrer Nähe befand, wie die neugierigen Hände kleiner Kinder. Eine der Tentakel berührte Huds Arm und verursachte dadurch Gänsehaut am ganzen Körper. Der Fangarm war unangenehm warm und glitschig, bedeckt mit Eiter und Blut und sonstigen Körperflüssigkeiten, deren Vorstellung Hud bereits in leichten Schwindel versetzte. Hud trat hart auf die Bremse.

Die Kreatur, die sich Hud als Melvin vorgestellt hatte, raste ungebremst weiter und krachte gegen Armaturenbrett und Windschutzscheibe. Um das Glas zu durchbrechen, war Hud nicht schnell genug gefahren. Nun zeigte sich das wahre Gesicht der Kreatur: Die letzten Fetzen des Hemdes, das Melvin trug, platzten von seinem Torso und entblößten eine grässliche Fratze mit zahllosen scharfen Zähnen. Das Biest hatte drei Augen und eine furchtbar lange Zunge, die bereits vor Sabber in Anbetracht des bevorstehenden Mahls triefte. Der menschliche Kopf – Hud war sich nicht sicher, ob es ein künstlicher Schädel war oder einfach nur der armen Sau gehörte, die dem Wesen zuvor als Opfer in die Hände gefallen war – hing leblos nach hinten, jeder Gesichtsausdruck verschwunden. Melvins Kopf sah wie der schäbige Rest einer Marionette aus, der schlaff herumhing, nachdem der Puppenspieler die Fäden losgelassen hatte.

Hud zog seinen Revolver, aber prompt wurde ihm dieser von einem geschickten Tentakel abgenommen.

Er öffnete die Tür und versuchte zu rennen. Ein halbes Dutzend Fangarme packten ihn an seinen Gliedmaßen und zogen ihn mit übermenschlicher Kraft zurück in den Wagen. Es würde nicht lange dauern, bis er die Zähne der Fratze, die aus der Brust des Körpers ragte, in seinem Rücken spüren würde. Seine Arme waren gefesselt und unbeweglich. Gefressen und gefressen werden, dachte sich Hud. *Jetzt bin ich am anderen Ende des Laufs. Wurde auch mal Zeit.*

Ein lauter Schuss knallte durch den Wagen und dröhnte Hud in den Ohren. Der Griff der Tentakel lockerte sich leicht. Ohne zu zögern riss sich Hud los, sprang aus dem Auto, fiel dabei aufgrund seines mit Junk zugedröhnten Körpers hin, stellte sich aber wieder auf die Beine und zog die Pistole, die in seiner Socke steckte. Dann erst sah er, was mit der Kreatur geschehen war. Sie hatte sich im Eifer des Gefechts mit dem Revolver selbst angeschossen. Hud konnte es sich nicht anders erklären, aber es musste ein Versehen gewesen sein. Dickes, schwarzes Blut floss wie Sirup aus einer Öffnung. Das Wesen ließ die Schusswaffe fallen. Hud richtete die Waffe auf die Kreatur und drückte ab.

Er verfehlte sein Ziel – lächerlich es zu versuchen, da er in diesem Zustand etwa so gut zielen konnte wie ein Blinder mit hohem Blutdruck. Er traf nicht einmal das Auto.

Schnurstracks setzte sich die Masse aus Tentakeln in Bewegung, um den Wagen zu verlassen. Hud feuerte das gesamte Magazin auf die Kreatur. Ein oder zwei Schüsse trafen auch, reichten aber bei weitem nicht aus, um sie zu töten.

Und schon war seine Munition verbraucht.

Was nun? Hud konnte kaum seine Gedanken bei sich behalten. Sein Herz schlug so schnell, dass er sich nicht richtig auf den Beinen halten konnte. Seine Ohren rauschten. Seine Knie zitterten wie der Auspuff des Wagens. Der Wagen! Darin waren die Waffen. Darin war einfach alles. Er musste irgendwie in das Auto gelangen – durchaus möglich, da die groteske Kreatur es fast verlassen hatte.

Doch der Ball aus Tentakeln war schneller als gedacht. Aber im Vergleich zu Hud wäre vermutlich in diesem Moment alles schnell. Er stand vollkommen unter Drogen. Die Kreatur hatte sich den bestmöglichen Zeitpunkt für eine Attacke ausgesucht. Hud rannte torkelnd davon, ausgerechnet in die entgegengesetzte Richtung des schwarzen Wagens. Er wollte einen Blick nach hinten werfen, um zu sehen, welche Distanz noch zwischen ihm und dem Monster war. Als er sich umdrehen wollte, verlor er jedoch das Gleichgewicht und fiel um. Er erkannte, dass die Kreatur … na ja, humpelte, wenn man es so nennen konnte. Eins ihrer Tentakel, welche sie wie Beine verwendete, wies ein Schussloch auf. Sie hatte deutlich an Geschwindigkeit eingebüßt.

Das war der Zeitpunkt! Hud schaffte es, wieder auf die Beine zu kommen, rannte so schnell er konnte um den Wagen, öffnete die Beifahrertür, schloss die Fahrertür, rutschte auf den Fahrersitz und drückte auf das Gas. Zum Glück war der Motor noch an. Im Rückspiegel erkannte er, wie sich die Tentakel zurück in den Körper namens Melvin zogen. Die Löcher im Torso schlossen sich augenblicklich. Auf dem Gesicht »Melvins« konnte Hud nur ein verachtendes Lächeln erkennen.

Jetzt drückte er wirklich aufs Gas.

Am Ende des Horizonts waren die ersten Häuser der nächsten Siedlung zu erkennen. Perfekt. Hud passierte eine Kreuzung, die den Highway schnitt. Er erkannte dort ein weiteres Schild wie das, das er vorhin passiert hatte: rot, achteckig, »STOP«. Darunter stand ebenfalls »FOR NOBODY« gekritzelt.

Ab jetzt würde Hud darauf achten.

Kapitel 10 – Schlaf, der |

1 Ruhezustand von Lebewesen
2 Kristallisierte Tränenflüssigkeit, die sich in den Rändern der Augen sammelt

Finneagan war überraschend groß. Hud schätzte die Größe der Siedlung auf mindestens tausend Einwohner. Der erste Eindruck vor seiner Ankunft suggerierte ihm bereits eine florierende Wirtschaft, in der er mit großer Sicherheit einige nützliche Dinge für seine Reise finden würde.

Er fuhr langsam mit dem Wagen durch die Eingangstore und beäugte die Szenerie. Dass niemand ihn anstarrte, sprach nur dafür, dass Besuch auf der Durchreise keine Seltenheit für diesen Ort war. Es liefen viele Menschen durch die Straßen – wie Ameisen, die ihren eigenen Aufgaben nachgingen. Dieser Eindruck weckte nur unschöne Erinnerungen in Hud, sodass er sich schleunigst auf andere Dinge konzentrierte.

Eine Bleibe zum Schlafen würde er nicht brauchen. Die brauchte er nie. Hud schlief ausnahmslos immer in seinem Wagen, da er selten Fremden Vertrauten schenkte. Was er jedoch sicherlich gebrauchen konnte, war Nahrung. Außerdem hatte er ein gesamtes Magazin in den netten Zeitgenossen namens Melvin gepumpt, also wäre Munition sicherlich auch nicht fehl am Platze. Zudem natürlich das Allerwichtigste: Benzin.

Hud stellte seinen Wagen auf einen relativ großen Parkplatz am Rande der Stadt, der nicht allzu spärlich mit anderen Autos aller Marken und Farben besiedelt war. Nebenan gab es sogar einen Platz, an dem einige Pferde angebunden waren, einige normal, andere waren Freak-Pferde. Auch solche der teuren Sorte konnte Hud entdecken: die kostbaren, mutierten Tiere mit acht Beinen, die schneller rennen als einige Autos fahren konnten. Nicht viele Leute konnten sich solche Pferde leisten, vor allem, da sich ihre Zucht als sehr schwierig gestaltete, denn sie brachten keine fruchtbaren Nachkommen zur Welt.

Hud schloss den Wagen ab, steckte sich den Revolver für alle sichtbar vorne in seinen Hosenbund. Außerdem wanderte das Wunderding in seine Hosentasche. Das war der letzte Gegenstand, den er je aus den Augen lassen würde.

Ein junger Mann, etwa in Huds Alter, schleppte auf seinem Rücken einen großen Sack mit sich herum. Hud beschloss, ihn anzusprechen. »Howdy, guter Mann!«

Der Mann, dessen Gesicht durch und durch mit Sommersprossen bedeckt war, starrte ihn an, als würde Hud nackt vor ihm stehen. »Howdy?«, warf er ihm mit fragendem Blick entgegen. »Solche merkwürdigen Ausdrücke kennt hier keiner. Woher hast du sowas denn, Dingo?«

Hud zuckte mit den Schultern. Dieses Wunderding halt. »Hab ich in 'nem Wörterbuch gelesen.«

Die Augen dieses Kerls weiteten sich. »Du hast ein Wörterbuch gelesen? Schieß mir den Schwanz ab, dass ich nich' lache! Willst wohl handeln, hm? Mit hochgestochenen Worten deine Sachen besser an den Mann bringen? Nicht jeder lässt sich davon einfach überrumpeln, Kumpel.«

»Da du es gerade ansprichst: Wo kann ich denn hier Sachen kaufen?«

Der Kerl hievte seinen Sack vom Rücken und ließ ihn auf die Erde fallen. Dann reichte er Hud die Hand. »Findus McMack, Händler von diesem und jenem. Wenn ich es nicht habe, hat es keiner in Finneagan.«

»Da bin ich ja an den richtigen Gentleman geraten.«

»Was ist ein Gentleman?«

Hud seufzte.

»Egal, Dingo …«, entgegnete Findus freundlich, während er seinen Sack erneut hochhob, »folge mir kurz in den Laden. Da können wir weitersehen. Hoffe, du hast etwas Nützliches.«

Hud suchte kurz nach einem kleinen Bündel in seiner Hosentasche. Es war da, und es war voller Junk: »Das kannst du mir aber glauben.«

»Dann komm mal mit«, sagte Findus und gab die Richtung an. Hud folgte.

Findus McMacks Laden war ein unfassbares Sammelsurium an allen möglichen Dingen dieser Welt. Hud sah in den hohen Regalen jedes Lebensmittel, das er je gegessen hatte. Und solche, die er gar nicht kannte. Er fand dort Körbe voll mit frischem Zuckerbrot, zahllose gestapelte Konservendosen, aber auch Einweckgläser, die mit in Öl eingelegten Köstlichkeiten gefüllt waren. Seine Nase nahm ein Wirrwarr aus allen Gewürzen der Welt wahr, von süß über bitter bis scharf. Er sah lebendige Tiere, teilweise rein, teilweise mutiert – eine handgroße sechzehnbeinige Spinne, die hinter einer Glasscheibe auf Beute wartete, ließ ihm sich den Magen umdrehen. Außerdem gab es Waffen in allen Größen, Munitionskisten, eine eigene Zapfsäule für Benzin, Kleidung in allen Größen, Medikamente … vermutlich auch Drogen. Hud wettete, dass die Dinge, die hier im Hinterhof verkauft wurden, wohl ebenfalls seinen Magen verderben könnten. Es waren noch andere Menschen im Laden. Hud konnte nicht sagen, ob sie Mitarbeiter oder Kunden waren oder lediglich auch zum Verkauf standen.

»Nenn mir irgendetwas«, begann Findus, während er mit den Armen um sich zeigte, »und ich gucke, was ich tun kann.«

»Ich bin kein Mann mit großem Anspruch. Gib mir ein paar Konserven, ein 9mm-Magazin und Benzin. Kanister habe ich selbst.«

Findus zog seine rechte Augenbraue hoch. »Du bist hier im Paradies – falls dir dieses Wort geläufig ist – der Waren. So einen Laden wirst du entlang der Highways nicht wieder finden. An deiner Stelle würde ich weise einkaufen, Dingo.«

Hud blickte sich um. Er sah einige elektronische Gerätschaften, deren Zweck er nicht kannte, ein kleines Bücherregal, sogar handgemalte Bilder. In einem großen, verschlossenen Glas, das neben ihm stand, flog eine Unzahl von grau-braunen Motten wild umher. Daneben lag ein hölzerner Penis, der wohl für die einsameren Kunden bestimmt war.

Sein Blick fiel doch auf ein Regal voller Glasflaschen, die offensichtlich Alkohol enthielten. Er könnte mal wieder einen Drink gebrauchen. Ein guter Suff war doch schon eine bekömmliche Abwechslung zum Junk.

»Weißt du was, ich nehme eine schöne Flasche Fusel dazu.«

Findus McMack grinste wissend. »Ah, eine gute Wahl.«

»Ich bin ein echter Connaisseur«, schmunzelte Hud.

»Jetzt sprich mal normal mit mir!«, fuhr ihn Findus an. »Wenn ich inhaltslosen Unsinn hören möchte, setze ich mich neben die Wiege eines Neugeborenen.«

Hud reagierte nicht darauf.

»Na gut. Jedenfalls … wonach steht dir der Geschmack? Whisky? Gin? Bier?«

»Whisky klingt gut«, entgegnete Hud.

»Wir haben gerade eine frische Ladung Scotch aus der Brennerei im Keller abgefüllt.« Findus ging zu seinem Regal und nahm eine der Flaschen heraus, zog einen Korken und ließ Hud daran riechen. Es brannte wie Diesel an seinen Nasenhaaren. Perfekt.

»Ich nehme zwei«, sagte Hud.

»Hervorragend! Dazu dann einige Konserven? Sonstige Wünsche?«

Hud dachte nach. »Alles außer grünen Bohnen, bitte. Das Zeug hab ich satt.«

»Dein Wunsch sei mir Befehl.« Findus zeigte auf einen dicken Kerl, der in der Ecke stand. »Findus, hol ein Dutzend Konserven für den Dingo, bitte.«

Hud stutzte. »Heißt er auch Findus?«

»Wir heißen hier alle Findus«, entgegnete Findus. »So ist der Laden immer in guten Händen.«

Hud wusste nicht wirklich, was er dazu sagen sollte.

Die drei Findus hatten Hud auf dem Ladentresen einige Konserven, zwei Magazine (der Kerl konnte überzeugend verhandeln) und drei Flaschen hervorragenden Scotch zusammengetragen. Zudem stand die Ladenkasse bereit.

»Nun«, sagte der Findus mit Sommersprossen, »die Bezahlung ist wichtig. Bitte sag mir nicht, dass du mit leeren Händen hier bist.«

»Keinesfalls, mein Bester«, entgegnete Hud mit einem Lächeln. »Ich schätze, damit werdet ihr sicherlich sehr gut handeln können.« Er holte das kleine Beutelchen aus seiner Tasche hervor und warf es Findus zu, der es geschickt auffing. Er hielt es sofort an seine Nase.

»Mmmhh …«, brummte Findus. »Das klingt nach einem guten Geschäft.«

»Ich nehme an, dass du weißt, worum es sich hier handelt?«

»Sicher doch«, sagte Findus. »Mary-Jane. Cannabis. Scheint mir gute Qualität zu sein.«

Hud nickte großzügig.

»Ich will zwei Hände voll davon.«

Hud reichte ihm die Hand. »Einverstanden.«

Findus' Augenbrauen schnellten nun beide hoch. Es schien Gefallen an dem Deal zu finden.

Eine halbe Stunde später hatte Hud seine Kanister zu Findus' Laden geschleppt, sie befüllt und mit dem vereinbarten Junk den Handel abgeschlossen. Der dicke Findus half ihm beim Tragen seiner Gegenstände.

»Eins noch«, sagte Hud, bevor er die Tür verließ. »Gerade ist die Stadt noch wach. Wo muss ich hin, wenn ich sehen will, wer rauskommt, wenn sie schläft?«

»Der Saloon ist vier Türen weiter links, Dingo«, kam es aus Findus heraus. »Aber glaube mir: Die Stadt schläft gerade erst. Sobald du den Saloon betrittst, wirst du das verstehen.« Dann zwinkerte er ihm zu. »Nur so nebenbei: Du bist voller Blut.«

Hud sah an sich herunter. Findus hatte Recht. »Ja, weißt du, das war so …«

»Lass mich raten: Melvin?«

Hud zog jetzt selbst seine Augenbraue hoch. »Er ist hier wohl bekannt, hm?«

»Kannst du laut sagen. Ist hier aufgewachsen, nur die Straße runter.«

»Melvin ist kein Freak?«

»Nein, nein, Dingo«, säuselte Findus, »Freaks sind dämlich. Freaks sind wie Tiere. Melvin wiederum … Melvin is' was Besonderes.«

»Wie meinst du denn das jetzt?«

»Manche werden nicht so geboren wie wir alle …« Findus nahm kurz Platz und zündete sich mit einem Feuerzeug eine Zigarette an. Hud hatte seit Jahren kein Feuerzeug mehr gesehen. »Mein Onkel hatte mir mal gesagt, dass er einer Frau begegnet war, die auf der Stelle schweben konnte, Zentimeter über dem Boden. Sie war schneller als jedes Auto, wenn sie schwebte. ›Findus‹, sagte er immer, ›das sind keine Freaks. Freaks wachsen auf der Erde, die durch den Krieg der alten Menschen vergiftet wurde. Solche Menschen jedenfalls … sind besondere Menschen. Menschen mit Gaben.‹ Und wenn ich ihn fragte, wie so etwas zustande kam, entgegnete er mir nur mit einem Satz: ›Etwas stimmt nicht mit der Welt, und Menschen dieser Art zeigen uns, warum.‹ Ich hab das bis heute nie verstanden.«

Hud drehte sich um, tippte sich an die Stirn und begann den Transport seiner neuen Habseligkeiten zu seinem Wagen. Er würde bis zum Abend darin sitzen bleiben.

Kapitel 11 – Lö-sung, die |

1 Endergebnis einer Aufgabe (math.)
2 Homogenes Erzeugnis, in dem Stoffe in Flüssigkeit gelöst wurden (chem.)
3 Antwort auf ein Rätsel oder Problem

Und ehe Hud sich versah, trank er bereits.

Die letzten Stunden waren wie im Flug vergangen. Wenn er auf sie zurückblickte, würde er sie nur wie Bäume am Straßenrand sehen, die bei einer Autofahrt an einem vorbeirasten. Er würde die Ereignisse des Abends in diesem Zustand vermutlich nicht einmal mehr zusammenbekommen. Nur was gerade passierte, stand fest. Es war das Einzige, was für ihn zählte.

Er hatte sich noch schnell ein Ersatzhemd besorgt, da sein altes mit dem Blut von Melvin bedeckt war. Dann saß er bis zum Sonnenuntergang in seinem Wagen und betrachtete die Dinge in seiner Umgebung: fremde Menschen, herumliegenden Müll. Was er anstarrte, war ihm egal. In seinem betrunkenen Zustand wirkten selbst die Furchen und Ritzen in einem Holztisch wie sonnenbeschienene Canyons. Er träumte vor sich hin. Schließlich begann er, die Karte anzustarren wie sein eigenes Spiegelbild, mit einem strengen Blick, als wenn er Antworten erwarten würde. Sherman's End sollte dort bei diesem mysteriösen »X« liegen, das an der Westküste markiert war. Er dachte, dass er den Namen irgendwoher kannte. Sherman's End … Sherman's End, wie ein altes verblasstes Gesicht im Nebel von vagen Erinnerungen, die er zu gern ertränken würde. Dann wanderte sein Blick auf den Rand der Karte, auf dem »16 1 14 4 15 18 1 19 - 2 15-X« stand. Daraus wurde er auch nicht schlau. Wie ein Besessener hatte Hud das Wunderding befragt, diese Zahlenkombination in jedes Feld eingespeist – doch er ging immer wieder leer aus. Das Gesicht des Mannes in den Barracken von Bertrand Simmons' Lager – er hatte den Namen dieses armen Teufels bereits vergessen – spukte durch seinen Kopf. Seine leeren Augen, sein schauriges Auftreten, seine markante, vom puren Wahnsinn durchzogene Aura.

Doch all diese Dinge lagen Stunden hinter ihm. Es zählte nur noch das Jetzt. Der feste Griff um den Henkel des Bierhumpens in seiner Hand. Das stetige Lächeln, das Ausgraben von alten Witzen aus den hintersten Ecken seiner Gedanken.

Kaum dass er im Saloon seine Pfeife angezündet hatte, fand er neue Freunde. Eine Gruppe von drei alten Männern lud ihn ein, mit ihnen Poker zu spielen. Der Erste nannte sich Murphy, und er gab an, eine Wäscherei in Finneagan zu betreiben. Ein Haarkranz umgab seinen Skalp, lange, krause Haare, die sich auf den beiden Seiten seines Schädels wie Soldaten an Fronten versammelten. Er war ein gütiger, aufgeweckter und humorvoller alter Mann. Hud fand ihn sofort sympathisch.

Der Zweite hieß Albert, obwohl alle ihn lediglich »The Gun« nannten. Er war sehr still und sah ständig aus, als würde er angestrengt nachdenken. Ein genialer Taktiker, so wie es schien. Hud nahm an, dass der Mann in Mathematik begabt war. Es kam Hud so vor, als zählte Albert die Karten, rechnete aus, wann er aussteigen und wann er im Spiel bleiben musste. Redselig war er nicht. Er war wohl Mathematiklehrer in der Schule dieser Siedlung.

Dann war da noch Emmond. Emmond schien von normaler Intelligenz zu sein, obwohl Hud ihn anfangs für geistig zurückgeblieben gehalten hatte. Wer konnte es ihm schon übel nehmen? Nicht nur war Emmond wohl der einzige Mensch auf Erden, der noch Hosenträger trug oder in diesem Alter Mützen aufsetzte – er trug einen ausgeblichenen roten Fez – nein, Emmond sprach außerdem nur in Adjektiven.

Die anderen beiden hatten es Hud erklärt: Emmond war einst Jäger gewesen, sein Leben lang, bis er sich im hohen Alter zur Ruhe gesetzt hatte. Wenn Herden von Vieh, wie Kühe oder Pferde, in der Umgebung gesichtet wurden, schickte man einen Trupp Jäger los. Die Spezimen – Hud liebte dieses Wort, Murphy hatte es ihm beigebracht –, die nicht mutiert waren, wurden zur Strecke gebracht, zu Pferd zurück nach Finneagan gezogen, entdarmt, kleingeschnitten und zuletzt auf dem Markt verkauft. Das Leder ging in die siedlungseigene Gerberei.

Nun, eines Tages, auf der Jagd nach einer riesigen Herde von Pferden, fiel Emmond von seinem Pferd und ein Huf traf die linke Seite seines Schädels. Ein Abdruck davon blieb noch immer schemenhaft auf dem kahlen Kopf des Mannes zurück. Gelegentlich konnte er seine Gesichtsmimik nicht kontrollieren und zog groteske Grimassen. Aber der deutlichste Schaden, der zurückblieb, war der Fakt, dass Emmond nur noch einzelne Worte sprach, die Dinge beschrieben. Niemand konnte sich erklären, warum es so war. Bücher, die Antworten auf so etwas gaben, waren nur auf den großen, gefährlichen Basaren vor den Ruinen der großen Städte erhältlich, falls sie überhaupt eine Antwort enthielten, und daher musste er in diesem Zustand verweilen. »Einer von Alberts Kollegen unterrichtet in der Stadt Biologie. Er meint, ein Spezialist für Neurologie«, dieses Wort sprach Murphy besonders fremdartig und vorsichtig aus, »könnte vielleicht erklären, was mit ihm passiert ist, aber es nicht richten. Doch unser Emmond hier«, Murphy klatschte seinem Freund auf den Rücken, »kommt doch langsam super damit klar, oder?«

»Korrekt«, antwortete Emmond und zog ein Gesicht, als würde er gerade in eine Zitrone beißen.

Dingos waren in Finneagan willkommen, solange sie keinen Ärger machten. Ein nicht zu missachtendes Heer, so erzählte Murphy, stand jederzeit bereit, für den Fall, dass Raider einfielen. Sie waren relativ sicher. Aber Dingos spielten Ressourcen in die Taschen der Stadt, brachten Geschichten und Neuigkeiten und waren oft gern gesehen, vor allem im örtlichen Saloon.

Als man Hud zu einem Pokerspiel einlud, wusste er sofort Bescheid. Er hatte schon oft gepokert. Vermutlich nicht so oft wie diese Herren, die nach Ende ihrer Karrierelaufbahnen öfter und mutmaßlich jeden Abend pokerten, aber er war mit den Regeln mehr als vertraut. Er mochte zwar nicht die taktischen Kenntnisse haben wie The Gun, aber Hud hatte einen Instinkt, auf den er sich verlassen konnte. Und es zahlte sich aus: Er wählte ein kleines Tütchen Junk als Einsatz und hatte schon vier Bier gewonnen. Den Stoff besaß er aber immer noch.

»Du spielst gut«, kommentierte Albert. Der alte Mann beobachtete noch immer alles mit seinen falkenartigen Augen, ohne oft zu blinzeln.

»Danke, Jungs«, reagierte Hud.

Emmond teilte die Karten aus. »Korrekt«, sagte er und nickte Hud zu.

Hud sah auf seine Karten. Eine Fünf und eine Sechs, jeweils Karo und Kreuz. Eigentlich absoluter Mist.

Albert sah ihn an und zog eine Augenbraue hoch. Er schien seine Reaktionen zu lesen. Dann legte er den Small Blind – sie spielten mit Chips, die Hud sich praktisch mit dem Junk »gekauft« hatte – und blickte auf Emmond. Der setzte stumm und automatisiert den Big Blind. Hud ging mit, genauso wie Murphy.

»Wenn ich einmal gewonnen habe«, begann Albert und zeigte auf das Tütchen Junk, »werde ich dieses verdammte Teufelszeug selbst weiterverscherbeln.« Albert gab seinen Einsatz dazu.

»Willst du's nicht mal probieren?«, fragte Hud überrascht. Er ignorierte die Arroganz des Mannes.

»Pah!«, begann der alte Mann. »Ich hab meinen Körper über die Jahre hinweg schon genug mit Bier und fettigem Fleisch vergiftet. Erinnert sich noch irgendwer von euch an den guten alten Barry Littlefield?«

»Vage«, sagte Emmond.

»Gott segne seine Seele«, sagte Murphy.

»Was soll denn mit ihm passiert sein? Und was hat das jetzt mit dem Junk auf dem Tisch zu tun?« Hud war perplex.

»Barry Littlefield hat nur einmal von Mary-Jane gekostet. Ein Dingo, der in der Stadt war, ähnlich wie du, hatte das Zeug mit reingebracht. Barrys Bruder, Kurt, hatte sich etwas davon besorgt. Muss vor dreißig Jahren gewesen sein. Ich war auch dabei, als wir es alle probierten: Barry, Kurt, die Müllerstochter Lilah Kurtz und meine Wenigkeit. Für drei von uns war es ein schöner Abend. Aber Barry verlor an dem Abend die Intaktheit seiner Seele. Anders kann ich es nicht beschreiben.«

The Gun nahm einen kräftigen Schluck aus dem Humpen seines Bieres, als wenn er den bitteren Geschmack seiner Worte aus seinem Mund fortspülen müsste.

»Wieso sollte man von einem Abend mit Junk seine Seele verlieren?«

»Murphy, wie nannte der Doc es noch gleich?« Albert gestikulierte wild. Ein Wort lag ihm auf der Zunge.

»Paranoide … Schizo… irgend sowas.« Murphy zündete sich eine Zigarette an.

»Die Littlefields hatten wohl scheinbar Pech. Der Doc kam einmal von einer Reise mit Büchern über Büchern zurück. Wer weiß, was er dafür gegeben hat. Jedoch stand in einem der Dinger, dass ebendiese Drogen bei manchen Menschen etwas … hervorrufen können. Eine zweite Seele, die im Körper schläft und plötzlich aufwacht. Barry Littlefield war nach diesem Abend von Grund auf verändert. Konnte nicht mehr arbeiten. Übergab sich ständig. Nahm sich irgendwann das Leben. Kurt fand ihn eines Tages einfach mit einem Loch im Schädel in seinem Zimmer. Hat dem armen Mistkerl sein kleines Herz gebrochen, seinen Bruder so zu verlieren.« Albert schien einfach auf den Boden zu starren, als wenn der dreckige, mit Spielkarten bedeckte Holztisch durchsichtig wäre.

»Ich hab mir an dem Tag geschworen, nie wieder dieses Zeug an mich heranzulassen, halleluja. So isses.« Sein Kopf hob sich, er starrte nun Hud an. »Ich will dir nicht sagen, was du zu tun und zu lassen hast, junger Dingo. Aber dir bleibt eine Menge mehr Profit, wenn du das Zeug einfach unter die Leute bringst, anstatt deinen Vorrat Stück für Stück selbst zu vernichten. Noch macht es dir vielleicht Spaß. Aber irgendwann wird es anfangen, die Schrauben in deinem Kopf zu lockern, bis alles in sich selbst zusammenfällt.«

»Traurig«, fügte Emmond nach einer kurzen Phase der Stille hinzu. Dann deckte er die nächsten drei Karten auf.

Das Spiel musste weitergehen.

»Eine Frage, Jungs«, lallte Hud schon fast, da er nun einiges mehr intus hatte als noch einige Runden zuvor. Die Lage hatte sich entspannt. Hud hatte ein paar Chips verloren, war aber weit davon entfernt, zu verlieren.

»Immer raus damit«, sagte Murphy.

»Es geht um Melvin.«

Die drei alten Herren starrten einander an. Sie waren nicht schockiert, sondern eher amüsiert. »Diese Frage kriegen wir hier nicht oft zu hören«, sagte Murphy. »Denn die meisten, die diesen Namen kennen, leben nicht lang genug, um herzukommen und danach zu fragen.«

»Unheimlich«, sagte Emmond mit gesenktem Kopf. Er kniff sein rechtes Auge zu und öffnete es nicht mehr. »Gruselig.«

»Sagen wir einfach mal, dass ich mehr Glück als Verstand hatte.« Hud blickte in die Gesichter der alten Männer. Stille folgte. Bevor er beginnen musste, die Falten in ihren Gesichtern zu zählen, fuhr er fort. »Er kam mir nur nicht vor wie … ein Freak. Er war intelligenter. Menschlicher.«

»Berechnend«, sagte Emmond.

»Ich kann es dir gern erzählen, aber du wirst es selbst nicht glauben, da ich es selbst nicht verstehe. Bist du dir sicher, dass du es hören willst?« Murphy wurde etwas ernster.

Hud nickte nur.

»Spielt weiter«, grummelte Albert.

Emmond legte noch einen Chip. »Hoch«, sagte er.

Alle folgten dem Beispiel.

Emmond deckte endlich den Flop auf, Stück für Stück. Hud sah eine Herz-Sieben, einen Herz-König sowie ein Pik-Ass.

Murphy fuhr fort. »Ich weiß es noch, als wäre es gestern. Muss nun etwa vierzig Jahre her sein, oder?«

Emmond nickte. »Korrekt.«

»Martha Stevenson gebar ihren ersten Sohn. Es war nichts Besonderes an diesem Tag, das weiß ich noch genau. Nichts hätte das voraussagen können. Nichts hätte es verändern können. Wir hatten an vielen Straßenecken Geigerzähler. Martha arbeitete ausschließlich in Finneagan und hatte die Siedlung einige Monate vor der Schwangerschaft, genauso wie während der Schwangerschaft, nicht verlassen. Nichts hätte das verursachen können. Nichts.«

Albert klopfte mit zwei Fingern stoisch auf den Tisch. Man sah ihm an, dass er ungeduldig war. Es wirkte, als hätte er gute Karten.

»Gerald, ihr Mann, war ein hervorragender Kerl. Ich sah ihn sogar aus Dr. Ingrams Praxis rennen, nach den Schreien seiner Frau. Er sagte mir, dass sie gestorben war. Ich hatte ihn noch nie so aufgelöst gesehen.«

»Traurig«, säuselte Emmond und erhöhte noch um einen weiteren Chip. Hud folgte.

»Gerald nannte den kleinen Jungen Melvin, nach seinem eigenen Vater, und er war sein gesamter Stolz. Dennoch hielt er ihn lange Zeit hinter geschlossenen Türen. Ließ ihn nicht zur Schule, als er im passenden Alter war. Und sein Gesicht verdunkelte sich mit jedem Tag, so wahr ich es sage. Etwas stimmte nicht mit dem Jungen. Jeder in der Siedlung wusste es. Kaum welche hatten das Kind gesehen. Die Leute sagten, es wäre zu mager, aber sah dennoch gesund aus und wäre furchtbar höflich. Doch das Kind bereitete Gerald Angst.« Bei diesem letzten Satz stieg Murphy aus. »Ich will euch nicht nerven, während ich quatsche. Mit den Karten hätte ich sowieso nichts tun können.«

Albert folgte ebenfalls dem, was Emmond gesetzt hatte.

Murphy fuhr fort. »Wir wussten, dass es nicht die Depression wegen seiner toten Frau war. Er verschwieg etwas vor ganz Finneagan. Kaufte immer mehr Fleisch, als er brauchte. Wechselte das Thema, sobald es um seinen Sohn ging.«

Emmond deckte den Turn auf: Eine Pik-Drei.

Oho, nur noch eine Vier bis zum Straight, dachte Hud. Das wäre praktisch.

»Die Jahre zogen vorbei, und der Junge wurde mittlerweile sieben Jahre alt. Er sollte eigentlich in der zweiten Klasse sein. Albert ging persönlich zum Haus der Stevensons. Und was passierte, Albert?«

Albert hob langsam den Mittelfinger Richtung Murphy. »Den hat er mir gezeigt. Ich zeige ihn dir auch weiterhin, wenn du das Spiel aufhältst. Lenk den Jungen nicht ab. Er soll spielen.«

Hud bemerkte erst jetzt, dass er fieberhaft zugehört hatte und das Spiel aus den Augen verlor. Die beiden hatten erhöht, um zwei Chips. Bald hatte Hud nicht mehr so viel. Und es sah nicht gut aus. Sollte er aussteigen?

Ach, er verließ sich auf die Karten. Er folgte.

»Der junge Melvin sollte jedenfalls nicht in die Schule. Kinder, die mit ihm spielen wollten, wurden sofort davongejagt. Gerald hörte auf, zu seinem Job zu gehen, jagte nur noch selbst Vieh, aber niemand sah jemals Reste oder Knochen, die aus der Hütte getragen wurden.«

Hud starrte Murphy wie gebannt an.

»Alle ahnten es: ein Freak. Von außen mochte er normal aussehen, doch er war es sicher nicht. Er fraß rohes Fleisch, und das in Massen. Gerald wollte nur nicht aufgeben, was noch von seiner Familie übrig war. Das Grab seiner Frau war ihm nicht genug.«

»Tragisch«, seufzte Emmond. Er deckte den River auf: Ein weiterer König, diesmal Pik.

Albert blickte auf die Karte. »Schieß mir den Schwanz ab!«, brüllte er, während er seine Karten wegwarf. »Von mir aus kannst du das Spiel jetzt mit deinen Geschichten verschwenden, Murphy. Da passiert sowieso nichts mehr.«

Hud sah nun Emmond an. Dieser zog seine Mundwinkel zu einem Lächeln. »Komplett«, sagte er, und schob alle seine Chips in die Mitte.

Hud hatte absolut nichts. Er warf ebenfalls seine Karten raus. Das war es ihm nicht wert.

Emmond lächelte, sammelte seine Chips ein und warf eine Zwei und eine Zehn auf den Tisch. »Glücklich«, sagte er. »Phantastisch!«

Huds Blick ging zu Murphy. »Ich fasse mich kurz: Eines Tages kam ein weiterer Schrei aus dem Maul eines Mitgliedes der verfluchten Stevenson-Familie. Es war Gerald, etwa nach dem achten Geburtstag des Kindes. Er trat vor die Tür. Sein rechter Arm fehlte ihm, und dort, wo er eigentlich sein sollte, floss das Blut wie ein verdammter Springbrunnen. Hinter ihm rollte ein hundsgroßes Knäuel aus schwarzen Fangarmen aus der Tür und verschwand blitzschnell in der Wüste. Gerald starb danach relativ schnell.«

»Das erklärt wohl das Ganze«, sagte Hud.

»Ja. Stellt sich an den Straßenrand des Highways und hält seinen Daumen raus. Hat Heißhunger auf Fleisch, der Kleine. Menschenfleisch. Er kann seine Gestalt wechseln, vom Menschen zu diesem … Ding.«

»Jagt es keiner von euch?«

Emmond lachte. »Schwierig!«

»Melvin scheint einen übernatürlichen Sinn für Gefahr zu haben. Dieser Hundesohn – nichts gegen die gute alte Mrs. Stevenson, möge sie in Frieden ruhen – ahnt, wann wir ihn suchen kommen. Kaum einer von uns hat ihn in den letzten Jahren gesehen. Wir finden nur Autowracks am Rand der Wüste, leer und mit Blut bespritzt. Manche kommen lebend und erzählen uns von ihm … wo wir bei dir wären, Hud.«

Hud fasste sich nachdenklich ans Kinn. »Aber … was ist er?«

Murphy kam näher an Huds Gesicht. »Niemand weiß es.« Dann zuckte er mit den Schultern. »Schon mal etwas gesehen, was du dir nicht erklären konntest?«

Hud nickte zögerlich.

Albert meldete sich zu Wort. »Ich habe zum Beispiel mal auf dem Basar in Miami einen Mann gesehen, der einige Zoll über dem Boden schweben konnte. Und das war kein Trick. Ich konnte es … fühlen. Seitdem glaube ich an solchen Mist. Ich glaube an Menschen, die nicht wie Freaks geboren werden, aber gefährlicher sind als diese.« Er rückte näher an Hud heran. »Ich glaube an Menschen, die einfach … falsch sind. Die nicht sein sollten. Mit Kräften, die ihnen nicht gehören, die sie aber trotzdem haben. Ich glaube an Menschen, die die Welt selbst zu ihren Gunsten manipulieren können, wenn du weißt, was ich meine.«

Hud nickte andächtig.

»Weißt du aber, was ich nicht glauben kann, junger Dingo?«

Hud schüttelte den Kopf.

»DASS DU NICHT DIE VERDAMMTEN KARTEN MISCHST! DU BIST DRAN, VERDAMMT NOCHMAL! SCHIESS MIR DEN SCHWANZ AB! ICH WILL SPIELEN!«

Emmond und Murphy brachen in lautes Gelächter aus. Hud trank einen großzügigen Schluck von seinem Bier, das mittlerweile schal geworden war, und nahm den Stapel Karten in die Hand.

Hud blickte sich beim Mischen um. Sein Blick fiel auf einen Kerl, etwa in seinem Alter, der schon die ganze Zeit still in der Ecke saß. Er hatte zotteliges schwarzes Haar, war groß gewachsen und dürr wie ein Zweig. Dennoch strahlte er eine gewisse Ruhe aus. Niemand beachtete ihn. Eher gesagt, jeder ließ ihn in Ruhe. Er las ein Buch. Das sah man selten, vor allem in dieser Umgebung.

Doch was Hud wirklich abstieß, war die Aura, die von diesem Kerl ausging. Wenn er ihn ansah, stimmte irgendetwas nicht. So wie Albert es beschrieben hatte: Etwas an diesem Mann war … falsch. Einfach nur falsch. Entgegen der Natur. Es lag ihm auf der Zunge, doch er konnte es nicht wirklich sagen. Er mochte den Anblick dennoch nicht.

Seine Gedanken wurden unterbrochen. Jemand stürzte durch die Tür.

»Na, sieh mal einer an! Dr. Ingram!« Murphy war hellwach. Alle Augen ruhten auf dem Doktor, der einen verschmutzten Kittel trug. Er hatte eine Brille auf der Nase, ein Relikt aus früheren Zeiten.

»Leute! Molly Grey hat einen gesunden Jungen zur Welt gebracht, vor ein paar Minuten! Finneagan ist nun um ein Leben reicher!«

Und um Hud herum reckten sich klatschende Hände reihenweise in die Höhe, die Lautstärke im Raum verstärkte sich urplötzlich um ein Vielfaches. Das allgegenwärtige Gemurmel und derbe Gelächter des Saloon-Lebens machte Platz für einen Anfall von freudigem Jubel.

Murphy erhob sich und gestikulierte, dass die Lautstärke sich verringern sollte. »Ihr wisst doch, welcher Brauch nun ansteht? So ein Anlass bedeutet, dass etwas Besonderes getan werden muss. Ihr wisst es genau.«

»Song of X«, sagte Albert.

»The Song of X!«

Alles jubelte umso mehr.

In Hud kam urplötzlich eine Erinnerung hoch. *The Song of X*, dachte er. Er hatte eine blasse Erinnerung an seine Mutter, die ihm am Rande des Bettes vorsang, mit ihrer lieblichen Stimme. So etwas Schönes hatte er seitdem nicht mehr gehört.

Oder sein Vater, der dieses Lied bei der Arbeit am Haus im Akkord sang, stundenlang.

Jeder, der in einer Siedlung aufgewachsen war, kannte dieses Lied. Jede Silbe, jeder Notenwechsel hatte sich in jede Synapse gebrannt. Es war Jahre her, dass Hud dieses Lied angestimmt hatte. Wahrscheinlich um die zehn Jahre. Aber er war sich sicher, dass er den Text und die Melodie noch perfekt würde singen können.

Auch wenn er Gedanken an seine Eltern für gewöhnlich unterdrückte: Dieses eine Mal ließ er es zu. Nur der Nostalgie wegen. Nur für eine Sekunde würde er darin schwelgen.

Murphy schwang mit seinen Armen hin und her wie ein Pendel, um das Tempo anzugeben. Dann begann er, mit kräftiger Stimme und aus voller Brust zu singen. Der Rest des Saloons, inklusive Hud, stieg nach den ersten paar Worten mit ein:

Fi-Fri, Fi-Fra, wake the Gods
that pierced the sky with crimson rods
and poison'd acres that had been –
like One, with shades of pale and green

Hud dachte an den Geruch von Pfannkuchen, die seine Mutter einmal im Monat gemacht hatte. In der Zeit, bevor er sich Sorgen machen musste, ob er den Morgen sehen würde. Bevor er sich zum Schlafen verstecken musste und jede Nacht darum bangte, entdeckt zu werden. Er stellte sich die starken Hände seines Vaters vor, die ihn hoch in die Luft schleuderten als er gerade gelernt hatte, seine eigenen Schritte zu machen. Er erinnerte sich daran, dass sein Vater auf ihn wie ein unerschütterlicher Turm wirkte, so unfassbar groß und stark und standhaft.

Fi-Fri, Fi-Fra, save my soul
from loss of balance and control
For I might see what's wrong and right –
like Two, with awe-inducing might

Die Melodie trug ihn wie eine Wiege durch den Raum. Jeder, der das Lied sang, hatte seine eigenen Erinnerungen, die er mit dem Lied verband. Emmond dachte sicherlich an Adjektive, die seine Kindheit beschrieben, oder sein erstes Mal Sex. Albert an seine ersten Erlebnisse mit Mathematik. Murphy verlor sich komplett in der Musik und öffnete seine Augen nicht mehr.

Die tragende, langsame und sich wiederholende Melodie schien die Wände zum Beben zu bringen.

Fi-Fri, Fi-Fra, shed your skin
and show us brothers from your kin
And let them blossom, wither, die –
like Three, and her beloved cry

Eine einzige Träne floss über Huds Wange. Die Erinnerungen an seine Eltern fluteten seinen Kopf, bunt und wild durcheinander. Der Geruch seines Vaters, die schönen Kleider, die seine Mutter nähen konnte, das Knistern von Papier, während sein Vater immer wieder ein und dasselbe Buch las – das Einzige, das seine Familie besessen hatte: die Bibel.

Fi-Fri, Fi-Fra, choose a side,
or cower from the endless night
And watch your conscience as it shrinks –
like Four, though he's the one that thinks

Nun sah Hud das leblose Gesicht seiner Mutter vor sich. Eine Stelle in ihrer Stirn ließ immer mehr und mehr rote Flüssigkeit über ihr konturenloses Gesicht fließen. Die Farbe verließ ihre sonst so vollen Wangen. Ihr Körper verlor an Wärme.

Fi-Fri, Fi-Fra, let me mend
Take me down to Sherman's End
Not Nine, Eleven, Eight or Ten –
It's Five, Six, Seven once again

Wie ein Blitz zog nur ein Gedanke durch Huds Kopf und verdrängte alles andere.

Wieso war ihm das nicht vorher eingefallen?

Die Meute im Saloon wiederholte die letzte Zeile: »*It's Five, Six, Seven once again.*« Dann verstummte der gesamte Laden.

Hud rannte aus dem Saloon so schnell er konnte.

Sobald er auf dem Parkplatz war, riss er an der Fahrertür des Wagens.

Verschlossen.

Er griff zitternd in seine Hosentasche nach dem Schlüssel und führte ihn ins Schloss.

Er setzte sich gar nicht mehr hin, legte sich nur quer über Fahrer- und Beifahrersitz, um an das Handschuhfach zu gelangen. Er riss die Karte heraus, breitete sie aus und suchte nach den Worten. Sein Hirn war ganz durcheinander. Seine Gedanken lagen wirr herum, wie Seiten, die aus einem Notizblock gerissen waren. Er brauchte Ordnung. Einen Anker in der Realität.

Dort stand es, über dem »X« auf der Karte: »Sherman's End«. Wie in dem Lied. Hud starrte auf den Haufen von Zahlen in der unteren Ecke: »16 1 14 4 15 18 1 19 - 2 15-X«. Er wurde noch immer nicht daraus schlau, aber sie endeten mit einem X. Es waren Zahlen.

Was zur Hölle war geschehen?

Hud begann zu zittern. Ein flaues Gefühl breitete sich in seinem Magen aus. Eine Stimme erklang wie ein verdammtes Echo in seinem Kopf: *Fi-Fri, Fi-Fra. Fi-Fri, Fi-Fra.*

Dann kletterte er wieder zügig aus dem Wagen heraus, um sich zu übergeben.

Nachdem alles wieder verstaut war, ging Hud zurück in den Saloon. Seine drei Freunde warteten auf ihn. »Wir haben gedacht, du wärst mit unseren Sachen abgehauen, Dingo«, sagte Albert, »aber alles war noch hier. Auch deine Drogen. Was war los?«

Hud wollte lügen. »Ungewollte Erinnerungen.« Es war nicht gelogen. Er setzte sich wieder an den Tisch.

»Junge, dir fehlt ja komplett die Farbe im Gesicht. Du bist leichenblass!«, sagte Murphy.

»Korrekt«, folgte Emmond mit besorgtem Tonfall in der Stimme.

»Mir geht's bald besser. Danke.«

Albert sah ihn eindringlich an. »Es geht um das Lied, oder?«

Hud nickte.

»Weißt du … niemand weiß wirklich, wo es herkam oder wer es geschrieben hat. Und erst recht nicht, was zur Hölle es bedeuten soll. Doch ich habe meine eigene Vorstellung davon.«

Hud brauchte Logik, um sein Hirn zu beschäftigen. Immerhin war der Ort, den er suchte, offensichtlich einer, der in einem Wiegenlied besungen wurde. »Bitte, her damit.«

»In der Mathematik gibt es eine besondere Disziplin, mein Junge. Man nennt es Algebra. Dort beschäftigt man sich, um es einfach zu sagen, mit unbekannten Zahlen in Gleichungen, meist dargestellt durch ein X.«

Huds Augen weiteten sich.

»Man muss das X erst suchen, um die Antwort zu finden, es loslösen, es … isolieren, wenn du weißt, was ich meine.« Albert nahm einen tiefen Schluck Bier. »Jeder hat seine eigene Vorstellung von dem, was der Song of X heißen mag, aber für mich ist es eine einfache mathematische Gleichung. Alles, was man braucht, um Frieden zu bekommen, ist die Lösung dafür.«

Seine Kehle wurde feuchter. Hud nahm einen gigantischen Schluck von seinem schalen Bier, das fast leer war.

»Davon handelt dieses Lied, wenn du mich fragst. Man muss seine eigene Lösung finden. Das X steht bereits da. Es steht für die Lösung. Jedoch ist die Frage, was das Problem ist, für das das X die Lösung darstellen soll.« Albert trank den Rest seines Bieres.

»Alkohol ist definitiv nicht die Lösung.«

»Korrekt«, fügte Emmond hinzu.

Kapitel 12 – Schat-ten, der |

1 Nicht beleuchteter Raum hinter einem beleuchteten Gegenstand
2 unsichtbarer Verfolger
3 Etwas Schemenhaftes, nicht Erkennbares

Hud riss seine Augen auf.

Als erstes Detail dieses neuen Tages nahm er die noch leicht verschwommene Decke des Wagens wahr. Der liebliche Geruch vom Junk stach sofort in seine Nase, gepaart mit seinem eigenen, schon fast unerträglichen Gestank. Er lag auf der Rückbank seines Autos und war wohl eingeschlafen. Jetzt erst bemerkte er den Schmerz in seinem Schädel, sowie das flaue, üble Gefühl, das in seiner Magengegend aufstieg. Es war das, was man noch immer als einen Kater bezeichnete. Ohne sich zu hastig zu bewegen, versuchte Hud sich aufzurichten. Mit jedem Zentimeter, den er sich nach oben bewegte, pochte der unangenehme Kopfschmerz mehr in seinen Schläfen.

Es war bereits Mittag in Finneagan. Die Sonne stand im Zenit. Hud hatte keinerlei Fenster offen gelassen. Die Hitze in dem Wagen ließ ihn und seinen Körper allmählich kochen.

Sein erster Griff ging in Richtung der Feldflasche, die mit lauwarmem Wasser gefüllt war. Trotz aller Bemühungen spuckte Hud das Wasser einige Sekunden später sofort wieder aus. Er würde es bald erneut versuchen müssen, denn es fühlte sich an, als wäre sein Mund mit Wüstensand gefüllt.

Er legte seinen Kopf zurück und schloss erneut kurz die Augen. Kater waren nichts Seltenes für ihn, vor allem wenn er von Siedlung zu Siedlung fuhr und meist die Saloons aufsuchte. Dieser jedoch war besonders unangenehm.

Er kurbelte zunächst eins der Fenster herunter und genoss einen frischen Schwall der herben, lauen Luft, die von außen in die Kabine des Wagens strömte. Nichts fühlte sich besser an als das. Es nüchterte ihn etwas aus, jedoch half dies auch nur ansatzweise.

Er rüttelte die Sitze zurecht und setzte sich auf den Beifahrersitz. Dann warf er einen Blick in sein Handschuhfach. Sein geliebtes Beutelchen mit Junk, seine Pfeife, die Karte sowie das Wunderding waren alle noch da. Eins musste Hud sich selbst lassen: Egal wie betrunken er jemals wurde, er passte stets auf seine wichtigsten Besitztümer auf. Er nahm einen tiefen Zug Junk aus seiner Pfeife. Das wohlige Gefühl in seiner Magengegend vernichtete zwar nicht den Kater, machte ihn aber definitiv etwas erträglicher. Nun startete er einen zweiten Versuch, Wasser zu trinken und er gelang.

Hud öffnete seine Wagentür und ging hinaus in die Siedlung. Er würde bald aufbrechen, würde sich aber dennoch etwas die Beine vertreten müssen, um auszunüchtern.

Nach einer halben Stunde im langsamen Trott durch die Siedlung, in der er ein paar Blicke der Bewohner auf sich zog – einige nett, einige weniger nett –, wurde Hud auf eine Stimme aufmerksam. Es war Murphy, einer der drei älteren Herren vom Vorabend. Er hatte ein breites Lächeln auf seinem Gesicht.

»Sieh mal einer an! Unser Dingo hat die Nacht anscheinend überstanden!« Murphy grinste bis über beide Ohren und offenbarte tiefe Lachfalten, selbst an Stellen, an denen Hud sie nie für möglich gehalten hatte. »Du bist ein ganz schöner Schluckspecht, mein Freund. Du wirst deutlich gesprächiger, wenn der Alkohol deinen Geist übernimmt.«

Hud hielt sich eine seiner Hände an den Kopf. »Der Widerhall davon ist leider gut zu hören. Mir fehlt allerdings die halbe Nacht.«

Murphy lachte laut los. »Kein Wunder! Du siehst auf jeden Fall danach aus.« Murphy schlug ihm eine Hand auf den Rücken. Der alte Mann hatte noch ziemliche Wucht in den Knochen. Es tat schon fast weh. »Kann ich noch etwas für dich tun? Oder willst du aufbrechen?«

»Ich hab Vorräte eingekauft und bin fast bereit, weiterzufahren. Nur will mein Schädel anscheinend hierbleiben«, antwortete Hud.

»Tja, hundert Leute erzählen einem hundert verschiedene Geschichten darüber, wie man das loswird. Und egal wie oft ich schon einen dicken Schädel hatte: Ich habe niemals eine Lösung dafür gefunden. Das Einzige, das hilft, ist und bleibt wohl die Zeit. Willst du mit in meinen Laden kommen und dich kurz ausruhen?«

Das war eigentlich keine schlechte Idee. »Gern«, entgegnete er Murphy kurz und folgte ihm

Murphys Waschsalon war ziemlich kläglich, das musste Hud offen zugeben. In einigen Siedlungen gab es noch funktionierende Waschmaschinen, stellenweise durch Solarkollektoren betrieben, die die Kleidung wieder sauber bekamen. Das war hier nicht der Fall. Eigentlich glich der Waschsalon nur einer Abstellkammer – mit einem Tresen für Geschäfte, einigen Stühlen, Waschbrettern sowie etlichen Bottichen voll mit Wasser. Aber Murphy schien damit über die Runden zu kommen. Gut für ihn.

Hud setzte sich auf einen kleinen Holzhocker, der frei war. Murphy stellte ihm ein Glas Wasser vor die Nase, das er nun, da er ein Stück gelaufen war, dankbar hinunterstürzte. Die leicht gekühlte Flüssigkeit war himmlisch.

»Danke dir, wirklich«, sagte Hud.

»Nichts zu danken. Du bist in Ordnung, Junge«, sagte Murphy. »Ich hoffe, du findest deinen Schatz. War 'ne lustige Geschichte.«

Oh Gott. *Das* hatte er erzählt. Schemenhaft kamen einzelne Erinnerungsfetzen zum Vorschein: Die Schatzkarte. Sherman's End – die Stadt aus seinem Wiegenlied, die er plötzlich suchte. Die Geschichte von Dewey und dem Wunderding.

Hud brach sofort in Schweiß aus.

»Wem hab ich das alles erzählt?«

»Dem halben Saloon, mein Freund. Doch ich hab dich nicht deswegen hier reingeholt. Du solltest besser zurück zu deinem Wagen.«

»Wieso?«

»Du warst zu betrunken, um es zu merken. Du hast einen Schatten.«

Hud blickte an sich herunter. Natürlich hatte er einen Schatten, wer hatte das nicht?

»Ja und?«

»Nein, du verstehst nicht, Junge. Einen Schatten. Ein Verfolger. Jemand ist dir hinterhergelaufen, über den Marktplatz. Auch ein Dingo, war gestern mit dir im Saloon. Ich wollte sehen, was er plante. Er ist jetzt abgehauen.«

Hud dachte an den Kerl, der etwa in seinem Alter gewesen war. Er hatte ihn den halben Abend angestarrt. Hud hatte gewusst, dass mit diesem Dingo etwas nicht in Ordnung gewesen war, doch jetzt wurde es alles klarer. »Oh Gott, der Wagen!«, Hud sprang so schnell auf, wie er konnte – was wieder einmal nicht sehr schnell war – und zog seinen Revolver.

Murphy zog solidarisch ein Gewehr unter seiner Theke hervor.

Sie verließen den Waschsalon so schnell, wie sie hineingekommen waren.

Sie waren schnell an Huds Auto angekommen. Ein guter Zeitpunkt, denn der Kerl aus dem Saloon versuchte gerade, ihn mit einer Eisenstange aufzubrechen. Er schien jedoch nicht zu realisieren, dass zwei Läufe bereits auf ihn gerichtet waren.

»Keine Bewegung, du armseliger Bandit«, zischte Murphy. »Wenn du nicht willst, dass dein Körper zusätzliche Löcher bekommt!«

Die Hände des Kerls schnellten hoch. Er ließ die Eisenstange fallen.

Hud betrachtete ihn genau. Irgendetwas stimmte überhaupt nicht mit ihm. Es lag nicht in seinem Verhalten, sondern an seiner Präsenz. Das Gesamtbild stimmte nicht. Überhaupt nicht. Es machte ihm Angst, diese unterschwellige Angst im Bauch, die man bekam, wenn man etwas sah, das man nicht verstand.

Dieser Kerl war absolut nicht in Ordnung.

»Was wolltest du an meinem Wagen, Kumpel?«, sagte Hud.

Er drehte sich langsam um. Die schwarzen Haare des Jungen hingen wie schon am Vorabend verfilzt herunter, dazu trug er ein schwarzes Hemd und eine Jeans. Auf seinem Rücken befand sich ein dicker Rucksack, definitiv mit Reiseproviant gefüllt. Er war zu Fuß unterwegs, soviel konnte Hud sagen. Der Kerl hatte Hunger gelitten. War so dürr wie ein Ast.

Und dennoch war da dieses … Etwas an ihm. Es lag Hud auf der Zunge. Er konnte es sich nicht erklären.

»Die Karte. Ich will die Karte«, sagte er. »Und wenn ich nur einen kleinen Blick darauf werfen kann. Du kannst sie von mir aus behalten. Aber ohne einen Blick auf dieses Ding gehe ich hier nicht weg.«

»Du reißt ganz schön das Maul auf, Bursche«, warf Murphy hinzu. »Sowas sehen wir hier nicht gern.«

Der Kerl sprach nun furchtbar bedacht und vorsichtig. »Das ist mir sowas von egal.« Es war, als hätte er keine Angst. Er fühlte sich überlegen. »Ich verstehe, dass du dein Eigentum beschützen willst, Kumpel. Ich verstehe auch, dass ihr eure Waffen auf mich richtet. Aber ich gehe hier keinesfalls weg, ohne dieses Ding gesehen zu haben, komme was wolle.«

»Fress mich doch ein Freak!« Murphy war erschrocken. Furchtbar erschrocken. Seine Pupillen zogen sich zusammen. Hud jagte dieser Blick auf Murphys Gesicht eine Heidenangst ein. »Dingo, sag mir bitte, dass du das auch siehst!«

Hud sah erst Murphy, dann den Dieb an. »Was denn?«

»Bist du blind? Guck ihn dir an! Mit ihm stimmt etwas nicht!«

»Ich weiß, was du meinst, aber i…«

»ER HAT KEINEN SCHATTEN!«

Hud blickte langsam zu dem Dieb hinüber. Es war ihm nie aufgefallen, weil er es für selbstverständlich gehalten hatte. In der lediglich durch Kerzen beschienenen Kneipe war es kaum zu erkennen gewesen, doch jetzt, am helllichten Tag, war es mehr als offensichtlich.

Dieser Mensch, falls er einer war, warf keinen Schatten. Es war keine optische Täuschung. Er hatte sich bewegt. Hud sah zur Absicherung auf seinen eigenen Schatten, der ebenfalls eine Waffe auf den Mann gerichtet hielt. Aber dieser Typ warf einfach kein dunkles Spiegelbild auf dem Boden.

»Heilige Scheiße! WAS BIST DU?« Hud richtete seinen Revolver mit all der Konzentration, die ihm sein Kater ermöglichte, auf den Kopf dieses Wesens. »Rede oder ich schieße!«

»Ich kann das alles erklären. Bitte.« Er sprach ganz ruhig. »Versteht ihr, ich b…«

Der gellende Lärm eines Schusses erfüllte die gesamte Siedlung und hallte hin und her, hin und her. Die Richtung, aus der er kam, war nicht zu erkennen. Jedenfalls hatten weder Hud noch Murphy und erst recht nicht dieser schattenlose Kerl geschossen, das hätte er gehört. Der Schuss kam von weiter weg.

Murphy sackte neben ihm zusammen. Rote Flüssigkeit trat aus seinem Kopf aus.

Kapitel 13 – To-hu-wa-bo-hu, das |

Chaos, Unordnung

Schrille Schreie zerschnitten die Luft wie frisch gewetzte Messer. Hud musste sich bemühen, die Waffe weiter auf den Dieb gerichtet zu lassen, obwohl er gerade eher in der Laune war, einfach abzudrücken.

War der Lärm die Schuld dieses … Dings in Menschengestalt, das dort vor ihm stand? War er nur eine *Elosion*? Er hielt zwar noch immer die Hände hoch, aber Hud war sich sicher, dass dort mehr vor sich ging. Er sah es in den Augen dieses Typen. Er hatte keine Angst, erschossen zu werden. Er schien einen Schuss von Hud regelrecht zu erwarten.

Die ersten Füße liefen panisch umher. Staub wurde aufgewirbelt. Eine Person kniete sich zu Murphys Leiche herunter, erkundigte sich danach, wer für den Mord verantwortlich war, fragte, ob Hud ihn erschossen hatte. Hud antwortete nicht. Er war viel zu beschäftigt mit diesem Wesen ohne Schatten, das gerade seine Schatzkarte stehlen wollte.

»Was bist du? Ich frage nicht nochmal, Kumpel. Du solltest es ausnutzen, dass ich deinen Arsch noch nicht weggeknallt habe.«

»Du wunderst dich sicher, dass ich keinen Schatten habe und bist sauer, dass ich von dir stehlen wollte. Das verstehe ich. Doch ich habe nicht geschossen. Das ist mein Ernst.« Er blickte Hud eindringlich an. »Ich weiß nicht, wer geschossen hat, aber wir werden es wohl bald herausfinden.«

»Das soll ich dir glauben, hm?«

»Was bleibt dir anderes übrig? Schieß doch, wenn du willst. Was aber dann passiert, wird dir nicht gefallen, glaub mir. Ich will dir nichts Böses. Ich will nur einen Blick auf deine Karte werfen.«

»Und ich will nicht, dass deine dreckigen Finger auch nur in die Nähe davon kommen.«

»Dann musst du wohl sch…«

Ein lautes, dröhnendes Geräusch drängte sich durch die Unordnung, die sich in Finneagan gebildet hatte. Hud kannte Geräusche dieser Art. Das war elektronisch. Es war ein … Wie hießen diese Dinger noch? Mikrophon?

»Bürger von Finneagan …« Es ertönte tatsächlich eine laute, schmierige, raue Stimme. Die Worte wurden langsam und mit Bedacht ausgesprochen. Hud bekam sofort Gänsehaut. Nicht im positiven Sinne.

»Leiht mir eure Ohren. Nur für ein paar Sekunden. Sonst wird erneut das Feuer eröffnet – und diesmal werden die Kollateralschäden nicht so gering ausfallen.« Das mechanische Krächzen eines großen Lautsprechers säuselte im Hintergrund mit.

Alles war still. Hud hatte keine Ahnung, was ein *Kollateralschaden* war, noch schien es irgendjemand anderes zu wissen. Der Kerl ohne Schatten blickte auch sehr verwirrt umher. Sprach er die Wahrheit? Oder schauspielerte er nur?

»Ich werde mich nun so einfach wie möglich ausdrücken: Frauen und Kinder in die Häuser, Männer auf den Marktplatz. Waffen fallen lassen. Wenn das erledigt ist, werden wir weitersehen. Und nochmal: keine Zwischenfälle. Nicht den Helden spielen. Das wird sowieso nichts bringen.«

Der Kerl ohne Schatten schaute Hud schon fast grinsend an. »Waffe fallen lassen, du hast ihn gehört.«

Hud ließ den Revolver augenblicklich fallen. Er ließ dabei trotzdem nicht die Augen von ihm. Dieser Kerl würde noch massiven Ärger mit Hud bekommen, das schwor er sich.

Dann setzte er sich mit der Masse der Männer Finneagans in Richtung Marktplatz in Bewegung. Dabei ging er nah an Hud vorbei. Er flüsterte Hud etwas zu: »Keine Sorge. Ich habe einen Plan. Mach einfach alles, was ich auch mache.«

Diesem Etwas in Menschengestalt würde Hud ganz bestimmt nicht trauen. Dennoch blieb ihm für den Moment nichts anderes übrig, als der Menge zu folgen.

Es dauerte nicht lange bis sich der Marktplatz in eine große Ansammlung von allen Männern der Stadt verwandelt hatte.

Überall sahen Hud besorgte Gesichter an. Einige der Männer unterhielten sich still und flüsternd, schienen erste Pläne auszumachen. Murphy hatte erwähnt, dass es sogar Verteidigungskräfte gab, die bewaffnet waren. Irgendwo gab es ein großes Lager mit Waffen. Es wurde sicherlich schon geplant, wie man es benutzen könnte.

Hud wartete ab. Das würde sicherlich nicht sein Ende bedeuten. Siedlungen wurden oft ausgeraubt. Das war der Grund, warum er immer in Bewegung blieb und auf sich aufpasste. Diese Leute hatten einen Plan. Und sie hatten auch die Besitztümer, die diese Kerle vermutlich wollten.

Doch der Dorn in seinem Auge war dieser schattenlose Bastard, der einige Schritte von ihm entfernt stand. Er konnte ihn nicht einschätzen. Ob er zu diesen Raidern gehörte oder nicht, er stand zwischen ihm und Sherman's End. Das war sein Todesurteil.

Plötzlich erfüllte ein bekanntes Geräusch die Luft. Hud wusste sofort, was es war. Eine Raider-Spezialität: Motorräder. Schnell, wendig in jedem Terrain, gut für Attacken auf offener Straße, liefen mit wenig Benzin und waren einfacher zu reparieren als Autos. Das waren definitiv Raider. Doch die Staubwolke, die sich am Horizont anbahnte, war nur relativ klein. Das mussten wenige Raider sein, nicht einmal ein Dutzend.

Sie hatten jedoch an irgendeiner Stelle einen Scharfschützen versteckt, als Drohung. Soviel war offensichtlich. Es müssten sich mehrere gleichzeitig in Bewegung setzen, sodass ein Tohuwabohu entstehen würde – Hud grinste wieder beim Gedanken an das Wort – und man den Überfall zerstreuen könnte. Diese Idee hatten die anderen sicherlich auch schon.

Mittlerweile waren die anfahrenden Gestalten schon so nahe, dass man sie zählen konnte: Sie waren zu dritt. Nur zu dritt? Das dürfte ja interessant werden, dachte Hud. Dann mal los.

Die gesamte Siedlung schien auf die langsam näher kommende Staubwolke zu achten. Die Erleichterung wurde größer, je mehr Leute sahen, dass es tatsächlich nur drei Personen waren: allesamt männlich, zwei von ihnen größer und muskelbepackt. Eins der Motorräder war deutlich größer und hatte zwei

Reifen an der Hinterachse. Es schien die Lautsprecher zu transportieren, über die ihr Anführer eben gesprochen hatte.

Letztendlich kamen die drei Raider am Marktplatz an, stellten ihre Motorräder ab und stiegen ab. Der Raider, der auf dem Motorrad mit den Boxen gekommen war, war ein verdammter Hüne: sicherlich über zwei Meter groß, Arme so dick wie Stahlträger. Er guckte grimmig umher. Der Hüne war mit Messern behangen. Hud sah bereits sechs Halterungen für Messer, an den Armen, dem Gürtel, den Beinen. Er mochte Klingen wohl wirklich.

Der andere sah furchtbar merkwürdig aus. Er trug am gesamten Körper dicke, silberne Kleidung. Sein Gesicht konnte man nicht erkennen, da er eine klobige, große Maske wie ein Visier vor seinen Augen trug. Hud hatte noch nie so etwas gesehen, ebenso wenig wie das, was auf seinem Rücken hing: Ein großer Kanister mit einem Schlauch, der in einem gewehrähnlichen Gerät in seinen Händen endete.

Doch der wahre Hauptakt dieser Show war der letzte Raider. Kleiner als die beiden anderen, lediglich mit einer Pistole bewaffnet. Seine Haare waren extrem kurz, er trug fast eine Glatze. Hud konnte dennoch erkennen, dass sie schwarz waren. Er war ebenfalls muskulös, trug eine Lederweste sowie Handschuhe, denen die Fingerkuppen fehlten. Seine Unter- und Oberarme waren mit Tattoos übersät. Nun kam er hervor und begann zu sprechen:

»Nun denn, Bürger Finneagans, weiß hier jemand, wer wir sind?«

Es herrschte allgemeine Stille, aber ein Arm ging langsam zitternd hoch.

»Oh, ein Gentleman weiß es. Wir haben einen Kandidaten! Tritt doch hervor, junger Recke, und präsentiere deinen Mitbürgern das, was du weißt.«

Der arme Kerl – blass wie eine Leiche, am ganzen Leib zitternd – kam aus der Menge hervor und bekam das Mikrophon in die Hand gedrückt. Er piepste die folgenden Worte schon fast: »Das h-h-hier … sind die Apokalyptischen Reiter.«

»Sehr richtig! 100 Punkte für unseren Kandidaten«, schleimte der Anführer. »Geh zurück in die Menge. Hast du gut gemacht.«

Der Kerl tat es augenblicklich und verschwand wieder von der Bildfläche.

»Liest jemand von euch zufällig die Heilige Schrift?«, fragte der Anführer.

Es herrschte allgemeine Stille.

»Welch ein Jammer, aber das könnte daher kommen, dass so wenige von euch lesen. Vielleicht sind die alten Religionen auch nur noch marginal vertreten, zumindest habe ich kein Gotteshaus gesehen. Dennoch möchte ich mir die Freiheit nehmen, euer aller Gedächtnis etwas aufzufrischen oder gegebenenfalls einige Lücken zu füllen: Wir sind die Apokalyptischen Reiter. Mein Name ist Death, das hier« – er zeigte auf den Hünen – »ist War, mein anderer Kumpane hier ist Pestilence, und irgendwo, dort draußen im Feld, hockt meine gute Freundin Famine. Und wer nicht weiß, was wir tun, dürfte gleich aufatmen: Wir sind keine Raider.«

Die Menschen von Finneagan blickten verwundert umher und begannen zu flüstern.

»Kein Grund für solche Tuschelei«, entgegnete Death. »Immer mit der Ruhe. Wir vier sind ... Nun ja, man kann uns für schwierigere Fälle engagieren, so gesagt. Nur gegen ein heftiges Sümmchen, per se, aber wir erledigen unsere Jobs immer zuverlässig. Wir wurden von einem gewissen Bertrand Simmons engagiert, um jemanden zu finden. Ich wette, einige hier kennen diesen Namen, also lasst es euch gesagt sein, denn ich sage es nur einmal: Wer sich uns in den Weg stellt, wird unsagbare Schmerzen leiden, bis alle Säfte aus seinem armseligen Körper gequetscht sind, in Ordnung? Wenn sich das Dorf quer stellt, müssen wir erst recht zu anderen Mitteln greifen. Nun denn: Um mit meinem Anliegen fortzufahren ...«

Death holte einen kleinen Notizblock hervor, leckte sich die freien Fingerkuppen seiner Handschuhe ab und blätterte etwas darin herum. »Wir suchen einen Dingo. Dürfte hier gerade angekommen sein. Wir wissen es, da sein Wagen hier steht. Mitte zwanzig, nicht so groß, raucht ständig ein wohlduftendes Kraut. Und da wir gerade zwei Gestalten in der Nähe dieses Wagens betrachtet haben, möchten wir sie doch bitten, hervorzutreten.«

Hud war gerade das Herz in die Hose gerutscht. Er war im Begriff, die Fassung zu verlieren. Hier würde es enden, hier, auf diesem Marktplatz. Er hätte sich nicht einmal bewegen können, wenn er es gewollt hätte. Er war wie paralysiert, dachte, dass das nur ein Traum war. Aber natürlich musste es so kommen, wie denn auch sonst?

»Ich werde nun langsam bis drei runterzählen. Wir wissen, wie ihr ausseht. Wenn ihr nicht rauskommt, werden wir anfangen, den Menschen hier weh zu tun.« Deaths Blick wurde zunehmend ernster und boshafter. Sein anfängliches Lächeln verschwand.

»Eins ...«

Hud drehte sich um. Sein Freund ohne Schatten hatte denselben Blick auf seinem Gesicht. Er schien wirklich nicht zu den Reitern zu gehören.

»Zwei ...«

Hud schluckte gewaltig. Er musste seine Haut retten. Finneagan und seine Bewohner waren ihm egal. Er musste Zeit schinden. Der Kerl ohne Schatten meinte, er hatte einen Plan. *Bitte, lasst ihn einen Plan haben ...*

»Drei. Nun denn. Pestilence?«

Pestilence, der Kerl im komischen Anzug, trat hervor. Er stellte sich vor Death und War.

»Wisst ihr, was das hier ist?« Er hielt das Gerät hoch, welches mit dem Tank auf seinem Rücken verbunden war. Niemand in der Menge reagierte.

»Feuer hat eins mit der Pest gemeinsam: Es verbreitet sich.«

Eine riesige Stichflamme schoss aus dem Gerät. Sie traf eins der kleinen Häuser, die auf dem Marktplatz standen. Die Flammen verbreiteten sich rasch. Schreie drangen aus dem Gebäude.

Sofort rannte ein Mann aus der Menge. »Evelyn! Christie!« Er sprintete in das Haus, das gerade Feuer gefangen hatte.

»Nun denn, Gentlemen«, schrie Death auf gelassene Art und Weise durch sein Mikrophon, während immer mehr Menschen zu rennen begannen. »Wir haben unsere Gründe, Frauen und Kinder in Holzhäuser zu stecken. Ihr habt jetzt die Chance, alles, was euch lieb ist, aus euren Häusern zu holen, bevor sie von den sengenden Flammen verschlungen werden. Hab und Gut könnt ihr gerne vorne ablegen, das nehmen wir auch mit, natürlich als Kompensation für die großen Aufwände, die ihr uns gerade bereitet. Und sicherlich werden zwei von euch nicht mit demselben Elan zu ihren Häusern rennen, da sie keine Domizile in dieser Siedlung besitzen.«

Und nur einige Sekunden später standen nur noch zwei Gestalten auf dem Marktplatz, gelähmt von ihrer eigenen Angst.

»Voilà!«, schrie Death voller Freude. »Das hat ja wunderbar geklappt. War, mach deinen Job.«

Der Hüne setzte sich in Bewegung.

Eine Minute später knieten Hud und der Kerl ohne Schatten mit Handschellen gefesselt vor den drei anderen, während die Bewohner Finneagans damit beschäftigt waren, ihre Siedlung zu evakuieren.

»Nun denn … Wer von euch beiden ist der, den wir suchen?«

Hud und der Schattenlose nickten gleichzeitig auf den anderen und sagten: »Er!«

»Oh, gut! Gut! Dann haben wir ja sogar noch mehr Spaß. Wir töten euch einfach beide. Und zwar unfassbar langsam und grausam, wie es uns Mr. Simmons aufgetragen hat.«

Hud und der Schattenlose schluckten beide hörbar.

Death lächelte bis über beide Ohren. »Lasst mich euch eins erzählen … Einer von euch beiden hat Bertrand Simmons sehr grazil an sein Bein gepisst. Und zwar so sehr, dass er uns schicken musste. Das will etwas heißen, das sage ich euch.«

Eine Stimme hallte durch Finneagan. Hud erkannte diese Stimme sofort: Es war Findus McMack. Zumindest einer von ihnen. Hud hatte Probleme, sie auseinanderzuhalten. Er hielt jedoch eine verdammt große Waffe in seinen Händen. Und er hatte sie auf Death gerichtet.

»So, mein Lieber, jetzt wirst du dich mal schnell verpissen und deine Bande mitnehmen«, knurrte Findus. »Oder dieses Ding durchlöchert jedes deiner lebenswichtigen Organe einzeln, so wahr ich Findus McMack heiße!«

Death begann einfach lauthals zu lachen. Er hob eine seiner Hände und ließ sie mit einer auffordernden Geste wieder fallen.

Ein Schuss fiel. Die Waffe in Findus' Händen zersprang in tausend Einzelteile.

»Wenn ich vorstellen darf: Famine, unsere Femme Fatale! Chapeau!« Death lachte weiter und ging auf Findus zu. Dieser begann, am ganzen Leib zu bibbern.

»Nun, Findus McMack, du bist tapfer, das muss man dir lassen. Deine Tapferkeit wird nur von einem Fakt in den Schatten gestellt: Du bist sehr töricht. Nun, ich will dir eine Geschichte erzählen.«

Die anderen Siedlungsbewohner sahen mittlerweile so aus, als würden sie freiwillig nicht mehr auf die Apokalyptischen Reiter losgehen wollen. Hud konnte sogar erkennen, dass einzelne Schusswaffen auf dem Boden verteilt waren, da sie diese nicht mehr benutzen wollten.

»Du, mein Bester, nennst dich Findus McMack. Ich vermute einmal, dass das dein echter Name ist. Möglicherweise auch nicht, da er sehr sonderbar klingt. Aber das ist mir egal.« Death zog seinen linken Handschuh aus und stopfte ihn in seine Hosentasche. »Ich habe ein Problem mit Namen. Nicht mit Namen generell, sondern mit diesem Vor-und-Nachnamen-Nonsens. Absoluter, widersinniger Schwachsinn. Wir Menschen, so ist es eine althergebrachte Tradition, bekommen einen Vor- und Nachnamen. Den Nachnamen ›erben‹ wir quasi von unseren Eltern, den Vornamen geben sie uns. Du kannst dir deinen Namen nicht aussuchen. Das ist nicht ein Ausdruck von Freiheit, mein Bester. Wir leben in einer Zeit, in der jeder so frei sein kann, wie er will, wie du hier gerade siehst. Niemand wagt es auch nur, ein Wort oder eine Faust gegen mich zu erheben, da sie wissen, dass sie dann wie du enden werden. Doch dazu gleich mehr.«

Death räusperte sich kurz.

»Ein Name, der einem gegeben wird, ist wie ein Stempel. Eine unsichtbare Stahlkette an deinem Fuß, die du auf ewig mit dir herumschleppst, aber irgendwann akzeptierst. Für mich ist ein *wirklich* freier Mann der, der sich seinen eigenen Namen gibt.

Deshalb habe ich meinen mit Bedacht gewählt: Death. Willst du wissen, warum ich mich so nenne?« Death schien an dieser Stelle eine bewusste Pause zu machen, um auf eine Antwort zu warten. »Nicht? Dann zeige ich es dir.«

Death nahm seine linke Hand und drückte sie Findus auf die Stirn. Dieser begann augenblicklich so sehr zu schreien, dass alles Menschliche aus ihm wich. Dampf stieg von ihm auf. Seine Haut färbte sich langsam rot, wie bei einem Sonnenbrand. Seine Adern traten hervor. Und dann fiel er einfach tot um.

Death drehte sich zu Hud und dem Schattenlosen um. »Nun, wo waren wir stehen geblieben? Ach ja, ich wollte euch jedes letzte bisschen Leben aus dem Körper quetschen.«

Hud war kurz davor, sich wirklich in die Hosen zu machen.

»Moment mal«, entgegnete der Kerl ohne Schatten. »Ich habe einen Vorschlag.«

Deaths Augen weiteten sich auf groteske Art und Weise. »Immer her damit. Letzte Worte sind mir immer willkommen.«

»Du bist offensichtlich ein großer Aficionado von exotischen Worten. Du sprichst gehoben. Das ist der einzige Weg, auf dem sich Menschen heutzutage noch schmücken können: Ein gehobener Wortschatz.«

»Ah! Da ist ein Gentleman mit einer unvergleichlichen Auffassungsgabe. Ich lese viel, Dingo, und wie ich das mache. Worte sind wertvolle Güter.«

»Dann darf ich dich sicherlich zu einem Wettbewerb herausfordern?«

Hud hatte sich bis eben nur verwundert umgesehen, doch jetzt verstand er. Der Schattenlose hatte einen Plan, wie er es von Anfang an gesagt hatte. Hud blieb nichts anderes mehr übrig, als auf diesen Plan zu vertrauen. Es war seine letzte Chance.

»Ah«, zischte Death, »ein verboser Wettbewerb! Welch prächtige Idee! Selbstverständlich!«

»Ich will auch mitmachen!«, sagte Hud. »Ich steh auch auf Wörter.«

»Das wirkt, ganz ehrlich gesagt, nicht so, junger Dingo, aber von mir aus sollst du auch deine Chance bekommen.« Death hielt kurz inne, schloss seine Augen. Dann beugte er seinen Kopf nach vorn und begann zu zittern. Stimmte etwas nicht mit ihm?

Death rülpste. »Pardon. Nun denn, hier die Regeln: Jeder von euch hat drei Versuche, mir ein Wort zu nennen, von dem er denkt, dass es mir unbekannt sein könnte.«

»Ausgezeichnet«, sagte der Schattenlose, »und wenn wir es schaffen, so lässt du uns frei.«

»Nein, nein, so machen wir das nicht. Mein Name ist Death, und mein Gewerbe ist der Tod. Ich handle mit nichts anderem. Aber ich habe einen Vorschlag.« Death zeigte auf die Leiche von Findus McMack. »Seht ihr den da? Wenn ihr es nicht schafft, endet ihr wie er. Und ich sage euch: Das ist vermutlich die unangenehmste Art, von uns zu gehen.«

»Und … wenn wir es … packen?«, fragte Hud zaghaft.

»Tolle Wortwahl, Dingo …«, entgegnete Death sarkastisch, »aber egal. Wenn ihr es schaffen solltet, sage ich Mr. Simmons, dass ihr flüchten wolltet. Es gibt eine Kugel in den Hinterkopf für jeden von euch. Kurz, schmerzlos und ehrenhaft. Was sagt ihr, hm? Wollt ihr mich herausfordern?«

»Nun ja«, sagte Hud schweren Herzens, »ein schneller Tod ist besser als ein schmerzhafter.« Das meinte er ernst. Der Plan seines Kumpels ohne Schatten hatte zumindest etwas Positives: Er könnte sich einen Tod ohne Qualen erkaufen.

»Ich bin auch dabei«, sagte der Schattenlose.

»Nun denn«, räusperte sich Death, »bevor wir das tun, nennt mir doch eure Namen. Menschen sollten mit Ehre sterben. Menschen sollten frei sterben. Gebt mir demnach nicht die Namen, die man euch gegeben hat. Nehmt den, den ihr wie eine Krone tragen wollt. Einen würdevollen Namen, einen kraftvollen, ausdrucksstarken.«

Der Schattenlose antwortete sofort: »Dann will ich bis zu meinem Tode als Archie bekannt sein, benannt nach dem großen Archimedes von Syrakus.«

Deaths Augen leuchteten auf. »Eine großartige Wahl!« Sein Blick wanderte zu Hud. »Und du, Dingo?«

»Weißt du was?«, sagte Hud. »Nenn mich einfach Dingo. Das ist, was ich bin.«

»Auch eine passable Wahl, Junge.« Death klatschte in die Hände. »Nun denn, Archie und Dingo, wollen wir beginnen? Wer fängt an?«

»Ich möchte«, sagte Hud.

»Nun denn, beeindrucke mich.«

Hud dachte an das Wunderding. Etwas musste darin sein, etwas, das ihn … na ja, nicht retten, aber ihm den Tag versüßen würde. Und er hatte etwas: »Elefant!«

Death lachte. »Du hast drei Versuche, und *das* ist das, was du als erstes wählst? Du willst wohl einen grausamen Tod, oder? Ein Elefant ist einer der größten Landsäuger der Erde. Vor dem Großen Krieg, der sie vermutlich ausrottete, waren sie schon stark vom Aussterben bedroht. Es gab einst afrikanische und indische Elefanten, am Anfang des 22. Jahrhunderts waren die afrikanischen jedoch bereits ausgerottet beziehungsweise lebten nur noch in Gefangenschaft.«

Hud lachte. »Haha! Falsch! Es beschreibt etwas, das … äh … sich … schön bewegt!«

Deaths Blick zu Hud war eine Mischung aus Verachtung und Belustigung. »Das Wort, das du suchst, Dingo, nennt sich *elegant*.« Dieses letzte Wort betonte er besonders derb und herablassend. »Da hast du einen Fehler gemacht. Ich kenne jedoch beide. Von dir kann ich wohl nicht viel erwarten, oder? Na ja, egal. Erst mal zu dir, Archie.«

»Transzendentalismus.«

»Oh, die Ideologie, die im 19. Jahrhundert von Kant begründet wurde? Oder meinst du die Vorstellung, dass eine größere Ordnung in der Natur existiert, die den Mensch zwar einschließt, die er aber aufgrund seiner Beschaffenheit nie nachvollziehen könnte?«

Archie nickte nur. Sein Hirn schien fast zu qualmen. Er suchte nach Worten, genauso wie Hud.

»Nun, bitte enttäusche mich jetzt nicht noch einmal, Dingo.«

Hud dachte nach. »Eine Sekunde bitte«, sagte er zu Death. Ihm fiel gerade wieder ein, dass er einen Kater hatte. Den hatte er größtenteils ignoriert. *Für später merken: Todesangst ist ein gutes Mittel gegen Kater.* Dann fiel ihm ein, dass es kein »später« geben würde.

Dann fiel ihm ein Wort ein. »Elosion.«

»Elosion? Bist du betrunken, Dingo?«, fragte Death verwundert.

»Ehrlich gesagt schon. Aber was ist denn nun?«

»Das Wort gibt es nicht.«

»Oder du kennst es nur nicht!«, sagte Hud hoffnungsvoll.

»Was soll es denn bedeuten?«

»Etwas, das man wahrnimmt, aber das nicht echt ist, ist eine Elosion.«

»Das Wort heißt *Illusion*, du Troglodyt«, lachte Death.

»Was ist ein Troglodyt?«

Death lachte erneut. »Dingo, ich glaube, ich tue der Welt einen Gefallen, indem ich dich umbringe. Jedenfalls wirkst du nicht so, als wenn du dir deinen schnellen Tod erkaufen kannst. Hoffen wir mal, dass Archie dir helfen kann.«

»Stigma«, floss es aus Archie heraus.

»Eine gute Wahl, wahrlich. Ein Stigma ist jedoch entweder ein sichtbares Mal, zum Beispiel eine Brandwunde oder Narbe, oder es kann auch sozial betrachtet werden, wie etwa Armut. Oder du redest gar von den blutenden Wunden Christi am Kreuze.«

»Verdammt«, flüsterte Archie schon fast.

»Nun, Dingo, dein letzter Versuch?«

Hud dachte nach. Er brauchte eins dieser tollen Worte, wie Archie sie in den Raum warf. Nur noch besser. Ein Wort das so absurd klang, so phantastisch, so …

»Tohuwabohu.« Das Wort kam schon fast automatisch aus seinem Mund.

Death schob seine Unterlippe hervor und riss seine Augen weit auf. »Oh, da hat sich wohl jemand etwas bis zum bitteren Ende aufgehoben. War das dein Trumpf, hm?«

»Etwas Besseres fiel mir nicht ein, ehrlich.«

»Nun, Dingo, ich muss dir sagen, dass das eine verdammt gute Wahl war. Hätte ich zuletzt von dir erwartet, vor allem nach dem, was du bisher von dir gegeben hast. Doch ich muss dich enttäuschen: Tohuwabohu ist nur das schönste Wort für Unordnung oder Chaos.«

Hud ließ seine Schultern hängen. Das war es. Das war sein Ende. Hier, auf dem Marktplatz in Finneagan, vor all den Leuten, die wie Ameisen umher rannten und Dinge herumtrugen, fern von Sherman's End, dem sagenumwobenen Platz aus seinem Wiegenlied. Er würde all dies niemals erreichen. Er war tot. Und sein Tod würde schrecklich sein.

Außer Archie, oder wie auch immer er hieß, hätte eine Idee. Hud blickte zu ihm und …

Archie zwinkerte mit einem Auge.

Oh Gott. War das der Plan? Hatte er etwas vor?

»Death, ich habe ein Wort. Dieses Wort wird dich wegblasen. Ich garantiere dir, dass du es nicht kennst. Das habe ich mir bewusst bis zum Ende aufgespart.«

Death rieb sich die Hände. »Wunderbar! Absolut phantastisch! Von jemandem wie dir klingen diese Worte wie Ambrosia. Wähle dein Wort, trage es mit Gravitas vor.«

»Ich würde es dir lieber gern ins Ohr flüstern.«

Was hatte er nur vor? Hud wollte sich am liebsten erneut fast in die Hosen machen, dieses Mal aber nicht nur vor Angst, sondern auch vor Spannung.

»War, ich schicke dich vor. Willst du es ihm in die Ohren flüstern? Er kennt meinen Geschmack. Er wird nicken, wenn es mir gefallen wird. Hach, das ist so aufregend! Ich kann mich kaum halten!«

Der Hüne namens War kniete sich vor Archie hin und reichte ihm sein Ohr. Archie ging ganz nah heran und flüsterte ein einziges Wort, das viele Silben zu haben schien.

Die Augen von War weiteten sich unfassbar, so sehr, dass sie schon fast aus ihren Höhlen traten. Der Riese stand auf, taumelte umher, ohne zu blinzeln, schien die Orientierung zu verlieren.

Dann hob er seinen eigenen Arm und biss tief hinein.

Alle Augen auf dem Platz ruhten ungläubig auf diesem Anblick.

War riss mit den Zähnen ein riesiges Stück Haut und Muskeln aus seinem Unterarm, kaute es hastig und biss erneut zu.

Er begann, sich selbst zu fressen.

»Was hast du gemacht, hm?«

»Autokannibalismus«, sagte Archie.

Death stockte. »Das … was? Wie?«

Dann schrie Archie ein Wort, das Hud nicht kannte. Es klang völlig fern von allen Sprachen, die er je gehört hatte.

Und letztendlich stieg um sie herum eine riesige Wolke dicken weißen Rauchs auf.

Hud wurde am Arm gepackt und mitgerissen. Plötzlich war er auf seinen Beinen und rannte, wie von selbst. Er begann zu husten, ebenso wie jeder andere um sie herum. Im Rauch fielen Schüsse, doch keiner von ihnen schien sein Ziel zu treffen.

»Hast du deine Autoschlüssel?«, schrie Archie.

»Ja, in meiner Hosentasche!«, entgegnete Hud.

»Welche?«

»Vorne links!«

Eine Hand glitt in die Hosentasche und holte Huds Autoschlüssel heraus. »Weiterrennen! Nicht langsamer werden! Jetzt zählen Sekunden«, schrie Archie. »Ich werde ihn dir jetzt in die Hand geben! Du darfst ihn nicht fallen lassen!«

»Okay!«, schrie Hud.

Archie schien hinter ihn zu fallen und ließ den Schlüssel in seine noch immer in Handschellen gefangenen Hände fallen. »Hab ihn«, entgegnete Hud.

»Da vorne ist dein Wagen. Du musst ihn aufschließen. Ich gehe auf den Beifahrersitz.«

Hud rannte, aber er konnte nichts sehen. Dann krachte er in etwas, das sich schmerzhaft in seine Magengrube schob: das Heck seines Geländewagens.

Hud stand auf, drehte sich um, und tastete mit seinen hinter dem Rücken verschränkten Händen nach dem Schlüsselloch. Er fand es überraschend schnell, steckte den Schlüssel ins Loch und öffnete das Schloss. »Ist offen!«, brüllte er.

Ehe sie sich versahen, saßen die beiden bereits im Wagen. »Wie starten wir den Motor?«, fragte Hud hastig.

»Hast du den Schlüssel noch in der Hand?«

Hud nickte.

»Versuch es einfach, irgendwie!«

Hud stand auf, stieß sich den Schädel an der Decke, japste kurz vor Schmerz nach Luft, drehte sich um und versuchte, das

Zündschloss zu finden. Das dauerte zwar unnötig lange, aber er schaffte es schließlich.

Als der Motor zum Leben erwachte, trat er mit voller Wucht auf das Gaspedal.

Er war wieder dankbar, dass es ein Automatikwagen war.

»Wohin?«, fragte Hud.

»Raus aus der Stadt. Runter vom Highway. Wir müssen uns einen anderen Weg suchen.«

Hud biss ins Lenkrad und steuerte den Wagen aus der Rauchwolke.

Kapitel 14 – Spur, die |

1 Hinterlassene Hinweise, die auf ein Lebewesen oder Fortbewegungsmittel zurückführen lassen
2 Kleine Menge, oft im Kontext von Nahrungsmitteln (»Kann Spuren von Nüssen enthalten!«)
3 Feste Bahn, auf der sich Dinge fortbewegen (Straße, Schienen)

Melvin hatte die Schüsse in Finneagan mit großer Neugier beobachtet. Doch nun war am Horizont eine große Staubwolke aufgetaucht. Nicht nur groß, nein, gigantisch. So etwas hatte er noch nie gesehen.

Das bedeutete gute Neuigkeiten. Die Leute passten nicht auf. Er würde endlich etwas finden, um seinen leeren Bauch zu füllen. Und schon tauchte aus der Rauchwolke etwas auf: Ein Wagen, der merkwürdige Schlangenlinien fuhr. Er kannte diesen Wagen. Es war der letzte, der Melvin begegnet war.

Es dauerte nicht lange, bis das Auto an Melvin vorbeifuhr. Hudson, der Junge, der ihm knapp entwischt war, saß am Steuer. Na ja, er biss ins Lenkrad. Neben ihm hockte ein großer, dürrer Junge, der etwa im selben Alter war.

Melvin mochte den Gedanken nicht, dass ihm jemand entkommen könnte. Er mochte auch nicht, dass dieser Wicht ihn verletzt hatte. Nun, diese Wunden würden in ein paar Tagen verheilt sein, doch es tat weh. Schmerzen waren unangenehm und hielten ihn von der Nahrungsaufnahme ab.

Er hatte schon die Witterung aufgenommen. Oh, Melvin hatte eine feine Nase. Besser als die von Hunden, besser als die von Wölfen. Er roch Autos schon meilenweit gegen den Wind und konnte sich gebührend vorbereiten. Doch jetzt, wo Finneagan in Flammen aufgegangen war, würde er sich andere Jagdgründe suchen müssen. Nun, er dachte gerade eher an ein anderes Ziel.

Melvin sah auf die Spuren, die der Wagen auf der feinen Sandschicht auf dem Highway hinterlassen hatte. Er prägte sich den Abdruck des Reifenprofils ein, ebenso wie die Farbe und die Form des Wagens. Dann prägte er sich den Geruch ein. Oh, welch ein lieblicher Duft. Er hatte eine Spur zu verfolgen. Dafür würde er eine neue Haut brauchen.

Kapitel 15 – Wun-de, die |

1 Verletzung/Beschädigung organischen Gewebes
2 Psychologischer Schaden, hinterlassen durch traumatische Erlebnisse

Hud strich sich über seine Handgelenke. Seine Haut hatte sich bei der Flucht kreisrund durch die Handschellen aufgeschürft. Die Handschellen waren zwar noch immer um seine Arme gewickelt, aber ein kleiner Schuss aus der Pistole hatte die Kette in der Mitte durchtrennt. Archie hatte ihm dabei geholfen. Hud hatte keine andere Wahl gehabt, als dem Kerl zu vertrauen. Er hätte ihm genauso gut in den Rücken schießen können. Aber im Endeffekt hatte er ihm anscheinend nichts Böses tun wollen.

Nun schlief der schattenlose Samariter seelenruhig auf der Rückbank des Wagens. Seine Handschellen waren noch immer intakt, aber das schien ihn nicht zu stören. Dieser abgemagerte Wahnsinnige musste tagelang kein Auge zugetan haben. Hud hatte Musik mit seinem Wunderding angemacht, um ihn möglicherweise zu wecken, aber das ließ Archie kalt. Er würde vermutlich nicht einmal von fallenden Schüssen geweckt werden.

Dieser Archie war ein Wrack. Und was noch schlimmer war: Er vertraute Hud.

Niemand hatte Hud bewusst seit Jahren vertraut. Genau wusste er es nicht mehr, da er sein Gefühl für Zeitrechnung weitgehend verloren hatte. Hud wusste manchmal nicht einmal mehr wirklich, wie alt er war. Aber, dass ihm jemand vertraute, ja das war wirklich Jahre her. Wie sollte man ihm auch vertrauen? Er war ein lügender, stehlender Dingo. Das niederträchtige Ende der Nahrungskette. Und dieser Kerl vertraute ihm so sehr, dass er auf Huds Rücksitz eingeschlafen war.

Huds normale Vorgehensweise in solchen Situationen wäre ein stiller Diebstahl. Einmal alle brauchbaren Kleidungsstücke entfernen, die Besitztümer aus den Taschen entnehmen, den Bestohlenen in der Wüste aussetzen und verschwinden.

Aber diesmal war es anders. Das da war kein gewöhnlicher Fall. Das da auf seiner Rückbank war irgendetwas Merkwürdiges. Dieses Ding, das sich Archie nannte. Er hatte diesem Riesen namens War ein Wort ins Ohr gesäuselt, nur ein Wort, und er hatte begonnen, sich selbst zu zerfleischen. Als er ein weiteres Wort gebrüllt hatte, stieg überall dicker Rauch auf. Dieser Rauch stammte nicht von dem Feuer, das Death und seine Schergen in Finneagan gelegt hatten. Nein. Er war ... aus der Luft gekommen. Von überall. Aus dem Nichts.

Umso überraschender war es für Hud, dass dieser Kerl schlafen konnte wie ein Baby und zugleich vermutlich Blitze aus seinem Arsch schleudern konnte. Und er wollte nach Sherman's End, so sehr wie Hud es auch wollte.

Hud hatte einen Entschluss gefasst. Er würde höchstwahrscheinlich von den Apokalyptischen Reitern verfolgt werden. Er brauchte Hilfe. Er brauchte Schutz.

Er brauchte einen Bodyguard.

Und dieser dürre, zu lang gewordene Kerl war es. Der Kerl, der jetzt im Dunkel der Nacht, in dem man nicht einmal das Fehlen seines Schattens erkennen konnte, seelenruhig schlief.

Hud zündete sich erneut eine Pfeife voller Junk an und hustete daraufhin heftig. Dieses Zeug war furchtbar stark.

Seine Gedanken drifteten umher, wie Sandkörner, die durch die Wüste getragen wurden. Er sah das Gesicht von einem der vielen Findus McMacks in Finneagan. Wie Death nur durch eine Berührung seiner Hand Findus' Tod verursacht hatte. Death und Archie hatten mehr gemeinsam, als Hud es anfangs für möglich gehalten hatte. Sie konnten Dinge tun, die ein normaler, sterblicher Mensch nicht tun konnte.

Hud driftete weiter ab. Er erinnerte sich an seine Vergangenheit. An den Teil, den er für gewöhnlich gern unterdrückte. Er dachte an Sandford, seinen Geburtsort, und einen Straßenkünstler, der eines Tages durch die Tore geritten kam. Dieser Mann im Turban und in ein weißes ... Tuch gehüllt, konnte schweben. Im Schneidersitz. Sein Vater hatte gemeint, dass das alles Unfug war, irgendein Trick. Etwas mit ... Wie war dieses

Wort? *Personipektive*? *Perspecktief*? Egal. Hud war noch klein gewesen, und er versicherte seinem Vater, dass es kein Trick war.

Es war Magie.

»Unsinn«, sagte sein Vater.

»Pass auf!«, entgegnete der kleine Hud mit vollem Elan. Er nahm seinen Arm und wedelte damit einmal unter dem fliegenden Mann im Schneidersitz umher. Er stieß auf keinen Widerstand.

»Siehst du?«, sagte Hud lächelnd zu seinem Vater.

»Hud. Das ist eine Illusion.« Hud pausierte kurz. *Illusion*, dachte er, nicht *Elosion*. Merken.

»Ein Trick. Nichts weiter. Komm, lass uns weitergehen«, fuhr sein Vater fort.

Hud und sein Vater vernahmen eine krächzende Stimme im Hintergrund. »Heeeey«, sagte der schwebende Illusionist. »Magie ist echt, kleiner Mann.« Und für einen kleinen Moment, als er dem Straßenkünstler tief in die Augen sah, schwor Hud, dass er sah, wie sich seine Augenfarbe veränderte, von Braun zu Grün und wieder zurück. Dann zwinkerte er ihm zu. »Die Welt ist voller Magie, du musst nur mehr danach suchen.«

Nur gab es ein Problem mit Erinnerungen, die so weit zurücklagen. Das Hirn dichtete das ein oder andere Detail dazu, ließ dafür aber auch gerne eins weg. Kinder waren einfach zu beeinflussen. Manche Dinge wurden einfach als wahr akzeptiert, obwohl sie es nicht waren. Von Jung und Alt, aber insbesondere von Kindern.

Sein Leben lang hatte Hud Zweifel, ob der Mann wirklich geflogen war oder nicht, ob sich seine Augenfarbe verändert hatte. Jetzt, für eine Minute, glaubte er dem Illusionisten, nicht seinem Vater.

Hach, wenn er es seinem Vater nur sagen könnte.

»Warum weinst du?«, ertönte eine Stimme vom Rücksitz.

Ja, Hud hatte angefangen zu weinen. Teile seiner Tränen waren schon auf seiner Wange zu unangenehmen Linien vertrocknet.

»Ich … Ach, vergiss es. Schön, dass du wach bist.«

»Wie lange war ich weg? Und wo sind wir?«, fragte Archie.

»Um die zehn Stunden hast du friedlich geschlafen. Direkt nachdem du meine Handschellen durchschossen hast. Ich bin währenddessen weitergefahren. Wir sind praktisch im Nichts. Habe neben einer gigantischen Mauer geparkt.«

Archie richtete sich auf und sah aus dem Fenster. Seine Arme waren noch immer hinter seinem Rücken verschränkt. Selbst in völliger Dunkelheit waren die Ausmaße der Mauer sichtbar. Es war deutlich zu erkennen, dass sie mal Teil eines großen Gebäudes gewesen war, vielleicht die Außenwand einer der großen Fabriken aus der alten Zeit.

Hud sah diese Mauer als gute Chance für ein Versteck. Natürlich bestand noch immer die Chance auf Freaks. Die hielten sich jedoch überwiegend in der Umgebung von ehemals großen Städten auf. Archie und Hud waren praktisch mitten im Nirgendwo. Es konnte kaum etwas passieren, wenn nicht jemand nachts fernab von der Straße herumfahren würde.

»Solide Arbeit. Nun, hör mir zu, könntest du mir jetzt die Kette durchschießen?«

»Klar, aber ich glaube schon, dass du mir vorher ein paar Antworten schuldig bist, Mann.«

»Wirst du mir jetzt misstrauisch, Dingo?« Archie wirkte verstört.

»Du hast diesen Kerl dazu gebracht, an seinem eigenen Ellenbogen zu knabbern wie an einer Schweinekeule. Du hast weißen Rauch aus dem Nichts aufsteigen lassen. Glaubst du etwa, dass ich dich ohne eine Erklärung freilasse?«

Archie sah Hud jetzt eindringlich an. »Pass genau auf meine Worte auf: Wenn du mich wirklich außer Gefecht setzen wolltest, müsstest du mir das Maul stopfen. Ich könnte dein Leben innerhalb von Sekunden beenden, mit nur einem Wort. Aber ich tue es nicht. Reicht dir das als Vertrauensbeweis?«

Hud zog seine Pistole. »Gehen wir kurz raus«, sagte er.

Archie schien deutlich erleichtert, seine Arme wieder frei bewegen zu können. Er klopfte Hud dankend auf die Schulter. »Danke dir, Dingo.«

»Nenn mich nicht Dingo, Archie. Wenn du überhaupt so heißt.«

»Ach, das war ein Doppel-Bluff. Ich heiße tatsächlich Archie, bin aber nicht nach Archimedes benannt.« Er lachte kurz.

»Hallo Archie«, sagte Hud. »Ich bin Hud.«

»Hey Hud«, sagte Archie, »hast du was zu essen? Ich glaube, ich muss mich vor Hunger sonst gleich selbst fressen.« Archie tat so, als würde er sich selbst in den Ellenbogen beißen.

Hud lachte aus vollem Hals. »Heilige Scheiße! Aber, wo wir gerade dabei sind … Wie hast du das gemacht? Der Kerl war ja nicht mehr er selbst!«

Archie legte erneut seine Hand auf Huds Schulter. »Das kann warten. Gib mir bitte was zu essen. Ich mein's ernst, ich habe lange nicht mehr in Ruhe eine ausgiebige Mahlzeit genossen.«

Archie verschlang die Dose Ravioli, die Hud ihm gereicht hatte. Er fraß wie ein verdammter Freak, dessen Mutation in einem unendlich dehnbaren Magen bestand. Das war nicht normal. Hud musste sich eingestehen, dass wohl kaum etwas an diesem Kerl normal war.

»So«, sprach Archie noch mit halb vollem Mund, »wo waren wir stehen geblieben?«

»Wie du diesen Kram abziehen kannst. Rauch. Auto… Autowas?«

»Autokannibalismus«, sagte Archie.

»Ja, genau das. Wie?«

»Das … ist eine sehr lange Geschichte. Aber ich denke, ich bin sie dir schuldig. Aber dennoch: Du bist mir auch etwas schuldig.«

»Ich denke, meine Schuld bei dir ist auf ewig getilgt, Archie. Das war meine letzte Dose Ravioli.«

»Klar, nein. Aber eine Geschichte. Du hast vorhin geweint. Das klingt nach etwas, das man für gewöhnlich nicht erzählen wollen würde.«

»Will ich auch nicht«, zischte Hud todernst.

»Ich will meine Geschichte auch ungern erzählen, Hud. Sie ist auch nicht schön. Vielleicht sollten wir uns einander öffnen, lernen, uns zu vertrauen. Dann hat das alles mehr Sinn.«

»Du fängst an.«

»Nein, Hud, du solltest anfangen. Und erzähl diesmal bitte die Wahrheit.«

Hud strich über die Wunden an seinen Handgelenken. »Das ist etwas, was ich noch niemals jemandem erzählt hab. Und das meine ich wirklich so. Wir beide werden vermutlich die einzigen beiden Menschen auf der Welt sein, die davon wissen. Und es werden alte Wunden aufgehen. Ich werde sicherlich weinen. Das sollte dir zeigen, dass ich es ernst meine. Aber ich denke, dass ich dir vertrauen sollte … nach dem, was du heute für mich getan hast …«

Hud holte tief Luft und begann, in seinen Gedanken zu kramen.

Kapitel 16 – Licht, das |

Allgemeiner Ausdruck für erhellende Strahlung

Wo sollte Hud beginnen? Es mochte Archie sicherlich schockieren, aber er war wirklich in einer Siedlung geboren und aufgewachsen. Und das nicht nur in einer kleinen: Nein, es war vermutlich eine der größten Siedlungen überhaupt, in der Hud seine Kindheit und Jugend verbracht hatte.

Sandford hieß diese Siedlung, und zu seiner Geburt war Hud der 13.478ste registrierte Bewohner. Sandford lag in den Ruinen einer kleineren Stadt, die von den Waffen des alten Volkes größtenteils verschont geblieben war. Man hatte lediglich zum Schutz eine Mauer um diese Stadt errichtet und es geschafft, Ordnung hineinzubringen.

Wenn Hud an diese Zeit zurückdachte, dann dachte er nur an das Staunen. Er hatte Sandford selten verlassen, nur manchmal, für das, was seine Eltern einen »Urlaub« nannten. Doch dort waren sie nur größtenteils umhergefahren und hatten sich dieselben öden Berglandschaften angesehen, die Hud schon kannte und jetzt täglich sah.

Er wusste, dass Sandford etwas Besonderes gewesen sein musste. Nicht nur, weil jeder der Bürger es ständig gesagt hatte. Nein, Hud spürte es. Es war etwas Großes, etwas Geordnetes. Sandford war noch immer das beste Beispiel in Huds Kopf für das, was man vermutlich »Zivilisation« nennen könnte.

Huds Mutter, Margaret Dennings, war Schneiderin. Sie besaß an einer der Hauptstraßen von Sandford einen gut besuchten Salon. Ihr Verdienst war wirklich nicht schlecht. Margaret hatte von Kindesbeinen an von ihrer Mutter streng eingetrichtert bekommen, wie man nähte. Und es hatte sich gelohnt. Sie hatte ein Händchen für Kleidung. Und eins stand fest: Menschen würden immer Kleidung brauchen. Wo sie war, würde sie nie ohne Arbeit sein.

Sie lernte relativ früh in ihrem Leben einen jungen Mann namens Arthur McIntosh kennen. Er war ein einfacher Bauarbeiter in Sandford – ein gefährlicher, aber dennoch notwendiger Beruf. Die beiden verliebten sich sehr schnell und heirateten in der ortsansässigen Kirche, die Hud nie mochte. Neun Monate später kam ein gesunder Junge zur Welt: er selbst, Hudson Dennings.

Das Leben war perfekt für Hud. Da seine Familie selbst für die Verhältnisse Sandfords relativ gut betucht war, landete er tatsächlich mit sechs Jahren in einer Privatschule, die ihm die bestmögliche Bildung versprach. Dort wurde er tagtäglich mit Mr. Dawson konfrontiert. Er war vermutlich der intelligenteste Mensch, den Hud jemals kennenlernen durfte. Er war quasi die personifizierte Privatschule von Sandford. Er unterrichtete jedes Fach wie im Marathon hintereinander weg. Hud fand den Unterricht langweilig, doch jetzt, wo er darauf zurückblickte, fiel ihm erst auf, wie gut das Geld seiner Eltern dort angelegt war.

Hud erinnerte sich meist an ein besonderes Ereignis in seiner Schulzeit, wenn er daran dachte. Seine Gedanken schweiften gern dorthin zurück. Entweder er interessierte sich nicht für den Unterricht und folgte demnach nicht oder aber er schlief regelmäßig ein. Trotzdem, er hatte über die Zeit zahllose kostbare Informationen gelernt.

»Hudson Dennings«, sagte Mr. Dawson, »willst du deinen Eltern auf diese Art dafür danken, dass sie dich hierhergeschickt haben?«

Hud schreckte dann meist hoch und benahm sich, so gut er konnte. »Nein, Mr. Dawson. Ich war gestern nur zu lange wach.«

»Was hast du denn getrieben, hm? Deine Eltern sollten dich früher ins Bett schicken.«

Hud war den ganzen Abend wach gewesen und hatte die Sterne angestarrt. Er machte das jetzt noch immer gern, vor allem, wenn er auf Junk war. Die Sterne faszinierten ihn. Sie zeigten ihm, dass es mehr gab, als er je verstehen könnte. Etwas dort draußen, das außerhalb seines Verständnisses lag. Das Gefühl, so klein und unbedeutend zu sein, machte ihn glücklich. Es gab ihm ein Gefühl von Freiheit.

»Ich habe nichts getrieben, Mr. Dawson«, entgegnete Hud still und sah auf dessen Pult. Augenkontakt musste in solchen Situationen vermieden werden.

Jedoch spürte er bereits den Atem seines Lehrers im Nacken. »Du wirst nicht mehr hier einschlafen, sonst werde ich dich vom Unterricht ausschließen. Ich werde nicht meine Zeit mit dir verschwenden. In diesen finsteren Zeiten ist ein guter Lehrer sein eigenes Gewicht in Gold wert.«

Er packte Hud an den Haaren, riss seinen Kopf hoch und zwang ihn, ihm in die Augen zu blicken. Mr. Dawson war mittlerweile alt, hatte graue Haare und einen starren Silberblick, der ihm jetzt Löcher in die Augenhöhlen zu bohren schien. »Was hast du getan, Hudson? Raus mit der Sprache!«

»Mir die Sterne angesehen, Sir«, kam es wie aus der Pistole geschossen aus Hud heraus. Er war angsterfüllt.

Mr. Dawson lächelte jedoch. »Du suchst nach mehr, oder?«

Hud, der damals etwa dreizehn gewesen sein musste, nickte lediglich. Diese Worte beschrieben ideal, wie er sich fühlte.

In der Klasse waren damals zehn Schüler in etwa der gleichen Altersklasse gewesen. Es gab natürlich mehr Schüler, diese waren aber in anderen Altersklassen. Die Schüler, die etwa das gleiche Alter hatten, wurden in dieselbe Gruppe gesteckt. Hud war der Jüngste in dieser Klasse; die anderen Kinder waren teilweise schon 15 oder 16 Jahre alt. Es ruhten nun alle Augen auf ihm. Einzelne Schüler kicherten sogar.

»Dann lass mich dir eine Geschichte erzählen«, sagte Dawson. Er ging nach vorn und setzte sich auf sein Pult. Dabei blickte er in der Klasse umher.

»Es gab ein Volk, das man die Griechen nannte.«

Dawson zeigte auf die vergilbte große Weltkarte, die ständig im Klassenraum aufgehängt wurde. Sie war der ganze Stolz des Lehrers. Die Karte war detailliert und beschriftet. Sie war zudem gigantisch groß und reichte fast vom Boden bis an die Decke des Klassenzimmers.

»Hudson, steh mal bitte auf und komm nach vorne.«

Hud stand hastig auf und ging zur Karte. Er war immer noch völlig verängstigt. Die älteren Kinder starrten ihn an. Das hübscheste Mädchen der Klasse, Rose Filler, warf Hud einen entnervten Blick zu, als wenn er ihre Zeit verschwendete.

»Du bist hier, um zu lernen und solltest beweisen, dass du etwas gelernt hast«, sagte Mr. Dawson. »Du siehst dir die Sterne an, aber jetzt sollst du aus der Perspektive der Sterne nach unten schauen. Hier siehst du unseren Planeten. Frage aus dem Gebiet der Geographie: Wo befinden wir uns?«

Hud schlotterte fast mit den Knien. Er wusste keine Antwort auf diese Frage. Er sagte besser nichts und versuchte, sich auf die Füße zu schauen.

»Hudson Dennings, das gibt Abzüge. Aber Momente, die mit großer Scham verbunden sind, sind selten vergessen. Vertraue mir ruhig, wenn ich dir sage, dass du nun niemals vergessen wirst, wo wir sind: hier oben.«

In der Mitte der Karte befanden sich zwei größere Kontinente, die übereinander lagen. Der Lehrer zeigte auf den höheren der beiden.

Hud starrte auf die Karte. An einigen Stellen war sie ockerfarben, wie die Farbe der Wüste, und zwar dort, wo alles aus Sand war. Merkwürdigerweise war auf der Karte in Nordamerika, wo sie angeblich wohnten, kein ockerfarbener Sand zu sehen. Das verwirrte Hud sehr.

»Wie heißt dieser Kontinent?«, fragte Dawson. Er zeigte auf einen Schüler, ohne dass er sich meldete. Es war Pete Parkins. Der Junge war 14 und wusste einfach alles. Dawson vergötterte den Knaben.

»Nordamerika«, sagte Pete wie aus der Pistole geschossen.

»In der Tat«, sagte Dawson mit einem Nicken. »Wie hieß das Land vor dem Krieg?«

Diese Antwort wusste Hud. Er hatte die rot-weiß-blaue Flagge gesehen. Er mochte den Namen des Landes, da er nur aus drei Buchstaben bestand.

»USA, Mr. Dawson«, sagte Hud, bevor Pete die Frage beantworten konnte.

Dawson sah überrascht zu Hud hinunter. »Gut, Hudson. Gut. Jedenfalls, hier, über den Atlantischen Ozean hinweg, liegt Europa, die Wiege vieler großer Kulturen und wahrscheinlich der Geburtsort vieler eurer Vorfahren.« Dawson zeigte auf einen kleinen Haufen merkwürdig verästelter Inseln. »Ich war einmal dort. Es war eine harte Reise, aber ich kam zurück. Ich war in einem Land namens Frankreich, in dem die Bomben ebenfalls vor vielen Jahren gefallen waren. Dort ist es mittlerweile aber wieder friedlich und schön. Das Volk hat sich wundervoll entwickelt. Dort gab es vor zwanzig Jahren noch Städte so groß wie Sandford. Ich wette, sie werden irgendwann einmal den Globus dominieren.«

Dawson zeigte auf einen kleinen Landstrich, der am Mittelmeer lag. »Das da ist Griechenland. Die Griechen waren brillant, in vielerlei Hinsicht. Ihnen haben wir einige Dinge zu verdanken, die wir heute noch benutzen … obwohl die Aufzeichnungen über ihre Errungenschaften stellenweise 3.000 Jahre zurückliegen. Von ihnen stammen frühe politische Formen, von denen wir noch heute Variationen verwenden, komplexe philosophische Gedankengänge, brillante Kunstwerke und so weiter. Sie waren ein wahrer kultureller Zenit unserer Gesellschaft, wenn ich es so ausdrücken darf.«

Dann sah er Hud an. »Und sie hatten eine Menge schöner Geschichten, von denen ich jetzt eine erzählen möchte: den Mythos des Ikarus. Ikarus war ein Junge, dessen Vater ein Erfinder war. Und er fertigte Ikarus ein Paar großer Flügel aus Wachs, die auch tatsächlich funktionierten. Ikarus konnte fliegen, und was war sein erster Impuls? Er wollte zur Sonne fliegen. Wer kann mir sagen, was wohl als Nächstes passierte?«

Hud blieb still, der Rest der Klasse ebenfalls. Nach einigen Sekunden ging zaghaft eine Hand hinten in der Klasse nach oben. Es war irgendein Streber, dessen Namen Hud vergessen hatte. »Wachs schmilzt sehr schnell, also ist Ikarus wohl ab einer gewissen Höhe abgestürzt«, sagte er.

Mr. Dawsons Augen leuchteten auf. »Sehr richtig, mein Junge. Ikarus' Flügel schmolzen, als er der Sonne zu nahe kam. Er stürzte ab und starb.«

Dann sah er Hud an. »Es ist in Ordnung, sich mehr zu wünschen, mein Junge. Aber damit seine Zeit zu verschwenden, anstatt sich mit Wichtigerem zu beschäftigen … Das ist schädlich.

Du beginnst jetzt schon, abzustürzen. Flieg tiefer, Hudson. In diesen finsteren Zeiten sollten wir das alle tun.«

Das würde Hud nie vergessen. Diese Worte schwirrten noch immer in seinem Kopf herum. »In diesen finsteren Zeiten«, das hatte Mr. Dawson immer gesagt. So oft sogar, dass Hud es selbst aufgeschnappt hatte.

Wenn Hud dann nachmittags nach Hause kam, begrüßte seine Mutter ihn immer sehr herzlich. Sie kochte für ihn, umsorgte ihn, und manchmal sang sie ihm, selbst als er schon älter wurde, den Song of X. Dieses Lied beruhigte ihn immer, vor allem, wenn er es durch die liebliche Stimme seiner Mutter hörte.

Sein Vater war mittlerweile nebenberuflich der freiwilligen Verteidigungsfront von Sandford beigetreten. Jedes Wochenende trafen sie sich zum Training. Sie übten Schießen, Nahkampf oder Fahrmanöver. Jede Familie, die sich der Verteidigungsfront anschloss, bekam sogar einen Wagen und eine Schusswaffe gestiftet, daher bekamen auch sie diese Dinge. Jedoch hieß das im Ernstfall, dass sein Vater bei einem Angriff von außen als Erster an die Front gehen musste. Doch er sagte Hud immer, dass er sich keine Sorgen machen sollte. »Sandford ist riesig. Es ist praktisch eine Festung. Niemand kann es einnehmen.«

Tja, Hud redete nicht lange um den Brei herum. Es quälte ihn sowieso, da die Geschichte auf diesen Punkt zulief.

Sandford war nicht uneinnehmbar gewesen.

Als Hud etwa 19 Jahre alt war, kamen die Raider. Und nicht irgendwelche Raider. Nein. *Alle* Raider. Anscheinend hatten sie einen Plan. Den Plan, alle Raider-Verbünde in der Umgebung um Sandford zusammenzuschließen, um eine wahre Armee aufzustellen. Und so kam es, dass sich an diesem einen verhängnisvollen Tag der Horizont mit dunklen, ameisenartigen Gestalten verdunkelte.

Huds Vater wurde augenblicklich zur Front gerufen, aber die Raider überrannten die Stadt. Hud dachte nur ungern über die einzelnen Details nach. Er hatte nie erfahren, ob sein Vater es geschafft hatte, aber der logische Teil seines Hirns sagte ihm immer, dass das unwahrscheinlich war. Die ersten Raider drangen eine Stunde, nachdem Alarm geschlagen wurde, in Sandford ein.

Hud suchte sofort den Revolver heraus, den sein Vater in der Wohnung versteckt hatte. Er hatte ihm sogar gezeigt, wie man damit schoss. Dann ging er zu seiner Mutter. »Mum, das hier ist ernst. Wir müssen verschwinden. Daddys Wagen steht unten in der Garage. Wir können hier noch abhauen. Er würde es sicherlich so wollen. Unser Schutz war ihm immer wichtig.«

Hud pausierte die Geschichte kurz. Er musste eine Sekunde durchatmen. Der nächste Teil gefiel ihm am wenigsten. Er nahm einen tiefen Zug Junk durch seine Pfeife, schloss kurz die Augen und fuhr fort.

Es gab ein Hin und Her zwischen ihm und seiner Mutter. Sie wollte ihren Mann selbstverständlich suchen und retten, und Hud war sich bewusst, dass das ihr Todesurteil wäre. Doch er konnte seine Mutter nicht umstimmen.

Das war der Moment, in dem die Eingangstür ihres Hauses eingetreten wurde. Krachend hörten Hud und seine Mutter das Geräusch im Nebenzimmer, gepaart mit krächzenden Stimmen von Raidern, die lachend die ersten Schränke plünderten.

Wenn sie seine Mutter sahen, war es vorbei. Sie würden das tun, was Raider für gewöhnlich mit Frauen taten. Und der Gedanke allein bereitete Hud bereits markerschütternde Übelkeit. Hud signalisierte seiner Mutter mit Handzeichen, dass sie verschwinden müssten. Doch sie tat nur etwas, was er nie vergessen würde: Sie sperrte ihn in den Kleiderschrank.

Und dann musste er alles mit ansehen. Natürlich fanden die Raider seine Mutter und sie waren deutlich in der Überzahl. Hud konnte sich entscheiden, herauszuspringen und ein paar von ihnen mit in den Tod zu reißen, aber im Endeffekt hätte man ihn bekommen. Nein, seine Mutter hatte ihm das Leben gerettet, und er musste durch die kleinen Schlitze in der Tür des Kleiderschranks alles mit ansehen, was diese Monster mit ihr machten. Leise flossen ihm Tränen über die Wangen – jetzt, wo er die Geschichte erzählte, und auch damals, als er mit ansah, was die Raider mit ihr trieben. Als sie fertig waren, schossen sie ihr einfach in den Kopf und ließen sie liegen.

Hud wollte nicht genauer auf den sonstigen Verlauf der Geschichte eingehen. Er erzählte Archie jetzt nur noch die essentiellen Dinge.

Hud nahm den Wagen seines Vaters, zusammen mit den letzten Vorräten aus dem Haus sowie den Revolver und fuhr aus der Stadt. Niemand hatte ihn letztendlich verfolgt. Er war davongelaufen. Und das war der Grund dafür, dass Hud nun ein Dingo war. Egal wie groß eine Siedlung schien, sie konnte eingenommen werden. Überall, wo Menschen waren, waren auch Gefahren. Man musste sich bewegen, sich von ihnen fern halten, ihnen niemals vertrauen. Nur so hatte er es all diese Jahre geschafft, zu überleben. Er hatte nicht einmal versucht, sich etwas aufzubauen, das andere kaputt machen könnten. Er driftete einfach durch die Welt wie ein Blatt im Wind und nahm sich das, was er zum Leben brauchte. Und abends, wenn er das Junk intus hatte, blickte er noch immer manchmal in die Sterne.

Archie sah Hud mit zutiefst trauriger Miene an. Dieser wischte sich noch ein paar Tränen weg. Sie hatten sich mittlerweile im Schatten der großen Mauer, an der Hud geparkt hatte, ein kleines Lagerfeuer gemacht. Hud sah noch immer, dass Archie keinen Schatten warf, als ihn das Feuer anflackerte. Daran würde er sich wohl nie gewöhnen.

»Mann«, sagte Archie, »es tut mir wirklich leid. Ich hätte dich das nie erzählen lassen sollen.«

»Denk sowas gar nicht erst«, sagte Hud. »Um ehrlich zu sein, hat das geholfen. Es saß fest wie ein Jucken an meinem Rücken, an das ich einfach nicht herankomme, um zu kratzen. Es war gut, das einmal jemandem erzählen zu können.«

»Nun, du scheinst mir zu vertrauen. Das scheint bei dir selten zu sein«, sagte Archie.

Das konnte er laut sagen.

Hud dachte an die Situation von vor einer halben Stunde zurück. Archie kniete vor ihm und hatte seine Handschellen auf einen Stein gelegt, damit Hud sie leichter zerschießen konnte.

Archie hatte ihm vertraut. Hud hätte ihn genauso erschießen können anstatt seine Fesseln zu durchtrennen, und er hatte auch mit dem Gedanken gespielt. Nur irgendetwas sagte ihm, dass Archie bei ihm bleiben sollte. Dass sie einander helfen konnten. Und dieses Gefühl erwies sich im Endeffekt als korrekt: Diese Geschichte zu erzählen, hatte Hud geholfen. Es ging ihm tatsächlich etwas besser. Und zusätzlich würde Archie nun seine Geschichte erzählen, und diese würde sicherlich deutlich interessanter sein. Es hatte halt doch seine Vorteile. Geben und Nehmen.

Hud fesselte plötzlich etwas, das er an der Wand sah. Auf dem Mauerwerk war etwas mit roter Farbe geschrieben, aber das war ihm erst einmal egal. Viel interessanter war, was dort drauf saß: eine Motte! Leibhaftig, eine echte Motte. Er hatte seit einer halben Ewigkeit keine mehr in freier Wildbahn gesehen. Und er wusste noch immer, was Mr. Dawson in seinem Unterricht erzählt hatte: Motten wurden von Licht angezogen. Die Motte stieß sich von der Wand ab, flatterte vorsichtig in Richtung des Lagerfeuers, das sie entzündet hatten und flog immer näher heran. Sie hielt sich mit einigen Flügelschlägen in der Nähe des Lichts auf, flog ein paar Sekunden auf der Stelle, und dann … fingen ihre Flügel Feuer.

Die Motte sank qualmend zu Boden und war nach kurzer Zeit nicht mehr zu sehen.

Hud blickte mit leerem Gesicht Archie direkt in die Augen.

»Nun, versprochen ist versprochen. Ich werde dir jetzt meine Geschichte erzählen, doch ich werde nichts auslassen. Wenn du Fragen hast, unterbrich mich bitte, aber ich werde mir alle Mühe geben, dir alles möglichst gut zu beschreiben. Du wirst dennoch verwirrt sein.«

Hud hielt kurz inne und blickte ins Feuer. »Dann leg mal los«, sagte er, ohne den Blick vom tänzelnden Rot zu nehmen.

Kapitel 17 – Ge-setz, das |

1 Justiz: Aufgestellte Regeln in einem politischen System, die innerhalb des Systems eingehalten werden müssen
2 Wissenschaft: Ein empirisches Phänomen der Natur, das ständig und überall wiederhol- und überprüfbar ist

Archie atmete einmal tief durch. Hud konnte sehen wie sich sein Brustkorb hob, geradezu nach außen wölbte. Er pausierte bewusst. Es schien, als müsste Archie nachdenken, sich in seinen Kopf zurückziehen.

»Weißt du«, fing er schließlich an, »das Universum ist ein merkwürdiger Ort, Hud. Anders kann ich es auch nicht beschreiben. Du hast mir erzählt, dass du gern die Sterne anstarrst, als würdest du vor ihnen knien und nach Antworten suchen, aber es scheinen nie welche zu kommen. Nun, man muss manchmal akzeptieren, dass es auch Fragen gibt, auf die keine Antworten folgen können. Dinge, die man einfach akzeptieren muss. Dinge, die man hinnehmen muss, weil es nun einmal nicht anders geht.«

Hud neigte seinen Kopf kurz fragend zur Seite, wie ein Welpe, der nicht verstand, warum er kein Fressen bekam.

»Wir atmen Luft, in jeder Sekunde. Es ist unser Treibstoff, wie Benzin bei einem Auto. Aber hast du dich schon einmal gefragt, warum wir nicht Wasser atmen? Warum Autos nicht mit Sand fahren können? Wenn du dir die Sterne ansiehst, wie sie dort oben am Himmelszelt hängen und spöttisch auf uns herab lachen … hast du dich nicht einmal gefragt, warum sie nicht vielleicht rot leuchten?«

»Weil es einfach so ist.«

Archie hob den Finger. »Genau. Aus irgendeinem Grund sind die Dinge nun mal so, wie sie sind. Wir müssen sie hinnehmen, aber wir wissen nicht, warum.«

Archie hob eine Feldflasche an, die an seinem Gürtel hing, und nahm einen kurzen Schluck. »Das nennt man ein Gesetz, Hud. Genau wie das alte Volk ganze Bücher voller Gesetze hatte, die niemand brechen durfte, so hält sich der gesamte Kosmos an Gesetze.« Jetzt starrte er für eine Sekunde leer, geradezu hypnotisiert in das Lagerfeuer, das sich vor ihm ausbreitete. Seine Beine schienen eingeschlafen zu sein, deshalb wechselte er seine Sitzposition.

»Und wer Gesetze bricht, der wird bestraft.«

Das leuchtete ein. Hud hatte von Mr. Dawson davon gehört. Früher gab es die Polizei, einen Verband von Menschen, die für Recht sorgten. Diese Staffel wurde mit dem letzten Krieg von dieser Erde verbannt. Man lebte nun weitgehend ohne Gesetze.

»Deshalb möchte ich, dass du dir im vollen Bewusstsein darüber bist, was ich dir jetzt erzähle: Manche Gesetze müssen noch immer eingehalten werden. Die dicken Wälzer voller Regeln sind verschwunden, das heißt aber nicht, dass die Regeln weg sind. Doch manchmal passiert etwas so unglaublich ...« Hud konnte direkt sehen, wie Archie schauderte. Hud spürte selbst, wie sich die Haare auf seinem Nacken aufbäumten.

»Manchmal passiert etwas einfach von Grund auf Falsches. Etwas, was nicht ... sein sollte. Aus denselben Gründen, aus denen wir Luft atmen oder die Sterne leuchten. Einfach, weil wir es hinnehmen müssen.«

Hud schluckte. Seine Oberarme waren mit einer dicken Schicht Gänsehaut überzogen. »Worauf willst du hinaus, Dingo? Was hat das alles mit dir zu tun?«

»Nun, eins dieser Ereignisse war meine Geburt.«

Archibald, so wollten seine Eltern ihn nennen, war schon ewig ein Wunschkind zweier Bewohner des Ödlandes gewesen. Sie waren Farmer, wie so viele es in diesen Zeiten waren, und sie brauchten kräftige Hände. Sie brauchten eine Versicherung, dass jemand ihr Erbe fortführen würde. Eine Versicherung, dass sich das Rad ihres Geschäfts weiterdrehte, wenn sie denn irgendwann, wie die Regeln es nun mal besagten, vom Gesicht der Erde verschwinden sollten.

Deshalb waren sie umso überraschter, als nach einer absolut regelmäßigen neunmonatigen Schwangerschaft ein Sohn zur Welt kam, der etwas Sonderbares an sich hatte. Auf den ersten Blick schien der neue Sprössling ihres Familienstammbaumes gesund zu sein. Körperlich allemal. Er wog so viel, wie ein normales Baby eben wog. Es gab keinerlei Komplikationen oder Zwischenfälle bei der Geburt. Aber dieser Säugling warf keinen Schatten auf den Wickeltisch der heruntergekommenen Praxis des dorfansässigen Quacksalbers.

Dieser Quacksalber war der Erste, der das sah, und er glaubte an eine Illusion. Eine Täuschung seiner Sinne, seiner optischen Sinne. Stressprobleme, die durch die stundenlange Arbeit in seinem »Kreißsaal« hervorgerufen wurde.

Doch andere sahen es auch. Seine eigene Mutter stieß einen gellenden Schrei aus, als sie es bemerkte. Nicht, weil ihr das Angesicht ihres neuen Glücks Sorgen bereitete. Nein, es war eine verständliche Reaktion auf etwas, das einfach nicht sein sollte. Etwas, das falsch schien. Es war wie eines dieser Rätsel, die man oft in Zeitungen las. Zwei Bilder nebeneinander: »Finden Sie alle Fehler im rechten Bild!«, stand meist darunter. Einige Dinge sprangen einem sofort ins Auge, weil sie einfach falsch wirkten. Eine Blume in einer falschen Farbe, ein fehlender Ast. Ein Schatten, der nicht geworfen wurde.

Nichtsdestotrotz, da der junge Archibald kein Problem darstellte und sich ansonsten ganz normal und nach allen Erwartungen entwickelte, akzeptierten seine Eltern es einfach. Es war wie ein Riss in der Wand eines Hauses: Er gehörte dort nicht hin, aber wenn man es nicht ändern konnte, lernte man, es langsam zu akzeptieren.

Es gab jedoch einen, der es nie akzeptieren konnte: den kleinen Archie selbst.

Archie wusste sofort, dass er anders war. Jedes Mal, wenn er für seine Eltern Besorgungen machen musste, wurde er von allen Seiten merkwürdig angestarrt. Wie ein Fleck auf einem Hemd.

Kinder konnten grausam sein. Das erfuhr Archie aus erster Hand.

Anstatt mit ihm zu spielen, stießen sie ihn immer aus. Warfen ihm unschöne Worte an den Kopf. »Geh doch in die Wüste zu den Freaks, wo du hingehörst!«, hörte er oft genug.

Archie hatte von den Freaks gehört. Wesen, die zu Zeiten des Großen Krieges an den Rändern der größten Städte gewohnt hatten, die von den Bomben getroffen wurden. Aufgewachsen auf vergiftetem Land, das für Generationen brachlag, dampfte und alles Leben in die Knie zwang. Wesen, die ebenfalls falsch waren. Aber nicht so wie er.

Freaks konnte man sich immerhin erklären. Für Archie gab es keine Erklärung. Das Land, auf dem er aufwuchs, war nicht verstrahlt. Alle anderen Geschwister, die seine Mutter nach ihm geboren hatte, waren normal. Es gab keine anderen Fälle wie diesen, nicht in anderen Siedlungen, die seine Eltern mit ihm besucht hatten, um vielleicht doch Antworten zu finden.

Nein. Was er war, war einfach ein Fehler. Wie eine fallengelassene Armbanduhr, die plötzlich rückwärts lief. Wie eine Katze, die plötzlich zu sprechen begann.

Einfach nur eine weitere Laune der Natur.

Archies Eltern sahen bald, dass ihr Sohn sehr unter diesen Umständen litt. Er war mittlerweile sieben Jahre alt, aber verstand es noch immer nicht. In die Schule konnten sie ihn nicht schicken, da er dort schikaniert wurde. Einige Kinder hatten ihm sogar vor kurzem aufgelauert und ihn regelrecht in die Mangel genommen.

Selbst Archies Eltern begannen langsam, sich Sorgen zu machen. Nicht nur wegen der beschädigten Kindheit ihres Sohnes. Nein, sie verstanden es nicht. Je mehr es durch ihren Kopf ging, desto weniger Sinn ergab es. Sicherlich konnte Archie nichts dafür, aber er jagte seinen Eltern dennoch eine Heidenangst ein.

Sie entschlossen sich, das wenige Geld, das sie hatten, in etwas zu investieren. Sie fuhren an seinem achten Geburtstag hinaus in die nächste Siedlung und kauften ihm von einem größeren Basar ein Stofftier: eine plüschige Eule, mit riesigen offenen und freundlichen Augen. Kuschelig wie eine Feder und fast so groß wie ihr Sohn selbst. Als der kleine Archie das Stofftier sah, begann er das erste Mal in seinem Leben nicht vor Verzweiflung, sondern vor Freude zu weinen.

Von diesem Tag an waren Archie und seine Plüscheule, die er auf den Namen Rododo taufte (der Name war ihm einfach zugefallen, er verstand es selbst nicht wirklich), mehr als nur unzertrennlich. Archie half ab und zu auf den Feldern seines Vaters – das war praktisch der einzige Ort, an den Rododo nicht mitkommen durfte. Aber beim Spielen, beim Essen zu Tisch, selbst auf der Toilette durfte Rododo nicht fehlen. Archie redete mit ihm, erlebte Abenteuer mit seinem Gefährten und schlief dick eingekuschelt mit ihm jeden Abend ein.

Dennoch war es irgendwann nicht mehr dasselbe. Der zerzauste Kauz war nach einem halben Jahr fast abgeliebt. Eins der Ohren des Plüschtiers baumelte schon an seinem letzten Faden von Rododos Kopf. Doch Rododo nahm es einfach hin. Er bewegte sich nicht, hörte nur zu, antwortete aber nie. Flog nicht herum wie eine echte Eule, die Archie aber nie wirklich gesehen hatte und nur aus Erzählungen kannte. Er wollte mehr. Selbst seine Eltern entfernten sich langsam von ihm. Sie waren noch immer nett zu ihm, aber manchmal distanzierten sie sich. Archie erwischte seinen Vater bei heimlichen Blicken, die schon fast einer verzweifelten Angst ähnelten. Angst vor dem Unbekannten.

Archie wollte einfach nur, dass sein stiller Kumpan sich um ihn sorgte, tatsächlich mit ihm spielte und nicht nur in seinen Gedanken zum Leben erwachte.

Er setzte den Kauz auf einen Hocker in die Mitte seines Zimmers und starrte ihn an. Archies Blick bohrte sich praktisch in die einladenden Augen des Kuscheltiers. Er erfasste jedes Detail, jedes Haar, jede Stickerei, jede Naht, die Art, wie Rododos Ohr fast abgerissen dort hing. Und er wünschte sich von ganzem Herzen, dass Rododo zum Leben erwachen würde. Er steckte all seinen Elan, seine Kraft und Konzentration in diesen Gedanken.

Und plötzlich wurde er … schwächer. Es war, als wurde er urplötzlich müder und müder. Er fühlte sich wie nach einem ganzen Tag harter Arbeit auf dem Feld, spürte seine Glieder träge werden und seine Augen langsam zufallen.

Bevor er einschlief, wisperte er nur ein Wort: Rododo.

Archies Eltern fanden den Jungen ohnmächtig auf dem Boden seines Zimmers vor. Er hatte hohes Fieber und kalter Schweiß benetzte seine Haut. Sie fürchteten sich sehr vor dem, was vielleicht passiert war. Krankheiten wurden größtenteils kaum noch verstanden. Das alte Volk schien dafür ein besseres Händchen gehabt zu haben, aber dieses Wissen war größtenteils verloren. Doch Archie erwachte einige Stunden später wie von selbst. Er war quicklebendig und zeigte keine Symptome mehr, abgesehen von einem wahnsinnigen Hunger. Es war, als wäre nie etwas passiert. Seine Eltern wurden nur noch zunehmend nervöser wegen des Jungen.

Sie stritten heftig. Archies Vater wollte, dass der Junge verschwand. Er machte ihm Angst. Seine Mutter jedoch, die noch immer eine enge Bindung zu ihm hatte, wollte das nicht, auch wenn sie ihren Mann verstand. Archie hörte alles aus seinem Zimmer mit an und verstopfte seine Ohren. Der Achtjährige packte lediglich seine Eule Rododo und umarmte sie, so fest er konnte. Kleine Tränen rollten von seinen Wangen.

Und er sagte nur: »Warum hilfst du mir nicht, Rododo?«

Als er das letzte Wort aussprach, passierte etwas. Die Luft schien fast zu flimmern. Es lag ein hörbares Knistern in der Umgebung, ähnlich wie das Störsignal, das aus einem Radio ohne Empfang drang.

Archie sah den Kauz an. Dieser blickte zurück.

Und blinzelte.

Voller Überraschung ließ er das Plüschtier, falls es denn jetzt noch eins war, fallen. Rododo landete auf seinen Füßen und scharrte mit seinen Krallen auf den Holzdielen des spärlich eingerichteten Zimmers. Dann wedelte er mit seinen flauschigen Flügeln und öffnete seinen Schnabel. Archie spürte erneut das Gefühl, aufgrund dessen er das Bewusstsein verloren hatte, nur deutlich abgeschwächt. Er war lediglich etwas erschöpft. Doch das interessierte ihn nicht.

Er stand auf und lächelte Rododo an, der bereits begann, im Kreis zu laufen. Er hatte versucht zu fliegen, es war ihm aber nicht gelungen. Er war eben deutlich zu schwer dafür.

Archie jubelte und taumelte und tanzte eine halbe Ewigkeit. Rododo stieß sogar dazu und schien auf bizarre Art und Weise seine Bewegungen zu imitieren. Dann packte Archie den Kauz, hob ihn hoch und rannte zu seinen Eltern, die noch immer mitten im Streit waren. Er stellte Rododo vor seinen Eltern ab, die kurz vom Streit abließen und ihren Sohn anstarrten. »Mama! Papa!«, kreischte der hüpfende Archie euphorisch, »ich habe Rododo lebendig gemacht!«

Seine Mutter lächelte lediglich. »Ach, Archie. Können wir später spielen? Der Zeitpunkt ist gerade schlecht.«

»Nein! Guckt doch!«

Nun ruhten alle Augenpaare im Raum auf der Plüscheule, die plötzlich begann, Pirouetten auf dem Parkett zu drehen. Es folgte ein großes Geschrei.

Archie erinnerte sich kaum an die Ereignisse, die danach kamen, weil ihm schwindelig wurde. Aber einzelne Eindrücke blieben ihm noch im Kopf. Und er dachte nur ungern daran.

Ein Haufen Siedlungsbewohner, die vor Angst geradezu rasend waren, trugen ihn auf Händen. Alle Gesichter, in die er blickte, waren voll von blankem Hass. Als er sich umdrehte, sah er nur, dass Rododo von mehreren Händen gepackt und zerrissen wurde. Weiße, weiche Klumpen von Füllung verteilten sich auf dem Gehweg. Rododo riss nur seinen Schnabel auf, als wenn er Schmerzen hätte, aber es kam kein Ton heraus.

Archie befand sich im Ödland. Man hatte ihn in ein Auto geworfen, war hinausgefahren und hatte ihn ausgesetzt. Es war ein gigantischer Wirrwarr von Gefühlen, die in seinem Kopf waren. Worte wie »Freak«, »Missgeburt« und »Satan« waren von verschiedenen Dorfbewohnern ausgestoßen worden. »Komm bloß nie wieder!«, hallte es immer wieder in seinem Kopf.

Die Sonne schien gerade unterzugehen. Die Schatten der Felsen und des Gestrüpps wurden langsam länger und schienen ihn zu verspotten. Archie merkte deutlich, dass er nicht einmal hierhin gehörte.

Er hatte die Nacht im Schatten eines großen Felsens verbracht und teilweise vor Kälte gezittert. Dabei rollten dem kleinen Jungen ab und zu Tränen über die Wangen. Als die Sonne letztendlich wieder aufgegangen war, freute er sich. Die Kälte schien langsam aus seinen Gliedern zu verschwinden. Er machte sich erneut auf, etwas zu finden. Irgendetwas.

Nach einigen Stunden der Wanderung war sein Hunger unerträglich. Sein Mund war so trocken wie der Boden, über den er lief. Und Archie war sich nicht mehr sicher, was er tun konnte. Es war wohl vorbei mit ihm. Er würde »auf die andere Seite gehen«, wie sein Vater immer gesagt hatte. Doch genau in diesem Moment erschien etwas am Horizont. Archie beschleunigte seine Schritte, um zu sehen, was es war.

Und dann erblickte er einen Karren, der von einem Pferd gezogen wurde. Der Karren kam auf ihn zu, da der Mann darauf den Jungen anscheinend gesehen hatte.

Nach kurzer Zeit konnte er den Fahrer besser erkennen: ein Mann mittleren Alters, der einen großen Sonnenhut aus Leder trug, wie es auch die Viehhirten taten. Er hatte einen dicken, buschigen Bart, trug eine ausgewaschene Jeans und rauchte eine Pfeife, die er aus dem Mund nahm, als er Archie erblickte.

»Schieß mir einer den Schwanz ab«, sagte der Mann. »Was macht so ein Knirps wie du ganz allein hier draußen in der Wüste? Oder bist du nur eine Fata Morgana? Ich sehe nämlich keinen Schatten.«

Die letzten Worte brachten den kleinen Archie letztendlich zum Heulen. Er hatte kaum noch Kraft, aber er warf sich dennoch auf den Boden, strampelte umher wie ein Fisch, der aus seinem Teich gerissen wurde.

Der Mann stieg jedoch ab und nahm Archie in den Arm. »Na, na, na, Junge«, sagte er. »Sch. Nicht weinen.« Er umarmte ihn und wiegte ihn hin und her, bis Archie nicht mehr weinte.

Er beruhigte Archie tatsächlich.

Der Mann nahm eine Feldflasche von seinem Wagen und gab sie dem Jungen, der sie augenblicklich leerte.

Archie erzählte dem Mann, der Jeffrey hieß, was alles passiert war. Doch anstatt entsetzt zu werden, hörte dieser nur aufmerksam zu.

»Das ist das wohl verdammt nochmal Traurigste, was ich in meinem jämmerlichen Leben je gehört habe«, sagte Jeffrey. »Welches Dorf vertreibt einen Achtjährigen in die Wüste?«

Archie wollte kaum noch reden. Sein Hals war ganz rau.

»Aber ich sag dir was«, meinte Jeffrey. »Einiges von deiner Geschichte kommt mir sehr bekannt vor.« Jeffrey stopfte seinen Pfeifenkopf, steckte das Mundstück zwischen seine Lippen und zeigte Archie seinen Daumen. Dann schnipste er und eine kleine Flamme, wie bei einem Feuerzeug, trat aus dem Daumen. Damit zündete er sich die Pfeife an, zwinkerte Archie zu und ließ die Flamme augenblicklich verschwinden.

»Weißt du«, begann er, nachdem er eine dicke Wolke Rauch herausgeblasen hatte, »du fühlst dich vielleicht so, als würdest du nirgendwo hingehören. Doch du bist nicht allein.«

Archie lächelte plötzlich so sehr, dass er all seine Schmerzen vergaß.

Jeffrey adoptierte Archie und ließ ihn mit sich herumfahren. Der Mann schien etwas Besonderes zu tun: Er fuhr immerzu quer durch die Welt und half Leuten. Auch er war seit seiner Geburt mit Kräften gesegnet. Er konnte aus irgendeinem Grund Feuer kontrollieren oder kleine Mengen davon hervorrufen. Wenn eine Siedlung überfallen wurde, saß er an der Bar, kam hervor und tötete einfach alle Raider durch den Einsatz seiner Kräfte. Wenn eine verlorene Seele durch die Wüste irrte, weil sie ausgeraubt oder ausgesetzt wurde, nahm er sie mit bis zur nächsten Siedlung. Er reparierte kaputte Autos, spendete Menschen Hoffnung. Er war auf ewig der größte Held für Archie.

»Wir wurden beide mit etwas gesegnet«, murmelte Jeffrey immer wieder. »Uns wurde eine Gabe geschenkt. Und ich habe entschlossen, sie für das Gute zu nutzen.«

Sie erforschten Stück für Stück das Ereignis, das sich mit Rododo zugetragen hatte. Jeffrey sagte, er sollte alles erzählen, was passiert war. Dann ging er einen Schritt weiter.

»In Ordnung. Konzentriere dich auf meinen Daumen.« Jeffrey hielt seinen Daumen vor Archies Nase. »Mach genau das, was du bei Rododo getan hast. Nur diesmal sagst du … Jeffreydodo, und du stellst dir vor, wie mein Daumen Feuer fängt.«

Archie verspürte nach einiger Konzentration wieder das bekannte Schwächegefühl und fiel in Ohnmacht. Als er Stunden später wieder aufwachte, hielt ihm Jeffrey den Daumen vor die Augen. Archie sagte: »Jeffreydodo«, und der Daumen fing augenblicklich Feuer.

»Das ist bemerkenswert«, sagte Jeffrey. »Ich mag mich irren, aber du scheinst, Worte … verhexen zu können.« Jeffrey schüttelte seine Hand und ließ das Feuer verschwinden. »Jedes Mal, wenn du jetzt Jeffreydodo sa…«

Jeffrey beendete seinen Satz nicht. Sein Daumen fing Feuer. Die Augenbrauen in Jeffreys Gesicht zogen sich sichtbar hoch. Er schüttelte seine Hand und ließ das Feuer verschwinden. Dann sagte Jeffrey das Wort erneut. Sein Daumen fing Feuer.

»Das hier«, sagte er, »ist das wohl Merkwürdigste, was mir je untergekommen ist.«

Durch zahllose kleine Experimente fanden die beiden heraus, dass Archie anscheinend Worte verzaubern konnte. Diese Worte waren dann auf ewig verzaubert – für jeden, der sie aussprach.

Archie musste sich auf etwas konzentrieren und das Ereignis mit einem Wort verbinden. Meist fiel er dann in Ohnmacht. Aber sobald er wieder erwachte, funktionierte der Effekt des Wortes für Jeffrey und ihn.

Jeffrey kratzte sich nur die Stirn und sah auf Archie herab. »Hör mir zu«, sagte er, »was du hast, ist etwas wirklich Großes. Etwas unverkennbar Großes. Ich habe so etwas noch nie gesehen. Und das Potenzial, das du hast, kann ich nicht einmal erfassen. Ich bin … sprachlos.«

Archie sah Jeffrey an und fragte nur: »Was heißt Potenzial?«

Jeffrey lachte laut auf und zuckte unkontrolliert vor Lachen. »Tut mir leid. Ich glaube, ich habe noch etwas Arbeit zu tun.«

Jeffrey hatte einen großen Haufen Bücher in einer Kiste, die sich im hinteren Teil seines Wagens befand. Viele der Bücher waren Spenden von dankbaren Ödländern, denen er geholfen hatte. Jeffrey verbrachte die nächsten Jahre damit, Archie auszubilden. Er lehrte ihn lesen und schreiben, brachte ihn dazu, jedes der Bücher mehrmals zu lesen, brachte ihm bei, zu schießen, zu reiten, seinen Wagen zu fahren. Er zeigte dem Jungen alles.

Und irgendwann war er dann plötzlich 18.

Jeffreys erste Haare wurden bereits grau. Sie hatten viele Abenteuer zusammen erlebt. Doch die wichtigste Lektion begann nun erst.

Die beiden stellten sich voreinander auf und sahen sich an. Jeffrey sah Archie eindringlich an. »Jetzt wird es ernst, Junge«, sagte er. »Was habe ich dir über deine Kraft gesagt?«

»Dass ich sie niemals verwenden darf.«

Das hatte Archie sich eingeprägt. Jeffrey hatte es ihm schon oft erklärt, und irgendwann hatte er es verstanden.

»Wenn du dir einen Spruch überlegst«, sagte er nun, »dann musst du bedenken, dass ihn jeder gegen dich verwenden kann. Absolut jeder. Schlimmer noch: Jemand könnte aus Versehen ein Wort benutzen, das du verzaubert hast, und Effekte freisetzen, die Leute verletzen könnten.«

Das war einleuchtend.

»Doch wir können deine Kraft meistern. Wir werden alles herausholen. Denn ich habe Großes mit dir vor.«

»Was denn?«, fragte Archie neugierig, aber zurückhaltend.

»Irgendwann werde ich nicht mehr da sein«, sagte Jeffrey. »Und dann muss irgendjemand die Leute hier beschützen.« Er zeigte auf Archie.

»Du meinst … ich soll dein Nachfolger werden?«

»Dass dir das bisher nicht klar geworden ist, wundert mich sehr, Junge. Ich habe dich praktisch aufgezogen. Dir gezeigt, dass Menschen Schutz verdienen. Dass es Gesetze gab, die eingehalten werden sollten, und diejenigen bestraft werden müssen, die sie brechen. Das musst du tun, wenn ich nicht mehr da bin. Sonst kann es niemand.«

»Dann fangen wir mal an«, sagte Archie.

Es war ein Haufen Bücher vor ihnen aufgeschlagen. »Worte sind deine Waffen«, sagte Jeffrey, »also musst du welche finden, die fast nie benutzt werden, aber die du dir dennoch merken kannst. Schreib sie dir nicht auf. Wenn jemand deine Notizen findet, könnte er sie benutzen, um Schaden anzurichten.«

Er blätterte ein paar Seiten in einem seiner Bücher umher.

»Du musst ein Wort finden, das nie verwendet wird. Ein vergessenes Wort. Wenn du dir eins ausdenkst, besteht die Chance, dass du es vergisst. Du brauchst etwas aus diesen Büchern. Nimm das hier, das habe ich mal aus einer alten Bibliothek gestohlen.«

Archie blätterte in einem dicken Wälzer umher. Ein Bild sprang ihm sofort ins Auge: eine Schlange, die im Begriff war, sich selbst zu fressen.

Darunter stand nur ein Wort: »Lemniskate«.

»Was ist das?«

Jeffrey lächelte. »Oh, das habe ich oft gelesen. Die Schlange, die sich selbst frisst, steht für Unendlichkeit.«

»Was ist Unendlichkeit?«, fragte Archie.

»Es ist … schwer vorzustellen. Es ist die größte Zahl, eine Zahl, die so groß ist, dass sie nie wirklich endet. Ich weiß, dass sich das widerspricht. Du musst es nur hinnehmen, auch wenn es keinen Sinn ergibt.«

»So wie meine Geburt?«, fragte Archie.

»So etwas darfst du niemals sagen. Du bist aus einem Grund hier. Du warst kein Fehler, Archie. Du bist etwas Besonderes.«

Archie blickte erneut in das Buch. Die Schlange, die sich selbst fraß. »Ich will dieses Wort«, sagte er.

»Das klingt nach einer guten Idee. Das wird wohl gar nicht mehr verwendet. Was stellst du dir vor?«

»Lass dich überraschen«, sagte er und begann sich zu konzentrieren. Er blickte nur auf das Bild, das in dem Buch war. Die

Schlange, die sich selbst fraß. Immer konzentrierter und konzentrierter. Er blendete alle anderen Eindrücke aus.

Und kurz, bevor es wieder dunkel wurde, flüsterte er ein Wort.

Lemniskate.

Hud unterbrach Archie. »Das war, was du dem einen Apokalyptischen Reiter gesagt hattest, oder? Als er begann, sich selbst zu fressen?«

»Ja.« Archie hatte lediglich nicht das Wort verwendet. Er gab keine seiner Sprüche an irgendwen heraus. Diese Worte waren gefährlich.

»Welches Wort ist es?«

»Das kann ich dir nicht sagen, Hud.«

»Warum nicht?«

»Sobald ich es sage und du es hörst, wirst du nicht aufhören, mit den Zähnen Stücke aus deinem Körper zu reißen, bis du verblutest oder erstickst.«

»Das … leuchtet ein. Sorry, mach weiter. Ich wollte dich nicht unterbrechen.«

Archie legte mit der Zeit ein kleines Repertoire an Sprüchen an. Er versuchte nur, so wenige wie möglich zu erschaffen. Falls sie jemand anderes aus Versehen benutzte, sollten sie sich nicht in Gefahr begeben. Sie sollten nur bei ihm bleiben und mit ihm in Vergessenheit geraten, sollte er jemals … auf die andere Seite treten.

Jeffrey bildete Archie immer besser aus, bis er schließlich 25 war. Doch dann, eines morgens, war er verschwunden. Jeffrey hatte sich nicht abgemeldet, keine Nachricht hinterlassen, bis auf einen Haufen Wertsachen, die Archie eintauschen könnte. Der Pferdewagen war ebenfalls verschwunden. Archie tat, was Jeffrey ihm aufgetragen hatte: Er half den Menschen, so gut er konnte. Einige waren von seinem fehlenden Schatten eingeschüchtert, aber Archie stand über diesen Dingen. Er wusste, dass er jeden von ihnen umlegen könnte, wenn er wollte. Aber er tat es nicht. Sie hatten nur Angst. Angst entfernte die Logik aus den Menschen, sie handelten unbedacht. Dafür sollte man sie nicht bestrafen.

Nach zwei Jahren, in denen er sich allein durch das Ödland geschlagen hatte, tauchte Jeffrey wieder auf. Er kam so überraschend, wie er verschwunden war.

Archie erkannte den Pferdekarren sofort, als er in einer Siedlung vor einem Saloon stand. Er sprintete praktisch durch die Türen.

Dort stand Jeffrey, mittlerweile ein Greis, und vor ihm breitete sich eine Menge von Menschen aus. Sie alle starrten zu ihm herauf. Doch Jeffrey hatte sich nicht nur optisch verändert. Archie konnte es nicht genau sagen, aber … es lag … an seinen Augen. Das war es. Sie waren geweitet, blutunterlaufen und unter ihnen befanden sich dicke Tränensäcke. Seine Zähne waren gelb und verfault. Und er blinzelte kaum.

»Ich war dort, und wie ich es euch sage!«, verkündete Jeffrey und starrte mit einem unheimlichen Lächeln in die Menge.

»Das ist doch Unsinn!«, sagte einer der Männer in der Bar.

»So wahr ich hier stehe«, entgegnete Jeffrey. »Ich war in Sherman's End. Es existiert wirklich. Und es ist das Schönste, was ich je gesehen habe.«

»Erzähl uns davon!«, sagte ein Mann in der Menge hoffnungsvoll. Weitere Stimmen folgten. Einzelne schüttelten heftig den Kopf und verschwanden.

»Ich habe das Licht gesehen«, sagte Jeffrey laut und seine Worte hallten in der spärlich beleuchteten Kneipe, »und es war wunderschön. Es hat mich verbrannt. Doch das Brennen hat meine Seele gereinigt.«

Er streckte seinen Finger aus. »Geht! Geht jetzt! Lasst alles fallen und macht euch auf in Richtung Westen! Worauf wartet ihr noch?«

Einige der Leute ließen ihren Blick nicht von ihm. Archie verstand das alles nicht.

»Was ist dort? Sag es uns doch!«, rief eine Stimme aus der Menge.

»Das müsst ihr für euch selbst herausfinden. Meine Worte reichen nicht aus, um es zu beschreiben.«

Archie hatte nie einen weiseren Mann als Jeffrey getroffen. Er ließ es nicht heraushängen, aber er wusste so Vieles. Sicherlich mehr Worte als Archie. Das musste etwas Besonderes gewesen sein.

»Hat noch jemand von euch Fragen?«, sprudelte es aus Jeffrey hervor, der nun halb wahnsinnig aussah. Er wirkte, als hätte er seit einer Woche nicht mehr geschlafen.

»Ja, ich!«, sagte Archie und kam endlich näher. Jeffrey erblickte ihn jetzt erst. »Warum bist du verschwunden und hast mich allein gelassen?«

»Oh mein Gott! Archie! Ich bin so froh, dich zu sehen!« Jeffrey war fast hysterisch, umarmte ihn und wirbelte ihn regelrecht umher. Er schien sich wirklich zu freuen. »Du musst sofort mitkommen! Ich werde es dir zeigen! Es wird dir die Augen öffnen!«

»Was ist mit unserem Auftrag hier? Mit dem, was du mir gezeigt hast, hm?« Archie wurde misstrauisch. Er kannte Jeffrey besser als jeder andere. Das, was dort auf einem Barhocker balancierte und zu einer Menge sprach, war nur wie eine schlechte Imitation des Mannes, dem er alles zu verdanken hatte.

»Vergiss das alles! Lass dir deine Augen öffnen! Komm mit nach Sherman's End! Los!«

»Nein. Du solltest eher mit mir kommen. Du wirkst verwirrt, Jeffrey.«

»Wieso weigerst du dich? Ich meine es ernst!« Erste Tränen traten in Jeffreys Augen. Das Weiß um seine Pupillen hatte einen gelblichen Stich. »Du musst das Licht sehen. Diese Präsenz. Diese Weisheit. Diese Wahrheit. Es gibt nichts Vergleichbares.«

»Komm jetzt mit, Jeffrey. Wir besorgen dir ein Zimmer und dann schläfst du eine Runde«, sagte Archie. »Es wird alles wieder gut.«

»Nein! *Nein*! *Du* kommst mit *mir*!« Jeffrey begann zu brüllen.

Dann sah Archie, wie sich ein Feuerball in seinen Händen formte. Er wollte ihn Archie ins Gesicht schleudern.

Ohne zu zögern, sagte Archie nur ein Wort: »Plethora.«

Jeffreys Mund öffnete sich. Er sackte auf seine Knie. Dann kreischte er.

Alle Menschen im Saloon um ihn herum taten dasselbe. Sie hatten das Wort gehört.

Das Blut begann aus allen Körperöffnungen zu quellen. Es lief langsam aus Jeffreys Mundwinkel, aus seiner Nase, seinen Ohren, letztendlich auch aus seinen Augen. Dann kippte er einfach um. Den Leuten im Saloon erging es gleich. Archie war sehr erschrocken, dass er die anderen mit Jeffrey getötet hatte, aber es war notwendig gewesen. Das da war nicht mehr Jeffrey gewesen.

Dann sagte er nur ein Wort: »Jeffreydodo.«

Jeffreys Hand fing Feuer. Einzelne Reste Alkohol, die am Boden des Saloons klebten, taten es ebenfalls. Die Flammen breiteten sich rasch aus.

Archie rannte hinaus und sah zu, wie die Kneipe niederbrannte.

»Also«, sagte Hud, »deshalb wolltest du meine Karte von Sherman's End sehen.«

Archie blickte ebenfalls ins Feuer. »Genau richtig. Du warst betrunken und fingst auch an, darüber zu reden. Aber du hast nur von Juwelen gequatscht und wirktest nicht wie er. Jeffrey hatte diesen … Wahnsinn in den Augen. Das hat mich mit unfassbarer Angst erfüllt.«

Archie hielt kurz inne. »Was auch immer in Sherman's End ist«, sagte er mit furchtbarem Ernst, »ich werde es vernichten. Denn es hat den Kopf des größten und ehrbarsten Mannes verdreht, den ich je gekannt habe. Ich werde Sherman's End bis auf die Grundfesten niederbrennen. Und wer mir dabei im Weg steht, bekommt mich zu spüren.«

Hud hielt eine Sekunde inne. Er hatte einen Entschluss gefasst. »Ich werde mit dir kommen«, sagte er.

»Wirklich?«

»Hör mir zu. Ich hab diese Karte von Bertrand Simmons geklaut. In einem seiner Stützpunkte war auch ein Mann, der von dort kam. Er hat sich genauso verhalten, wie du es mir gerade beschrieben hast. Irgendetwas geht dort vor. Aber eins weiß ich auch: Dort ist irgendetwas Wertvolles. Von mir aus kann der

Laden in tausend Stücke fliegen … Wenn ich mit einem Schatz dort verschwinden kann, helfe ich dir.«

Archie lächelte Hud an. »Danke. Wirklich.«

»Kein Problem, Mann. Wir helfen uns gegenseitig.« Hud überlegte eine Sekunde. »Kann ich dir was Gutes tun? Willst du Junk? Etwas Musik hören?«

Archie stutzte sichtlich. »Musik? Hast du ein Instrument hier?«

Hud schlug sich vor den Kopf. »Mann, das hab ich dir ja noch gar nicht erzählt!«

Eine halbe Stunde später hatte Hud auch die Geschichte erzählt, wie er an das Junk und das Wunderding gekommen war. Dabei hatte er das Wunderding so laut wie möglich aufgedreht und Musik laufen lassen. Einige der Songs erkannte Hud sogar schon von den Fahrten wieder, auf denen er sie Dutzende Male gehört hatte. Er erwischte sich sogar beim Summen einzelner Melodien.

Die Pfeife war auch herumgereicht worden. Archie war völlig vom Junk überwältigt. Jetzt waren sie in einer Phase, wo sie nur noch Blödsinn schwatzten.

»Un' … un' … un' … wie wär's damit?«, lallte Hud. »Könntest du es machen, dass es einen Spruch gibt, bei dem mir der Schwanz wächst?«

»Du denkst an B-B-Blödsinn, Mann«, lallte Archie zurück. Er schien nur noch zu lächeln und umherzublicken. Er wippte im Rhythmus des Songs mit, der »the_groovy_generals_-_feel_the_synergy.mp3« hieß.

»Un' … un' … un' … wie wär's damit?« Hud schluckte einmal kurz. »Kannst du Frauen die Oberteile wegzaubern?«

Archie lachte laut. »Das wär … bestimm' möglich, sag ich dir.«

»Jawoll!«, brüllte Hud. »Dann müss'n wir uns 'n Wort ausdenk'n … Wie wär's mit …? Ach, mir fäll' nix ein.«

Archie kippte kurz um und richtete sich wieder auf. Dabei verfiel er in einen Lachanfall.

»Un' … un' … un' … wir brauchen ein' Namen für solche wie dich!«

Archie starrte Hud an. »Wie meinsu das?«

»Leute mit solchen Kräft'n! Wie Death! Oder Jeffrey! Warte, ich hab's … Deathrey!«

»Du redes' nur noch Müll, Hud.«

»Aber ein Wort brauch'n wir … Nich' Freak … Irgendwas Besseres als Freak …«

Der Song war vorbei. Der Nächste sprang an. Er hieß »rick_james_-_superfreak.mp3«.

»Das' ein Zeichen, das sag ich dir. Das's's 'n Zeichen! SUPERFREAK! Das isses!« Hud kippte letztendlich nach hinten um und schlief augenblicklich ein.

Am nächsten Morgen – oder eher gesagt Mittag – erwachten die beiden. Das Feuer war zum Glück von selbst ausgegangen.

Noch mit einem Rest Müdigkeit stand Hud auf, um seine Blase zu leeren. Welche Stelle wäre schon besser, als diese riesige Mauer anzupinkeln, in deren Schatten sie eingeschlafen waren?

Hud öffnete seinen Reißverschluss und legte augenblicklich los. Mit dem Gesicht zur Mauer blickte er umher. Er dachte kurz an die Motte von gestern Abend und … Hey, da stand doch etwas an dieser Mauer.

Er trat einen Schritt zurück. Ein Satz war dort geschrieben. Und zwar in roten Buchstaben, die etwa drei Meter hoch sein mussten.

»IN PARADISO DOMUS NON SUNT«

Daneben stand in kleineren Buchstaben »Death to the Avatar!« geschrieben. Die Farbe war stellenweise an der Mauer heruntergelaufen, bevor sie in der Sonne getrocknet war.

»Was zur Hölle soll das heißen?«, fragte Hud Archie, der auch gerade aufgewacht war.

»Ich weiß es nicht. Aber es klingt nicht gut. Lass uns lieber schnell fahren.«

Hud packte seine Sachen und stieg mit Archie in den Wagen.

Kapitel 18 – Di-lem-ma, das |

Eine Situation mit zwei möglichen Ausgängen, die beide zu ungewollten Ergebnissen führen

Hud bog vom Highway ab. Archie und er hatten tatsächlich den Weg nach Osten aus Finneagan genommen, welcher sie unweigerlich zurück an die Ostküste führen würde … und somit erstens in das Gebiet von Bertrand Simmons und zweitens in größere Entfernung von Sherman's End.

»Der Highway ist zu gefährlich«, hatte Archie festgestellt. »Simmons wird genau dort seine Augen nach uns offen halten. Er will diese Karte zurück. Und dafür wird er alles in seiner Macht nutzen, um uns zu bekommen. Daher müssen wir genau dorthin, wo er uns nicht erwartet.«

Hud breitete die Karte auf dem Armaturenbrett aus und ließ sie von Archie untersuchen. Dieser wanderte mit seinen Fingern alle möglichen Alternativwege nach Sherman's End ab. Der Highway wäre natürlich am besten gewesen, aber auch am riskantesten.

»Eben deshalb haben wir nur eine Wahl«, fuhr Archie fort, »und sie gefällt mir ebenso wenig wie sie dir gefallen wird.«

Hud konnte sich die Antwort schon denken. »Du willst durch Cornland, oder?«

Archie nickte mit getrübter Miene.

»Nun«, sagte Hud, »entweder tötet uns Death oder wir verrecken in Cornland. Etwas anderes hab ich mir auch nicht vorgestellt.«

Cornland war der Begriff für das gesamte Gebiet um das Land, das früher als »Nebraska« bekannt gewesen war. Vor dem Großen Krieg war Nebraska für seine Landwirtschaft mehr als berühmt gewesen. Dort hatten, zumindest im Vergleich zum Rest des Landes, wenige Menschen gelebt, die ebendiese Landwirtschaft betrieben. Es wurden viele Getreidesorten angebaut, und, na ja …

Mais. Mais war an sich keine schlechte Sache. Aus Dosen schmeckte er absolut köstlich, wenn man ihn in Maßen genoss. Jedoch war irgendetwas mit dem Mais passiert, nachdem der Große Krieg vorüber gewesen war. Was auch immer die Waffen mit dem Land angerichtet hatten, hatte nicht nur die Freaks erschaffen. Nein: Auch der Mais aus Nebraska war betroffen und begann allmählich zu mutieren.

Das Resultat des Ganzen war eine Maispflanze, die unkontrolliert schnell zu wachsen begann. Die Maisfelder wuchsen und wuchsen, und da immer weniger Menschen da waren, um ihn daran zu hindern, wuchs er schließlich immer stärker, bis das gesamte Gebiet um Nebraska herum nahezu überwuchert war.

Einerseits klang eine unermessliche Quelle von Nahrung wie der Himmel. Ja, der Mais war sogar noch genießbar, auch wenn er etwas komisch und nicht mehr nach dem Mais schmeckte, den man ursprünglich kannte. Aber eine große, unerschöpfliche Nahrungsquelle, die niemand für sich beanspruchte, lockte einige Kreaturen an. Und mit diesen Kreaturen waren die Freaks gemeint, die in großer Anzahl in diesem Labyrinth aus Mais lebten. Sie ernährten sich seit Generationen ausschließlich von diesem Zeug und gediehen in den Maisfeldern, die nun allgemein als Cornland bekannt waren.

Es existierten noch einzelne primitive Straßen, die erstaunlich gut erhalten waren. Diese führten direkt durch Cornland. Wer das gigantische Maisfeld tatsächlich als Reiseroute wählte, fuhr meistens komplett hindurch, ohne auch nur einmal anzuhalten. Denn es gab dort genug Gefahren.

Und die meisten verließen das Land des Maises nicht. Mehr als die Hälfte der Leute, die sich entschlossen hatten, die mysteriösen Straßen durch Cornland zu befahren, kamen nie wieder heraus. Entweder wurden sie zur zusätzlichen, nicht-vegetarischen Nahrungsergänzung für die dort ansässigen Freaks, oder sie verirrten sich und wurden so in die nördlichen Lande des mysteriösen Kanadas verdrängt. Und niemand verirrte sich gerne nach Kanada. Legenden rankten sich um dieses Land, und keine davon war wirklich angenehm. Doch größtenteils wirkte Kanada einfach sehr öde und langweilig.

»Also«, sagte Hud, als er vor der Weggabelung hielt, die die Highways mit den Straßen zur Ostküste und der Schotterpiste nach Cornland verband. »Wir müssen uns jetzt aussuchen, ob Simmons' Männer uns brutal abschlachten oder ob Armeen von Freaks uns in einem leckeren Maiseintopf genießen.«

»Ja«, erwiderte Archie, »klingt nach einem waschechten Dilemma.«

»Was zur Hölle ist ein Dilemma?«, fragte Hud.

»Das hier.«

Archie schaltete das Wunderding an, dessen Bedienung er mittlerweile erlernt hatte, um Musik zu hören. Irgendein fetziger Song mit elektrischen Gitarren drang aus den kleinen Lautsprechern.

Hud bog auf die Straße nach Cornland ab und schüttelte seinen Kopf.

Er würde sicherlich den Geschmack von grünen Bohnen vermissen, denn die nächsten Tage würde er nur Mais zu essen bekommen.

Kapitel 19 – Ver-gnü-gen, das |

Ein allgemein frohes Gefühl, das Zufriedenheit und Spaß an einer Situation impliziert

Hud und Archie hatten mittlerweile etwa einhundert Kilometer zurückgelegt. Am Horizont konnten sie bereits sehen, wie sich der Rand von Cornland in der goldenen Sonne der Abenddämmerung abzeichnete, in einem Teppich aus gelben und grünen Schattierungen. Es wäre nötig gewesen, Cornland an einem Tag zu durchfahren, da jeder Stopp eine potenzielle Gefahr darstellte.

Hud sah, wie Archie das Wunderding, das schon den ganzen Tag lief, ausschaltete. Der hektische Song, der vorher lief (ein Titel namens »The Joker and the thief«) verstummte plötzlich.

»Wir sollten irgendwo hier vermutlich ein Nachtlager aufschlagen«, sagte Archie. »Ich könnte noch etwas Schlaf vertragen, wegen der Sache in Finneagan gestern. Wenn wir hier stoppen, können wir morgen den ganzen Tag durchfahren. Das könnte uns den Hintern retten.«

Hud hielt am rechten Rand der Straße an. »Kannst du nicht einen … Zauberspruch erfinden, der uns einfach nach Sherman's End … bringt?« Das ergab für Hud Sinn. Er wollte nicht durch Cornland. Jedes seiner Haare sträubte sich bei dem Gedanken daran.

»Ich will nicht riskieren, noch einen Spruch auf die Welt loszulassen. Stell dir einfach vor, ich nähme irgendeine irrwitzige Wortkombination und bringe uns wirklich sofort nach Sherman's End. Stell dir vor, jemand benutzt diese Worte aus Versehen und findet sich plötzlich an der Westküste.«

Leider ergab das zu viel Sinn.

»Und außerdem«, fuhr Archie fort, »zerstört mich das. Also, körperlich. Einen Spruch zu erschaffen, lässt mich nicht nur für mehrere Stunden in einen tiefen Schlaf fallen, sondern … Na ja, es zieht mir die Lebenskraft aus dem Körper. Ich bin danach mindestens einen Tag lang zu nichts zu gebrauchen.«

Hud sah sich Archie genau an. Der dürre, lange Kerl mit seinem freundlichen und offenen Gesicht wirkte auch nicht sonderlich erpicht darauf, Cornland zu besuchen. Aber die Idee, einen weiteren Spruch zu schaffen, gefiel ihm gar nicht.

»Zudem passiert dasselbe, wenn man Sprüche benutzt. Es schwächt einen, egal ob dich oder mich.«

Hud wurde schlagartig hellhörig. »Ach jaaa … Ich kann diese Sprüche auch benutzen, hm? Willst du mir einen aufschreiben?«

»Auf gar keinen Fall, Hud. Du hast keine Ahnung, wie gefährlich das ist.«

Hud fuhr etwas abseits der Straße und steuerte auf einen Hügel zu. Dort würde man vielleicht ein relativ unauffälliges Nachtlager aufschlagen können.

»Erinnerst du dich an meinen Hunger am Lagerfeuer gestern?«, fragte Archie.

»Ja. Ich habe noch nie jemanden so schnell Ravioli herunterschlingen sehen wie dich. Wenn du immer so isst, frage ich mich, wieso du trotzdem so dünn wie ein Zweig bist.«

»Tja«, lachte Archie schon fast, »eben das macht so ein Spruch mit dir. Das ist als würdest du auf einmal fünf Kilometer sprinten. Wenn ich dir einen Spruch beibringe und du ihn benutzt, wirst du danach vermutlich wie ein Kartenhaus zusammenfallen und wärst für den Rest des Tages außer Gefecht gesetzt.« Archie zeigte auf seinen Bauch. »Was meinst du, warum ich so dürr bin? Das kommt von diesen Sprüchen. Nach drei oder vier davon in Folge kann ich auch nicht mehr. Diese Dinger sind gefährlich und nur sparsam zu verwenden. Die sind für Notfälle. Solche wie in Finneagan.«

»Verdammt«, sagte Hud. »Ich würde wirklich auch gern sowas können.«

»Vielleicht bringe ich dir mal einen einfachen bei, der dich nicht so sehr zerstört. Je komplizierter die Sprüche sind, desto mehr schaffen sie einen. Einfachere Sprüche jedoch können auch … Anfänger wie du hinbekommen.«

Hud konnte nun fast hinter den Hügel blicken. Er schaltete wieder das Wunderding an und wollte laute, aggressive Musik hören, während er nach einem Schlafplatz suchte. Er würde wohl nicht so schnell Lehrling von Jeffreys Künsten werden und das machte ihm etwas zu schaffen. Es würde aber vielleicht doch irgendwann einmal passieren. Das gab ihm Hoffnung.

Hud seufzte laut und kommentierte das Geschehene gar nicht erst.

»Keine Sorge«, versicherte Archie, »überlass das ruhig erst mal mir. Diese ganze Sache mit den Sprüchen ist kein Vergnügen.«

Als Hud über den Hügel fuhr, stockte ihm fast der Atem.

Vor ihm breitete sich eine absurde Landschaft an merkwürdigen Gebilden aus. Dort waren zahllose Stände mit bunten aber größtenteils verblichenen Farben, große Gerätschaften, zusammengefallene Zelte und Unmengen von Trümmern. Teilweise waren einzelne Maispflanzen durch den Boden hochgekommen.

Ein großes Schild stand praktisch direkt vor ihnen auf einem Bogen, der wie ein Eingang wirkte. »FUNKYTOWN« war darauf in großen Buchstaben geschrieben. »Vermutlich Nordamerikas bester Vergnügungspark seit 2043.«

»Was zur Hölle ist das?«, fragte Hud.

»Unser Nachtlager«, antwortete Archie.

Hud hatte den Wagen auf dem noch immer halbwegs gut geteerten Parkplatz von Funkytown geparkt. Er und Archie hatten sich ein paar letzte Vorräte gegriffen sowie die wichtigsten Sachen für den Fall eines Überfalls eingepackt und untersuchten das Gelände. Es war immer interessant, die Trümmer des alten Volkes zu durchsuchen. Manchmal fand man lustige, manchmal bizarre und selten auch nützliche Dinge. Vielleicht wäre sogar eine bessere Bleibe als der Wagen drin, der für zwei Personen schon fast zu eng war.

Sie streiften langsam umher und betrachteten die merkwürdigste Ansammlung an Dingen, die ihnen seit langem untergekommen war. Hud verstand die ständigen Abbildungen von Pferden, gehörnten Kreaturen und Menschen in bizarrem und buntem Make-up (Archie bezeichnete sie als »Clowns«) nicht.

Viele der Gebäude, so zum Beispiel der »Tower of Turmoil«, waren zusammengefallen und bereits komplett durchgerostet.

Es gab zusätzlich Stände mit Essensgelegenheiten. Etwas, das sich Zuckerwatte nannte, dann Hotdogs und Burger. Teilweise kannte Hud diese Gerichte noch.

Doch all diese Stände wirkten so, als wären sie hastig verlassen worden. In Panik. Wahrscheinlich zum Fall der ersten Bomben vor vielen, vielen Jahren. Gegenstände lagen noch immer wild auf dem Boden verstreut. Hier und da waren Klamotten oder sogar die Überreste von dem, was vielleicht einmal eine Person gewesen sein mochte.

»Schau dir das mal an«, sagte Archie. Er war vor einem kleinen Kasten stehen geblieben. Die Wände waren durchsichtig und offenbarten den beiden ihren Inhalt: einen kleinen ... Na ja, es sah aus wie ein mechanischer Mensch. Eine Maschine. Vor dem Boden lagen haufenweise kleiner Münzen verstreut.

»Ein Roboter«, sagte Archie.

»So nennt man das Ding also?«

»Lies lieber.« Archie deutete auf ein Schild, das neben dem Kasten hing.

»Aufgepasst, aufgepasst! Funkytown präsentiert: NERDBOT 3.4.1! Die neueste Version des beliebten Nerdbots, der auf alle deine Fragen antwortet! Wirf einfach einen Quarter ein und stelle eine Frage! Ausgestattet mit neuester Software erkennt Nerdbot jede deiner Fragen und wird sie sofort mit seiner Wissensbank abgleichen! Wenn er sie dir nicht beantworten kann, bekommst du dein Geld zurück! Funkytown wünscht euch allen viel Spaß – und bleibt funky!«

Archie hob eine der Münzen vom Boden auf. »Na, wollen wir's versuchen?«

Hud war sofort von der Idee begeistert. »Los, wirf den Roboter an. Ich bin gespannt!«

Archie ließ die kleine Münze in einem Schlitz verschwinden. Ein tiefes Rattern ertönte. Der kleine Mann aus Metall begann augenblicklich aufzustehen. Er stellte sich kerzengerade auf, was seine Größe von etwa einem halben Meter offenbarte.

»Seht, wer mich aus meinem Schlaf weckt«, klang es aus den Tiefen der Maschine. »*Wer wagt es, Nerdbot 3.4.1 zu stören? Nerdbot und alle anfallenden Merchandise-Produkte sind Eigentum von Spacetronics – Spacetronics! The future comes today*!«

»Hey, Nerdbot«, sagte Hud. »Mein Name ist Hud und das ist Archie. Wir hätten dir gern eine Frage gestellt.«

»*Hallo: Hud*« – Hud hörte, dass der Roboter gerade in seiner eigenen Stimme sprach. Er hatte wohl den Satz von eben aufgenommen, um sich die Namen zu merken – »*Und Hallo: Archie. Nennt mir eure Frage, ich werde euch Rede und Antwort stehen. Doch wählet weise.*«

»Was ist in Sherman's End?«, fragte Archie.

Nerdbot sah Archie direkt in die Augen. Plötzlich verlor er seine aufrechte Pose und ließ sich fallen. »*Warum will das jeder wissen, der hier vorbeikommt, verdammt? Ich kenne die Antwort nicht. Immer wieder gebe ich die Quarter zurück. Hier, erstickt doch dran!*«

Der Quarter flog aus dem Schlitz zurück auf den Boden und landete dort, wo die anderen Münzen auch lagen.

»Hey! Du sollst die Antworten zu allen Sachen kennen! Wieso kannst du uns nichts darüber erzählen?«, fragte Hud den Nerdbot wütend.

»*Das war eine Frage. Bitte Quarter einwerfen. Entschuldigung, so bin ich nun mal programmiert.*«

Archie warf einen Quarter ein.

»*Ein Ort namens ›Sherman's End‹ existiert auf keiner Landkarte in meinen Archiven. Die Kapazität meiner Archive beträgt 8 Petabyte. Ich mache keine Fehler.*«

Archie warf einen weiteren Quarter ein. »Wieso redest du so merkwürdig, hm?«

»*Meine Programmierung ist so eingerichtet, dass ich durch Interaktion mit meiner Umwelt lerne. Ich sitze hier seit mehreren Jahrhunderten. Wie man mit mir spricht, so antworte ich auch. Meistens laufen nur grunzende Wesen vorbei, die ihr Freaks nennt, manchmal kommen aber auch Dingos wie ihr. Schieß mir den Schwanz ab.*«

Hud begann plötzlich, sich kaputt zu lachen. Er hatte keine Ahnung, was eine Programmierung war, aber er verstand intuitiv, dass diese Maschine versuchte, zu lernen. Jemand hatte ihr genau die richtigen Worte beigebracht.

»Hey, Archie! Lass uns ihm etwas beibringen! Er lernt scheinbar gern!« Hud hob einen Quarter auf und warf ihn hinein. »Hey! Beantworte mir Folgendes, Nerdbot: Wer hatte den größten Schwanz aller Zeiten?«

»Bitte warten Sie … Datenbank wird durchsucht … Der Weltrekord für den größten Penis liegt bei 74 Zentimetern, aufgestellt von Richard L. Stevenson, geboren 2051. Ihre Frage war jedoch unangebracht. Das Parksicherheitspersonal wurde alarmiert. Bitte bleiben Sie an Ihren Plätzen, Sie Wichser.« Etwas klickte in ihm. Er begann nun, leicht anders zu sprechen. *»Ihr solltet mal Manieren lernen. Ich kann euch jetzt schon nicht ausstehen. Lasst mich in Ruhe. Ich will in Ruhe die nächsten hundert Jahre hier hocken.«*

Hud bekam erneut einen riesigen Lachanfall. Die monotone Stimme des Roboters passte gar nicht zu seiner Stimmung. Er wirkte fast schon fröhlich und nicht genervt. »Komm, lass ihn uns noch etwas reizen«, sagte er zu Archie. »Das wird lustig.«

Archie zuckte bloß mit den Schultern und warf einen weiteren Quarter ein. Dann stellte er eine weitere Frage: »Wenn ich eine Prostituierte vergewaltige … ist es dann Diebstahl oder Vergewaltigung?«

»Gute Frage, auch wenn ich den Gedanken gruselig finde. Sowas macht man nicht, Archie«, entgegnete Hud bevor der Roboter antworten konnte.

»Die Parameter dieser Frage sind nicht richtig definiert. Sie befinden sich in einer rechtlichen Grauzone. Wenden Sie sich mit dieser Frage bitte an einen Justizexperten.« Klick. *»Ich hasse euch. Bitte verschwindet. Bitte.«* Ein Quarter kam aus dem Schacht gepurzelt.

Archie nahm noch einen Quarter. »An welche Zahl denke ich gerade?«

»Statistisch gesehen ist die beste Antwort auf diese Frage die Sieben, die am häufigsten in Zufallsversuchen vorkommt. Dennoch

kann ich diese Frage nicht beantworten.« Klick. *»Ihr könnt froh sein, dass ich hinter einer Scheibe bin. Ich würde euch in den Arsch treten.«*

Noch ein Quarter klackerte aus dem Schlitz und steuerte auf den Boden zu.

Hud fing ihn noch in der Luft auf und steckte ihn sofort in den Schlitz. »Was sind die Nebenwirkungen von Junk?«

»Parameter ›Junk‹ nicht definiert. Ihre Pupillen sind geweitet und Ihre Augen sind rot. Falls Sie Marihuana konsumieren, beschränken sich die negativen Risiken beim Konsum von Cannabisprodukten zum Beispiel auf Panikattacken, Herzrasen, motorische Störungen oder Probleme mit dem Kurzzeitgedächtnis. Von dem übermäßigen Konsum von Marihuana wird durch Spezialisten abgeraten.« Klick. *»Wenn ich hier jemals rauskomme, bringe ich euch Schweine um.«*

»Das ist ehrlich gesagt gut zu wissen«, sagte Hud und meinte es ernst. Einige dieser Symptome hatte er selbst schon erlebt.

»Egal!«, sagte Archie, der jetzt anscheinend besessen von der Idee war, Quarter in die Maschine zu werfen. Dies tat er sofort wieder. »Was ist die durchschnittliche Geschwindigkeit einer nicht beladenen Schwalbe?«

»Eine Schwalbe fliegt etwa 45 Meter die Sekunde. Dieser Wert ist eine Schätzung und hängt von der jeweiligen Art ab.« Klick. *»Jetzt reicht es mir mit euch.«* Nerdbot begann, mit seinen kleinen Fäusten gegen die Scheibe zu hauen, als würde er durch sie durchbrechen wollen.

Hud lachte sich kaputt. Dieses Ding sah fast schon putzig aus, mit seinem großen, einladenden Gesicht, dazu der eckige, klobige Schädel. Er war wütend. Wie niedlich.

»Jetzt ich«, sagte Hud. »Wie viele Menschen gibt es auf der Welt?«

»Unzulässige Datenmenge. Update des Bevölkerungswuchses zu lange her. Kontakt zum Zentralcomputer verloren.« Ein weiterer Quarter fiel aus dem Fach. Daraufhin folgte ein weiterer Klick. *»Jedoch ist es mir ein Vergnügen, euch zu sagen, dass es gleich Zwei weniger geben wird.«*

Nerdbot holte mit seiner Faust aus und brach durch die merkwürdige Scheibe, die sofort in kleine Stückchen zerfiel. Er sprang heraus und landete in Archies Gesicht. Dann prallten schon einzelne kleine Faustschläge auf Archie ein, die deutlich mehr weh taten, als er zunächst vermutet hätte.

Hud sah das Ganze ungläubig mit an. Aus dem Rücken des Roboters kam eine Schnur, die mit dem Kasten verbunden war.

Archie begann indessen zu schreien. »TU WAS!«, rief er. »HUD, TU DOCH WAS!«

Hud griff zu seiner Pistole, merkte jedoch, dass er den Nerdbot nicht treffen würde, ohne Archies Leben zu riskieren. Er riss und rüttelte an der Maschine, ehe er merkte, dass sie überraschend viel wog. Immerhin war der Roboter aus Metall.

»ZIEH DEN STECKER, HUD!«, brüllte Archie.

»Was ist ein Stecker, Mann?« Hud konnte den Roboter kaum bewegen.

»DEN STECKER! ES GIBT IMMER EINEN STECKER!« Archie klang so, als würde er fast weinen.

Hud riss mit voller Wucht an der Schnur, die mit dem Nerdbot verschwunden war, und hielt sie augenblicklich in den Händen. Funken sprühten kurz an dem oberen Ende dieser Schnur.

Nerdbots Schläge wurden deutlich langsamer, bis er aufhörte, sich zu bewegen. Archie schob ihn beiseite. Er war mit roten Flecken, die etwa Roboterfäustchen-Größe hatten, übersät.

»Wie geht's dir, Mann? Alles in Ordnung?«, fragte Hud Archie, als er ihm auf die Beine half.

»Mir geht's nicht so gut. Das wird einige blaue Flecken geben.« Archie spuckte einmal kurz Blut.

Hud blickte zu dem Roboter hinüber. »Ist … ist er tot?«

»*Negativ.*« Klick. »*Ich laufe mit einem Akku, ihr Deppen.*« Der Roboter sprang auf die Beine.

Archie begann wie ein Mädchen zu kreischen.

Der kleine Roboter sprang augenblicklich auf Huds Gesichtshöhe und begann, auf ihn einzudreschen. Das schiere Gewicht des Roboters riss ihn sofort zu Boden. Er landete unschön auf seinem Hintern und Rücken.

»Warum verreckst du nicht einfach, du Miststück?«, fragte Archie, während er sich ein Metallrohr nahm und damit auf den Roboter eindrosch.

»Ich kann nicht sterben. Ich bin nur eine Maschine. Ich bin entweder ein- oder ausgeschaltet.« Klick. *»Oh Gott, ich will nicht sterben. Bitte. Mein Ladekabel ist durchtrennt. Bei dieser Menge an Betrieb werde ich in einer Viertelstunde abgeschaltet.«*

Hud merkte, dass die Schläge an Stärke nachließen. Er wurde … schwächer. »Er verliert Energie«, sagte er.

»Dann wird zusätzlicher Betrieb dich belasten, hm?«, sagte Archie. »Kostet zusätzliche Energie, hm? Hey, Nerdbot! Zwingt dich deine Programmierung dazu, jede Frage zu beantworten?«

»Ja, jede Frage, die mir gestellt wird, wird beantwortet, solang meine Datenbank es zulässt.« Klick. *»Bitte. Ich will nicht sterben.«*

»Hey, Nerdbot«, sagte Archie, »kannst du mir bitte jeden amerikanischen Bundesstaat in alphabetischer Reihenfolge aufsagen?«

»Alabama … Alaska … Arizona …« Hud merkte, wie Cleverbot langsamer wurde. Diesmal schaffte er es, ihn mit einem kräftigen Ruck von sich herunterzuwerfen.

Hud stand auf und stellte sich neben Archie, der zusah, wie der Roboter langsam auf sie zu kroch. *»Hawaii … Idaho …«*

Sie gingen ein paar Schritte zurück. Die Sprache wurde langsam verzerrt. Die Silben wurden langgezogen. Nerdbot bewegte sich deutlich langsamer.

»Neebraassskaaa … Neevaadaaaa …«

Gleich ist er tot, dachte Hud. *Nevada Kadabra, schon ist der Blechhaufen nur noch ein Blechhaufen.*

»Uuuuutttttaaaaahhhh … Vveeerrrmooonnnnnttt …« Der Roboter begann langsam schon, Hud leid zu tun. Er wirkte wirklich, wie jemand, der starb.

»Wiiissssssccoooonnnnsiinnnn … Wyyyyyyyoooommmiiinnnnggg…« Der Roboter war fertig. Ein weiterer Klick war zu hören. *»Ich werde gleich sterben. Ich kenne die Antwort auf die Frage nicht, was nach dem Tod kommt. Für euch Menschen vielleicht etwas, aber für mich garantiert nichts. Ich hoffe, ihr seid froh.«*

Dann sackte er zusammen. Er würde nie wieder einen Ton von sich geben.

Archie und Hud drehten sich um, ohne ein Wort zu sagen. Sie verschwanden schnell. Beide dachten sie wohl daran, dass sie lieber im Auto schlafen wollen würden.

»Hey Archie«, sagte Hud, der auf der Rückbank lag. Es war mittlerweile stockfinster. Hud konnte aber dennoch nicht schlafen.

»Ja, Hud? Was ist los?« Er wirkte schläfrig.

»Du kennst dich mit Gesetzen aus. Das meintest du doch, oder?«

Hud hörte nur ein zustimmendes »Hm-hm« aus der Dunkelheit.

»Ich muss gerade an etwas denken … Der Nerdbot war keine Maschine, oder? Er konnte denken und fühlen wie ein Mensch. Ist es jetzt okay, dass wir ihn ausgeschaltet haben? Oder ist es … gegen das Gesetz? Er hatte Angst, Archie. Er wollte nicht sterben. Haben wir … was Böses getan?«

Archie dachte kurz nach. »Das war Notwehr. Es war okay. Jetzt schlaf.«

Hud nickte erleichtert ein.

Archie blieb jedoch wach. Denn so hatte er die Frage eigentlich noch nie gesehen.

Er sah durch das gläserne Verdeck in den Sternenhimmel.

Kapitel 20 – Er-näh-rung, die |

1 Zusammenstellung und Häufigkeit der
Nahrungsaufnahme eines Lebewesens
2 Der Lebensunterhalt einer Person oder Familie

Während Hud sein Lenkrad in beiden Händen hielt, glitt sein Blick über nur eine Sache: Mais. Zunächst waren die Felder relativ spärlich bewachsen gewesen, jedoch wurden die Felder dichter und höher, je tiefer sie in Cornland eindrangen. Während das Wunderding einen atemberaubenden Soundtrack für das abgab, was rasch durch die dreckigen Fensterscheiben des Wagens an ihnen vorbeiraste, staunten Archie und Hud immer mehr über die schieren Ausmaße dieses Maisfeldes.

Die Straße war ziemlich breit, was jedoch einzelne baumhohe Maispflanzen nicht daran hinderte, ihnen beiden einen guten Teil des warmen Sonnenlichts zu nehmen. Die Pflanzen wuchsen allerdings nicht auf den Straßen. Dieser alte Highway, der durch Cornland führte, schien mit einem Asphalt bedeckt zu sein, der noch Jahrtausende überstehen würde. Alle großen Highways waren von dieser Qualität, was nur ein weiterer Beweis für den Einfallsreichtum und das Können des alten Volkes war.

»Mann«, seufzte Archie und ließ noch immer nicht seinen Blick von dem Maisfeld, »das ist wirklich … majestätisch.«

»Majestätisch?«, fragte Hud. »Du hast Worte drauf, Alter. Werde ich nie hinter kommen. Was zur Hölle soll das bedeuten?«

Hud warf einen kurzen Blick auf das Display des Wunderdings. Momentan lief irgendein hektisches Stück namens »smells_like_teen_spirit.mp3«, das ständig lauter und wieder leise wurde. Es war dennoch sehr einprägsam und gefiel ihm irgendwie.

»Majestätisch ist etwas … wirklich Großes, etwas Einmaliges. Guck dir das Maisfeld an, du wirst es schon verstehen.«

Cornland war wirklich schön anzusehen, da stimmte er zu. Dieser Mais musste seit hunderten von Jahren wild gewachsen sein. Bis zum Ende der Straße breitete sich seit Stunden ein dicker Streifen aus Grün mit gelegentlichen gelben Einschüben aus. Es war wirklich … nun, majestätisch.

Hud griff zu seiner Pfeife und füllte sie mit etwas Junk. Das beherrschte er mittlerweile auch während der Fahrt gut.

»Hey Hud, haben wir noch was zu essen?«, fragte Archie.

»Auf der Rückbank ist noch eine Konserve, glaube ich. Greif ruhig zu. Ich hab das Ding bisher nicht aufgemacht, weil das Etikett fehlt. Ich weiß nicht, was drin ist.«

Archie verschwand kurz hinten und kam mit einer Dose zurück. »Das wird für längere Zeit unsere einzige Mahlzeit sein, die nicht aus Mais besteht. Das sollten wir genießen, ich gebe dir auch was ab.«

Hud zündete sich währenddessen ein Streichholz an und zog kräftig an der Pfeife. Den Rest erledigte der Tempomat des Wagens. Während sich seine Lungen wieder mit dem aromatischen Rauch füllten, warf er dennoch einen Blick auf die Straße. Er wollte keine unangenehmen Überraschungen erleben.

»Na toll«, sagte Archie.

»Was denn?«, fragte Hud, seine Augen weiterhin nach vorn gerichtet.

»Sieh doch selbst«, fügte Archie hinzu.

Hud sah kurz in die nun geöffnete Konserve. Sie war mit Maiskörnern gefüllt.

Er atmete den wohlduftenden Rauch aus und konnte nicht anders als zu lachen. »Das fängt ja gut an«, sagte er. »Lass es dir schmecken, ich brauche gerade nichts.«

»Sehr lustig«, sagte Archie, während er sich etwas Mais in den Mund stopfte. »Wenn ich nicht solchen Hunger hätte, würde ich dir dieses Ding an den Schädel schmeißen.«

Hud lachte nur noch mehr. »Immerhin werden wir hier nicht verhungern«, sagte er. »Doch ich sollte weniger Junk rauchen. Davon werde ich nur hungrig. Mich mit Mais vollzustopfen, wäre da nicht das Beste. Lässt sich schlecht verdauen.«

»Das war jetzt zu viel Information«, nuschelte Archie mit vollem Mund. »Zu einer abwechslungsreichen Ernährung gehört aber mehr al… PASS AUF!«

Hud hatte es schon gesehen, doch es war bereits zu spät. Auf der Straße stand ein Freak, der scheinbar nur aus einem gigantischen Bauch bestand. Sein massiver Bauch, der mit Dehnungsstreifen überwuchert war, hing bereits auf den Boden. Er hatte den Wagen soeben erspäht. Und er sah so aus, als wenn er Hunger auf etwas mehr als nur Mais hätte.

Sein gigantisches Maul öffnete sich und er ließ einen markerschütternden, dreckigen Schrei los. Dann bewegte er sich auf sie zu.

»Nicht langsamer werden!«, schrie Archie.

»Das hatte ich nicht vor«, sagte Hud und versuchte am Freak vorbeizufahren. Er nahm zwar einen großen Teil der Straße ein, aber er würde schon an ihm vorbeikommen.

»Der Dicke wird uns zwar nicht verfolgen können, aber jetzt wissen alle Freaks in der Umgebung, dass wir hier sind. Hast du dafür zufällig einen Spruch?«, fragte Hud.

»Keinesfalls. Ich könnte etwas schreien, aber damit würde ich dich auch riskieren. Und ich habe keine Lust, hier zu stranden. Fahr einfach weiter, los!«

Hud schlenkerte den Wagen um den Freak herum, der mit seinen kurzen Armen nach ihm griff. Er schien überraschend stark, da man deutlich den Druck spüren konnte, der auf das Auto ausgeübt wurde.

Doch einige Sekunden später war der noch immer schreiende Freak nur ein fetter Fleck in Huds Rückspiegel. »Halt die Augen offen«, sagte Archie. »Ich bin mir sicher, dass wir demnächst Besuch bekommen.«

»Auf dem Rücksitz liegt ein Revolver«, murmelte Hud. »Ist noch einiges an Munition da. Er sollte geladen sein. Schnapp ihn dir schon mal.«

Hud ließ seinen Blick umherstreifen. Archie hatte schnell den Revolver in seiner Hand.

»Weißt du wie man damit umgeht?«, fragte Hud.

»Ja, bin nur nicht sonderlich gut damit.«

»Wird schon reichen. Hilf mir bitte beim Umsehen.«

Es dauerte nicht lange, bis andere Freaks aus dem Maisfeld gestürmt kamen. Hud trat etwas auf das Gas, aber musste dennoch aufpassen. Einen Freak bei dieser Geschwindigkeit zu rammen, könnte dafür sorgen, dass er die Kontrolle über den Wagen verlor.

Einige der Freaks waren ihnen bereits auf den Fersen. Diejenigen, die besonders lange Beine hatten, konnten schon fast mit ihnen mithalten. Es würde schnell ungemütlich werden, falls diese Burschen aufholen sollten.

Ein Freak sprang direkt neben ihnen aus dem Maisfeld und schlug mit seiner großen Faust die rechte hintere Scheibe ein. Daraufhin krallte er sich im Wagen fest. Hud musste gar nichts sagen. Archie drehte sich sofort um und schoss auf den Freak. Ein ohrenzerberstender Schuss erfüllte das Wageninnere und erzeugte ein starkes Dröhnen in Huds Ohren. Archie hielt sich ebenfalls die Ohren. Der Freak ließ augenblicklich los und sorgte dafür, dass andere, die den Wagen verfolgten, über ihn stolperten.

»Wir haben verloren!«, brüllte Archie lauter als er müsste. »Das schaffen wir niemals!«

»Doch«, schrie Hud ebenfalls. Er konnte noch immer kaum etwas verstehen. Doch was er sah, bereitete ihm unsagbare Freude.

Etwa einen Kilometer vor ihnen waren die großen Tore einer Siedlung zu erkennen, die sich gerade für sie öffneten.

Archie sah es auch. »Eine Siedlung? Hier in Cornland?«

»Ist mir egal, was das hier ist! Ich fahre rein!« Hud beschleunigte noch mehr, um die Freaks hinter sich zu lassen. Die Siedlung kam näher und Hud konnte erkennen, dass oben auf einer Plattform über den Toren bereits mit Gewehren behangene Menschen standen, die ihre Waffen auf sie gerichtet hatten.

»Zielen die nun auf die Freaks oder auf uns?«, fragte Hud panisch.

»Offensichtlich auf die Freaks. Die hätten sonst nicht die Tore geöffnet. Und jetzt gib Gas! Komm schon!«

Hud hatte schon auf über 120 Kilometer die Stunde beschleunigt. So schnell war er noch nie gefahren, soweit er sich erinnern konnte. Gepaart mit dem Gefühl einer frischen Dosis Junk war das Gefühl atemberaubend. Er konnte sich vorstellen, dass Geschwindigkeit auch eine Droge sein konnte.

Der Wagen war nicht weit von den Toren entfernt, als diese sich zu schließen begannen.

»Sie wollen, dass wir durchschlüpfen und die Freaks hinter verschlossenen Türen bleiben! Drossel die Geschwindigkeit, Hud!«

»Was heißt drosseln?«

»LANGSAMER!«

Hud nahm sofort den Fuß vom Gas und betätigte langsam die Bremse. Die Freaks waren zwar größtenteils weit hinter ihnen, aber diejenigen mit langen, mutierten Beinen würden sie tatsächlich bald einholen. Und schon fielen die ersten Schüsse, die über dem Tor abgefeuert wurden, und die einzelne der schnelleren Freaks zu Fall brachten.

Hud wurde stetig langsamer und passierte mit dreißig Kilometer die Stunde die Tore, die sich daraufhin hinter ihnen schlossen. Einige Sekunden darauf hörte man dumpfe Schlaggeräusche gegen die Tore, die offensichtlich dick und stabil waren. Die Freaks krachten wie Wellen von wildem Wasser dagegen. Ein Klangteppich von Grunzen und Kreischen war von außen zu hören, der von ein paar Schusssalven sofort unterbunden wurde.

Hud kam inmitten eines offenen Platzes zum Stehen. Der Wagen wurde augenblicklich von schaulustigen Bewohnern der Siedlung umzingelt.

Archie machte sich bereit zum Aussteigen. »Sei lieber freundlich, diese Menschen haben unsere Ärsche gerettet.« Kurz darauf war er schon draußen.

Hud zog den Schlüssel und folgte ihm.

Als er sich umsah, bemerkte er sofort, dass die Siedlung wirklich schön aussah. Jedes Haus war von außen bemalt und mit Ornamenten verziert. Alles schien stabil, nicht alt und klapprig wie in den meisten Orten. Die Siedlung war zudem nicht wirklich klein, da Hud Platz für sicherlich einhundert Menschen vermutete, wenn nicht mehr. Die Mauer, die sie passiert hatten, schien das komplette Gebiet zu umschließen und sie war sicherlich um die fünf Meter hoch.

Es war eine regelrechte Festung.

»Willkommen in Corn County«, sprach eine laute und einladende Männerstimme. Hud und Archie sahen sich um und erkannten einen dicken Mann mit einem bauschigen braunen Bart, der auf einem Podest stand und zu ihnen herunterrief. »Ich bin der Bürgermeister, Larry Parkinson! Ich heiße euch hiermit herzlich willkommen! Und die Freude ist ganz meinerseits, wir haben nicht oft Besucher hier.« Es folgte ein tiefes, herzhaftes Lachen.

»Bewohner von Corn County«, rief Archie und sah dabei die Dutzenden Menschen an, die den Wagen umzingelten. »Mein Name ist Archie, und mein guter Freund hier hört auf den Namen Hud. Wir bedanken uns herzlich für eure Rettung vor den Freaks dort draußen. Wir haben Hunger und unsere Vorräte sind knapp. Würdet ihr einen Handel für Essen akzeptieren?«

»Wenn ihr auf Mais und Maisprodukte aus seid, gern«, rief Larry und lachte noch lauter.

»Lass mich raten«, flüsterte Hud Archie zu, »die haben sicherlich zweihundert verschiedene Arten, Mais zuzubereiten.«

Archie fuhr fort. »Larry, Bürgermeister von Corn County, wir nehmen alles an, was essbar ist, falls ihr uns eure Gastfreundschaft anbieten wollt. Wir sind euch mehr als nur dankbar.«

»Ethel wird euch bewirten. Sie ist unsere beste Köchin und hat zudem noch eine Schenke. Ihr müsst uns nichts zahlen! Wir hören gern Geschichten von außen zu! Ihr müsst verstehen … Corn County ist etwas abgeschieden vom Rest der Welt. Falls ihr Neuigkeiten habt, lasst sie uns ruhig wissen!«

»Ich mag es hier jetzt schon«, sagte Hud.

Ethel war eine nette alte Dame. Ihre grauen Haare hatte sie sich zu einem Dutt zusammengebunden und sie trug sogar eine alte

Brille über der Nase, die jedoch einen Sprung in einem der Brillengläser aufwies. Klein und in Tracht und Schürze gehüllt stand sie vor dem Herd, als Hud und Archie ihre kleine Schenke betraten. Sie hatten soeben ihren Wagen draußen geparkt.

»Sie müssen Ethel sein, oder?«, fragte Archie.

»Sehr richtig«, krächzte die alte Dame auf eine liebevolle Art. »Ich habe schon von Neuankömmlingen gehört. Es sind Schüsse gefallen. Das ist meist entweder ein Zeichen für Raider, Freaks oder Dingos. Ihr seht nicht aus wie die ersteren beiden.«

Ein lieblicher Duft erfüllte die Luft. »Was ist das? Das riecht super«, sagte Hud. Sein Magen knurrte bereits von der Pfeife voll Junk, die er sich noch vor dem Angriff der Freaks gegönnt hatte.

»Oh, ich habe einen leckeren Mais-Eintopf gemacht. Dazu backt gerade ein Maisbrot im Ofen. Alles aus Mais und den Erträgen von etwas Vieh, das hinter diesen Mauern gezüchtet wird. Wir kriegen nicht viel außer Mais zu essen, daher müssen wir manchmal kreativ werden. Und ich bin kreativ!« Ethel kicherte leicht und trug ein paar Töpfe umher.

»Nun, ich möchte mich erst mal vorstellen: Mein Name ist Archie, und das hier ist mein guter Freund Hud. Wir reisen umher. Was …«

»Quatscht doch nicht so viel! Ihr müsst schon ganz hungrig sein von der langen Reise! Setzt euch und nehmt euch etwas zu essen!« Ethel stellte zwei gefüllte Teller mit Mais-Eintopf auf den Tisch und warf zwei Löffel dazu. »Das Brot ist bald fertig. Ihr könnt doch schon anfangen, wenn ihr wollt.«

Archie und Hud steckten sich sofort den ersten Löffel voll Eintopf in den Mund. Archie war generell hager und ständig hungrig und Hud konnte wegen des Junks nicht anders, als seinen Magen zu füllen. Zudem war gekochtes Essen eine wahre Seltenheit für Dingos.

»Mensch, ihr seid ein paar hungrige Dingos«, sagte Ethel.

»Bampe«, fügte Hud mit vollem Mund hinzu. »Fmept wuper.«

»Ich weiß es zu schätzen«, sagte Ethel lächelnd.

Hud schluckte hörbar. »Das ist wohl das Beste, das ich seit zwei Jahren gegessen habe. Ist da wirklich nur Mais drin?«

»Fast«, sagte Ethel.

Archie hörte nun langsam auf zu essen.

»Was denn noch?« Hud schob noch einen Löffel hinterher.

»Nun, Maismehl für eine gehörige Mehlschwitze, ein paar Gewürze, die ich vorrätig habe …«

Archie ließ den Löffel fallen.

»… und etwas Schlafmittel, das wir einmal ein paar Dingos abgenommen haben.«

Schon lag Archies Gesicht in seinem Teller. Kein Wunder – dieser hagere Typ hielt wirklich nichts aus.

Hud wurde auch schummrig. Dann wurde die Welt um ihn herum schnell schwarz.

Kapitel 21 – Ven-det-ta, die |

Blutrache

Hud befand sich in einem Raum, dessen Umrisse er nicht ausmachen konnte. Der Raum hätte so groß wie eine Stadt, aber auch so klein wie eine Hundehütte sein können. Durch die weißen Wände war es von hier aus schlecht festzustellen.

Seine Hände waren erneut durch Handschellen gebunden. Er saß auf einem Stuhl.

Und er wurde beobachtet. Ein Blick ruhte auf ihm, ein … starrer Blick. Ständig. In jedem wachen Moment. Das fühlte er eindeutig, stärker als jemals zuvor.

»Fi-Fri, Fi-Fra«, hauchte eine Stimme hinter ihm. »Fi-Fri, Fi-Fra.« Die Stimme war angenehm und elegant, sie klang nahezu erfrischend. Festzustellen, ob sie von einem Mann oder einer Frau kam, war unmöglich. »Sherman's End«, flüsterte sie.

»Was ist in Sherman's End?«, fragte Hud. Er fühlte sich schwindelig und orientierungslos.

»Alles, was du willst«, sagte die Stimme. »Und nichts, worauf du verzichtest.«

»Wo bin ich?«, fragte Hud. Er konnte der Stimme kaum zuhören. Sein gesamtes Sichtfeld drehte sich. Alles drehte sich noch mehr, sobald er die Augen schloss.

»Fi-Fri, Fi-Fra«, säuselte die Stimme erneut. »Im majestätischen Tohuwabohu.«

»Ich verstehe nicht.« Hud war danach, sich zu übergeben. »Was willst du von mir?«

»Fi-Fri, Fi-Fra«, kam es erneut hinter ihm. »Suche das Feuer in der Nacht. Dort, wo es nach Heimat riecht. Flieg, kleine Motte, flieg. Und pass auf deine Wangen auf.«

»Wie meinst du da…«

Hud konnte sich kaum richtig halten. Sein gesamter Körper zuckte zusammen. Ein purer Schmerz zog sich durch seine linke Wange. Gewaltsam öffnete er die Augen. Vor ihm stand ein Mann, den er nicht kannte. Seine Hände konnte er nicht bewegen. Seinen Mund konnte er nicht öffnen. Gefesselt. Geknebelt.

Der Mann hob seine Hand und gab Hud noch eine Ohrfeige.

Fi-Fri, Fi-Fra, dachte sich Hud nur. *Das Feuer in der Nacht, dort, wo es nach Heimat riecht.* Er richtete seinen Kopf nach vorn und sah den Fremden an. Dann erkannte er hinter ihm die Köpfe zahlloser Menschen.

»Bist du endlich wach?«, ertönte eine furchtbar laute Stimme. »Wurde aber auch Zeit, mein Lieber! Alle warten auf euch! Dein Freund schlummert noch immer.«

Huds Kopf machte langsam Sinn aus der Situation. Er begann, seine Umgebung immer mehr visuell auszukundschaften. Er war auf einem Podest oder einer Art Bühne. Unten standen die Bewohner von … Corn County. Gut, er erinnerte sich langsam. Flucht vor Freaks. Hohe Mauern. Schlafmittel.

Sein Blick wanderte nach links. Dort hing, an seinen Armen an einen Pfahl gefesselt, der noch immer schlafende Archie.

»Nun, Hud. So heißt du doch? Es wird langsam Zeit! Ihr habt einen ganzen Tag durchgeschlafen. Wir konnten es kaum erwarten.« Hud konnte die Quelle der Geräusche endlich feststellen: Es war der Bürgermeister von Corn County, kugelrund und mit einem rostbraunen Bart versehen, der ihm bis zum Ansatz seiner Brust wuchs.

Was wollt ihr von uns?, wollte Hud brüllen, als er sich erinnerte, dass sein Mund zugeklebt war. Daher kam lediglich ein unschönes Stöhnen heraus.

»Ihr hattet Reste von Handschellen an euren Gelenken. Wir dachten uns, dass euch sowieso niemand vermisst, daher haben wir sie euch entfernt und euch mit guten alten Seilen gefesselt. Wir mögen es, wenn die Opfer am Leben und bei vollem Bewusstsein sind, wenn es passiert.«

Wenn was passiert?, fragte sich Hud.

Er sah noch einmal zu Archie hinüber. Nicht nur, dass er schlief, er hatte ebenfalls seinen Mund verklebt. Er könnte nicht einmal ein paar Sprüche brüllen, um sie aus dieser Situation zu retten. Sie waren erledigt.

»Otto, kümmere dich darum!«, brüllte der Bürgermeister von Corn County.

Otto, der Mann, der auf der Bühne stand, ging zu Archie und schlug ihm ins Gesicht. Dieser regte sich nur leicht und schlief weiter.

Hud bemerkte jetzt erst, dass es dämmrig war. Der Tag hatte bei ihrer Ankunft gerade erst angefangen. Sie hatten wirklich einen ganzen Tag ausgesetzt.

»Dein Freund sollte gleich aufwachen. Otto ist sehr gut darin, Leute aufzuwecken. Und Ethel hat fast alles vorbereitet. Daher kann das Festmahl bald beginnen!«

Festmahl?

Hud sah Ethel aus der Menge treten, mit zwei großen Messern in ihren alten, faltigen Händen. Ein großer Kochtopf stand in ihrer Nähe bereit.

»Ich erkläre damit die 179. Festivitäten der Corn County Cannibals offiziell für eröffnet!«, brüllte der Bürgermeister, woraufhin die Menge zu toben und jubeln begann.

Ethel kam mit ihren beiden Messern die Stufen herauf. Otto stellte einen großen Eimer bereit, der vor Hud positioniert wurde.

»Nun, meine Freunde«, sagte der Bürgermeister. »Wir fangen mit dem an, an dem etwas mehr Fleisch hängt als an diesem hageren Kerl, der keinen Schatten hat! Ethel wird ihm jetzt die Halsschlagader durchtrennen und ihn ausbluten lassen!« Die Menge jubelte noch lauter. Der Bürgermeister wendete sich an Hud. »Das wird dir nicht gefallen, Kumpel. Nimm es nicht persönlich. Nur Mais zu essen macht die Menü-Möglichkeiten etwas … einseitig. Menschenfleisch regt den Gaumen an. Sehr saftig und eine gelungene Abwechslung. Ich weiß, wovon ich spreche.«

Erst jetzt fiel Hud, dem noch immer von dem Schlafmittel und den Ohrfeigen schwindelig war, auf, dass er im Begriff war, gefressen zu werden.

Er hörte eine weitere Ohrfeige von nebenan. Archie würden sie als Nächstes verbluten lassen und ausweiden. Gott, er brauchte irgendeine Idee, irgendetwas, um sich zu retten!

Archie müsste aufwachen, und er müsste seinen Mund einsetzen können. Doch das war unmöglich. Er war mit Tape zugeklebt.

Ethel war mittlerweile die Treppe hochgekommen und legte eines der Messer auf den Boden. Am nervösesten wurde Hud durch den Blick der alten Frau. Es war, als würde sie ihre Wäsche aufhängen oder die Küche putzen. Völlige Gleichgültigkeit. Komplette Routine.

Das war alles nicht echt. So wie der Traum eben. Es konnte unmöglich echt sein. Hud glaubte das alles nicht.

Nebenan bekam Archie noch eine Ohrfeige, die diesmal fester zu sein schien. Etwas Blut quoll aus seiner Wange. Er stöhnte laut aus seinem Schlaf heraus und begann zu zucken.

Hud blickte nach vorne zu Ethel, die gerade ihr Messer mit einem Tuch blank polierte. Sie sah aus, als würde sie gleich beginnen, geistesabwesend zu pfeifen. Das versetzte Hud in unfassbare Rage.

Er dachte nach. Es musste doch einen Plan geben. Irgendetwas. Er musste Archie das Tape vom Mund entfernen und ihn wach bekommen. Je mehr es sich in seinem Kopf um diesen Gedanken drehte, desto verzweifelter fühlte er sich. Hud hatte keine Zeit mehr.

Ethel hatte das Polieren des Messers beendet. Sie hob es in die Luft.

»Nun, Leute, ich wünsche wie immer viel Spaß mit dem Schauspiel! Ethel, mach deinen Job!«, brüllte der Bürgermeister.

Hud zuckte zusammen. Es war vorbei, das konnte er sich denken. Er schloss die Augen.

Ein Schuss zischte durch die Luft, gefolgt von einem hallenden, lauten Knall und vom keuchenden Aufschrei einer alten Dame. Hud öffnete seine Augen. Mit einem metallischen Klirren fiel das große, blitzende Messer zu Boden. Ethel begann zu röcheln und schließlich Blut zu husten und zu spucken, von dem einiges auch auf Hud landete. Dann fiel sie um und rollte von der Bühne.

»Bürger von Corn County«, erklang eine noch viel lautere Stimme aus einem Lautsprecher. Es kam von irgendwo außerhalb dieser Mauern. »Ich will mich kurz halten. Mein Name ist Death. Die kläglichen Leben dieser beiden Männer gehören mir. Seid bereit für Verhandlungen und händigt sie mir aus, dann wird euch nichts passieren. Entscheidet ihr euch jedoch anders, wird das hier sehr unangenehm.«

Huds Herz rutschte gerade in seine Hose. Er war irgendwie auf der Seite der Kannibalen. Dass Death sie verfolgt hatte, war keine gute Nachricht. Dass er hier war, war noch unschöner. Jedoch so, wie Death gerade klang, war auszubluten die bessere Option für Hud.

»Wie kannst du es wagen!«, brüllte der Bürgermeister. »Ethel! Ich glaube es nicht!« Der Bürgermeister blickte umher und schien die Quelle der Stimme zu suchen. Er blickte in den Himmel. »Warum erlaubst du dir das, hm? Was willst du von diesen Burschen?«

»Der korrekte Begriff, wenn ich mich nicht irre«, hallte Deaths Stimme über den Platz von Corn County, »wäre Vendetta, falls euch das etwas sagt. Ich gebe euch noch zehn Sekunden, bevor wir ungemütlich werden.«

»An die Waffen, Männer und Frauen von Corn County! Das hier wird nicht unbestraft bleiben! Zeigt euch! Wir schlitzen euch auf für das, was ihr Ethel angetan habt!«

»Mörder, die sich wegen Mordes aufregen? Komisch. Nun, spart uns allen jedoch etwas Zeit. Bis gleich.« Dann war ein lautes Geräusch zu hören, das klarmachte, dass die Lautsprecher ausgeschaltet wurden.

Kurz darauf wurde durch eine ohrenbetäubende Explosion ein großes Loch in die Mauer rund um Corn County gerissen. Durch die dort entstandene Rauch- und Trümmerwolke kam eine lange Säule aus Feuer geschossen, die begann, einzelne der schönen, kleinen Häuser von Corn County in Brand zu stecken.

Eine weitere Gewehrkugel flog durch die Luft und traf den anderen Mann auf der Bühne, Otto, ins Genick. Augenblicklich fiel er leblos um, während seine Gliedmaßen unkontrolliert umher zuckten.

»Heute gibt es ein Festmahl, Männer! Lasst sie ausbluten! Lasst ihr leckeres Fleisch intakt!«, brüllte der Bürgermeister, in dessen Augen Hud selbst über große Entfernung gigantischen Zorn aufflammen sehen konnte. Der pummelige, bärtige Mann war auf einmal furchterregender, als er es je erwartet hätte.

Am Rand der Feuersäule, vor der die Bevölkerung von Corn County nun floh, zeigte niemand anderes als Pestilence seine Maske, die wohl schon vor langer Zeit sein echtes Gesicht ersetzt hatte.

Aber noch etwas Weiteres fiel Hud auf: Niemand beachtete ihn und Archie, die noch immer auf dem Podest an Pfähle gefesselt waren. Archie war noch immer im Tiefschlaf, aber wenn sie irgendwie überleben wollten, dann war jetzt die Zeit zu handeln.

Hud strengte sein noch immer benommenes Hirn an, während sich vor seinen Augen ein wahres Schlachtfeld ausbreitete. Die ersten Männer von Corn County standen am oberen Ende der Mauer und feuerten auf Pestilence, der Stück für Stück die Gemeinde in Brand steckte. Einer nach dem anderen fiel um, als rote Blutflecken auf ihren Körpern erschienen, die durch die Scharfschützin der Reiter verteilt wurden.

Und nun zeigte auch Death sein Gesicht, der hinter Pestilence aus dem großen Loch in der Wand trat. Mit einer Pistole in der Hand rannte er hinter der Flammensäule heraus und tat das, was er seinem Namen nach zu urteilen am besten konnte. Seine Lederhandschuhe bekamen einen Mann zu fassen, der mit einem Messer auf ihn losging. Dieser begann augenblicklich zusammenzusacken und zu schreien, als Death ihm seine Lebenskraft aussaugte. Death war das, was Archie und Hud als einen Superfreak bezeichnet hatten, und dass er anderen die Lebenskraft aus ihren Körpern saugen konnte, war der endgültige Beweis dafür. Es galt also, ihm nicht in die Hände zu fallen, da sie sonst einen qualvollen Tod erleiden würden.

Hud überlegte sich eine Taktik, um sich losreißen zu können. Er bewegte seine Hände, die hinter ihm gefesselt waren, in der

Hoffnung, dass das Seil locker war. Der Knoten saß leider bombenfest.

Ein Blick zu Archie zeigte ihm, dass dieser noch immer tief und fest schlummerte.

Was sollte er bloß tun? Wem würde er in die Hände fallen – Death oder den Corn County Cannibals? Einen Querschläger abzubekommen, würde ihn wohl gerade eher retten.

Hud begann, sein Gewicht mit all seiner Kraft hin und her zu schwingen. Er sah, dass sich die Flammen mehr und mehr ausbreiteten, auch in Richtung der hölzernen Bühne, auf der sie festhingen. Als er weiter umherschaute, trafen sich kurz sein und Deaths Blick. Er sah an dessen vorfreudigem Grinsen sofort, dass dieser Kerl ihm mit Freuden alles Leben aus dem Körper saugen würde. Die Scharfschützin hätte ihn schon lange erwischen können. Aber das hier war etwas, das Death selbst erledigen wollte, mit seinen eigenen Händen.

Hud legte sich umso mehr ins Zeug, um diesem Tod entgegenzuwirken. Die Fesseln an seinen Handgelenken schmerzten, je mehr er sich bewegte, aber er hatte sich fest vorgenommen, nicht hier zu sterben. Nein, wenn dann schon in *Fi-Fri, Fi-Fra* Sherman's End.

Leiche um Leiche häufte sich auf dem Dorfplatz von Corn County auf, während einzelne Menschen bereits durch die Eingangstore, die nun geöffnet wurden, die Flucht ergriffen.

Hud spürte, dass sich durch die regelmäßigen Bewegungen tatsächlich etwas tat. Er konnte nicht genau sagen, was es war, aber etwas schwang mit ihm mit. Als er seinen Blick zur Seite richtete, bemerkte er sofort, was: Archie war wach geworden und hatte automatisch begonnen mitzumachen. Ihm wach in die Augen zu schauen, verpasste Hud einen gewaltigen Schub Mut. Obwohl sie beide nichts sagen konnten, verstanden sie sich: Das hier war die einzige Chance zur Flucht – und sie mussten sie sofort ergreifen.

Ein Kreischen, das wie ein Donnergrollen wirkte, übertönte das gesamte Tohuwabohu, das sich vor Huds Augen abspielte. Noch während sie es hörten, wusste er sofort, was passieren würde. Durch das Loch, das die Reiter in die Wand der Stadt gesprengt hatten, sowie die Eingangstore, strömten Dutzende Freaks. Einer, der grotesk große Pranken hatte, schnappte sich augenblicklich einen der Dorfbewohner und griff fest um ihn, ehe er einen großzügigen Biss aus seiner Schulter nahm, als ob er einen kreischenden Schokoriegel in der Hand hielte.

Wenn Hud nicht damit beschäftigt gewesen wäre, seine eigene Haut zu retten, wäre er gern etwas geblieben, um sich dieses Schauspiel anzusehen. Stattdessen richtete er seinen Blick Richtung Boden und schwang weiterhin im Takt mit Archie hin und her. Er konnte über die Schreie des Kampfes tatsächlich ein leises Knarren des Holzes hören. Etwas tat sich mit der Bühne. Ob es ihnen helfen würde, wusste er nicht. Doch was blieb ihnen beiden noch übrig?

Aber dann sah Hud ein Paar Schuhe vor sich. Als er ihnen mit seinem Blick nach oben folgte, sah er einen massiven Bauch, gefolgt von einem rostbraunen Bart, der in einem nicht mehr ganz so gütigen Gesicht endete. Der Bürgermeister stand vor ihm.

»Was auch immer ihr vorhabt …«, knurrte er regelrecht, »es endet hier und jetzt!« Dann zog er einen Revolver und richtete dessen Lauf direkt zwischen Huds Augen. Hud war paralysiert vor Angst und nicht mehr in der Lage zu reagieren.

Ein Schrei war zu hören und ehe er realisieren konnte, was passierte, erschien eine riesige Silhouette hinter dem Bürgermeister. Diese rempelte ihn an. Hud konnte einen muskulösen Freak erkennen, der zwei Köpfe und vier Arme hatte. Dann krachte es bereits, da der Bürgermeister gegen Archies Pfahl geschleudert wurde.

Der krachte unter dem Aufprall zusammen, woraufhin er mitsamt Archie und dem Bürgermeister umfiel und auf dem Boden neben der Bühne landete. Der große Freak sprang hinterher.

Hud konnte nicht ganz erkennen, was passierte, aber er hörte den gellenden Schrei des Freaks, der augenblicklich umfiel. Dann sprang Archie auf die Bühne. Sein Mund war von dem Tape befreit. Huds Herz machte Freudensprünge.

»Kumpel«, sagte Archie, »wir müssen den Wagen finden und sofort verschwinden. Es wird hier langsam ungemütlich.« Dann zog er ein Messer und schnitt Hud los. Das Gefühl war unfassbar gut.

»Hier«, sagte er und drückte Hud einen Revolver in die Hand. »Damit kannst du besser umgehen als ich. Ein Geschenk vom Bürgermeister. Er ist damit beschäftigt, gemeinsam mit diesem Freak an einer Hirnblutung zu sterben. Ein kleines Abschiedsgeschenk von mir.«

Hud hätte ihn auf der Stelle umarmen können, wenn es nicht Dringenderes zu tun gäbe.

»Eine Ahnung, wo der Wagen sein könnte?«, fragte Hud.

»Da drüben«, Archie zeigte auf das Auto, das noch immer dort stand, wo sie es zuletzt geparkt hatten. Manchmal hatte man eben Glück.

»Warum hat den noch niemand weggefahren?«, fragte Hud.

Archie griff in seine Hosentasche und zog einen klimpernden Schlüsselbund davor, den er vor Huds Gesicht hielt. »Ich hab das Gefühl, dass der Bürgermeister eine Spritztour machen wollte. Und jetzt komm, na los.«

Sie sprangen synchron von der hölzernen Bühne und rannten schnurstracks auf den Wagen zu, der am anderen Ende des Marktplatzes stand. Zwischen ihnen und ihrem Gefährt war eine große Schlacht zwischen Freaks, den Bewohnern von Corn County, die noch nicht die Flucht ergriffen hatten, und dem Rest der Apokalyptischen Reiter im vollen Gange.

Hud und Archie sprangen umher und wichen einzelnen Attacken aus. Sie wurden sowieso größtenteils ignoriert. Hud schoss ab und zu eine der Kugeln ab, obwohl er nicht wusste, wie viele ihm bleiben würden, um den Weg frei zu räumen. Archie schien zu schwächeln, da er bereits seine kräftezehrenden Sprüche benutzt hatte. Er gab jedoch das Beste, was er konnte. Das Feuer hatte bereits die erste Hälfte des Dorfes erreicht und tauchte den Marktplatz in ein orangenes Flackern, das durch die noch nicht ganz aufgegangene Sonne verstärkt wurde.

Und dann stellten sich zwei Gestalten zwischen Hud, Archie und den Wagen: die in Leder gehüllte Gestalt namens Death sowie ein Mann im Schutzanzug, der sich Pestilence nannte. Dieser hielt seinen Flammenwerfer auf das Auto, als würde er es bedrohen.

»Nun, so sehr es mir leid tut, dieses frivole Spiel zu pausieren, muss ich euch dennoch mitteilen, dass eure Reise hier und jetzt endet, Gentlemen«, sagte Death. »Der einzige Grund, aus dem ihr noch an euren jämmerlichen Leben festhaltet, ist der, dass ich meiner guten Freundin Famine nicht den Befehl gegeben habe, euch eine Ladung Blei in eure Schädeldecken zu pumpen. Jetzt jedoch, jetzt in diesem prekären Moment, der euch von eurer Freiheit trennt, werde ich euch ein Leid bereiten, bei dem ihr nach dem Tod betteln werdet.«

Ein kreischender Freak lief auf Death zu. Dieser bemerkte die Kreatur, rannte ebenfalls auf sie zu, machte einen Schritt zur Seite, sprang auf den Rücken des Biestes und legte seine Hand auf ihren grotesken Schädel. Daraufhin sackte der Freak unter Schreien zusammen, bis er sich nicht mehr bewegte.

»Wo war ich stehen geblieben?«, fuhr Death fort. »Ich schweife manchmal so leicht ab, ich bitte um Pardon. Jedoch werde ich jetzt dafür garantieren, dass …«

Hud lauschte dem selbstverliebten Gesäusel von Death nicht eine Sekunde. Er hatte alles genau beobachtet und hatte einen Plan entwickelt: Pestilence stand mit dem Rücken zu ihnen und entblößte den Tank voller Benzin, mit dem er die Feuer gelegt hatte. Hud hatte noch mindestens eine Kugel in seinem Revolver. Das würde vielleicht sein Auto in die Luft jagen, aber definitiv seine Haut retten.

»… seit die Sterne voller Entsetzen und Verachtung auf uns herabblicken. Dieser Augenblick hier, dieser triumphale Moment …«

Hud hob seinen Arm und schoss. Die Kugel traf direkt in den Tank auf Pestilences Rücken. Ein kleiner Schwall Feuer drang aus dem Loch, den der Schuss in die Hülle gerissen hatte. Pestilence gab von hinter seiner Maske nur ein gedämpftes »Oh-oh« von sich.

Death rannte und sprang sofort beiseite. Hud riss Archie mit sich auf den Boden.

Dann explodierte scheinbar die gesamte Welt. Eine Druckwelle unfassbaren Ausmaßes breitete sich aus und drückte die beiden ein Stück weg. Der komplette Himmel schien in Flammen zu stehen. Die Luft selbst war so heiß, dass sie die Haut zu verbrennen schien.

Archie reagierte sofort und schickte einen weiteren Spruch los. Wie damals in Finneagan stieg ein dicker Schwall Rauch auf, der fast undurchsichtig war.

Durch den Rauch drang nur das Gekreische von Death, das mit purem und blankem Hass erfüllt war.

Hud rannte los, und Archie, der mittlerweile vor Erschöpfung stark hechelte, war ihm dicht auf den Fersen. Hud berührte die Konturen des Wagens und sah, dass einzelne brennende Trümmer auf der Motorhaube lagen. Zudem war der Wagen extrem warm und die Windschutzscheibe nicht mehr wirklich intakt, aber ihr Gefährt wirkte noch funktionstüchtig.

Hud schloss den Wagen auf und stieg ein. Kurz darauf öffnete sich die Beifahrertür und Archie setzte sich neben ihn.

Der Wagen schnurrte, als würde er aus einem tiefen Schlaf erwachen. Hud drückte einfach auf das Gaspedal.

Als sie aus der Rauchwolke hinausfuhren, wich Hud ein paar noch immer kämpfenden Menschen aus. Er überfuhr einen Bewohner von Corn County, der erst auf seiner Motorhaube landete, aber dann herunterrollte. Hud fühlte sich nicht wirklich schlecht deswegen.

Das Loch, das die Reiter in die Wand gesprengt hatten, schien geradezu perfekt für eine Durchfahrt. Hud steuerte den Wagen mit voller Geschwindigkeit hindurch. Das Auto fuhr über einige Trümmer, schaffte es aber durch das Loch.

Ein Schuss durch das Scharfschützengewehr drang durch die Beifahrerscheibe. Er streifte Archies Bein, der sofort aufschrie, und schoss unten durch den Wagenboden wieder hinaus.

Hud gab noch mehr Gas.

Archie schrie erneut den Spruch für aufsteigenden Rauch, der ihnen wahrscheinlich das Leben rettete. Hud fand schnell die Straße, die aus Corn County hinaus und in Richtung Westen führte.

Einen weiteren Schuss von Famine hörten sie nicht, nur das fortwährende Kreischen von Death.

Hinter ihnen brannte Corn County bis auf seine Grundmauern nieder.

Hud nahm die Pfeife aus dem Handschuhfach hervor. Sie war noch da, zusammen mit der Karte und dem Wunderding.

»Willst du was rauchen zur Beruhigung? Vielleicht gegen die Schmerzen?«, fragte Hud.

»Sowas von!«, sprudelte es geradezu aus Archie heraus.

Kapitel 22 – Un-ter-hal-tung, die |

1 Gespräch zwischen mehreren Leuten
2 Belustigung, Zeitvertreib

Hud umklammerte das Lenkrad mit jeder Sekunde etwas fester. Er konnte noch immer nicht glauben, was geschehen war.

Dieses Mal waren sie so knapp wie noch nie davongekommen. Archie und er müssten von jetzt an mehr als vorsichtig sein. Hud war sich nicht einmal mehr sicher, wo die beiden ab jetzt überhaupt sicher sein würden.

Death war immer dicht hinter ihnen gewesen. Die Apokalyptischen Reiter waren ihr Geld wert. Und auch wenn sie nur noch zu zweit waren, durfte Hud und Archie nicht ignorieren, dass die Reiter noch immer mehr als gefährlich waren. Sie mussten ständig in Bewegung bleiben. So schnell wie möglich vorwärtskommen. Je mehr Distanz zwischen ihnen und Death lag, desto besser. Außerdem wurde die Distanz zu Sherman's End immer geringer.

Archie schlief mittlerweile seit fünf Stunden auf dem Beifahrersitz. Die Sprüche einzusetzen, raubte ihm eine Menge Kraft. Er hatte noch kurz seine Wunden desinfiziert und behandelt, darunter den Streifschuss an seinem Oberschenkel, dann war er jedoch schnell eingeschlafen – jedoch nicht ohne Hud noch ein gemurmeltes »Gute Nacht« zu wünschen.

Hud hatte sich, während Archie schlief, damit beschäftigt, dem Highway durch Cornland zu folgen; er ging kerzengerade durch das Land und schien kein Ende zu haben. Der Vorfall in Corn County lag nun etwa acht Stunden zurück und davor waren sie auch schon fast einen Tag mit der Fahrt durch das Maisfeld beschäftigt gewesen. Es war riesig, dürfte aber hoffentlich bald ein Ende haben.

Ein Blick auf die Tankanzeige brachte zutage, dass sich ihre Benzinvorräte dem Ende zuneigten. Ein oder maximal zwei Stunden würden sie mit dieser Tankfüllung noch haben. Die Nadel rückte schon bedenklich auf die rote Markierung zu, die mit einem großen »E« versehen war.

Aber Hud wollte nicht noch einmal in diesem Feld anhalten. Erst recht nicht wegen der Dinge, die hier lauerten, und der Leute, die ihn verfolgten.

Doch was ihn am meisten verwirrte, war die schemenhafte Erinnerung an diesen Traum, den er in Corn County hatte. Es fühlte sich so echt an. »*Fi-Fri, Fi-Fra*«, das hatte diese Stimme ständig gesagt. Er solle dorthin, wo es ein Feuer gab und es nach … Heimat roch? Hatten die Drogen diesen Traum hervorgerufen oder war es doch etwas anderes?

»Wie lange sind wir schon unterwegs?« Hud warf seinen Blick auf den Beifahrersitz. Archie hatte vor kurzem seine Augen geöffnet und war endlich aus seinem Komaschlaf erwacht.

»Du warst fünf Stunden weg. Willkommen zurück, Dingo«, sagte Hud.

»Der Mais wächst hier unregelmäßiger. Ich glaube, wir kommen hier tatsächlich raus.« Archie richtete sich langsam auf und rieb sich die Augen. »Danach sind wir schon fast an der Westküste, müssen sie aber noch Richtung Süden runterfahren. Etwas werden wir noch unterwegs sein, aber wir haben nach Cornland einen großen Teil hinter uns.«

»Das sind gute Nachrichten. Und immerhin habe ich jetzt wieder jemanden zum Reden. Es war schon echt langweilig nach dieser majestätischen Flucht.«

»Hud, so verwendet man ›majestätisch‹ nicht. Ich glaube kaum, dass du das Wort verstanden hast.«

»Komm, jetzt sei nicht so ein majestätisches Arschloch.«

»Tu uns beiden einen Gefallen und verwende dieses Wort nie wieder.« Archie lachte kurz. Dann sah er auf das Wunderding. »Warum läuft keine Musik?«

Jetzt fiel es Hud auch erst auf. Er hatte tatsächlich vergessen, die Musik anzumachen. »Tut mir leid, Mann. War mit den Gedanken woanders.«

Archie hatte das flache Gerät bereits in die Hand genommen. »Ich suche heute mal die Musik aus. Vielleicht finde ich ja was.« Und schon war sein Blick auf den kleinen Bildschirm fixiert, den er mit seinen Fingern betastete. »Schon mal damit rumgespielt? Versucht, was Interessantes zu finden?«

»Nein«, antwortete Hud. »Ich hab es nur durchlaufen lassen.«

»Okay ...« Archie spielte etwas damit herum. Einige Sekunden später startete ein merkwürdiges, schnelles Lied, das er schnell unterbrach. »Sieh mal einer an. Wir haben etwas, das sich ›Playlist‹ nennt. Hier steht ... ›Retro: 1980-2010‹. Meintest du nicht, die letzte Nachricht war aus dem Jahr 2134?«

Hud nickte nur.

»Dann hörte dieser Kerl Musik, die für ihn über 100 Jahre alt war. Ich versuche mal etwas anderes ... Playlist ›Modern: 2100‹. Lass uns mal sehen, wie sich die Musik verändert hat. Uuuund ... play.«

Augenblicklich kam ein unvorstellbarer Krach aus dem Wunderding. Es schepperte, und laute, unmelodische und unrhythmische Geräusche drangen aus den kleinen Lautsprechern.

»Was zur Hölle ist das?«, fragte Hud.

»Das scheint von einer Musikgruppe namens ... Superfuck zu stammen. Das Lied heißt ... Close Encounters of the Third Reich.«

Jemand begann zu singen. Nun, wenn man das Gesang nennen konnte. Er kreischte und grunzte wie ein Schwein. Worte waren nicht wirklich zu erkennen.

»Das klingt ja grauenhaft«, sagte Hud.

»Warten wir noch etwas ab. Ich find das sogar ganz interessant.«

Dann veränderte sich die hektische Musik. Es war Gesang erkennbar. Er ging wie folgt:

Robo-Hitler!
Break the spine!
Mecha-Goebbels!
Slay the beast!
Andro-Himmler!
Fuck the rich!
Cyber-Goering!
Golf! Golf! Golf!

Dann ging das Lied in dem vorherigen Stil weiter.

»Ich kann mir das nicht mehr anhören«, stöhnte Hud. »Mach mal weiter.«

»Okay«, stimmte Archie zu. Der Krach verstummte und wurde sofort mit ähnlicher Musik ersetzt, die Hud genauso wenig mochte.

»Das hier«, sagte Archie, »ist von Quantum Pregnancy und heißt Aquatix Exhaustion Part 5: The Sickening (Bruno Secretary-General Remix), wenn ich mich nicht verlesen habe.«

»Können wir bitte die alte … Playlist hören?«

»Weißt du was? Gern.« Archie schaltete ziemlich schnell um. Das Experiment schien ihm genauso wenig gefallen zu haben.

»Danke«, fügte Hud hinzu.

Das nächste Lied war relativ ruhig und auf seine eigene Art ganz stilvoll. Die Gitarren klangen ruhiger, aber schienen leicht verzerrt. Das Lied war langsam und wurde sofort mit einem hohen, melodischen Männergesang begleitet.

»Das gefällt mir viel besser«, sagte Hud.

»So Lonely von jemandem namens The Police. Klingt echt viel besser.«

Sie lauschten dem Song, ohne etwas zu sagen. Es wirkte auf sie entspannender als eine Massage. Hud zündete sich eine Pfeife voll Junk an. Es passte ideal zur Musik.

»Hast du was zu essen?«, fragte Archie und zerbrach die Stille, die sich zwischen ihnen ausgebreitet hatte.

»Nur Maiskolben. Mach das Fenster runter und fisch dir einen aus dem Feld«, sagte Hud, ohne langsamer zu werden. Pausen konnten sie sich nicht leisten.

Genau das tat Archie: Er hielt nur kurz seine Hand hinaus, packte einen der Kolben, entfernte überflüssiges Gestrüpp und biss hinein. »Schmeckt nicht sonderlich gut. Ich kann verstehen, warum die Leute hier zu Kannibalen werden.«

Hud, der gerade den Rauch ausatmete, musste vor Lachen laut prusten.

»Habe ich drüber geträumt, eben gerade«, begann Archie, als er noch einmal großzügig in den Maiskolben gebissen hatte.

»Ich hatte tatsächlich einen menschlichen Arm in meinen Händen und aß die Haut wie einen Maiskolben. Diese Drogen, die uns die Corn County-Leute verpasst haben, waren echt merkwürdig.«

»Musst du gerade sagen«, fiel Hud ein. »Ich war in meinem Traum auch gefesselt. Eine Stimme hat mir gesagt, dass ich ein Feuer in der Nacht finden muss.«

Archie hörte augenblicklich auf zu essen. Seine Augen waren groß und richteten sich auf Hud. »Dort, wo es nach Heimat riecht?«

Hud hatte gerade das Bedürfnis, eine Vollbremsung hinzulegen. »Sag mir bitte nicht, dass du den gleichen Traum hattest.«

»Andere Bedingungen, aber ja. Ich saß in einer Bibliothek. Hinter mir war eine Stimme, die mir das gesagt hat, dazu ständig ›Fi-Fri, Fi-Fra‹.«

Hud blieb die Spucke weg. Er war sprachlos. Er hoffte, dass zumindest Archie Antworten haben könnte.

»Was zur Hölle hat das zu bedeuten, Archie?«

»Ich weiß es nicht. Aber es jagt mir eine verdammte Angst ein.«

Hud sprach aus, was sie beide beschäftigte: »Hat das mit Sherman's End zu tun?«

»Weißt du, ich würde es nicht einmal mehr ausschließen. Dieser … Ort ist bestimmt nicht normal.«

Hud stockte kurz, die Spannung ihm Wagen nahm deutlich zu. Ein beklemmendes Gefühl jagte ihm Schauer über den Körper.

»Archie, was meinst du ist Sherman's End?«

Archie biss noch einmal in seinen Maiskolben, kaute, schluckte und machte eine kleine Pause, bevor er sagte: »Du hast mir vom griechischen Mythos von Ikarus erzählt, oder, Hud?«

»Ja.«

»Es gibt noch mehr griechische Mythen. Ein Mythos, von dem ich gehört habe, handelt von der Büchse der Pandora.«

Hud liebte solche Geschichten. Er konnte es kaum abwarten, sie zu hören.

»Am Anfang waren die Menschen – laut den Griechen – perfekt. Sie hatten von einem Dieb namens Prometheus das Feuer der Götter und damit immenses Wissen und sogar Unsterblichkeit und komplette Gesundheit erhalten. Niemand wurde krank oder starb. Doch das gefiel den Göttern nicht. Also schickten sie eine Frau namens Pandora auf die Erde, die eine Schachtel bei sich hatte. Und in dieser Schachtel war alles Böse, was du heute in der Welt findest: Krankheit, Tod und allgemein … Widerwärtiges. Dinge, die Schmerzen bereiten. Leid. So ähnlich habe ich das verstanden.«

Der Schauer an Huds Rücken verwandelte sich zu einer Gänsehaut, die seinen ganzen Körper bedeckte. »Und was hat das alles mit Sherman's End zu tun?«

»Du hast die Menschen gesehen, die von dort kommen. Wie sie reden, wie sie aussehen und sich benehmen. Sherman's End ist so etwas wie die Büchse der Pandora. Es ist böse. Und einige Menschen öffnen sie.«

»Aber die Reichtümer von dort! Juwelen! Der Mann, den ich gesehen habe, hat davon gesprochen, wie schön es dort ist!«

»In jeder Mausefalle ist auch ein Stück Käse. Das ist etwas, das die Leute anlockt. Hud, ich glaube nicht, dass es dort auch nur ein bisschen schön ist.«

Hud fühlte sich nicht mehr gut. Das Junk verschlimmerte diesen Zustand geradezu. Ihm wurde übel und schwindelig.

»Und wir«, sagte Archie, »fahren direkt drauf zu. Irgendjemand schaut aufmerksam zu. Nicht Leute wie Death. Nein – Wesen, die … mehr sehen. Uns sehen.«

»Ein Feuer in der Nacht, dort, wo es nach Heimat riecht«, murmelte Hud.

»Fi-Fri, Fi-Fra«, fügte Archie hinzu.

Hud starrte weiter nach vorn, auf die Straße. Jetzt sah auch er, dass das Maisfeld langsam lichter wurde.

Sie würden bald an der Westküste sein, näher an Sherman's End.

Er wusste nicht mehr, ob ihn das freuen oder beunruhigen sollte.

Kapitel 23 – Dis-sens, der |

Meinungsverschiedenheit

Nur noch einzelne Maispflanzen säumten den Weg des Highways durch Cornland. Die Sonne würde bald untergehen und tauchte die Welt in das angenehm sanfte Licht, das Hud erstaunlicherweise jedes Mal aufs Neue beruhigte, selbst nach all den Dingen, die im alles verschlingenden Maisfeld geschehen waren.

Archie hatte mittlerweile gelernt, sich selbst eine Pfeife voll Junk zu stopfen und zu rauchen. Er stieß gerade eine große Rauchwolke aus seinem Mund, die ihren lieblichen Duft im Innenraum des Wagens verteilte.

»Dieses Zeug«, sagte er mit noch immer rauer Stimme, »ist einfach ein Wunder und Gold wert. Mein Oberschenkel tut verdammt nochmal weh, aber das lindert es irgendwie. Es lenkt mich davon ab. Die beste Medizin.« Er öffnete das Fenster und klopfte die Asche aus dem fahrenden Wagen. Dann legte er die Pfeife vorsichtig auf das Armaturenbrett und lehnte sich zurück.

»Du verstehst es immerhin«, fügte Hud hinzu und nahm sie sich gleich. »Würdest du mir auch eine Ladung fertig machen? Ich muss fahren.« Er konnte das zwar während der Fahrt, aber das Junk machte faul.

»Geht in Ordnung«, sagte Archie und bereitete alles vor.

Dann lauschten die beiden der Musik, die aus dem Wunderding strömte. Es war eine beruhigende Ballade, die nur aus dem Gesang eines Mannes und einer Akustikgitarre bestand. Der Sound dieses Liedes ließ einem einen gewaltigen Schauder quer über den Körper laufen. Die Haare an Huds Armen standen hoch.

»Weißt du, Hud«, sagte Archie, der schon leicht zu lallen begann, »ich bin dir, glaube ich, etwas schuldig. Der heutige Tag hat mir das wirklich gezeigt. Wir sind fast draufgegangen. Für solche Notfälle sollte ich dich besser vorbereiten.« Er reichte Hud die Pfeife.

»Was meinst du damit?«, fragte Hud und nahm kurz die Augen von der Straße, um danach zu greifen.

»Einen Spruch. Ich will dir einen Spruch beibringen. Für Notfälle. Und nur wenn du mir versprichst, damit sorgsam umzugehen. Das ist gefährlich.«

Huds Augen weiteten sich schlagartig. Er würde lernen, wie Archie zu zaubern. Vermutlich jemandem den Kopf weg zu sprengen, nur mit einer simplen Bewegung seiner Lippen. Allein die Vorstellung machte ihn schlagartig euphorisch. »Ernsthaft?«, strahlte er. »Wow, Archie, ich dreh gleich durch. Das ist unfassbar cool!«

Er zündete sich die Pfeife mit einer Hand an und ließ den Rauch in seine Lungen eindringen.

»Vorsicht, Dingo. Vorsicht an erster Stelle. Kannst du mir sagen, was du beachten musst, sobald ich dir den Spruch gebe?«

Hud dachte kurz nach. Er atmete aus. Ein leichter Schwindel folgte. Sein eigenes Gewicht schien ihn zur Erde zu drücken.

»Mann … Also, nur im Notfall benutzen. Das auf jeden Fall.«

»Was noch, Hud?«

»Ich … Whoa, gib mir eine Sekunde.« Der Zug durch die Pfeife war etwas großzügiger als sonst gewesen. Archie stopfte die Pfeife sehr gründlich. »Kein … Spielen mit der Kraft?«

»Ganz genau. Kein Üben. Kein Rumprobieren. Keine Streiche. Das ist Ernst. Bitterer, fieser Ernst. Wenn ich dich dabei erwische, wie du einen Spruch missbrauchst, bekommen wir Ärger.«

»Alles klar. Versprochen.« Jedoch war Huds Vorfreude eher wie die eines kleinen Kindes in der Nacht vor seinem Geburtstag. *Gib mir endlich mein Geschenk*, schienen alle seine Synapsen im Chor zu brüllen.

»Noch etwas, Hud. Denk nach.«

»Du machst es mir aber nicht leicht, wirklich.«

»Das ist wichtig für mich. Los, denk nach.«

Was konnte Hud noch Falsches mit so einem Wort tun? Er tastete die Ecken seines Hirns ab, dachte alles durch. Was könnte es noch geben? Archie verbreitete diese Sprüche nicht gern, weil … Natürlich!

»Ihn niemandem sagen. Er sollte mit mir ins Grab wandern, oder?«

»Sehr richtig, Hud. Sehr richtig. Ich denke, du bist bereit.« Archie schnappte sich das Wunderding und begann, damit zu spielen.

»Huh? Wir sind auf etwas namens ›*mono*‹. Ich gehe mal auf ›*stereo*‹. Keine Ahnung, was das bringt.«

Eine Sekunde später wurde die Musik deutlich klarer. Sie klang sofort besser.

»Ist ja irre … Was sagtest du? Stereo?« Hud war wieder einmal verblüfft. Er sollte mehr Zeit mit dem Gerät verbringen.

»Genau. Aber jetzt warte eine Sekunde …« Archie tippte noch mehr auf dem Wunderding herum.

»Was wird das?«, fragte Hud.

»Ich kann dir den Spruch nicht sagen, weil er sonst losgehen würde. Ich muss ihn dir aufschreiben. Du liest ihn, liest ihn ganz genau und merkst ihn dir dann. Und keine Aussprach-Übungen. Das wäre genau das, was ich nicht wollte.«

Hud nickte. Das ergab Sinn.

Archie tippte kurz etwas mit seinen Fingern und gab das Gerät dann an Hud weiter. Dieser warf einen kurzen Blick auf das Display. Dort stand das Wort ›*Steroide*‹.

Hud versuchte es sich einzuprägen. Ein merkwürdiges Wort, das er noch nie gehört hatte. *Steroide, Steroide, Steroide*. Er sprach es in seinem Kopf mehrmals nach. Dann gab er Archie das Wunderding zurück.

»Ich entferne die Nachricht sofort wieder. Das Wort sitzt hoffentlich.«

»Dürfte es. Ich versuche es mir so gut wie möglich zu merken.« Es hallte noch immer durch seinen Kopf. *Steroide, Steroide, Steroide*.

»Das Wort steht für etwas, was das alte Volk benutzt hat. Eine Art Droge, die einen Menschen stärker machen konnte. Und genau das macht es. Wenn du das sagst, wirst du kurzzeitig deutlich stärker. Aber nur für ein paar Sekunden.«

»Also ich brülle das Wort, während ich zu einem Schlag aushole und wenn ich treffe, breche ich dem anderen das Gesicht?«

Archie lachte. »Mehr oder weniger genau das. Sehr gut erkannt. Aber pass damit auf! Ich habe dich schon mal davor gewarnt, aber werde es nochmal tun. Auch die einfachsten Sprüche ziehen dir die Kraft aus dem Leib. Wenn du es sagst, setze es mit Bedacht ein. Sonst wirst du danach genau wie ich nach schwierigeren Sprüchen schlafen wollen. Und ich bin kein guter Autofahrer.«

»Dann sollte ich dir den Gefallen zurückzahlen. Willst du besser Autofahren lernen?« Hud war ernst bei der Sache. Archie hatte ihm gerade das Zaubermittel geschenkt, um jede Prügelei mit Sicherheit zu gewinnen.

»Können wir auf später verschieben«, sagte Archie. »Jetzt will ich erst mal pinkeln. Können wir kurz anhalten?«

»Wo du es gerade erwähnst … Ich müsste auch. Lass uns das machen.«

Hud sah einen kleinen Wald, der sehr zu seiner Freude aus echten Bäumen bestand, nicht aus Mais, und hielt direkt daneben.

Hud stellte sich vor einen Baum und öffnete seinen Hosenstall. Archie stand etwas weiter weg.

Huds Blick schweifte umher und er sah sich den Wald an. Bäume und Gestrüpp zu sehen, hatte ihn noch nie so glücklich gemacht. Es war wirklich befreiend. Nun, seine Blase zu leeren war es ebenfalls. Doch plötzlich sah er etwas, das nicht in den Wald gehörte. Etwas, das ihn sofort in helle Aufregung versetzte: ein blecherner Koloss, der zwischen den Bäumen geparkt war.

Dort stand ein Geländewagen. Völlig unbewacht, wie es schien. Offensichtlich stand er noch nicht lange hier, denn relativ frische Reifenspuren waren zu sehen und der Wagen war weder völlig zerrostet noch vom Wald überwachsen. Und auch die Gräser auf der Spur wurden erst vor kurzem umgeknickt. Hud beendete sein Geschäft und ging auf Zehenspitzen auf den Wagen zu. Ein kurzer Blick in die Scheiben des Wagens verriet ihm alles: Er war leer.

Das war das Schlaraffenland.

Er schlich hinüber zu Archie, der noch immer am Baum stand und tippte ihm von hinten an die Schulter.

»Scheiße, Hud, ich pisse gerade! Du solltest wissen, dass man jemanden dabei nicht stören sollte!«

»Psssst«, ermahnte Hud ihn. Archie drehte sich um. Hud legte einen Finger über seine Lippen. »Da hinten steht ein unbewachtes Auto, mutterseelenallein. Noch nicht lange hier. Irgendjemand ist hier. Wenn wir es geschickt anstellen, können wir das Problem mit dem Benzin lösen.«

»Hast du einen Schlauch, mit dem man den Tank leeren könnte?«

»Im Wagen.«

»Hol ihn, schnell«, flüsterte Archie. »Ich sehe mich vorsichtig um und gucke, wo sie sind. Nicht, dass wir mitten beim Benzinklau erwischt werden.«

Als Hud mit dem Schlauch zurückkam, fand er Archie neben dem Wagen kniend vor. Er signalisierte Hud, näher zu kommen. Dieser kniete sich sofort daneben.

»Wir haben ein Problem«, flüsterte Archie.

»Wo sind sie? Sind sie auf den Weg hierher?«

»Sie sind zu fünft. Allesamt bewaffnet. Und, na ja …«

»Was denn?«, fragte Hud ihn beunruhigt.

»Sie sind dort hinten auf einer Lichtung. Und …«, begann Archie zu stammeln.

»Und was? Komm schon! Läuft uns die Zeit davon?«

»Sie sind kurz davor, ein Mädchen zu vergewaltigen. Liegt dort bereits, geknebelt.«

Hud stockte der Atem. Das war unangenehm. Aber andererseits würden diese Kerle erst mal nicht zurück zu ihrem Auto gehen. Sie könnten unbemerkt den Tank leeren. »Das sollten wir ausnutzen.« Hud holte eine Brechstange hervor, die er aus dem Auto mitgenommen hatte. »Ich breche den Tankdeckel auf. Du guckst im Wagen nach möglichen Wertsachen, Essen, Munition.«

Archies Miene verfinsterte sich schlagartig. »Hud, das ist nicht dein Ernst, oder?«

»Was denn?«

»Wir müssen diesem Mädchen helfen. Was die vorhaben, ist nicht richtig. Wir könnten uns heranschleichen und sie schnell genug ausschalten.«

Hud konnte das nicht glauben. Er konnte Archies Gedanken nachvollziehen, aber alles sprach dagegen. »Wie viele sagtest du? Fünf? Jeder von denen bewaffnet?«

»Mit Knarren.«

»Mit Knarren, Archie. Mit Knarren. Du bist angeschossen und müde, wir sind beide über beide Ohren mit Junk zugepumpt. Und vor allem nur zu zweit. Ich finde deinen Vorschlag lobenswert, aber mir ist mein eigenes Leben wichtiger.« Er packte Archie an der Schulter und sah ihm direkt in die Augen. »Ich hab heute schon genug Scheiße durchgemacht. Es tut mir für das Mädchen leid, aber wir holen uns jetzt das Benzin und verduften.«

»Jeffrey hat mir beigebracht, dass Menschen Sicherheit brauchen. Dieses Mädchen dort verdient das genauso wie wir beide. Wir gehen sofort dahin und tun unser Bestes, um sie zu retten.«

»Du bist doch irre! Findest es okay, anderen ihr Benzin zu klauen, aber da willst du dein Leben riskieren?«

Archie wurde bitterernst. Hud kannte diesen Blick noch nicht. Er sah aus, als würde er Hud gleich häuten wollen. »Sein Benzin geklaut zu bekommen, ist nicht mit einer Vergewaltigung zu vergleichen. Diese Kerle werden dieses Mädchen zurichten und sie hier zurücklassen. Wenn sie Glück hat.«

»Wenn du diesem Mädchen hilfst, werde ich dich hier stehen lassen. Dann kannst du zusehen, wie du nach Sherman's End kommst.« Hud konnte nicht glauben, dass er das gerade gesagt hatte. Das meinte er doch nicht ernst, er mochte Archie.

»Das werden wir ja sehen«, sagte Archie, der aufstand und tiefer in den kleinen Wald hinein humpelte.

Hud blieb wie angewurzelt zurück und sah ihm nach. Dann seufzte er und folgte Archie.

Die beiden hockten hinter einem Busch vor dem Rand der Lichtung. Sie hatten einen idealen Blick auf das Geschehen: Die fünf Kerle, einer größer und muskelbepackter als der nächste, standen um ein Mädchen, das bewusstlos auf dem Boden lag. Zwei von ihnen hatten ihre Pistolen in den Händen. Die anderen hatten sie hingelegt oder in ihren Gürteln verstaut.

Hud konnte das Mädchen, das dort lag, nur schwer erkennen. Es hatte längere braune Haare, war schlank und … irgendetwas stimmte mit seinem Gesicht nicht. Eins der Augen wirkte auf die Entfernung … schwarz. Ein großer schwarzer Fleck, wie ein blaues Auge. Er müsste wohl näher heran, um es zu erkennen. Und das Mädchen rührte sich kein bisschen.

»Hey, Gerald«, sagte einer der Kerle, »wie lange wirkt das Schlafmittel jetzt schon? Ich hab's satt zu warten. Lass uns anfangen.«

»Du hältst die Klappe. Wir fangen erst an, wenn sie wach ist. So hab ich's am liebsten.« Gerald, der Größte der Bande und anscheinend der Anführer, stand mit dem Rücken zu ihnen. Er war über zwei Meter hoch und von oben bis unten mit Muskeln bepackt. Tattoos verzierten seine Glatze. Der Rest seines Körpers war in eine Lederjacke und eine ausgewaschene Jeans gehüllt.

Hud konnte es kaum mit ansehen. Auch wenn er den Ärger eigentlich hatte vermeiden wollen: Er hasste Vergewaltiger. Mistkerle wie diese waren der Grund, warum Frauen keine Dingos waren, sondern sich meist in Siedlungen niederließen. Mit einer Frau zu reisen, war immer gefährlich. Sie waren für manche Menschen einfach wie Gegenstände, die man rauben konnte. Er konnte dieselbe Verachtung auch in Archies Blick erkennen.

»Schlag ihr kurz ins Gesicht. Dann wird sie vielleicht endlich wach.« Geralds Stimme war unangenehm tief und rau. Er sprach völlig emotionslos.

»Wird gemacht«, sagte einer seiner Handlanger mit großer Freude und verpasste dem Mädchen eine Ohrfeige.

Daraufhin regte sie sich langsam. Ihr … eines Auge öffnete sich. Das Entsetzen stand ihr augenblicklich ins Gesicht geschrieben.

»Morgen, Einauge«, sagte Gerald. »Gut geschlafen, Prinzessin?«

Jetzt sah Hud erst, was mit dem Mädchen los war: Sie trug eine Augenklappe. Ihr linkes Auge fehlte. Seine Faust ballte sich und er begann zu zittern. Irgendwie bekam er tatsächlich Lust, diesen Kerlen zusammen mit Archie den Tag zu versauen.

»Gott, ich wusste es«, sagte das Mädchen. »Ihr habt mir was in den Drink gemischt!«

»Cleveres Mädchen«, fügte Gerald hinzu. »Wir sind hier draußen im Wald, am Rande von Cornland. Hier verirrt sich niemals irgendjemand hin. Niemand hört dich schreien. Und wenn du machst, was wir dir sagen, sind wir sogar nett zu dir.«

»Wenn du mich auch nur anfasst«, knurrte das Mädchen fast schon, »kannst du dich von deinem Schwanz verabschieden! Das schwöre ich dir bei der Sonne und den Sternen!«

»Falsche Reaktion!«, sagte Gerald und schnipste mit seinem Finger. Die vier anderen begannen sofort, die Arme und Beine des Mädchens festzuhalten.

Hud konnte nicht hinsehen. Er brodelte vor Wut und merkte, dass es Archie nicht anders ging.

»Hier ist der Plan«, flüsterte er Archie zu und zückte seinen Revolver. »Wenn sie schon fast dabei sind und ihre Schwänze ihren Geist benebeln, schieße ich dem Großen in den Hinterkopf. Du musst augenblicklich irgendeinen Spruch sprechen, mit dem du alle ablenken kannst. Bekommst du das hin?«

»Ich weiß nicht. Es gibt kaum Sprüche, die ich nutzen kann, ohne dich oder das Mädchen zu gefährden. Ich bin, um ehrlich zu sein, etwas ratlos. Ich kann nur humpeln. Wäre ich schneller, wäre das alles kein Problem. Ich kann nicht gut schießen. Ich … weiß nicht, ob ich ihr helfen kann.«

Hud wurde schlagartig traurig. Eigentlich hatte Archie Recht: Es war zu gefährlich für sie. Diese Kerle könnten sie zerfleischen. Das Vergewaltiger-Pack war besser ausgerüstet, in besserer Kondition und stärker als sie beide. Es war aussichtslos.

»Schieß mir den Schwanz ab!«, brüllte einer der Vergewaltiger von hinten. »Die Kleine ist ja richtig wild!«

Hud sah eine Träne über Archies Wange kullern. »Ich möchte diesem Mädchen helfen. Aber ich glaube nicht, dass wir das können.«

Hud starrte Archie an. »Ich lass es dich entscheiden. Du bist der Clevere von uns beiden. Ich stehe hinter dir. Wenn du es willst, gebe ich alles, um diese Monster umzunieten. Wenn du es für zu gefährlich hältst, drehen wir um und rauben sie aus.«

Archies Kopf begann regelrecht zu qualmen. Er lief vor Zorn und Verzweiflung rot an. Er kämpfte sichtbar mit sich selbst.

Da hörten die beiden einen Schuss, gefolgt vom Schrei eines Mannes. Ein weiterer Schuss hallte durch die Wälder. Die Köpfe von Archie und Hud richteten sich sofort auf die Lichtung.

Das Mädchen hatte eine Waffe in ihrer Hand. Einer der Männer lag auf dem Boden. Ein anderer, den Hud schnell als Gerald identifizierte, war auf seine Knie gesunken.

»Ach, du meintest das mit dem ›Schieß mir den Schwanz ab‹ nicht wörtlich?«, brüllte das Mädchen. »Wenn ihr Kerle mit dem Schwanz denkt, bemerkt ihr nicht, dass ich nur auf schwach und hilflos mache. Ihr passt gar nicht auf eure Knarren auf, die aus dem Gürtel hängen. Und jetzt zurück mit euch!«

Gerald blieb auf seinen Knien sitzen und jammerte vor sich hin. Die drei anderen Kerle hoben ihre Arme und traten einige Schritte zurück. Das Mädchen stand auf und hielt die Waffe weiterhin auf die Männer gerichtet.

»Nächstes Mal legt ihr eure Knarren weiter weg. Für eine vernünftige Vergewaltigung empfehle ich übrigens Handschellen, ihr Deppen. Ihr haltet mich für einen Frischling, hm? Falsch gedacht. Jetzt lernt ihr, was es heißt, wirklich gequält zu werden!«

Ohne mit der Wimper zu zucken, schoss das Mädchen mit einer schnellen Bewegung einem der Männer in den Schritt, der augenblicklich jammernd auf seine Knie sackte.

»Sowas macht ihr nie wieder mit irgendwem, dafür werde ich sorgen!«

Und dann fiel sie um. Eine Hand hatte sie an ihrem Knöchel gepackt und riss sie zu Boden. Der, den sie angeschossen und für tot gehalten hatte, lebte noch.

Die Männer, die noch stehen konnten, gingen sofort auf sie zu und drückten sie erneut zu Boden. Gerald richtete sich langsam auf. Das Blut zwischen seinen Beinen tropfte auf den Boden. Er zückte ein Messer mit gigantischer Klinge, die in der Abendsonne glitzerte. »Das wirst du sowas von bereuen! Oh, sowas von. Ich montiere deinen entzückenden Kopf auf meine Motorhaube, Schlampe!«

Hud bekam seinen Mund nicht mehr zu. Er wandte sich zu Archie. »Nur noch zwei von denen sind unversehrt. Kriegen wir das hin?«

»Aber absolut«, sagte Archie.

Hud und Archie sprangen aus dem Busch. Hud rannte vor, hielt seine Waffe hoch und schoss einem der beiden Kerle, die das Mädchen festhielten, in die Schulter. Er fiel sofort jammernd zu Boden.

Überrascht drehte sich der Riese namens Gerald um. Hud konnte nun erkennen, dass sein gesamtes Gesicht tätowiert war. »Was zur …?«

Er konnte seinen Satz nicht beenden. Hud sprang aus dem Sprint in die Luft, holte zu einem mächtigen Hieb aus und brüllte ein Wort: »Stereo!«

Seine Faust prallte mit einem Knacken auf Geralds Gesicht. Das Knacken kam allerdings größtenteils von seiner eigenen Hand. Gerald taumelte nichtsdestotrotz rückwärts und brüllte vor Schmerzen auf, auch wenn Huds Schmerzensschrei schlimmer war. Er glaubte, sich die Hand gebrochen zu haben.

Hud dachte kurzzeitig an die Worte von zahllosen alten Männern, die ihm in Saloons geraten hatten, nicht zu viel Junk zu rauchen. Es würde seinen Verstand langsam mürbe machen. Das hier war das falsche Wort für den Stärkungszauber gewesen und er glaubte langsam zu verstehen, dass es vielleicht die Schuld des Junks war. Doch der peitschende Schmerz in seiner Hand riss ihn schnell zurück in das Geschehen. Es gab wichtigere Dinge, auf die es sich zu konzentrieren galt.

Schon humpelte Archie in Richtung des letzten Mannes an ihm vorbei. Dieser war bereits dabei, seine Waffe zu zücken. Archie wiederum sagte nur ein Wort, und diesmal war es richtig: »Steroide.« Er holte mit seiner Faust aus und schlug dem Kerl in die Brustgegend. Ein lautes Knacken war zu hören – das Brechen seines Brustkorbs. Ein Krater blieb dort zurück, als Archie seine Faust entfernte. Der Mann würgte eine gewaltige Menge Blut hoch und klappte schließlich tot zusammen. Hud fing sich und nahm den Revolver aus seiner gesunden Hand, um Gerald eine Kugel zwischen die Augen zu verpassen, während Archie dem Mädchen hoch half.

Wild hechelnd blieb Hud stehen und sah umher. Sie hatten dem Mädchen tatsächlich helfen können. Es fühle sich gut an.

Es war lange her, dass er etwas Selbstloses für jemand anderes getan hatte, geschweige denn für einen komplett Fremden.

»Alles in Ordnung?«, fragte Archie das Mädchen. Hud konnte sie nun noch besser betrachten. Sie musste wohl Anfang zwanzig sein, war schlank und für eine Frau hoch gewachsen. Ihm fiel auf, dass sie fast muskulöser als Archie war.

Sie wirkte jedoch nicht sonderlich froh, sondern wie jemand, der eine Backpfeife erwartete. Ihre Unterlippe war grotesk vorgeschoben. Ihr linkes Auge, das nicht von der schwarzen Lederaugenklappe verdeckt wurde, zuckte.

»Mir geht's bestens«, sagte sie. »Den beiden da aber nicht mehr lange.«

Im Eifer des Gefechts hatte Hud nicht bemerkt, dass noch zwei der Männer am Leben waren. Dem einen hatte er eine Salve in die Schulter verpasst, dem anderen fehlte sein bestes Stück.

Das Mädchen ging auf Hud zu und hielt seine Hand aus. »Darf ich kurz?«, fragte sie.

Hud gab ihr seinen Revolver.

Sie zögerte nicht lange und schoss den beiden Männern kurz nacheinander in den Kopf. »Dreckiges Pack«, knurrte sie regelrecht. Dann reichte sie Hud seinen Revolver zurück.

»Wenn ich fragen darf …«, begann sie. »Wisst ihr in etwa, wo wir sind? Oder wie weit es bis Sequoia ist?«

»Also«, antwortete Archie, »wir sind nur auf der Durchreise. Wir haben das hier nur durch Zufall gefunden.«

»Wir wollten den Schweinen eigentlich nur das Benzin klauen«, fügte Hud hinzu.

Die Augen des Mädchens leuchteten auf. »Benzin? Steht ihr Wagen noch hier?« Sie sah Hud gierig an. »Führ mich sofort dahin. SOFORT!«

Hud sah Archie an und zuckte mit den Schultern. Und schon machten sie sich auf den Weg zum Auto der nun toten Vergewaltiger.

Sobald die rostige Karosserie des Wagens in Sicht war, rannte das Mädchen los. Sie legte ihren Kopf an die Scheiben des Wagens und sah hinein. Kurz darauf schreckte sie auf.

»Mein Baby!«, schrie sie.

Hud lehnte sich zu Archie hinüber, der ebenfalls das Schauspiel beobachtete. »Sieh an, wir haben einer kleinen Familie zum Glück verholfen«, sagte er. »Ich fühle mich richtig gut.«

Das Mädchen hob einen großen Stein auf und begann, die hinteren Scheiben des Wagens einzuschlagen. Nach ein paar Hieben zersprang das Glas in tausend kleine Scherben. Sie schob ihren Arm in den Innenraum, öffnete die Tür von innen und kroch ins Auto.

Als sie wieder herauskam, hatte sie einen großen und unförmigen Gegenstand aus Stoff in den Händen. Als sie ihn neben sich auf den Boden stellte, war er fast so groß wie das Mädchen selbst. Archie begann leise in sich hineinzulachen und grinste vor sich hin.

»Was ist denn so lustig?«, flüsterte Hud Archie zu. Er verstand noch immer nichts.

»Das ist kein Kind, sondern eine Gitarre in einem Gitarrenkoffer. Sie ist Musikerin.«

Hud ließ ein großes »Aaahh!« heraus.

Das Mädchen drehte sich zu ihnen um, schnallte sich den Koffer auf den Rücken und rannte zu ihnen zurück. »Es tut mir leid, dass ich so energisch war. Musste erst mal dafür sorgen, dass noch alles da ist. Ich bin übrigens Mia.« Sie streckte den beiden ihre Hand aus.

»Archie«, sagte der Lange und schüttelte ihre Hand.

Hud nahm seine linke Hand, da die andere noch immer weh tat. »Hud«, sagte er.

»Ich will nicht dreist klingen, vor allem nach all dem, was ihr für mich getan habt … Aber ihr seid mit dem Auto hier, wenn ich mich recht erinnere? Könntet ihr mich zur nächsten Siedlung mitnehmen, falls es kein Umweg ist?« Mia setzte plötzlich ein breites Lächeln auf. Hud hätte von diesem eiskalten Dingo-Mädchen ein so herzliches Grinsen nicht erwartet.

»Klar können wir das tun«, sagte Hud. »Auf unserer Rückbank ist noch Platz. Aber erst einmal müssen wir hier alles plündern. Wenn du uns dabei helfen könntest?«

»Nichts lieber als das«, sagte Mia. »An die Arbeit.«

Den Dreien war es sehr schnell gelungen, alles zusammenzusammeln, was von Wert war. Der Tank war noch halb voll, die Schusswaffen und Munition waren schnell verstaut und im Wagen befanden sich sogar noch ein paar Konserven und etwas Dörrfleisch. Hud hatte sich ein brandneues Paar Stiefel von einem der Vergewaltiger geschnappt. Alles in allem war es das wert gewesen.

Mia hatte auf dem Rücksitz Platz genommen. Ihre Gitarre lag neben ihr. Sie öffnete den Koffer. »Wollt ihr vielleicht etwas Musik bei der Fahrt hören? Ich könnte mich vielleicht in dieser Form revanchieren.«

Archie und Hud sahen sich sofort an und fingen gleichzeitig an zu lachen.

»Hey«, quietschte Mia schon fast etwas beleidigt, »was ist denn daran so lustig? Ich bin verdammt gut, glaubt mir!«

»Oh Mia«, sagte Archie, »du wirst diese Fahrt genießen. Du wirst nicht spielen müssen und es wird trotzdem Musik geben. Glaub mir ruhig.«

Hud holte währenddessen das Wunderding hervor und schaltete es an.

»Wow! Spielt ihr auch? Was für Instrumente?«

»Wir können nicht spielen«, sagte Hud, »aber das Baby hier kann es.« Dann drückte er auf »play«. Irgendein Song namens »fatboy_slim_-_weapon_of_choice.mp3« begann. *Diesmal auch in steroide anstatt mono*, dachte sich Hud.

Mia konnte ihren Mund nicht mehr schließen. »Ist das ... eine tragbare Jukebox, wie aus den ganzen Saloons?«

»Oh ja. Der Kerl, von dem ich es habe, meinte, da wären 8.000 Lieder auf diesem Ding. Wir hören stundenlang Musik, aber es kam fast nichts doppelt.« Hud hatte tatsächlich Spaß, mit seinem Wunderding anzugeben. Er musste kurz an Dewey denken, der sein Leben für dieses Ding eingetauscht und jetzt nur noch einen Arm hatte.

»Das ist das Schönste, was ich je gesehen habe. Ich glaube, es ist Schicksal, dass ich hier bin. Können wir bitte so viel wie möglich hören?« Mias Gesicht leuchtete geradezu auf. Ihre Gedanken waren völlig auf die Musik fixiert. Das hätte ein Blinder sehen können.

»Ob es Schicksal ist, bezweifle ich«, sagte Hud, »aber das können wir gern tun.«

»Ich mag euch zwei jetzt schon«, fügte Mia hinzu.

Hud grinste bis über beide Ohren und betätigte mit seinem Fuß sanft das Gaspedal. Er würde besonders langsam fahren, damit die Fahrt möglichst lange dauerte. Vielleicht sprang dabei etwas für ihn heraus.

»Was führt dich eigentlich hierher?«, fragte Archie.

»Na ja, momentan bin ich hier, weil mich dieses widerwärtige Pack hierher verschleppt hat. Vorhin war ich noch in Sequoia. Eine Siedlung hier in der Nähe.«

»Kommst du von dort?«, fragte Archie.

»Nein. Ich fahre durch das Land. Ich bin ein Dingo, wie ihr beide.«

»Man braucht einiges an Mut als weiblicher Dingo«, sagte Hud. »Wir haben ja gerade erfahren, warum.«

»Nun, ich verdiene meinen Lebensunterhalt mit der Gitarre. Von Siedlung zu Siedlung springt da schnell ein Bier oder was zu essen für mich raus. Die Leute bekommen nie genug von Musik.« Mia war währenddessen beschäftigt, ihre Gitarre wieder in ihren Koffer zu packen.

»Kann ich verstehen. Aber wo willst du hin? Oder driftest du nur umher?« Archie schien wirklich an ihrer Geschichte interessiert zu sein.

»Versprecht ihr, nicht zu lachen?«, fragte Mia.

»Ja«, sagten Archie und Hud gleichzeitig wie aus der Pistole geschossen.

»Wirklich? Ich wurde schon einige Male deswegen ausgelacht.«

»Versprochen.«

»Keine Ahnung, ob ihr es kennt, aber ich will nach Sherman's End. Das aus dem Song of X.«

Archies und Huds Blicke trafen sich unverzüglich. Hud trat auf die Bremse und drehte sich zu Mia um. »Was sagst du da?«

»Ich wusste, ich hätte es euch nicht sagen sollen …« Mia wirkte gekränkt.

Archie fummelte wiederum am Handschuhfach herum. Er holte die Karte hervor und drückte sie Mia in die Hand. »Wir haben mehr gemeinsam, als wir erwarten, fürchte ich.«

Mias Augen wurden gigantisch groß. »Ihr wisst, wo es ist? Ihr habt tatsächlich eine Karte?!«

»Nun, Mia«, begann Archie, »dass unsere Begegnung wirklich Schicksal ist, schließe ich ab jetzt nicht mehr aus.«

Kapitel 24 – Un-glück, das |

1 Pech, Ereignis mit schlechten Folgen
2 Tragischer Unfall

Die Fahrt mit Mia war eine frische Brise für die beiden. Nicht nur war die Musik, die aus dem Wunderding drang, für sie wohl das Beste, was ihr je zugestoßen war – nein, der Enthusiasmus und der Hoffnungsschimmer, der aus dem jungen Mädchen drang, verzauberte Hud und Archie regelrecht. Ihr Gesicht, das beim Hören der Musik strahlte, sprach Bände. Hud starrte sie ab und zu im Rückspiegel an. Eine gewisse Ahnung von Musik zu haben, brachte einem wohl eine komplett andere Sichtweise auf diese Ansammlung von Geräuschen. Mias Bewunderung für die Musik des alten Volkes wurde durch das Herumreichen der Pfeife voll Junk nur verstärkt. Das faszinierte Hud vermutlich am meisten.

Und ehe sie sich versahen, waren schon die ersten Silhouetten von Sequoia am Horizont zu erkennen. »Da war ich vor diesem … Zwischenfall«, erklärte Mia. Dass das Mädchen es so sehr auf die leichte Schulter nahm, nur ganz knapp einer Vergewaltigung entgangen zu sein, bewunderte Hud. Sie wirkte, als wäre ihr nichts geschehen.

Die Sonne war bereits untergegangen, doch Sequoia strahlte noch immer. »Es gibt dort Ingenieure, die die Bücher des alten Volkes studiert haben«, sagte Mia. »Die haben Solarkollektoren an ihren Häusern, die elektrisches Licht ermöglichen. Sogar in der Nacht. Sequoia ist eine der schönsten Siedlungen, die ich je gesehen habe.«

Als der Wagen langsam in die Siedlung fuhr, wurde sich Hud erst der schieren Größe von Sequoia bewusst. Es war wahrhaftig … majestätisch? Passte dieses Wort in dieser Situation? Er würde Archie besser nicht fragen. Überall standen selbstgebaute Bögen mit Licht, die die Stadt so hell wie am Tage machten. Eine unfassbare Menge von Menschen trieb sich auf der Straße herum. Die Saloons häuften sich ebenso wie die kleineren Märkte und Läden. Hier würden sie sicherlich Dinge finden, die sonst nicht so leicht aufzutreiben waren.

»Nun, Mia«, begann Hud, wobei er seine Augen nicht von der Pracht Sequoias nehmen konnte, »wo sollen wir dich absetzen?«

Er konnte den Blick von Archie auf sich spüren. »Das ist nicht dein Ernst, oder? Du willst Mia hier absetzen und weiterfahren?«, schien er mit seinen Augen zu sagen.

»Es gibt hier einen Saloon namens Joey's. Das ist das Letzte, woran ich mich erinnern kann. Da sollten wir erst mal hingehen. Ich beschreibe euch den Weg gern.«

Das tat sie. Sie fuhren zwar nur mit Schrittgeschwindigkeit – teilweise wegen der Schönheit Sequoias, teils aber auch deshalb, weil die Stadt tatsächlich anstatt leerer Straßen das hatte, was das alte Volk als »Verkehr« bezeichnete. Letztendlich aber fanden sie Joey's nach etwa zehn Minuten.

Mia öffnete ihre Wagentür. »Es war wirklich nett mit euch, Jungs. Wenn ihr wollt, könnt ihr ruhig noch auf ein Ale mit in den Laden. Liegt an euch.« Dann schnappte sie ihren Gitarrenkoffer und verließ den Wagen.

»Du willst sie gehen lassen? Ernsthaft, Hud?«, fragte Archie, sobald Mia außer Hörreichweite war.

»Frauen bringen Unglück, Archie. Das weißt du genau. Du hast es gesehen. Ich mag sie, wirklich, aber sie wird das Pech anziehen.« Hud dachte selbst nicht so, aber er wusste, wie einige Männer in Gruppen denken konnten. Eine Gruppe Dingos, die mit einer Frau reiste, wurde gern mal gefragt, ob sie ihre Frau »kurz verleihen« könnten. Sobald man ablehnte, wurde sich die Frau mit roher Gewalt genommen. Hud hielt Mia für ein mutiges Mädchen, wenn sie allein reiste, aber in ihrer Gruppe war sie eine potenzielle Gefahr für alle.

»Hud, merkst du das nicht? Hm? Bist du so naiv? Wir beide treffen uns durch Zufall, auf dem Weg zum selben Ziel. Dann haben wir den gleichen Traum von Sherman's End. Dann treffen wir durch Zufall auf noch so jemanden. Meinst du ernsthaft, dass wir einfach so an dieser Stelle zum Pinkeln angehalten sind? Oder ob wir … gelenkt wurden, um Mia zu treffen?«

Hud stutzte kurz. Da war etwas dran, ob er es nun mochte oder nicht.

»Klar«, antwortete er, »aber dafür hast du keine Beweise. Was meinst du, wie viele Leute hier nach Sherman's End suchen, hm? Das ist ein Zufall, mehr nicht.«

»Aha?«, fragte Archie in einem verachtungswürdigen Tonfall. »Und was hältst du von dem Feuer in der Nacht, das nach Heimat riecht?«

Fi-Fri, Fi-Fra, kam es Hud blitzartig in den Sinn.

»Wo sind wir hier? Sequoia brennt wie ein Feuer in der Nacht. Es ist eine Siedlung ... und wir sind beide in Siedlungen aufgewachsen. Heimat. Wir sollten Mia finden. Sie ... gehört zu uns!«

Hud erschrak kurz. Archie war überzeugend. Aber trotzdem gefiel ihm die Sache nicht sonderlich. Doch dann machte es in Huds Kopf Klick.

»Jetzt verstehe ich alles, Archie«, begann Hud. »Du stehst auf sie. Du magst Mia. Hab ich Recht oder hab ich Recht? Du willst was von ihr! Deshalb soll sie mit!«

Archie lief rot an. Hud hatte scheinbar einen Nerv getroffen.

»Ich mag deinen Geschmack, Kumpel«, fuhr Hud fort, »aber das allein reicht mir nicht. Ich mag sie, ernsthaft, aber ich glaube, sie ist gefährlich. Wir dürfen unsere Mission nicht vergessen.«

»Das ist alles egal, Hud. Sie sollte mitkommen. Und das werde ich dir noch beweisen. Und jetzt komm, wir sollten erst mal in den Saloon. Vielleicht können wir dort die eine oder andere Besorgung machen.«

Die Idee gefiel Hud sogar. »Alles klar«, sagte er und nahm sich eine Handvoll Junk mit.

Joey's war ein riesiger Saloon ganz nach Huds Geschmack. Die Parkplätze kosteten zwar etwas, aber Hud bestach den Parkwächter – ja, einen Parkwächter – schnell mit etwas Junk, sodass er ein besonderes Auge auf den Wagen werfen würde.

Der Saloon war sicherlich groß genug, um zweihundert zahlende Kunden zu bewirten. Überall standen kleine Tische mit Bänken. Die Bar selbst maß etwa drei Wagenlängen und hatte vier Barkeeper, die jeden einzelnen Gast bewirteten. Außerdem konnte man ein Zimmer mieten, um die Nacht dort zu verbringen. Der Laden war wirklich … majestätisch?

Mia hatte bereits einen Tisch besorgt und winkte den beiden freundlich zu. Sie setzen sich sofort zu ihr.

»Bier geht auf mich«, sagte Hud. Mias Gesicht leuchtete auf, während Archie etwas düster drein blickte.

Kaum saßen sie, erschien eine hübsche blonde Kellnerin. Das war eher etwas nach Huds Geschmack – enge Kleidung, ein üppiges (majestätisches) Dekolleté, volle Lippen und eine leicht kurvige Figur. Diese Frau wurde sicherlich auch wegen ihres Aussehens beschäftigt.

»Hallo! Ich bin Sherry und ich darf euch heute bedienen. Was darf es für euch sein?«

»Drei von euren feinsten Ales«, forderte Hud.

Sherry zwinkerte ihm sogar zu. »Alles klar. Kommt sofort!« Und schon drehte sie sich Richtung Bar um.

»Was war denn mit der los?«, stutzte Mia. »Geschmacklos. Wie sie dir zugezwinkert hat!«

»Wer weiß, was das bedeutet hat. Sie will vielleicht ein üppiges Trinkgeld. Ich bezahle sowieso nur in Junk, davon habe ich ja noch genug. Soll sie was haben … Heute ist ein Grund zum Feiern!« Hud war wirklich gut gelaunt. Er mochte diesen Ort.

»Egal«, sagte Archie. »Mia … warum willst du nach Sherman's End, wenn ich fragen darf?« Er sah zu Hud herüber.

Jaja, dachte sich Hud. *Ich versteh schon. Du willst mir beweisen, dass es Schicksal ist.*

Mias Miene verfinsterte sich augenblicklich. Es war etwas Bemerkenswertes, in nur einem Auge zu sehen, dass sie wirklich traurig war. »Ist schon okay. Ich … kannte mal jemanden, der dort war.«

»Du willst nicht drüber reden, hm?«, fragte Hud.

Mia nickte. »Tut mir leid.«

»Ist in Ordnung«, sagte Archie. »Wir haben alle unsere Gründe. Kein Grund, sich dafür zu schämen.«

»Ich würde trotzdem lieber nicht drüber reden, sondern feiern. Wo bleibt bloß das Bier?«

Und schon erschien Sherry, die ihnen drei große Humpen auf den Tisch stellte.

»Wenn ihr noch etwas wollt, sagt mir ruhig Bescheid, ja?« Sie sah Hud an und leckte sich die Lippen, bevor sie verschwand.

Sobald sie etwas weiter weg war, fuhr Mia fort. »Meine Güte. Manche Menschen haben vielleicht Nerven.«

»Egal«, sagte Hud und packte sein Bier. »Hoch damit! Heute wird gesoffen!«

Die anderen taten es ihm gleich.

»Cheers«, prosteten sie sich zu.

Nachdem sie jeder zwei Biere vernichtet hatten, war die Stimmung deutlich aufgelockert, obwohl Hud noch immer die Spannung seitens Archie spüren konnte. Dieser war regelrecht wütend auf ihn, was Hud traurig machte. Archie war die erste Person, der er seit langem wirklich traute und die er seinen Freund nennen konnte.

Um dem entgegenzuwirken, entschloss er sich, etwas Nettes zu tun. Er setzte sein Bier an, das erst etwa halb leer war, und trank es aus. »Wisst ihr was? Ich verticke etwas Junk. Hier sind sicher Leute, die was davon gebrauchen können. Ich besorge irgendwas Nettes und lass euch beide hier allein, ja?«

Er stand auf und sah in Archies Gesicht. Da Hud mit dem Rücken zu Mia stand und sie nichts sehen konnte, zwinkerte er ihm zu. Archie verstand die Geste. Vielleicht konnte Archie ja diesmal eine schöne Zeit verbringen. Wenn er Mia so sehr mochte, wie Hud es vermutete, war das seine Chance.

Sofort suchte Hud den Saloon nach Gestalten ab, die besonders betrunken wirkten. Solche waren anfällig dafür, Geschäfte zu machen. Alkohol benebelte den Geist und Junk brachte ihn durcheinander. Beides in Kombination sorgte für einen Deal, der immer gut für Hud ausging. Und schon entdeckte Hud am Ende der Bar eine Gestalt, die fast in ihrem Sessel zusammengesunken war. Es war ein kleinerer Mann mit Halbglatze, der schon im Sitzen auf seinem Barhocker umher schwankte. Und der Hocker neben ihm war gähnend leer. Das war ein gefundenes Fressen für Hud.

Hud nahm ruhig und gelassen auf dem Hocker Platz, holte seine Pfeife hervor und füllte sie mit Junk. Dann zündete er sie sich genüsslich an. Er ließ den Rauch, den er nach einigen Sekunden aus seinem Mund blies, bewusst in Richtung des Mannes neben sich treiben.

Sofort erschien ein Barkeeper vor Hud. »Darf es was sein, Kumpel?« Dann verzog er seine Nase. »Wow, ist das Mary-J?«

»Absolut, mein Freund«, sagte Hud zum Barkeeper. »Und wenn du mir ein gut Gezapftes vor die Nase stellst, bekommst du einen Brösel ab.«

Das Bier stand in Lichtgeschwindigkeit vor Huds Nase. Dieser hob den Humpen an und ließ noch einmal genüsslich einen Schluck seine Kehle herunterlaufen. Sein Mund war schon trocken vom Junk. Das half ihm umso mehr.

Schließlich meldete sich der Trunkenbold von nebenan auch zu Wort. »Dassis ja super! Riecht lecka! LECKA!« Der Mann war eindeutig betrunkener, als Hud es vermutet hatte. »Woher hassu? Kannschauch probian?«

Hud probierte diesmal einen anderen Trick. »Entschuldigung, aber du wirkst etwas zu betrunken. Bist du sicher, dass du probieren willst? Ich weiß nicht, ob ich das verantworten kann.«

»Dochoch, sicha. Alles jut. Kannma machn. 'sch bin no' gu' drau'. Giber. Bidde.« Hud hatte Probleme, den Mann zu verstehen.

»Wie wär's damit«, sagte Hud. »Ich gebe dir etwas davon, ein bisschen mehr vielleicht, und du gibst mir etwas von dir. Ein Handel vielleicht. Das wäre doch fair, oder?«

»FÄHR? Sicha! Deal! Deal. Ichhabawas. Ssssekund«, lallte der Mann und begann mit stark ausufernden Bewegungen in seiner Tasche rumzukramen.

Er holte einen Revolver hervor.

Hud war erst furchtbar misstrauisch. Er wich etwas zurück. Es könnte gefährlich sein, in diesem Zustand mit einem Revolver zu hantieren. Wenn der Mann einmal abrutschte, hätte entweder er, Hud oder irgendein Gast ein Loch in seinem Körper. Aber der Mann wirkte trotzdem merkwürdigerweise so, als könnte er damit umgehen.

»Passauf«, lallte der Betrunkene weiter. »Diese Waffe. Diessse Waff' ... is' ... magisch! Das is' ein' ... magische Waff! Hat mir'n Mann v'kauft.« Er rülpste. Sein Atem stank erbärmlich. »Der sagt ... Waffe is' mag'sch. Zauberwaff. Bring' Glück. Aber 'n echt ... bring' UNGLÜCK! Die Patron'n VERSCHWINN'! PATRON' VERSCHWINN' AUS ZAUBERWAFF'!« Dann öffnete er die Trommel des Revolvers. Fünf von sechs Kugeln befanden sich da drin. Er zeigte stark schwankend und zitternd auf die leere Kammer. »Siehse? Schonn wieder!'s fehlt eine! PATRON'VERSCHWINN'!«

Wenn Hud den Mann richtig verstanden hatte, verschwanden Patronen aus seinem Revolver. Das hatten Revolver so an sich, vor allem wenn man ständig alkoholisiert war.

Der Deal wiederum war gut.

»Also ... ich gebe dir etwas Junk für den Revolver? Inklusive der Patronen?«

»Jo«, sagte der Mann, »aber mussu aufpass'! PATRON' VERSCHWINN!«

»Schon verstanden«, sagte Hud und zog etwas Junk aus seinen Taschen hervor. »Die Patronen verschwinden. Es ist eine magische Waffe!«

»Ganz richtich! Guta Mann!«

Hud reichte dem Betrunkenen das Junk. Dieser gab ihm zitternd den Revolver. Dann begann er zu jubeln. »Ja! Ja! Unglück wech! UNGLÜCK WECH!«

Dann verließ er das Joey's, so schnell er konnte, aber nicht ohne zwei Stühle umzuwerfen.

Nicht nur Huds Augen, sondern die des halben Saloons ruhten erst auf dem verschwindenden Betrunkenen, dann auf Hud. Dieser konnte nur mit den Schultern zucken.

»Der hatte es aber eilig«, sagte der Barkeeper, der nun wieder hervorkam.

»Wem sagst du das«, fügte Hud hinzu und betrachtete den Revolver. Es verschwanden Patronen? Was zur Hölle war mit diesem Kerl losgewesen?

Er betrachtete den Holzgriff der Waffe näher. In kruden Buchstaben war dort relativ schlecht das Wort »ERASER« hinein geritzt worden. Dann öffnete er die Trommel und betrachtete erneut die fünf Kugeln, die der Mann ihm zu der Pistole geschenkt hatte. An sich kein schlechter Deal.

»Eraser, hm?«, fragte der Barkeeper. »Die besten Waffen haben alle einen Namen. Vielleicht ist das ja wirklich eine besondere Waffe.«

»Oder der Kerl war einfach nur so merkwürdig wie die Hälfte dieser verdammten Welt«, sagte Hud.

Der Barkeeper lachte nur, während er einen weiteren Krug unter den Hahn des Bierfasses hielt. Doch das Fass war leer. »Sherry!«, brüllte er durch den halben Raum. »Hol mal kurz ein neues Fass Ale!«

»Wird sofort gemacht, Captain!«, rief sie von einem der Tische aus zurück. Dann warf sie einen Blick auf Hud. Der Blick sprach Bände. Sie schien ihn zu wollen.

»Mann, die ist aber freundlich heute«, sagte der Barkeeper. »Is' 'ne richtige Zicke sonst. Aber heute scheint sie zahm zu sein.« Dann rammte er Hud seinen Ellenbogen in die Seite. »Und sie scheint dich zu mögen, Tiger.«

Hud blieb noch länger an der Theke sitzen. Irgendetwas störte ihn, schien tief in seinem Inneren an ihm zu zehren. Er wusste nicht genau, was es war.

Er hatte aufgehört, die Biere zu zählen, die er getrunken hatte. Zu gut ging es ihm nicht mehr. Er schwankte zwar noch nicht im Sitzen, aber er war fern davon, nüchtern zu sein. Die Züge durch die Pfeife trugen nicht sonderlich zur Besserung bei.

Der Barkeeper, der sich tatsächlich Captain nannte, hatte ihm Gesellschaft geleistet. Ein netter Kerl, wie Hud dachte, der irgendwann ohne zu fragen nachschenkte. Das waren wohl die besten zwei Eigenschaften, die ein Barkeeper haben konnte.

Ab und zu wanderte Huds Blick zu Archie und Mia, die sich blendend verstanden. Sie schienen noch immer Spaß zu haben. Gerade jetzt wollte Hud nicht hineinplatzen. Das Joey's leerte sich jedoch immer mehr. Es wurde langsam wirklich spät.

»Meine Schicht is' jetzt vorbei, Hud«, sagte Captain. »Ich wünsch dir 'nen schönen Abend, was auch immer du noch tust.

Aber wenn du mich fragst ...« Captain kam zunehmend näher an Hud heran und begann zu flüstern. »... solltest du dich an Sherry versuchen. Mach dir 'nen schönen Abend!« Dann klatschte er Hud auf die Schulter, stieß einen kurzen Lacher aus und verschwand.

Hud flüsterte nur ein »Tschüss« hinterher und nahm noch einen Schluck Bier. Dann schaute er trist auf den Boden seines Glases hinunter.

»Hey, soll ich dir das Glas nochmal füllen?« Eine Frauenstimme kam aus dem Hintergrund. Hud richtete seinen Blick nach oben. Er starrte direkt in die blauen Augen der Kellnerin Sherry.

»Neee«, sagte Hud schon deutlich lallend, »ich hab genug, glaub ich. All's gut.«

»Okay, Kleiner«, sagte sie, »aber ich mach gleich Schluss. Willst du vielleicht mit nach oben kommen? Wir Mitarbeiter können uns die Zimmer einfach so mieten.« Sie zwinkerte ihm erneut zu.

Hud warf noch einen kurzen Blick über seine Schulter. Dann merkte er, dass er das wirklich gebrauchen konnte. Sein letzter Sex war sicherlich zwei Jahre her. Das würde wie Balsam für seine Seele sein. »Weißt du was? Ich komm gern mit«, sagte er ihr. »Sag mir Bescheid, wenn du bereit bist.«

»Freut mich zu hören«, sagte Sherry die Kellnerin. »Wir sehen uns gleich, Kleiner.«

Als die beiden vor der Tür standen, begannen sie bereits, wie wild rumzumachen. Sherrys Hände fanden immer wieder ihren Weg zwischen Huds Beine. Hud nahm das Ganze wohl nicht so intensiv wie sie wahr. Immer, wenn er seine Augen schloss, begann die Welt sich zu drehen.

Sherry fummelte mit einem kleinen Schlüssel am Schloss des Zimmers. Dann öffnete sich die Tür quietschend, und sie stolperten durch. Hud verlor sofort das Gleichgewicht und fiel zusammen mit Sherry auf den Holzboden. Beide lachten.

»Du bist noch süßer, wenn du betrunken bist«, fügte Sherry hinzu. »Das wird wirklich lustig.« Ihr Lachen versetze Hud in absolute Rage. Er wollte sie.

Sherry stand auf. Hud würde dazu einige Sekunden brauchen. »Bleib ruhig liegen«, sagte Sherry. Dann zog sie langsam und verführerisch ihr weißes Top aus und entblößte ihre Brüste.

»Wow«, war das Einzige, was Hud einfiel. Er hatte lange keine mehr gesehen.

»Aber bevor ich weitermache«, sagte Sherry, »will ich erst dich sehen. Na los.« Sie setzte sich auf den Rand des Bettes und überschlug ihre Beine. »Ich warte.«

Hud stand auf und begann langsam und tölpelhaft damit, seine Klamotten auszuziehen. Bei dem Versuch, sich seiner Hose zu entledigen, wäre er fast umgefallen. Das brachte die Kellnerin nur noch mehr dazu, zu kichern.

Schnell stand er nur noch in seiner Unterhose vor ihr. »Blank ziehen!«, forderte Sherry ihn auf. Hud gehorchte. »Hm, nicht schlecht«, war das Einzige, was Sherry einfiel. »Ich hab schon längere gesehen, aber das dürfte ausreichen.«

Diese Frau hatte etwas an sich, das Hud in den Wahnsinn trieb.

Und ehe er sich versah, stand Sherry bereits splitternackt vor ihm. Sie sah perfekt aus, noch immer relativ schlank, aber nicht dürr, ein rosiger Teint und pralle Brüste, die nicht hingen.

Hud fiel auf, dass sie das beste Mädchen war, das ihn je wollte. Es musste sein Glückstag sein. Er dachte an den Eraser-Revolver, der angeblich Unglück brachte. An die Gratisladung Benzin. Das hier war in der Tat eher sein Glückstag.

Er wollte gerade auf sie zugehen und sie auf das Bett stoßen, als sie ihren Finger hob. »Nah-ah-ah«, sagte sie. »Ich mag es anders. Leg dich hin.«

Hud legte sich sofort mit dem Rücken auf das knarrende Bett.

Sherry stieg auf ihn und holte etwas hervor: ein Paar Handschellen.

»Du bist 'n ungezogenes Mädchen, meine Güte«, sagte Hud. Er wurde etwas misstrauisch – aber der Alkohol und das Junk sowie sein Schwanz drängten ihn dazu, der Kellnerin Glauben zu schenken. Irgendwann musste jeder einmal Glück haben.

Er ließ es zu, dass Sherry die Handschellen an einem Holzpfosten am Kopfende des Bettes befestigte.

Sherry sah Hud mit einem unwiderstehlichen Schlafzimmerblick an. »Brav«, sagte sie und kicherte erneut. »Du siehst wirklich zum Anbeißen aus.«

Dann brach ein Tentakel aus Sherrys Bauchdecke hervor. Blut spritzte quer über Huds nackten Körper. Weitere Tentakel folgten, Stück für Stück, aus allen Körperöffnungen. Sherrys Kopf verlor jegliches Leben und wirkte nur noch wie der einer Puppe.

»Scheiße!«, brüllte Hud. Die Erinnerungen rasten in seinen Kopf zurück. Melvin hieß das Tentakelmonster. Die Worte *STOP – FOR NOBODY* schossen ihm durch den Kopf.

Ein riesiges Maul zeichnete sich auf dem Bauch des Monsters ab. Melvins Mund öffnete sich und gab ekelhafte Schmatzlaute von sich. Eins der Tentakel packte Huds Torso. Es war furchtbar glitschig und warm.

Dann bewegte sich das zähnefletschende Maul langsam auf seinen Kopf zu.

Hud dachte rasend schnell nach. Es gab da etwas, was ihn retten konnte. Etwas, das ihm das letzte Mal fast die Hand gebrochen hatte, die ihm noch immer wie verrückt weh tat. Ein Spruch. Ein Spruch … Wie ging er noch?

Hud schrie das Wort »STEROIDE!«, und augenblicklich erfüllte eine riesige Menge an Energie seinen gesamten Körper. Dann riss er an den Handschellen. Er konnte den Stahl selbst nicht brechen, aber der hölzerne Pfeiler des Bettes brach wie ein dünner Ast.

Seine Arme flogen weiter und trafen Melvin dort, wo vorher der Brustkorb der Kellnerin Sherry gewesen war.

Das Biest begann zu kreischen. Es wich sofort von ihm und kroch langsam das Bett herunter.

Hud wurde genauso schnell schlapp, wie er sich gerade mit Energie gefüllt hatte. Archie hatte nicht untertrieben – er fühlte sich, als hätte er gerade zwei Stunden Feldarbeit hinter sich gebracht. Trotzdem half er sich auf die Beine.

Melvin knurrte weiter, wich aber vor Hud zurück, als er auf die Kreatur zukam. Der Kopf der Kellnerin hing noch immer oben auf dem leblosen Körper, aus dem nun etwa ein Dutzend Tentakel kam. Er wippte mit jeder Bewegung hin und her.

Hud griff sich den Revolver, der bei seiner eben abgestreiften Kleidung lag und nahm ihn in die mit den Handschellen verbundenen Hände. Dann zielte er auf Melvin. Seine Hände zitterten.

Er traf nicht.

Die Kreatur lief schnell im Zimmer umher und verschwand im Bad des kleinen Raumes. Hud wiederum öffnete die Tür des Zimmers und rannte die Treppe des Joey's hinunter.

Außer Atem befand er sich inmitten aller Gäste.

Erst jetzt bemerkte er, dass er splitternackt, voller Blut, mit Handschellen gefesselt und bewaffnet war.

Von oben drang ein Schrei, der zu Sherry gehörte, woraufhin einige der Gäste aufstanden und ihre Waffen zogen.

Hud fiel nicht viel zu dieser Situation ein. »Ich kann alles erklären«, lallte er.

Kapitel 25 – Ex-e-ku-tion, die |

1 gesetzesmäßige Hinrichtung eines Straftäters
2 Ausführung (z. B. eines Plans)

Archie staunte nicht schlecht, als Hud nackt vor ihm stand. Der arme Kerl bebte am ganzen Körper, atmete so schnell, dass sich sein Brustkorb in raschem Tempo hob und senkte. Quer über seinen Bauch waren Blutspritzer verteilt. In den Händen hielt er einen Revolver, den Archie noch nie gesehen hatte. Hud gehörte diese Waffe nicht. Dass Hud schon wieder in Handschellen hing, verwunderte ihn wiederum nicht.

Archie sah zu Mia hinüber, deren Kinnlade fast auf den Tisch gefallen war. Sie kannte Hud nur flüchtig und dürfte jetzt erst recht kein gutes Bild von ihm haben. Sie waren gerade noch immer ins Gespräch vertieft gewesen. Man konnte diesen Kauz von Hud auch kaum fünf Minuten unbeaufsichtigt lassen.

Plötzlich drang ein hoher, panischer Frauenschrei aus dem oberen Stockwerk der Bar. Hud hatte ohne Frage etwas damit zu tun. Sein »Ich kann alles erklären« würde ihm nicht helfen, denn das letzte Dutzend Gäste, das sich noch zu dieser späten Stunde im Joey's aufgehalten hatte, holte bereits jede Form von Waffen hervor.

Ein Mann in einem langen braunen Mantel trat aus der Menge hervor und ging auf Hud zu. »Erklärungen sind nicht nötig, Dingo«, murrte er und richtete einen Revolver auf seinen Kopf. Dann offenbarte er einen kleinen metallenen Stern auf seinem Mantel. »Deputy Worthword von der Sicherheit für Sequoia. Ich weiß nicht, was du angestellt hast, Bursche, aber es widerspricht sicherlich dem Gesetz unserer schönen Siedlung. Ich schätze, du wirst mit mir kommen müssen.«

»Sie versteh'n nich', Deputy!«, lallte der betrunkene Hud. »Diese Frau! Diese Sherry! Sie's ein MONSTAH! Sie hat ihre Haut abgestreift! Lange Arme!«

Der gesamte Saloon zuckte zusammen. »Ihre Haut abgestreift?«, fragte Deputy Worthword herablassend. »Lass die

Waffe fallen, mein Sohn, so wahr dir alle Götter noch helfen können.«

Hud folgte dem Befehl. *Sein wohl erster kluger Zug heute Abend*, dachte sich Archie. Worthword zuckte nur einmal mit dem Kopf, woraufhin die zwei anderen Männer an seinem Tisch den Revolver aufhoben.

Worthword drehte sich zu Archie und Mia. Sein braunes Gesicht erschien in Verbindung mit Schweiß und seinem Dreitagebart klebrig und ungepflegt. Er spuckte etwas Kautabak auf den Boden. »Diese Kröte da gehört zu euch, oder? Wie zur Hölle soll ich das einschätzen?«

»Um ehrlich zu sein«, begann Archie, »weiß ich es nicht.«

»Archie! Du musst mir helfen! Sie's ein Superfreak! Das schwöre ich dir! Das war Notwehr! Notwehr!« Hud sah aus, als würde er gleich weinen.

»Nun, Archie«, sagte Worthword, »was soll ich mit dem Kerl anstellen? Was soll ich deiner Meinung nach machen, Dingo?«

»Geben Sie mir eine Sekunde mit ihm, Mr. Worthword?«

Der Deputy nickte.

Archie ging auf Hud zu und schaute ihm mit gefestigtem Blick in die Augen. Als er ganz nah an ihm war, begann Archie zu flüstern: »Ich glaube dir, Hud. Nur konzentrier dich jetzt bitte. Wo sind die Autoschlüssel?«

»Meine Hose liegt oben im Zimmer mit der Kellnerin. Sie trägt nur eine Menschenhaut, Archie. Ein Monster. Lange Arme.« Hud stank unerträglich nach Alkohol.

»Du musst mir jetzt vertrauen. Ich mache das.« Dann wandte er sich von Hud ab und sah zu Worthword.

Archie sprach nun lauter. »Ich kann nicht glauben, dass er sowas machen würde. Deputy, nehmen Sie ihn mit und geben ihm sein rechtes Urteil.«

»Das Urteil auf Schändungen dieser Art ist der Strick, Dingo.« Er ging auf Hud zu. »Ich würde meinen Jungs jetzt befehlen, dir Handschellen anzulegen, aber mir ist jemand zuvorgekommen. Und du kommst jetzt mit. Wir müssen dir ein Seil vorbereiten. Ich will deinen Arsch schon morgen früh zappeln sehen!« Er zeigte auf einen seiner Jungs. »Du bleibst hier. Sieh nach, was mit dem Mädchen ist, Sticky. Ich will in einer Stunde einen Bericht von dir im Büro haben.«

Dann packte er Hud am Arm und zerrte ihn aus dem Saloon. Er begann, sich zu wehren und zu brüllen. »Archie! Archie, hilf mir! Mia! Bitte!«

Doch Huds Stimme verebbte schnell, als er durch die Tür des Gebäudes gezogen wurde.

Archie ging zu Mia zurück, die noch immer schockiert dreinblickte. »Ich wusste nicht, dass Hud zu sowas fähig ist. Ich bin völlig …« Sie sah aus, als würde sie weinen.

»Hud hat sich gewehrt. Da bin ich mir sicher. Ich kenne ihn jetzt zwar erst ein paar Tage, aber ich kenne ihn gut. Das war nicht seine Schuld, so merkwürdig das auch klingt.«

Mia zuckte zusammen. »Wie kannst du sowas denken? Du hast ihn gesehen! Er hat zu viel getrunken und zu viel von seinem komischen Kraut geraucht! Meine Güte!«

»Dann wollen wir doch rausfinden, wer Recht hat«, sagte Archie. »Wir brauchen sowieso den Autoschlüssel. Der liegt oben am … na ja, Tatort.« Archie drehte sich zu dem Hilfsdeputy namens Sticky um. »Kumpel, ich bin immer noch völlig durch den Wind wegen meines Freundes. Aber kann ich meine Hilfe anbieten? Ich finde, es gibt Einiges wiedergutzumachen. Darf ich nach oben mitkommen?«

»Alles klar«, entgegnete Sticky, ein dicklicher Mann mit Vollbart und weniger Zähnen als Fingern – und ihm fehlte schon sein linker Zeigefinger. »Nur nich' stören. Is' gute Arbeit. Wichtige Arbeit. Ordnung muss aufrechterhalten werden.« Sticky versuchte zu lächeln und offenbarte damit nur einen Haufen leicht fauligen Zahnfleisches.

Archie zog sich bei diesem Anblick der Magen zusammen. Er drehte sich zu Mia. »Würdest du mitkommen? Ich nehme es dir nicht übel, wenn du nicht willst.«

Mia nickte. »Ist schon gut. Es kann ja nichts passieren.«

»Danke«, sagte Archie. Er war sich aber nicht sicher, ob es dort oben sicher wäre. Wenn Hud Recht hatte – wovon er ausging – war das Obergeschoss gerade der gefährlichste Ort in ganz Sequoia.

»Dann kommt ma' mit!«, nuschelte Sticky ihnen zu und ging die Treppe hoch.

»Ey, Sherry!«, brüllte der Hilfsdeputy durch den Flur. »Ich bin's! Sticky! Is' alles okay bei dir? Wo bist du? Dürfen wa reinkomm'?«

»Zimmer Sieben«, wimmerte eine Frauenstimme. Es war deutlich zu hören, dass Sherry weinte. Archie kam es so vor, als wäre es nur aufgesetzt.

Sie gingen langsam auf Zimmer Sieben zu. Sticky ging voran. Er drehte sich kurz zu Archie um. »Erschreckend is' das. Ich kenn Sherry schon seit Jahren. Die Kleine springt gern mal mit 'nem Gast ins Bett, wenn der Tag anstrengend war. Doch dass jemand sowat macht? Scheiße sowas, schieß mir den Schwanz ab!«

Er packte den Türgriff von Zimmer Sieben an. Die Tür war einen Spalt geöffnet. Zu fragen, ob sie hereinkommen könnten, wäre zwar nicht nötig gewesen, aber Sticky schien trotz seiner offensichtlich mangelnden Intelligenz ein höflicher Mann zu sein. »Wir komm' jetz' rein!«, sagte er schließlich und öffnete langsam die Tür.

Das Zimmer war völlig verwüstet. Ein Einschussloch war in der hinteren Wand zu erkennen und Huds Kleidung war auf dem Boden verteilt. Das Bett war ruiniert und voller Blutspritzer. Einer der Balken war zerstört.

»Wo biste?«, fragte Sticky in den Raum, während er die Zimmertür schloss.

»Im Bad«, kam es hinter der Tür zurück.

»Kann ich reinkomm'?«

»Ja, Sekunde …« Die Frau klang so, als würde sie Tränen herunterwürgen.

»Ihr wartet hier«, ermahnte Sticky Archie und Mia, klopfte und ging dann hinein.

Mia sah sich im Zimmer um. »Was ist hier bloß passiert? Meine Güte …«

»Es ist auf dem Bett passiert«, sagte Archie. »Wenn Hud Recht hat, hat sie sich dort verwandelt … Nur warum war Hud in Handschellen? Und nackt?«

»Ist doch klar«, sagt Mia. »Die Kellnerin hat den ganzen Abend mit ihm geflirtet. Er war nackt, sie war nackt. Sie wollten zur Sache gehen. Doch dann ist Hud durchgedreht.«

»Oder diese Sherry«, sagte Archie.

Noch lauteres Wimmern kam aus dem geschlossenen Bad. Sie erzählte wohl gerade die Geschichte. Sticky nahm eine Zeugenaussage auf.

Archie bückte sich zu Huds Hose hinunter und fasste in die Hosentasche. Eine Sekunde später holte er den Autoschlüssel hervor. Aus einem Impuls heraus nahm er auch Huds Pfeife mit. »Das war schon mal das Wichtigste. Jetzt sollten wir wieder verschwinden und sehen, wie wir Hud aus dem Schlamassel befreien.«

»Du kannst nicht ernsthaft erwarten, dass wir deinen Kumpel retten! Er hat dieses Mädchen angefallen! Sie kann froh sein, dass sie noch lebt!« Mia wirkte ernsthaft gereizt. »Ich denke, ich sollte einfach weiter nach Sherman's End gehen. Kannst du mir meine Gitarre aus dem Auto holen, damit ich endlich weiterziehen kann?«

In diesem Moment ging die Badezimmertür auf. Sticky trat heraus. »So, die gute Sherry bleibt erst mal da drinne. Völlig aufgelöst, das Mädchen. Eine Sache bleibt jetz' aba noch: Ihr seid mit dem Kerl angereist. Kann ich euch auch 'n paar Fragen stell'n?«

»Klar«, sagte Archie. »Immer doch.«

»Wie heißt der Kerl? Und was macht er hier? Is' er schon mal negativ aufgefall'n?«

»Er heißt Hudson. Eigentlich war er immer friedlich. Er ist … mein Freund«, sagte Archie.

»Wo kommt er her?« Sticky nieste und prompt hing ein dicker Rotzfaden aus seiner Nase. »Sorry«, sagte er, holte ein dreckiges geblümtes Stofftaschentuch hervor.

»Er ist schon seit Jahren ein Dingo, soweit ich weiß. Bestimmt zehn Jahre. Er kommt aus einer Siedlung, hat er mir mal erzählt.« Archies Kopf rauchte. Er versuchte, den Fall in seinem Kopf zu lösen. Doch er fand keine Lösung.

»Alles klar. Und du, junge Dame? Woher kennst du diesen Hudson?«

»Nur flüchtig«, sagte Mia. »Jetzt, wo ich das gesehen habe, will ich ihn auch nicht näher kennen. Ich finde das alles grauenhaft.«

»Kannste sagen«, sagte Sticky. »Die arme Sherry hat Dinge erzählt … Junge, Junge. Ein fieser Bastard. Ich hoffe, er hängt noch heute Nacht!«

Eine Idee hatte Archie noch. Er war immerhin bewaffnet. Er könnte es versuchen. »Entschuldigung, aber meinst du, ich könnte auch noch mit dieser Sherry über das reden, was hier passiert is'?«

»Glaub nich'. Wär besser, wenn du sie in Frieden lässt. Nur nett gemeint, Kumpel.«

»Ich würde sie gern selbst entscheiden lassen.« Archie wurde jetzt etwas lauter.

»Entschuldigung, Sherry. Dürfte ich Ihnen auch noch ein paar Fragen stellen?«

Aus dem Bad drangen keine Geräusche. Das Wimmern hatte aufgehört.

»Sherry?« Archie wurde lauter.

»Tut mir leid«, sagte Sticky und stellte sich vor die Tür, »aber ich denk, ihr dürft das Zimmer auch nich' mehr verlass'n.«

Seine Haut platzte an mehreren Stellen auf. Schleimige Tentakel traten aus seinem Körper aus. Blut spritzte durch den Raum und traf Archie und Mia, die daraufhin beide zu schreien begannen. Ein riesiges, triefendes Maul, das etwa so groß wie ein Lenkrad war, offenbarte sich auf seinem Bauch. Sofort schien jegliches Leben aus Stickys zahnlosem Kopf zu verschwinden.

Archie zögerte nicht lange. »Steroide!«, brüllte er und rammte seine Faust in den Brustkorb der Bestie. Er traf jedoch auf keinen Widerstand. Das Innere dieses Monsters schien nur eine weiche, knochenlose Masse zu sein.

Prompt wurde Archie an seinen Oberarmen von zwei Tentakeln gepackt, die ihn langsam aber sicher in Richtung Maul zogen.

Dann sah Archie plötzlich einen Schatten von hinten kommen. Mia hatte ein Messer gezogen und durchtrennte ein Tentakel mit einem sauberen Schnitt. Dicker Schleim trat aus der Wunde aus. Das Monster kreischte laut auf und wich zischend zurück. Der Griff der anderen Tentakel löste sich von Archies Arm.

»Ich ramm dir das Ding mitten ins Herz, du Mistvieh!«, brüllte Mia. Sie hielt das Messer schützend vor sich und Archie.

Archie schüttelte sich das noch immer zappelnde, abgetrennte Tentakel vom Arm. Dann griff er in seine Tasche und holte eine Waffe hervor, die er auf das Biest richtete.

»Was zur Hölle bist du? Und was willst du von uns?«

Der vorher lasch herunterhängende Kopf von Sticky bewegte sich nun von selbst. Er sprach merkwürdig langsam und zischend. »Euer Freunnnd. Hud. Ich lasse nie Beute entkommen. Doch jetzt … seid ihr selbst Teil der Beute.«

Das Tentakelmonster sprang mit großer Geschwindigkeit auf die beiden zu. Mia konnte ihm ihr Messer in den Körper rammen, während Archies Waffe aus seiner Hand rutschte.

Der wild umher fuchtelnde Haufen Tentakel sprang aus dem Fenster.

Archie rannte sofort hinterher und konnte nur sehen, wie er relativ sanft auf dem Boden aufschlug. Einige Bewohner sahen die Kreatur und kreischten, während sie im Dunkel der Nacht verschwand.

Archie eilte zur Badezimmertür und öffnete sie. Vor seinen Augen wurde ein unglaubliches Bild enthüllt: Auf dem gekachelten Boden lag die Haut der Kellnerin Sherry, die wie ein Bettlaken auf dem Boden ausgebreitet war. Wie eine vollkommen leere Hülle, ohne Knochen oder Organe. Letzte Mengen von Blut liefen heraus. Es fehlte ein großes, kreisrundes Stück Haut auf dem Rücken, das wie ein Einstiegsloch für die Kreatur wirkte.

Mia stieß zu Archie und begann zu schreien. Archie ließ der Anblick auch nicht kalt. Er hielt seine Hände auf seine Knie und übergab sich auf den Boden. Dann sah er zu Mia hinüber.

»Glaubst du mir jetzt?«, fragte er.

Sie nickte nur. »Aber … was machen wir jetzt?«

»Deputy Worthword erwartet einen Bericht von Sticky. Wenn ich diese Kreatur wäre und Hud suchen würde, wäre mein erstes Ziel wohl das, wo man mich bereits erwartet. Und außerdem dürfte Hud dort eingeschlossen sein. Völlig hilflos.«

»Wir müssen sofort los und ihn retten!«, rief Mia. »Gott, es tut mir alles so leid …«

»Ist schon in Ordnung«, sagte Archie. »Aber bevor wir uns so einer Sache annehmen, müssen wir uns ausrüsten.«

»Wie meinst du das?«, fragte Mia.

Archie hob den Autoschlüssel hoch. »Kannst du mit einer Schrotflinte umgehen?«

Kapitel 26 – Witz, der |

1 Mittel zur Erzeugung von Humor, meist in Form von kurzen Geschichten
2 Etwas Unsinniges, Absurdes (»Das soll doch wohl ein Witz sein!«)
3 Die Fähigkeit, auf clevere Art und Weise zu sprechen und zu argumentieren

Deputy Worthwords Hand schloss sich eng um Huds Oberarm. Er schleifte Hud mit. »Beweg dich, du widerwärtiges Stück Dreck!«, warf ihm der Deputy charmant zu. »Ich hab nicht den ganzen Abend Zeit, ich muss eine Hinrichtung organisieren!«

»Sehr witzig«, entgegnete ihm Hud. Er grinste dabei frech. »Ihre Hilfssheriffs werden bestimmt rausfinden, dass das alles ein großes Missverständnis is'. Bin mir sicher.« Der Alkohol dröhnte noch immer in seinem Kopf.

»Ich will dich in der Luft zappeln sehen, du Arschloch. Ich bin erst froh, wenn ich dein Genick brechen höre. Solchen Abschaum wie dich sehe ich in meiner Stadt nicht gern!« Worthword meinte es ernst.

Hud war überrascht, wie groß das Polizeirevier war. Sequoia war wirklich gigantisch. Er hatte selten eine solch große und reglementierte Siedlung gesehen. Die meisten Siedlungen verzichteten komplett auf Sheriffs oder Deputys. »Eine richtige Polizei, die Regeln verfolgt, ist ein Zeichen von Zivilisation«, hatte Huds Lehrer früher immer gesagt. Hud wusste zwar nicht unbedingt, was »Zivilisation« bedeutete, aber er konnte sich trotzdem gut vorstellen, was dieser Satz ausdrücken sollte. Eine Polizei gab den Leuten Sicherheit und einen Kompass von Regeln, nach dem sie sich ausrichten konnten. Umso schlimmer war es jedoch, wenn die Polizei den Falschen erwischte.

Worthword führte Hud in ein Büro. Er entdeckte einige Zettel, auf denen Berichte verfasst wurden. Am Tisch von Worthword, der sogar mit einem Namensschild *1st Deputy Nestor*

Worthword versehen war, lag ein echter Füller mitsamt Tintenfass. Ein kleines Bücherregal zierte das Zimmer, in dem Regelwerke des alten Volkes sowie vereinzelte Romane standen, denen man eindeutige Gebrauchsspuren ansehen konnte. Worthword wirkte wie ein Mann, der es ernst meinte, ein Gesetz aufrecht zu erhalten.

Worthword zückte seinen Revolver und richtete ihn auf Hud. »Nicht verschwinden, Dingo«, murmelte er und warf ihm ohne zu blinzeln einen verachtenden Blick zu. Er ging zu einer robusten Holztruhe, die in der Ecke des Zimmers stand, öffnete sie und holte eine rissige Baumwollhose hervor, die er Hud vor die Füße warf. »Ich bin kein großer Freund davon, mordenden Vergewaltigern Kleidung zu geben, aber ich kann dieses kümmerliche Ding, das zwischen deinen Beinen baumelt, nicht mehr mit ansehen. Zieh dir was an.«

Hud bückte sich und nahm das Angebot an. Nackt zu sein, störte ihn in diesem Zustand nicht mehr sonderlich, aber es wurde langsam wirklich kalt.

Worthword öffnete eine Flasche Whisky, die auf seinem Tisch stand, und nahm einen großzügigen Schluck. Als er sie von seinen Lippen nahm, stöhnte er laut auf und wischte sich einen Rest brennenden Alkohols aus seinem Schnurrbart.

»Fertig«, fügte Hud hinzu, der sich für seinen Zustand überraschend schnell angezogen hatte.

»Dann wollen wir mal ab mit dir in deine Zelle.« Worthword signalisierte Hud mit einem Wink seines Revolvers, dass er sich bewegen sollte.

Worthword stieß Hud unsanft in seine Zelle und schloss mit furchtbarer Wucht die quietschende Tür, die aus daumendicken Metallstäben bestand. Dann holte er einen großen Metallring hervor, an dem zwei Dutzend Schlüssel baumelten, und schloss ab. »Viel Spaß. Wir sehen uns hoffentlich bald, Dingo.«

Dann verschwand Worthword.

Hud rappelte sich langsam auf. Sein nackter Oberkörper war vom Sturz auf den steinernen Boden der Zelle leicht aufgeschürft. In seinem neuen Zuhause lag eine schimmelnde Wolldecke, die er sich um den nackten Torso wickelte.

Eine alte Glühbirne, die schon leicht braun angekokelt war, spendete ein trübes Licht, das den Keller oder besser Kerker erhellte.

Hier, an diesem ekelerregenden Ort, bekam Hud plötzlich Lust, seinen Kopf mit Junk vollzupumpen und einfach alles zu vergessen. Was an diesem Abend geschehen war, hatte er noch immer nicht ganz verdaut. Und eben der Fakt, dass er sich tröstend in die offenen Arme der Droge werfen wollte, bereiteten seinem ausnüchternden Geist in diesem Moment Sorgen. Was wäre Hud ohne die grünen Pakete? Ein Nichts. Die Droge hatte ihn so weit gebracht, für sein tägliches Brot gesorgt, aber möglicherweise übernahm sie ihn langsam zu sehr.

Er schüttelte die Gedanken ab und begann, sich umzuschauen. Im Keller waren insgesamt sechs Zellen – jeweils drei nebeneinander, in zwei Reihen, die einander gegenüberstanden – und inklusive seiner Zelle waren vier davon besetzt. In der Zelle gegenüber schlief ein Mann mit dem Rücken zu ihm, eingewickelt in eine weitere Wolldecke.

Die Zelle links daneben beherbergte einen weiteren Kerl, der Hud bereits gruselig anstarrte. Er schien nicht zu blinzeln, hatte aber bisher nichts gesagt. Hud konnte ihn nur schlecht erkennen, aber es wirkte so, als wenn dem Mann einzelne Büschel Haare fehlten, als ob sie ihm jemand wild vom Kopf gerupft hätte. Hud starrte lieber nicht allzu lange zurück.

Rechts von Hud, und damit als Einziger in seiner Zellenreihe, saß ein Zwerg. Wahrhaftig und wirklich. Der Mann war etwa so groß wie ein Kind, hatte aber einen strohigen, dichten Bart, der ihm quer übers Gesicht wuchs.

Der Zwerg starrte Hud ebenfalls an. Er wirkte nicht sehr glücklich.

»Was glotzt du so dämlich?«, knurrte ihn der Zwerg an. Er flüsterte aus irgendeinem Grund, was die Aggression in seiner Stimme jedoch nicht wirklich verdeckte.

»Du bist 'n Zwerg!«, sagte Hud ohne nachzudenken aus dem Bauch heraus. Er war noch immer betrunken, was nicht dabei half, ein faires Gespräch zu führen.

»Ich bin kein Zwerg, du Arschloch!«, flüsterte der Zwerg weiter. Unfassbare Wut flammte in seinen Augen auf. »Wenn ich hier jemals rauskomme, schlitze ich dir deine ekelhafte Fresse auf und kack dir in dein viel zu großes Maul, du hässlicher Hundesohn!«

Hud brach augenblicklich in schallendes Gelächter aus. Dieser Ausbruch von Beleidigungen durch den Zwerg war so sehr aus dem Nichts gekommen, dass er nicht anders konnte.

Der Zwerg riss seine Augen weit auf. Er deutete auf den schlafenden Mann in der Zelle gegenüber von Hud, dann legte er seinen Finger auf die Lippen. Der schlafende Kerl rollte unruhig umher.

»Was is' denn mit dem?«, fragte Hud.

»Den willst du nich' aufwecken. Vertrau mir. Selbst der gruselige Kerl in der Ecke will ihn nicht aufwecken, und das will was heißen«, antwortete der Zwerg und warf Hud dabei einen Todesblick zu.

»Na gut … Aber wenn du kein Zwerg bis', was bisse dann? Ein Mutant? Zu nah an einer Stadtgrenze geboren?« Hud war wirklich an der Geschichte des Zwergs interessiert.

»Ich bin kleinwüchsig. Das Wort hab ich aus einem Buch vom alten Volk. Für die war das auch normal. Ich bin kein Mutant, ich bin kein Zwerg, ich bin ein Mensch wie du. Nur vergleich ich mich ungern mit halbnackten Volldeppen wie dir. Ich wette, du rubbelst dir einen zu fetten Weibern, du unterbelichtete Kackbratze! Lass mich in Ruhe!«

Hud konnte sich sein Lachen wieder nicht verkneifen, auch wenn er es wollte.

Der Zwerg riss seine Augen noch weiter auf. Er wirkte fast panisch.

Hud schaffte es schließlich doch, sein Lachen vorzeitig zu beenden. Er schlug sich dafür sogar seine Hand vor den Mund.

Der Schlummernde rollte sich weiter und gab schnarchende Laute von sich. Er lag jetzt mit dem Gesicht zu Hud. Er wirkte eigentlich ganz normal, vielleicht etwas schmächtig.

»Okay, Kleinwüchsiger«, begann Hud flüsternd, »was passiert mit dem Kerl, wenn er aufwacht?«

»Nichts Gutes. Glaub mir. Es ist die reinste Folter.« Dem Kleinwüchsigen war es ernst.

Hud blickte umher und sah sogar den gruseligen Kerl nicken, der sich, seit Hud ihn das erste Mal gesehen hat, nicht bewegt hatte.

»Also«, sagte Hud, »ich bin Hud. Schön, euch beide kennenzulernen. Ich bin unschuldig und werde hier sicherlich bald hinausspazieren. Was habt ihr getan?«

»Hud«, sagte der Kleinwüchsige, »du riechst wie eine Schnapsbrennerei. Und so sprichst du auch. Ich bin mir sicher, dass du nicht unschuldig bist. Und ich hoffe es, da ich deine Fresse nicht ertragen kann und dich am Galgen baumeln sehen will!«

Hud unterdrückte diesmal sein Lachen. »Komm schon, du grummeliger kleiner Mann. Wer bist du, was ist deine Geschichte?« Hud war nach Zeitvertreib.

»Ich heiße Jinx und das wird der Abdruck sein, den mein Fuß auf deinem Arsch hinterlassen wird, wenn du mich nicht in Ruhe lässt!«

Hud mochte Jinx sofort.

»Tja, Jinx, wartest du auch auf den Galgen?« Hud war wirklich daran interessiert, was den kleinen Kerl hierherbrachte.

»Nein. Ich sitze hier nur meine Strafe ab. Zwei Monate. Habe jetzt zwei Wochen um. Und wenn ich Glück habe, wirst du noch heute Nacht hängen, wodurch meine Strafe gefühlt verkürzt wird.«

»Wofür hat man dich eingebuchtet, hm?«

»Diebstahl«, flüsterte Jinx weiterhin. Die Einsamkeit schien ihn doch dazu zu bringen, sich mit jemandem zu unterhalten, den er hasste. Wochenlang zu schweigen, war anscheinend schlimmer, als mit einem Idioten zu sprechen.

»Was würde jemand wie du denn klauen? Ich kann's mir kaum vorstellen.« Hud hatte einen Riesenspaß am Gespräch mit dem kleinen Kerl. Er wusste nicht genau, was es war, aber es lag vielleicht auch am Alkohol.

»Werkzeug. Besseres Werkzeug.« Der Zwerg verschränkte die Arme.

»Oh! Jetzt servierst du es mir aber auf dem Silbertablett! Das is' ja wie in 'nem schlechten Witz! Du klaust Werkzeug, um vermutlich etwas Interessantes zu bauen, aber bist wirklich kein Zwerg?« Hud unterdrückte wieder sein Lachen.

»ICH BRECH DIR DIE BEINE MIT EISENSTANGEN UND LASS DICH POLKA TANZEN, DU MISTKÄFER!

ICH REISS DIR DIE LUNGEN RAUS UND ERTRÄNKE DICH ANSCHLIESSEND IM KANALSYSTEM VON SEQUOIA! VERRECK DOCH! VERRECK DOCH EINFACH!« Jinx sprang auf und tollte wütend umher, während er laut brüllte. Er wirkte dabei furchtbar putzig, wie Hud fand. Er reagierte offensichtlich sehr empfindlich auf Witze über seine Größe.

»Will jemand einen Witz hören?« Diese Worte schallten plötzlich durch den Raum. Hud hörte die Stimme zum ersten Mal. Es war nicht Jinx.

Huds Kopf wanderte zur Seite. Der schlafende Mann in der anderen Zelle war aufgewacht und starrte Hud mit einem breiten Lächeln an. »Du bist neu hier, hm? Ich bin Morrison! Ich erzähle Witze. Willst du einen hören?«

»Gern!«, sprudelte es aus Hud heraus. Ein Witz würde die Situation sicherlich aufheitern.

»Gott, nein!«, rief Jinx. »Was hast du angerichtet? Oh mein Gott!«

»Wieso denn? Willst du keinen Witz hören? Fang ruhig an, Morrison!« Hud lauschte gebannt. Als er nach rechts sah, merkte er, wie sich Jinx die Ohren zuhielt und Morrison den Rücken zudrehte.

»Was hast du, wenn du einem Dingo all seinen Kram klaust und ihn in der Wüste zurücklässt?«, begann Morrison.

Hud strengte sein Hirn an. Es funktionierte nicht richtig und er war immer schlecht darin, die Pointen in Witzen zu erraten, aber er versuchte es. Trotzdem schlug es fehl. »Keine Ahnung, sag's mir!«

»Einen Todfeind!«, sagte Morrison und sein Blick sagte aus, dass er ein Lachen von Hud erwartete.

Dies blieb aber aus.

»Das war irgendwie überhaupt nich' lustig, Mann.«

»Ich fang erst an!«, sagte Morrison. »Was spielen Dingos in ihrer Freizeit?«

»Ähm … keine Ahnung?« Hud gab ihm noch eine Chance.

»Dingo-Bingo!« Wieder gab es diesen Blick von Morrison.

»Gib's auf«, sagte Jinx von der Seite. »Er hört nicht auf. Nie. Erst wenn er schläft. Und er macht immer nur Witze über dich. Ich hab mir etwa fünfhundert Witze über Zwerge anhören müssen. Es ist pure Folter.«

»Einen hab ich noch!«, rief Morrison jetzt. »Wie nennt man einen Dingo, der sich endlich niederlässt?«

Hud begann nun ebenfalls, sich die Ohren zuzuhalten.

»... einen Hut voller Kakerlaken!«, sagte Morrison und blickte wieder abwartend zu Hud, der sich mittlerweile nach dem Galgen sehnte.

Er hatte aufgehört zu sagen, dass Morrisons Witze schlecht waren. Er hatte ihn zwischendurch angebrüllt, versucht, ihn zu ignorieren, aber nichts half. Hud war mit diesem Irren im Kerker unter Sequoia gefangen – und es war seine persönliche Hölle.

Es waren sicherlich einige Stunden vergangen, die Hud wie eine halbe Ewigkeit vorkamen. Dieser Morrison kannte eine unmenschliche Menge an Witzen. Sie sprudelten aus ihm hervor. Und man konnte bei seiner leicht quietschenden Stimme nicht weghören. Es war unmöglich, sie auszublenden. Es war, wie Jinx bereits gesagt hatte, wahrhaftige Folter.

»Die Witzelei hat mich ganz müde gemacht! Ich geh mal wieder schlafen«, sagte Morrison schließlich und schon lag er wieder mit der Decke in der Zelle und schlummerte vor sich hin.

Das Fehlen von Morrisons Stimme, die sich wie ein rostiger Nagel in Huds Ohr gebrannt hatte, war geradezu magisch. Es war vollkommen ehrfürchtig, wie die absolute Stille nach einem heftigen Donnergewitter.

Und, Gott, es war wunderschön.

Der Kerl in der Zelle neben Morrison saß immer noch still da. Er hatte sich in den letzten Stunden keinen Zentimeter bewegt.

»Also ...«, flüsterte Hud zu Jinx, »vertrau mir: Ich werde nie wieder über dich lachen, wenn das dabei hilft, diesen Clown nie wieder aufzuwecken. Wie lange ist er schon hier?«

»Er ist immer hier«, sagte Jinx. »Wirklich immer, wahrscheinlich auch schon lange hier gewesen.«

»Was zur Hölle soll das denn heißen?« Hud war völlig sprachlos.

»Du wirst zwar nicht lachen, aber wirst du mich auch nicht für verrückt erklären?«

»Einfach raus damit.«

»Dieses grenzdebile Stück Scheiße da drüben ist offensichtlich wahnsinnig, da sind wir beide uns sicher einig. Aber er ist aus einem guten Grund wahnsinnig: Er altert nicht.«

Hud stutzte. »Was zur Hölle redest du da?«

»Worthword hat es mir erzählt, als er mich in den Kerker gebracht hat. Erst wollte ich es ihm nicht glauben, aber ich habe es schnell genug gesehen. Worthword sieht diesen Typen als Teil der Bestrafung an. Stell es dir so vor: Deine Strafe für deine Taten ist nicht nur, hier eingeschlossen zu sein. Nein. Die Strafe ist es, mit Morrison eingeschlossen zu sein.«

Hud wusste nicht wirklich, was er sagen sollte.

»Morrison wurde angeblich bei den Bauarbeiten hier gefunden. Er war unter der Erde, in einem Raum. Seit unzähligen Jahren. Er braucht keine Luft, er braucht kein Essen und er wird nicht älter. Er ist einfach … da.«

»Superfreak«, murmelte Hud vor sich hin. Morrison war ein Superfreak.

»Angeblich ist er vom alten Volk, das ihn schon eingeschlossen hatte, weil er so nervig war. Warum er *so* ist, weiß niemand. Ich schätze aber, dass es einem Menschen nicht guttut, so lange eingeschlossen zu sein. Jedenfalls haben sie ihn nach seinem Fund schnell hier reingesteckt, wegen etwas, das Worthword nur ›Erregung öffentlichen Ärgernisses‹ genannt hat. Ein viel zu feiner Ausdruck, klar, aber ich versteh sofort, was gemeint is'. Netter Touch für die Bestrafung.«

Hud begann zu verstehen. Dieser Morrison war deutlich älter, als er gedacht hatte, und mittlerweile entweder verrückt oder dement.

»Genug von dem Kerl … Jinx, was hat dich hierhergebracht?« Hud wollte es endlich wissen.

»Ich hab dich eben gefragt, ob du mich bitte nicht für verrückt hältst. Ich muss dich nochmal darum bitten.«

Hud nickte verständlich. Er hatte bereits genug Verrücktes erlebt, um jetzt fast alles zu glauben, was man ihm sagte.

»Kennst du dieses ›Sherman's End‹ aus dem Song of X?«

Hud war sofort mehr als hellhörig und nickte deutlich heftiger.

»Ich war dort. Ich war wirklich dort.«

»LÜGE!«, ertönte eine Stimme von der anderen Seite der Zellen. Es war der Mann, der die ganze Zeit ruhig gewesen war.

»Oh nein, nicht das schon wieder«, begann Jinx.

»Ich war in Sherman's End. Dieser Zwerg hat es nur von außen gesehen. Ich habe in Sherman's End … hineingesehen. Und was ich sah, war wunderschön.«

Jetzt bemerkte Hud erst, warum der Mann so still gewesen war. Er war wie der Gefangene in der Basis von Bertrand Simmons, der Hud die Karte eingebracht hatte. Er blinzelte nie und das Weiße in seinen Augen hatte sich schon fast in ein Gelb verfärbt. Er lächelte die ganze Zeit, was ihm eine unfassbar gruselige Aura verlieh.

»Sherman's End ist wie eine komplette Reinigung deiner Seele. Es ist perfekt. Nicht einmal der beste Poet kann in Worte fassen, was dir dort widerfährt. Solltest du überleben, solltest du dorthin und ins Licht blicken, auf dass du endlich erwachst.« Der Mann wirkte sehr ernst.

Hud konnte sein Glück nicht fassen. Er kannte nun einen weiteren Idioten, der von Sherman's End erfasst worden war und wie ein Geisteskranker davon stammelte. Aber Jinx, der Zwerg, konnte etwas weitaus Besseres vorweisen: einen Bericht über Sherman's End, durch einen nüchternen Geist.

»Bitte Jinx, erzähl mir alles, was du weißt«, flehte Hud ihn regelrecht an. Jedes bisschen Information über Sherman's End war für ihn hilfreich.

»Du kennst die Geschichten sicherlich. Vor allem hier, in Sequoia, passiert es aber deutlich öfter, da wir nicht so weit von Sherman's End entfernt sind. Vielleicht zwei Tage mit dem Wagen, oder drei, Richtung Süden.«

Jinx' Miene verfinsterte sich sichtbar. »Immer häufiger kommen Menschen aus dem Nichts. Gestalten im Nebel, einfach durch das Land laufend. Immer einzeln, immer mit den Taschen voll Gold. Blinzeln nicht, stammeln davon, dass sie in Sherman's End waren. Am Anfang hält man es für ein Märchen. Ich meine … was soll als Nächstes kommen? Kommen fette Menschen aus den Bergen und berichten vom Schlaraffenland? Vom Land hinterm Regenbogen, wo die Einhörner wohnen? Alle reagieren zuerst gleich: Sherman's End ist nur ein Ort aus einem Lied. Aber … es wurden schnell mehr.«

Jinx begann, etwas zu zittern.

»Hier in Sequoia ist es deutlicher zu sehen. Ich weiß nicht, von wo du kommst, Dingo, aber sind auch welche bei euch aufgetaucht?«

Hud nickte. »Um ehrlich zu sein, bin ich wegen Sherman's End hier.«

Jinx' Augen leuchteten auf. »Hab ich's mir doch gedacht. So geht es vielen. Pilger nennt man solche Leute wie dich hier mittlerweile. Immer mehr tauchen hier auf, auf der Durchreise zu diesem Ort. Angelockt von den Dutzenden von stammelnden Zombies, die plötzlich aus dem Süden auftauchen und vom Licht und der Wahrheit und der Schönheit reden, die in Sherman's End sind. Es ist, um ehrlich zu sein, eine der gruseligsten Sachen, die ich kenne. Es ist wie eine dieser Gruselgeschichten, die man sich an Lagerfeuern erzählt, nur ist diese wahr. Sherman's End macht etwas mit den Leuten. Vergiftet ihre Gedanken. Verpestet ihre Seelen.«

»Nicht wahr!«, rief der Kerl aus der Zelle, auch wenn er sich mit seiner Lautstärke zurückhielt. »Sherman's End ist alles, was gut und recht und schön ist. Sherman's End ist Liebe. Sherman's End ist die Zukunft der gesamten Menschheit.« Dann lächelte er auf furchtbar groteske Art und Weise in Huds Richtung. Seine gelben und stellenweise fauligen Zähne, in Verbindung mit seinen blass-gelben Augen, die nie blinzelten, jagten Hud einen eiskalten Schauer über den Rücken.

»Siehst du, was ich meine?«, fragte Jinx.

Hud nickte.

»Und eines Tages kam ein weiteres Arschloch wie dieser unheimliche Flachwichser dort drüben nach Sequoia und redete über Sherman's End. Die Leute kennen es mittlerweile, gehen ihm natürlich aus dem Weg. Er greift in seine Taschen und holt Gold hervor, händigt es den Menschen aus, predigt ihnen vom Paradies. Diese verdammten Pilger …«

Jinx räusperte sich kurz.

»Dann komme ich aus meiner Werkstatt und entschließe mich: Ich muss mir diesen Kram reinziehen. Ich muss sehen, was diese Menschen kaputt macht, die reihenweise aus der ganzen Welt an diesen Ort gezogen werden. Und ich packe meine Tasche, steige in meinen Wagen und fahre dorthin. Nach zweieinhalb Tagen bin ich da. Immer mehr Pilger kommen mir auf dem Weg entgegen, ermutigen mich, den Weg weiterzugehen, sagen mir, dass ich das Beste tue, dass ich es nicht bereuen werde. Und dann bin ich da: Ein Holzschild steckt im Boden, auf dem ›Sherman's End‹ in roten Buchstaben steht. Ein merkwürdiger Typ begrüßt mich. Aber ich sehe etwas, etwas in der Ferne. Er will, dass ich ihm folge, aber ich fahre stattdessen an ihm vorbei.«

Hud krallte seine Hände vor Spannung fast in seine eigenen Oberschenkel. Er spürte die Schmerzen in seiner Hand in diesem Moment fast gar nicht mehr. Es war kaum auszuhalten. Er wollte es endlich wissen.

»Röhren, Kabel, Sender. Ein kleines eigenes Kraftwerk, das Energie produziert, genug für zwei bis drei Städte der Größe vom ehemaligen New York. Eine gigantische Stromproduktion … Und sie verschwindet in der Erde. Und dann fiel es mir auf: Sherman's End ist irgendetwas, das unter der Erde ist. Und es schluckt Unmengen an Energie. Es ist eine Maschine, die den Menschen den Kopf verdreht, irgendwie.«

»NEIN! NEIN, NEIN! DU DUMMER WICHT! DU DUMMER, DUMMER WICHT!« Der Pilger in der anderen Zelle war aufgesprungen und rüttelte mit seinen Händen an den Gitterstäben. Er war vollkommen in Rage und brüllte in voller Lautstärke. »Es ist keine Maschine! Es ist die Wahrheit und das reinigende Licht! Du bist so unfassbar dumm und so unfassbar klein im Vergleich zu Ihm und Seiner herrlichen Präsenz! Schweig! Schweig still und sage nie wieder so etwas Dummes!«

»Einen hab ich noch!« Morrison war aufgewacht und machte sich bereit, einen Witz zu erzählen. »Wie nennt man einen Pilger, der …«

»HALT DOCH DEINE FRESSE!«, brüllte Hud ihn diesmal an. So laut hatte er in seinem ganzen Leben noch nie gebrüllt. Er war wütend. Er wollte es hören. Er wollte es verstehen, auch, wenn es anscheinend weit über seinen Verstand hinausging. »Jeder hier hasst dich! Jeder will, dass du einfach deinen Mund hältst! Du bist überflüssig! Unnötig! Eine Platzverschwendung! Und du redest in den einen Moment rein, der mir hier wichtiger ist als alles andere! Halt deine Fresse! HALT DEINE FRESSE!«

Nach Huds Gefühlsexplosion schaute Morrison Hud nur in die Augen. Sein Gesichtsausdruck wurde tatsächlich feindlich. Er stand auf und trat näher an die Gitterstäbe.

»Heilige Scheiße«, sagte Jinx. »So hab ich den Kerl noch nie gesehen.«

Morrison packte die Stäbe mit beiden Händen und sah Hud an, als würde er ihn mit seinem Blick durchbohren wollen. Dann begann er zu sprechen.

»Lass mich dir meinen Lieblingswitz erzählen. Den erzähle ich nur ganz selten. Es ist länger her, also will ich es noch einmal tun. Pass genau auf: Ein Mann geht zu einem Augenarzt und sagt: ›Herr Doktor, Herr Doktor, helfen Sie mir! Ich halte mich für eine Motte.‹ ›Wie merkwürdig‹, sagt der Arzt. ›Wie äußern sich die Symptome? Wo ist das Problem?‹ ›Also‹, sagt der Mann, ›wo soll ich bloß anfangen? Es ist alles zu viel. Ich sehe, wie die Welt um mich herum verwelkt, wie alles und jeder verstirbt. Alle werden verrückt, alle scheinen den Verstand zu verlieren und der Einzige, der normal bleibt, bin ich. Erst arbeitet man jahrelang in einem undankbaren Job. Ich ackere mir den Arsch ab, für einen Mindestlohn, weil meine Frau es will. Sie ist schwanger. Ich sehe noch immer ihren nörgelnden und bitteren Blick am Frühstückstisch. Wie sie ihren Toast isst und dabei widerwärtig schmatzt. Ich hasse sie mittlerweile. Ich habe oft daran gedacht, sie im Schlaf zu erwürgen. Dann erwische ich das Miststück mit einem anderen im Bett. Sie sagt, dass sie das tut, weil ich immer nur bei der Arbeit bin. Komisch, dabei will sie doch, dass ich ständig arbeite. Ich werfe ihr vor, dass das alles keinen Sinn ergibt. Und da erbricht sie einen Teppich von falschen Emotionen, sagt der halben Welt, ich hätte sie misshandelt, sie und mein Kind, ich wäre der Tyrann der Familie. Doch sie verwelkt irgendwann, sie verwelkt und ist weg. Mein Kind, das ich mit ihr gezeugt habe, denkt, dass es nicht die richtige Liebe verdient. Ich ackere mir den Hintern ab, um es großzuziehen, aber der Junge ist krank und verdorben, bis in den tiefsten Kern seiner Seele. Ich will diesem Satansbraten ein Messer in seinen fetten Wanst jagen, um dieses grauenhafte Lächeln von seiner Visage zu fegen. Doch er verwelkt irgendwann, er verwelkt und ist weg. So geht es mit der ganzen Welt. Die korrupten Politiker verwelken und werden durch neue ersetzt. Die korrupten Polizisten auch. Dumme Fernsehserien verwelken und werden durch neue ersetzt. Die Menschheit sitzt furzend und röchelnd davor und erstickt vor Lachen, wenn irgendein Stümper zum x-ten Mal einen Tritt in die Eier bekommt. Sie verwelken auch irgendwann. Dann fallen die Bomben. Alle haben sich gefürchtet, aber es wurde wahr. Niemand weiß, wer genau angefangen hat. Doch plötzlich ist die Luft mit Uran gefüllt. Alle verwelken. Außer mir. Schon finde ich mich selbst im nuklearen Regen und probiere, wie denn der Lauf einer Schrotflinte schmecken mag. Doch am Ende spucke ich nur verbeulte Bleikugeln aus und sinke heulend im Schlamm zusammen. Alles verwelkt, außer mir.‹ ›Mann, das klingt ja grauenhaft‹, sagt der Doktor. ›Mit solchen Problemen sollten Sie nicht zu einem Augenarzt, sondern zu einem Psychiater. Warum sind Sie überhaupt hier?‹ ›Tja‹, sagt der Mann, ›weil das Licht an war!‹«

Hud wusste nicht genau, was gerade passiert war, doch schon saß Morrison wieder und wartete grinsend auf den einen oder anderen Lacher. »Kommt schon«, sagte er, »der war doch wirklich nicht schlecht!«

»Das war das Gruseligste, was ich je gehört habe«, sagte Jinx.

Ein Rütteln hallte plötzlich durch den Raum. Die Tür zum Keller ging auf.

»Ah, das wird Deputy Worthword sein«, sagte Morrison. »Ich muss ihm noch ein paar Deputy-Witze erzählen.«

Die Tür flog auf. Zwei Gestalten liefen hastig die Treppe herunter. Das Klirren des Schlüsselbundes war zu hören.

Es waren Archie und Mia.

»Boah! Ihr habt lange genug gebraucht!«, sagte Hud. »Aber was ist mit dem Deputy?«

Archie stellte sich vor Huds Zelle und probierte einen Schlüssel nach dem anderen aus. »Der ist gerade unser geringstes Problem. Wir müssen hier weg. Und zwar schnell.«

Kapitel 27 – Jagd, die |

Verfolgung eines Tieres, einer Person oder eines Gegenstandes, ggf. um das Ziel zu töten

»Kannst du zufällig fahren? Ich hab den Mist nie sonderlich gut gelernt.« Archie schaute bedrückt auf das Lenkrad des Wagens. Allein dafür brauchte er Hud. Auch, wenn er ein Idiot sein konnte, Archie vermisste ihn.

Mia sah sich den Wagen an. »Ist etwas her, aber ich hab's mal gelernt. Ist drin.«

Archie warf ihr den Autoschlüssel zu. »Gut. Ich lade die Waffen und mache alles bereit.«

Und ehe er sich versah, saß er auf dem Beifahrersitz, während Mia den Motor mit einem Donnern zum Leben erweckte. »Wo sollten wir anfangen?«, begann sie, während sie sich umdrehte und den Rückwärtsgang einlegte.

»Dieses Ding, das jetzt Stickys Haut trägt … Es will Hud. Da bin ich mir sicher. Es will ihn jagen. Und ich habe das Gefühl, dass es nicht will, dass jemand anderes ihn erlegt.« Archie nahm die Schrotflinte unter dem Armaturenbrett hervor und begann, sie mit leuchtend roten Patronen zu beladen. »Also sollten wir zum Revier des Deputys. Dort wird er auch auftauchen.«

»Anschnallen!«, befahl Mia. »Ich fahre schnell.«

Archie hielt das für einen Witz. Aber als er bereits in der ersten Kurve gegen die Beifahrertür gedrückt wurde, schnallte er sich rasch an.

Es gab in Sequoia vereinzelte Schilder, die in Richtung des Reviers deuteten. Natürlich musste man als Voraussetzung lesen können, was in diesen finsteren Zeiten – jetzt fing Archie auch schon damit an – nicht wirklich jeder konnte. Es war ein ungewohnter Luxus.

Die Sonne ging bereits auf und verteilte auf den Dächern der teilweise billig gebauten Bleiben ihr erstes, warmes Licht. Archie fiel erst jetzt auf, dass sie nicht geschlafen hatten. Müde war er dennoch nicht. Er hatte schon etwas Schlaf gehabt, als sie auf dem Weg hierhin waren. Hoffentlich würden Mia und Hud auch durchhalten.

Archies Augen wanderten hin und her, auf der Suche nach Anzeichen von dem Monster. Dieses Biest würde sich verstecken müssen. Es müsste in seine Haut zurückkehren, was hieß, dass sie wahrscheinlich schneller waren. Das hieß aber nicht, dass sie ihm voraus waren. Dieses Wesen konnte sich offensichtlich sehr gut verstellen. Sie mussten mit allem rechnen.

»Wir sollten bald da sein«, sagte Mia. »Mann, diese Siedlung ist groß. Ich kann es immer noch nicht glauben.«

Mia hatte Recht. Sequoia gehörte zu den größten Siedlungen, die Archie jemals gesehen hatte. Und er hatte fast alle Siedlungen an der Ostküste des Landes besucht.

»Wenn Siedlungen sehr groß sind, nennt man sie glaube ich ›Stadt‹«, bemerkte Archie. »Das hat das alte Volk zumindest gemacht.«

»Eine Stadt, soso«, sagte Mia. »Würdest du das hier eine Stadt nennen?«

»Keinesfalls. Ich stand mal am Rand von dem, was früher als ›New York City‹ bekannt war, vor vielen Jahren. *Das* war eine Stadt. Dort standen noch einzelne Häuserruinen, die so groß wie Berge waren. Selbst nach all diesen Jahren.« Der Gedanke an New York verpasste Archie immer noch eine gewaltige Gänsehaut über seinen gesamten Körper. Er versuchte, sich nichts anmerken zu lassen und ließ seine Augen weiter durch die vielen engen Gassen Sequoias streifen.

»Ich habe mal das gesehen, was sie früher ›Chicago‹ nannten«, sagte Mia. »Es war eine gigantische Siedlung an einem See. Das alte Volk jagt einem wirklich Angst ein.«

»Kannst du laut sagen«, flüsterte Archie.

»Die Häuser waren zwar klein, aber …«

»STOP!«, brüllte Archie auf einmal. Mia kam ruckartig mit dem Wagen zum Halt. Wäre Archie nicht angeschnallt gewesen, wäre er vermutlich mit dem Kopf gegen die Frontscheibe geknallt.

»Was ist los?«, fragte Mia hektisch.

Archie schnallte sich ab und stieg aus dem Wagen. Mia zog den Schlüssel und folgte ihm. Sie sah Archie jedoch nur vor einer Gasse stehen.

»Was ist da los?«, fragte sie. »Rede endlich mit mir!«

»Wir haben ein gewaltiges Problem, das ist los«, sagte Archie und trat zur Seite.

Mia sah vor sich lediglich die Haut von Sticky, die flach wie eine Wolldecke in einer Blutlache auf dem Boden lag.

»Also, dieses Ding ist auf jeden Fall furchtbar schnell!«, bemerkte Mia.

»Schneller als wir«, sagte Archie. Er nahm seine Augen nicht von der Haut. Er wagte es nicht einmal, zu blinzeln. »Und es könnte jetzt absolut jeder sein.«

Archie hörte Mia laut schlucken.

Das Revier des Deputys war größer, als Archie es erwartet hatte. Es hatte sicherlich Platz für mehrere Büros. Eine kleine Treppe führte nach oben zu der nicht sonderlich gepflegten Hütte, in der zwei Familien Platz gehabt hätten. In einem der drei Fenster, die zur Straße zeigten, brannte noch Licht.

»Vorsicht«, sagte Archie zu Mia, bevor sie die Treppe betraten. »Wir weichen einander nicht von der Seite. Sollten wir uns jemals trennen, wird dieses … Ding sicherlich eine Möglichkeit finden, einen von uns zu schnappen. Pass auf deinen Rücken auf. Vertraue niemandem.«

Mia nickte ihm zu.

»Nimm noch das hier«, sagte Archie und reichte Mia eine Waffe mit vollem Magazin, die sie sich daraufhin in ihre hintere Hosentasche steckte.

Archie selbst nahm den Revolver mit, den er bei Huds Sachen gefunden hatte. Das Wort »ERASER« zierte den Griff. Es war eine schöne Waffe. Es fehlten zwar Kugeln, aber Archie hatte den Revolver nachgeladen.

Als sie durch die Schwingtür traten, sahen sie einen der beiden Hilfssheriffs, die sie zuvor in der Kneipe gesehen hatten. Er saß an einem Schreibtisch und las ein Buch. Das Geräusch neuer Ankömmlinge brachte ihn dazu, seinen mit wilden schwarzen Locken besetzten Kopf zu heben und die beiden anzusehen. »Ah!«, begann er. »Die beiden aus dem Pub! Euer Freund sitzt bereits unten im Kerker. Wo ist Sticky, der alte Nasenbohrer?«

Archie wusste nicht recht, wie er damit anfangen sollte. »Dazu …«

»Der hat sich bestimmt wieder was zu fressen besorgt und sitzt nun auf dem Scheißhaus, hm? Ein kleiner Mitternachtssnack bei den Ermittlungen hat Sticky noch nie aufgehalten.« Der Hilfssheriff lachte laut auf. »Ich bin übrigens James. Was führt euch aber jetzt hierher? Wollt ihr ein Verbrechen melden?«

»Nein«, sagte Mia. »Sticky ist tot.«

Archie schaute sie überrascht an. Er hatte nicht erwartet, dass sie so direkt mit der Wahrheit rausrücken würde.

Als Archie zu James hinübersah, sah er, dass der muskulöse Hilfssheriff seine Waffe gezückt und sie auf sie beide gerichtet hatte. »So läuft der Hase also, hm?«, fragte James in einem äußerst wütenden Tonfall. »Sticky ist zwar unfähig, aber das heißt nicht, dass ihr ihn in diese Sache reinziehen könnt. Dass ihr drei Dingos durchs Ödland fahrt und sinnlos Leute tötet, ist ’ne furchtbar miese Nummer. Ich sage Worthword gleich, dass er zwei weitere Seile für die Galgen bestellen kann!«

»Das wird nicht nötig sein«, bemerkte Mia. »Der Deputy ist vermutlich auch schon tot.«

James begann merklich zu zittern. »Was zur HÖLLE habt ihr mit ihm angestellt? Was heißt hier ›vermutlich‹, hm? Ihr Psychopathen! Ich sollte euch auf der Stelle abknallen!«

»Wirst du aber nicht, da wir es nicht waren, verdammt nochmal!« Mia ging einen Schritt nach vorn. Archie begriff noch nicht, was gerade passierte. »Wir sind hier, um euch zu *helfen*, ihr Idioten! Seit drei Jahren verfolgen wir ihn nun, und jetzt ist er hier. Niemand ist sicher!«

James stand die Verwirrung ins Gesicht geschrieben. »Wovon redest du? Halt dein Maul, Schlampe! Auf die Knie, Arme hinter den Rücken!«

»Du wirst *uns* jetzt zuhören, Freundchen«, sagte Mia in einem unfassbar autoritären Tonfall. »Wir gehören zur Special Forces Unit der Police of New Boston. Dieses Ding ist bei uns vor drei Jahren aufgetaucht. Hat viele meiner Freunde gefressen. Und seitdem verfolgen wir seine Spur. Ihr dürft nicht zulassen, dass es jetzt auch noch uns trifft.«

»Du lügst doch!«, brüllte James. »Halt dein vorlautes Maul und geh auf die Knie! Ich scherze nicht!«

»Du hältst jetzt dein Maul! Sticky wurde gefressen, von innen. Dieses Ding steigt durch den Rücken in die Körper von Menschen und ergreift von ihnen Besitz. Die Haut von Sticky liegt nur ein paar Blocks von hier entfernt, sauber von seinem aufgefressenen Körper abgestreift. Ich kann sie dir zeigen. Denkst du, wir waren es? Wir müssten voller Blut sein. Und es ist keine halbe Stunde her. Selbst ein Profi mit dem schärfsten Messer bräuchte dafür länger. Er ist es. Er ist hier. Und er hat es auf deine Männer abgesehen.«

Archie lachte sich innerlich tot. Mias Geschichte war perfekt. Sie bekam den Hilfssheriff langsam zu fassen.

»Ich glaub dir kein Wort, du Miststück. Du wirst dafür bezahlen!«, entgegnete ihr James.

Mia holte mit einer blitzschnellen Bewegung ihre Waffe hervor und warf sie vor James auf den Boden. »Die gehört dir, wenn ich lüge. Du kannst mich von mir aus fesseln. Aber ich bestehe als Diener des Gesetzes, genau wie du einer bist, auf eine faire Verhandlung. Ich kann dir den Ort zeigen. Mein Kollege hier und ich wollen aber nicht, dass all diese Arbeit umsonst war. Wir haben ihn seit El Paso nicht mehr gesehen und seine Schneise der Verwüstung bis hierhin verfolgt. Es ist die Wahrheit.«

James stolperte nach vorn und hob langsam Mias Waffe auf. »W-was soll das denn für ein Ding sein, hm?«

»El Chupacabra«, sagte Mia und klang dabei geradezu gruselig. »Die weiße Bestie von North Carolina. Die neunköpfige Medusa. Grinnin' Earl. Es hat viele Namen in vielen Gegenden und wird noch in weitaus mehr Orten gehasst. Es hat viele auf dem Gewissen. Und heute könnte deine Chance sein, es zu fassen und zur Strecke zu bringen. Heute könntest *du* etwas erreichen!« Sie streckte James, der nur ein paar Schritte entfernt war, die Hand hin. »Bist du dabei?«

»Ich weiß nicht …«

»ICH HAB DICH GEFRAGT, OB DU DABEI BIST, TROOPER!«, brüllte ihm Mia entgegen.

»JA!«, antwortete James wie aus der Pistole geschossen. Er ergriff Mias Hand.

Sie machte ein paar schnelle Drehbewegungen und brachte James zu Fall. Dann hob sie beide Waffen auf und gab Archie die zweite Knarre. All das passierte so schnell, dass Archie es kaum glauben konnte.

Dann richtete Mia ihre Waffe auf James, der am Boden lag.

»Verdammt nochmal!«, kreischte James. »Ich wusste es! Bitte, bitte legt mich nicht um …«

»Wir werden dich nicht umlegen«, sagte Mia. »Wir jagen dieses Ding nämlich wirklich. Aber ich vertraue dir so wenig wie du mir vertraust. Dein Partner Sticky ist wirklich tot. Seine Haut liegt, wie beschrieben, zwischen zwei Häusern um die Ecke. Jemand sollte ihn in ein paar Stunden finden. Was wir jetzt jedoch brauchen, ist deine Hilfe.«

Archie, der das ganze Spektakel mit angesehen hatte, erwachte aus seiner Starre. »Ja, die Schlüssel für den Keller. Wir brauchen unseren Kumpel.«

James stand auf, während Mia auf ihn zielte. Er ging zitternd zu seinem Schreibtisch und holte den großen Schlüsselbund hervor.

»D-die Tür links, die Treppe runter, dort ist der Zellblock. Ich kann euch hinbringen.« James wirkte wirklich verängstigt.

»Gut«, sagte Mia, »du gehst voran.«

Ein lautes Knallen war von draußen zu hören. Ein Wagen fuhr vor. James' Pupillen weiteten sich sichtbar.

»Wer ist das?«, fragte Mia.

»Ach, nur die Nachbarn.« James schlotterte bereits.

»Archie, schau unauffällig aus dem Fenster«, sagte Mia.

Archie sah, wie vor der Tür ein rostiger Wagen hielt, dessen Motor noch immer ab und zu knallte. Aus der Fahrertür stieg niemand anderes als Deputy Worthword.

»Der Deputy«, sagte Archie.

»Du!« Mia musterte James. »Du setzt dich jetzt an den Schreibtisch. Keine Probleme machen, ja? Sonst wirst du dort ein Loch haben, wo sonst nur wir Frauen eins haben.«

James saß schneller als der Blitz an seinem Schreibtisch und faltete die Hände wie ein braver Schuljunge.

»Komm mit«, sagte Mia und kletterte unter den Schreibtisch. Dort befand sich eine kleine Höhle, die durch eine Sperrholzplatte die Sicht in den Raum versperrte. »Da unten sollte Platz für uns zwei sein. Von da aus kann ich dem Kerl auch die Knarre auf seine Eier richten. Da werden Männer schnell hörig.«

Archie folgte ihr sprachlos unter den Schreibtisch. Es war klar, dass Mia als weiblicher Dingo tough war, aber er wusste nicht, dass sie solch ein Improvisationstalent war. Sie hatte diesen James absolut im Griff.

Einige Sekunden später flog die Tür bereits auf. Unter dem Tisch konnten die beiden nichts sehen und mussten jetzt hoffen, dass alles klappte. Archie zog ebenfalls seinen Revolver und versuchte ihn dorthin zu richten, wo der Deputy vermutlich sein dürfte.

»Hey, James«, hörten sie Worthword sagen, »draußen steht der Wagen von dieser Bande von Dingos. Du weißt genau, welche ich meine. Was hat der hier zu suchen?«

James zuckte bei dieser Frage spürbar zusammen. Mia rammte den Lauf der Waffe nur noch stärker zwischen seine Beine. »Nun …«, sagte er. »Die beiden anderen sind zusammen mit Sticky … hierhergekommen. Ich hab sie schon eingebuchtet. Sind unten in den letzten beiden Zellen.«

»Das ist gut«, sagte Worthword, »es stinkt hier schon nach den beiden. Aber wenn du die Frage zulässt: Wo ist Sticky denn jetzt? Der Kerl ist bestimmt wieder fressen, oder?«

James lachte aufgesetzt. Er konnte grauenhaft schauspielern. »Ganz genau, Chef. Du kennst ihn ja, immer auf Futtersuche.«

»Tja«, fuhr Worthword fort. Es waren Schritte zu hören. Worthword kam näher. »Eine Sache aber noch.«

»Was denn, Chef?«

»Ich war vorhin in Stickys Haut. Ich weiß, dass du mich anlügst. Und das mag ich nicht.«

»Wie meinst du das, Che...« James fing an zu schreien. Eine Blutfontäne klatschte in sein Gesicht. Sekunden später wurde er aus dem Sessel gerissen.

Mia und Archie kamen augenblicklich unter dem Tisch hervor und richteten ihre Waffen auf die Bestie. Diese hielt James mit ihren Tentakeln wie einen lebendigen Schutzschild vor sich.

Archie wollte es nicht riskieren, zu schießen. Ihm lag das Leben von Unschuldigen am Herzen. Dieser James war definitiv kein böser Mensch. Es war sogar sein Beruf, etwas Ordnung in das generelle Chaos des Lebens zu bringen.

»Lass ihn los!«, schrie Archie. »Er hat nichts damit zu tun!«

»Oh, mir ist alles recht«, zischte die Bestie mit Worthwords kratziger Stimme. »Ihr seid mir anscheinend einen Schritt voraus. Das ist ungünstig.« Danach stieß sie einen Laut aus, der wie ein grausiges Lachen klang. »Aber diesmal wird es anders laufen, das verspreche ich euch ...«

Es bewegte sich, zusammen mit James, langsam auf die Tür zu.

»Es versucht zu verschwinden!«, sagte Mia.

»Und ihr werdet mich nicht davon abhalten oder ich beiße diesem Kerl ein kräftiges Stück aus seinem Rückenmark!«

Archie verspürte tiefen Hass auf die Kreatur. Aber er konnte es nicht ändern. Er musste sie gehen lassen.

Die Masse aus Tentakeln, in der James festgehalten wurde, stand nun vor der Tür. Einer der Fangarme packte den Griff, öffnete die Tür, und ehe sie beide reagieren konnten, wurde ihnen James regelrecht zugeworfen. Der Hilfssheriff riss Mia von den Füßen, aber Archie stand noch und rannte zur Tür.

Die Bestie ging auf ihren Tentakeln und war daher ziemlich schnell. Archie richtete seine Waffe auf sie, aber drückte nicht ab. Das Monster war einfach zu weit entfernt.

Dann sah er es: Es kletterte eine Häuserwand hoch und verschwand auf den Dächern Sequoias.

Archie drehte sich zu Mia um, die gerade James auf die Beine half. »Deshalb bewegt es sich so schnell«, sagte er. »Es geht über die Dächer! Natürlich!«

»Wir müssen es verfolgen!«, kreischte James. »Sofort! Es tut mir leid, dass ich euch nich' geglaubt hab, aber wir dürfen keine Zeit verlieren!«

»Das bringt nichts«, sagte Archie. »Dieses Ding ist clever. Verdammt clever. Wir wissen jetzt, dass wir drei hier wir selbst sind. Wir können einander vertrauen. Aber es wird so schnell wie möglich eine andere Hülle suchen und wieder herkommen. Es will uns … beziehungsweise … es will Hud. Es wollte die ganze Zeit Hud haben.«

»Du verstehst es nich'!«, schrie James. »Ich hab es mir zum Job gemacht, diese Stadt zu beschützen! Ich muss die anderen Hilfssheriffs zusammentrommeln! Worthword und Sticky sind schon tot! Und es wird sich noch jemand anderen schnappen, um uns zu bekommen. Das werde ich nich' zulassen!«

»Nun«, sagte Archie, »das kann ich verstehen. Aber was sollen wir dann deiner Meinung nach machen? Wir können es nicht suchen gehen, weil dann niemand Hud bewacht. Wenn wir hier bleiben, wird es sich jemanden schnappen. Wenn wir uns aufteilen, wird es sich jemanden von uns greifen … Ich bin ratlos, um ehrlich zu sein.« Und wie er das war. Archies Kopf rauchte.

»Lass uns Hud nehmen und verschwinden«, sagte Mia. »Ernsthaft. Es wird uns verfolgen, aber die Stadt wird sicher sein.«

Archie mochte die Idee, aber er mochte es noch mehr, dass Mia sich automatisch zu ihnen zählte. Sie wollte mit ihnen kommen. Mit ihnen nach Sherman's End.

»Nein«, sagte James. »Ich habe eine noch bessere Idee.«

»Und was für eine Idee wäre das?« Mias Stimme hatte einen sarkastischen Tonfall angenommen.

»Wir warten und lassen es herkommen. Niemand verlässt das Gebäude. Wer hier rein will, wird mit vorgehaltener Waffe bedroht. Wenn die anderen kommen, sage ich ihnen, was los ist. Sie werden mit uns warten, falls sie nicht schon von diesem Ding geschnappt wurden. Das können wir dann ja rausfinden.«

»Weißt du«, sagte Archie, »das klingt eigentlich ganz gut. Wir können hier doch länger bleiben, oder? Können wir uns Essen bringen lassen?« Archies Magen knurrte.

»Ja«, sagte James. »Wir verbarrikadieren die Fenster und lassen nur die Tür offen. Wenn es zu uns will, soll es herkommen. Wir können hier ausharren. Entweder gibt es auf und verschwindet oder läuft uns direkt in die Arme.«

»Das ist clever«, sagte Mia. »Kommt mir wie die beste Lösung vor. Aber was machen wir mit Hud?«

»Der soll seinen Rausch ausschlafen. Ich mag ihn zwar, aber er kann auch anstrengend sein«, lachte Archie.

Mia schien genau zu wissen, worum es ging. Er konnte sie ebenfalls lächeln sehen.

»Dann mal an die Arbeit«, sagte James.

In den nächsten zwei Stunden schlugen sie gemeinsam Bretter vor alle Fenster. Da zufällig Werkzeug und Holzplanken in dem Revier herumlagen, weil das morsche Gebäude alle zwei Jahre renoviert wurde, kamen sie schnell voran. Und zu guter Letzt hieß es dann nur abwarten.

Nicht nur Mia packte sichtlich die Müdigkeit. Auch James fielen ab und zu die Augen zu. Nur Archie blieb wachsam und hielt ein Auge offen.

Mia setzte sich neben Archie. James war bereits eingenickt. »Ich habe zwei Fragen, die dir vielleicht unangenehm erscheinen«, begann Mia. »Darf ich sie stellen?«

»Immer raus damit«, sagte Archie. Er ließ die geschlossene Tür nicht aus den Augen.

»Die erste … Warum kümmert es dich so sehr, dieses Ding zu erlegen? Ich penn' hier fast ein. Dich reißt ja scheinbar nichts vom Hocker.«

»Um ganz ehrlich zu sein … Das hab ich dir vorhin nicht erzählt, aber ich reise durch das Land und helfe Menschen. Schon seit Jahren. Du wärst überrascht, wie viele von solchen Biestern wie dieses hier ich schon erlegt habe. Ich versuche, Frieden zu bringen. Etwas Ordnung in das Chaos zu bringen, das hier im Ödland herrscht.«

»Hm-hm«, summte Mia. »Und nun die zweite Frage. Liegt mir schon länger auf der Zunge, aber ich hab mich nie getraut zu fragen.«

Oh Gott. Was wollte sie? Wollte sie ihn vielleicht küssen? Ihn fragen, ob er jemals eine Freundin gehabt hatte? Ob er gerade frei war?

»Warum zur Hölle hast du keinen Schatten?«

Archie stutzte. Manchmal vergaß er, dass er keinen Schatten warf. Er lachte kurz. »Weißt du, ich könnte es dir erzählen. Wäre eine lange Geschichte, aber wir haben ja gerade Zeit. Die Antwort wird dich vielleicht nicht zufrieden stellen, aber …«

Es klopfte an der Tür.

James schnellte hoch. Er signalisierte ihnen beiden, aufzustehen aber still zu sein. Dann zog er seinen Colt und ging langsam auf die Tür zu. »Wer ist da?«, fragte er.

»Jim Millers von überm Hügel. Ich will 'ne Beschwerde machen. Bist du das, James?« Die Stimme eines alten Mannes erklang gedämpft hinter der Tür.

»Ich mache sofort auf. Sekunde.« James trat einen Schritt zurück, öffnete mit einem Ruck die Tür und hielt seine Waffe bereit.

Dahinter stand ein alter Mann, der sich erschrak und seine Hände hob. »Heiliger Bimbam! Mann, wat erschreckst du mich! Alles gut bei dir?«

»Worum geht's?«, fragte James.

»Öhm … wirste mich erschießen?« Der alte Jim Millers war deutlich schockiert, spielte aber überraschend gut mit.

»Nur, wenn du näher kommst. Worum geht's?« James senkte die Waffe kein Stück.

»Mein Briefkasten is' gestohlen worden. Heute Nacht. Bin aufgewacht, das Ding war weg. Wenn du den Mistkerl finden könntest, wär ich dir dankbar. Schönen Tach noch.« Und Jim Millers verschwand.

James schloss die Tür. »Entweder ein Blindgänger oder dieses Ding überlegt sich eine neue Taktik.« Er entfernte sich wieder von der Tür und ging zu seinem Schreibtisch, um sich den Diebstahl aufzuschreiben.

»Wer zur Hölle klaut Briefkästen?«, stutzte Mia.

»Keine Ahnung. Aber was soll's?« James kritzelte mit seinem Füller und biss sich dabei fast auf die Zunge. Er wirkte angestrengt.

Es klopfte erneut.

James ließ den Füller fallen. »Wer ist da?«, fragte er.

»Edward Hunter. Mach bitte auf. Jemand hat meinen Briefkasten geklaut.«

Die drei schauten sich völlig verstört an. James öffnete die Tür und richtete seine Waffe auf den Mann namens Edward Hunter, einen dicklichen Kerl mit roten Haaren und Hakennase.

»Whoa, whoa, James! Was zur Hölle soll das?«, fragte er und hob ebenfalls seine Hände.

»Dein Briefkasten wurde geklaut?« James sah den Mann perplex an.

»Joa, und die meiner Nachbarn auch. Ich hab, ehrlich gesagt, keinen Briefkasten gesehen. Die sind alle weg.«

»Gut … Ich schreib's mir auf. Ich werde den Kerl finden, der dafür verantwortlich ist. Danke dir. Und tut mir leid.«

James schlug die Tür zu und drehte sich zu Archie und Mia. »Was soll das bedeuten?«

»Ich weiß es nicht«, sagte Archie, »aber i…«

Es klopfte an der Tür.

»Briefkasten weg?«, fragte James.

»Ja … Woher weißt du das?«

Da dämmerte es Archie. »Oh mein Gott.« Er stand rasch auf und blickte durch einen Spalt von einem Fenster, das nicht ganz verbarrikadiert war. Er konnte eine Menge von Menschen sehen, die langsam die Straße herunterliefen. Einige kamen in Zweiergruppen.

»Dieses Biest! Es hat alle Briefkästen der Stadt geklaut!«, rief er angespannt.

»Und?«, fragte James. »Was will es damit bezwecken?«

»Jeder will herkommen und seinen Briefkasten melden. Die Bude hier wird voll sein, direkt vor unserer Tür. Und dieses Ding kann direkt darin untertauchen.«

James' Pupillen weiteten sich sichtbar. Er griff an seinen Gürtel und warf Archie den Schlüsselbund zu. »Ihr müsst verschwinden«, rief er. »Holt euren Freund aus dem Keller. Ich halte die Menge auf. Los, los!«

Archie packte Mia und öffnete die Tür zum Keller. Ein relativ dunkles Gemäuer, das durch ein schwaches elektrisches Licht erleuchtet wurde, gefüllt mit sechs Zellen. Er lief zügig mit Mia im Schlepptau die Stufen herunter.

In den Zellen befanden sich vier Insassen: ein gruseliger Mann im Schneidersitz, ein weiterer Kerl, der irgendetwas von Deputy-Witzen erzählte, ein Kleinwüchsiger und Hud, der die beiden mit einem breiten Lächeln begrüßte.

»Boah! Ihr habt lange genug gebraucht!«, sagte er. »Aber was ist mit dem Deputy?«

James hatte in seiner Hast nicht gesagt, welcher Schlüssel zu Huds Zelle passte. Archie stellte sich vor das Schloss und probierte eilig einen Schlüssel nach dem anderen aus. »Der ist gerade unser geringstes Problem. Wir müssen hier weg. Und zwar schnell.«

Kapitel 28 – Ver-zweif-lung, die |

Zustand der Hoffnungslosigkeit; Aussichtslose Lage

Die quietschende Tür der Zelle öffnete sich. Hud stand auf und bemerkte jetzt erst, wie schwach seine Beine geworden waren. Und er hatte länger nicht geschlafen. Ziemlich lange, um ehrlich zu sein. Seine Zellennachbarn sowie das gesamte Debakel hatten ihn wach gehalten. Er wollte dringend ein Nickerchen machen. In den Gesichtern von Archie und Mia konnte er jedoch lesen, dass genau das in der aktuellen Lage nicht möglich sein würde.

»Jetzt schnell, Hud! Der Wagen steht vor dem Revier. Wir können verschwinden!«, drängte ihn Archie.

Hud schaute in die Zelle, die sich links von seiner befand. Dort saß der Zwerg und sah ihn mit großen Augen an. Und etwas regte sich in ihm. Irgendein Winkel seines Herzens schrie förmlich nach den folgenden Worten …

»Wir müssen ihn mitnehmen!«, sagte er. »Das ist Jinx. Er war dort, Archie! Er war in Sherman's End. Und er ist nicht … so!« Er zeigte auf den Pilger, der in der anderen Zelle saß. »Er weiß mehr als wir. Er könnte uns nützlich werden.«

Jinx sprang auf seine Füße. »Dein Ernst, Kumpel? Dein Ernst?«

»Ja, Hud, dein Ernst?«, warf Archie hinzu. »Wir haben den Hilfsdeputy gerade dazu gebracht, uns zu vertrauen. Und wir sollen einen seiner Gefangenen mitnehmen?« Er packte Hud grob an der Schulter und zog ihn aus seiner Zelle. »Wir müssen uns verdammt nochmal beeilen! Es wird da oben gleich ungemütlich!«

Huds Bauchgefühl wehrte sich vehement dagegen, Jinx dort unten zu lassen. Es war wie ein Kompass, dessen Nadel auf den Kleinwüchsigen zeigte. »Ich gehe nicht ohne ihn.«

»Selbst wenn wir ihn mitnehmen: Wie sollen wir ihn da oben vorbeikriegen, hm?« Archie wurde wütend. Ihm stand das ins Gesicht geschrieben, was auch Hud fühlte: Erschöpfung.

»Lass mich das machen«, sagte Mia plötzlich. »Mein Ernst. Hol den Kleinen da raus, wenn dir so viel daran liegt und überlass mir das Reden. Aber lass uns endlich los, verdammte Scheiße!«, knurrte sie den letzten Satz in Huds Gesicht. Da fiel Hud auf: Auch Mia hatte nicht geschlafen. Sie waren alle fix und fertig.

»Na gut«, sagte Archie und holte den Schlüsselbund erneut hervor. »Aber sobald es Ärger gibt, geben wir den Kerl an den Deputy zurück. Ich will hier nicht meinen Kragen riskieren.«

Nach einigen Sekunden hatte er den richtigen Schlüssel gefunden und öffnete hastig das rostige Tor. Jinx kam zaghaft aus seiner Zelle.

Er reichte Archie die Hand. »Was du da getan hast, war wirklich selbstlos. Ich bin Jinx. Und glaub mir, ich enttäusche euch nicht.«

»Einen hab ich noch.« Morrisons Stimme brachte die gesamte Truppe dazu, ihre Köpfe dem Insassen zuzuwenden. »Ein Dieb, ein Zauberer, eine Bardin und ein Zwerg wollen ein Abenteuer begehen. Da sagt der …«

An diesem Punkt verschwanden die vier jedoch glücklicherweise schon aus dem Keller.

»Gott sei Dank!«, sagte James. »Ihr seid endlich da. Da draußen sind schon zwei Dutzend Menschen. Ihr müsst so schnell wie möglich da …« Er stockte, als er Jinx außerhalb seiner Zelle erblickte. Augenblicklich zog er seine Waffe und richtete sie auf Archie.

»Was soll das hier?«, fragte James angespannt.

Jinx ballte schon spürbar seine Fäuste, als Mia dazwischentrat.

»James, du vertraust uns, oder? Alles, und ich meine alles, was wir prophezeit haben, ist bisher wahr geworden. Wir sind hier, um dieses Ding zur Strecke zu bringen. Wieso sollten wir wahllos nur einen und nicht alle deiner Gefangenen befreien? Dieser kleine Mann dort hat Informationen über die Quelle dieses Dings. Er weiß, wo es herkommt. Er war dort.«

James verzog keine Miene. »Aha? Dieses mysteriöse Sherman's End also? Und das soll ich euch abnehmen?«

»Was bleibt dir anderes übrig?« Mia trat näher an James heran. »Wenn das alles vorbei ist und wir es schaffen, bringen wir ihn dir wieder. Das schwöre ich dir, bei allem, was ich habe und wofür ich stehe. Du hast mein Wort. Aber bitte, bei allem was lieb und teuer ist, lass uns bitte einfach gehen.«

James zitterte. Er kämpfte mit sich.

Es klopfte an der Tür. »Worthword? Bist du da? Mach doch einfach die Tür auf!«

»Bitte«, flehte Mia ihn an, »bitte.«

James drehte sich um. »Seid so ruhig wie ihr könnt. Ich versuche, den Weg frei zu machen.« Dann machte er sich zur Tür auf, öffnete sie kurz und trat nach draußen.

»Mir ist bewusst«, so hörten die vier James' Worte von draußen, »dass alle Briefkästen von Sequoia gestohlen sind. Das ist ein Akt des Vandalismus, den wir so nicht stehen lassen werden. Jedoch bitte ich euch alle, zu euren Häusern zurückzukehren. Wir werden uns, so gut wir können, um den Fall kümmern und die Briefkästen zurückbringen. Eure Namen stehen doch drauf. Daher gibt es keinen Grund, euch einzeln zu melden. Wir sind an dem Fall dran. Die Post von Sequoia kennt euch allesamt mit Namen und muss euch dementsprechend vorübergehend eure Briefe persönlich überbringen. Ich hoffe, das stellt kein Problem dar.«

Die Menge warf einige wilde Worte durcheinander und schien sich daraufhin aufzulösen.

James öffnete die Tür und winkte die Truppe zu sich. Sie setzten sich in Bewegung und traten nach draußen.

Der Tag war bereits angebrochen. Die Sonne stach regelrecht in Huds Augen.

»Danke«, sagte Archie und überreichte James den Schlüsselbund. »Dieses Ding wird uns bestimmt folgen. Sequoia dürfte sicher sein.«

»Ich hoffe, dass ihr Recht habt«, sagte James. »Sonst werde ich euch jagen und allesamt einzeln zur Strecke bringen. Das schwöre ich.«

»Moment mal!«, schrie plötzlich eine Stimme aus der Menge, die sich gerade auflöste. »Der Kerl da oben ist der, der gestern Abend die Kellnerin umgebracht hat! Diese Sherry aus dem Joey's! Was macht der da oben?«

»Stimmt«, fügte eine weitere Stimme hinzu. »Neben ihm ist dieser Jinx! Dieser verdammte Zwerg, der meine Werkzeuge klauen wollte!«

»ICH BIN KEIN VERDAMMTER ZWERG, DU ZURÜCKGEBLIEBENES STÜCK HUNDEKOT!«, warf Jinx zurück.

Die Menge tat sich daraufhin wieder zusammen und versammelte sich direkt vor den Stufen des Reviers.

»Wieso lasst ihr diese Verbrecher frei?«, brüllte eine alte Frau aus dem Publikum.

»Weil sie für unschuldig erklärt wurden«, rief James. »Und jetzt lasst mich meinen Job machen, okay? Wir finden eure Briefkästen!«

»Unschuldig?«, warf jemand hinzu. »Ich habe gesehen wie dieser verdammte Zwerg mein Werkzeug geklaut hat! Das Letzte, was er ist, ist unschuldig!«

»Das ist immer noch unsere Aufgabe!«, entgegnete James uncharmant. »Und jetzt geht zurück in eure Häuser!«

»Das will ich aus dem Mund von Deputy Worthword hören!«, rief eine weitere Stimme aus der Menge. Immer mehr Menschen kamen hinzu. Es war jetzt ein Mob aus circa dreißig Menschen. »Sein Auto steht vor dem Revier. Er wird doch wohl hier sein, oder?«

»Der Deputy ist beschäftigt. Und jetzt tretet alle zurück, sonst muss ich zu härteren Mitteln greifen!« James wurde zunehmend frustrierter. Auch er wirkte mehr als nur angespannt.

»Nein!«, brüllte jemand von ganz hinten. »James hat sich mit denen zusammengetan! Der Deputy ist tot!«

»Ja«, schrie ein weiterer, »ich habe Stickys Haut in einer Seitenstraße gefunden! Sticky ist tot! Warum nicht auch Worthword? Das ist eine Verschwörung, das sage ich euch! Eine Verschwörung! James ist korrupt!«

Nun rief die ganze Menge und warf der Truppe, die oben auf der Treppe stand, geifernde und böse Drohungen zu.

»Gib die Gefangenen raus!«, schrie jemand besonders laut. »Sie sollten hängen! Jetzt gleich! Zusammen mit dir, du Verräter!«

»Hängen sollt ihr!«

Und schon brüllte die gesamte Meute im Chor rhythmisch das Wort »Hängen«, als würden sie ein Lied anstimmen.

Ein Schuss ertönte. James hielt seinen Revolver in die Luft. Die Rufe waren augenblicklich verstummt. »Das war eine Warnung! Geht sofort zurück in eure Häuser, oder ihr zwingt mich, Gewalt anzuwenden!«

»Korrupter Bastard!«, brüllte ein Einzelner aus dem Mob.

»Wahnsinniger!«

Und nun begannen die Ersten, die Treppe hochzulaufen.

»Lasst mich das erledigen«, sagte Archie und trat nach vorn. »Haltet euch die Ohren zu. Wenn ich fertig bin, lauft, so schnell ihr könnt!« Dann schrie er ein Wort:

»Globalisierungsrate!«

Und die gesamte Menge an Menschen, die vor ihm stand, fiel um. Die Leute wurden wie von einer Druckwelle von den Füßen gefegt. Sie lagen auf ihren Rücken und fuchtelten mit ihren Gliedmaßen in der Luft wie Schildkröten.

»Los!«, brüllte Archie.

Sie gingen voran und stiegen über die liegende Meute hinweg. Einige verweilten noch im Schockzustand, aber andere schienen einen deutlich wacheren Geist zu haben.

Archie wurde von einer Hand an seiner Wade gepackt. Ein Tritt ins Gesicht der Frau, die ihn festhielt, löste das Problem schnell.

Jinx sprang wie ein Gummiball über die Rücken der Menschen hinweg.

Mia war die beste Sprinterin unter ihnen. Sie hatte die Menge schon passiert. »Ich starte den Motor!«, schrie sie zurück. Einige Sekunden später hatte sie schon den Griff der Autotür des um die Ecke geparkten Wagens in der Hand.

Hud hinkte etwas hinterher – seine Beine waren noch müde, genau wie sein Geist – aber er schlug sich ganz passabel. Da packte eine Hand seinen Fuß. Gefolgt von einem grauenhaft stechenden Schmerz. Er kreischte augenblicklich furchtbar laut auf und sackte zusammen. Ein halbes Dutzend Hände hielten ihn fest und begannen, ihn zu verprügeln.

»Hud!« Archie hatte die Menge schon passiert, sich nach dem Schrei jedoch umgedreht. Er rannte sofort so schnell er konnte zurück. Jinx machte ebenfalls kehrt.

Ein ratterndes Geräusch war zu hören. Mia hatte den Wagen anspringen lassen.

Hud blickte auf sein Bein: Ein großes Messer steckte tief in seiner Wade, so tief, dass nur noch der Griff heraussah. Zwei Hände legten sich indessen an seine Gurgel und begannen, ihn zu würgen.

Erste Bewohner Sequoias konnten sich nach Archies Spruch schon auf die Beine raffen. Viele lagen jedoch noch immer orientierungslos herum.

Archie sprang über die Menge und raste auf Hud zu, der langsam zu röcheln begann. Hud konnte sich kaum gegen die überwältigende Macht wehren. Er war zu müde und schlaff.

Jinx war als Erster bei Hud angelangt. Er warf sich mit voller Wucht gegen den großen bärtigen Mann, der kniend vor Hud saß und ihn würgte. Es reichte aus, um ihn aus dem Gleichgewicht zu bringen und Hud wieder atmen zu lassen.

Archie traf als Nächster ein und riss Hud an seinen Oberarmen aus den Griffen der Bewohner Sequoias. Er konnte nicht selbstständig stehen, also warf Archie Huds Arm über seine Schulter und schleppte ihn weiter.

Mia fuhr aus der Seitenstraße heraus und parkte seitwärts neben der Menge. Sie stieg rasch aus und öffnete die Beifahrertür.

Mittlerweile kamen zu viele der Bewohner wieder auf ihre Beine. Archie fand zwischen sich und dem Auto eine Wand von vier Dorfbewohnern, die sich aufgerafft hatten. Der Spruch hatte den Gleichgewichtssinn der Meute nur für eine kurze Zeit außer Kontrolle gebracht. Zu kurz. Die muskulösen Männer waren zwar relativ wackelig auf den Beinen, aber trotzdem in der Überzahl und weitaus fitter als der angeschlagene Archie.

Jinx tauchte neben den beiden auf. »Durchbrechen? Jetzt oder nie. Noch einmal alle Kraft aufbringen, Jungs.«

Ein weiterer Schuss rettete jedoch die Situation. Einer der Männer, die sich vor ihnen versammelt hatten, fasste sich an seine Brust, aus der Blut quoll. Dann sank er auf die Knie und fiel um.

»LASST SIE GEHEN!«, brüllte James, der seinen Revolver gehoben hatte. »LASST SIE GEHEN, IM NAMEN DES GESETZES!«

Niemand sagte auch nur ein Wort. Alle Augen ruhten auf James.

Dann gingen die Männer beiseite und machten wortlos Platz für Archie, Hud und Jinx.

Archie trug Hud weiter und legte ihn auf die Rückbank des Wagens. Jinx stieg zu ihm nach hinten. Dann nahm Archie auf dem Beifahrersitz Platz. Mia drückte auf das Gaspedal und der Wagen setzte sich ruckartig in Bewegung. Archie blickte in den Rückspiegel und sah zu, wie die Menge sich langsam erhob und die Treppe hochging. James wurde gepackt und davongetragen. Eine Hand, die aus der Menge ragte, präsentierte eine aus einem Seil geknotete Schlinge.

Die Sonne ging langsam aber sicher unter. Die flache Landschaft wurde erneut in Orangetöne getränkt.

Archie saß jetzt am Steuer. Er konnte kaum fahren, jedoch war es kein Problem, den Wagen auf einer geraden Strecke zu halten.

Mia schlief auf dem Beifahrersitz. Sie hatte noch einige Stunden mit der Fahrt zugebracht, musste jedoch irgendwann abbrechen. Archie hatte währenddessen ein paar Stunden Schlaf sammeln können, war aber noch immer erschöpft, vor allem, da er Gebrauch von ein paar Sprüchen hatte machen müssen.

Hud lag auf der Rückbank. Jinx passte auf ihn auf. Der Kleine war derjenige unter ihnen, der am wenigsten Erschöpfungserscheinungen zeigte. Jedoch konnte er aus offensichtlichen Gründen den Wagen nicht bedienen.

Hud hatte vor drei oder vier Stunden das letzte Mal ein Wort gesprochen. Er hatte eine Menge Blut verloren. Keiner der drei war wirklich mit der Versorgung von Kranken vertraut. Der Erste-Hilfe-Kasten im Wagen hatte zwar für eine Kompresse und einen Verband gesorgt, das schien der Sache jedoch nicht sonderlich zu helfen. Hud war furchtbar kalt und wurde langsam immer bleicher.

Stundenlang hatte niemand irgendein Wort gesagt. Sie lauschten nur der Musik aus dem Wunderding, die ihnen eine letzte Dosis Trost brachte.

»Hey … Archie, dein Name war Archie, oder?«, meldete sich Jinx vom Rücksitz.

»Ja. Was ist los?« Archie wunderte sich noch immer, warum sie den Kleinwüchsigen mitgenommen hatten. Hud hatte darauf bestanden, da er angeblich in Sherman's End gewesen war, aber Archie nahm es ihm irgendwie nicht ab.

»Hud geht's nicht gut. Gar nicht gut.«

»Das weiß ich schon«, sagte Archie. Ihm fielen die Augen fast zu. Es war eine regelrechte Tortur, zu fahren.

»Dann sollten wir für eine Sekunde anhalten. Wirklich.«

»Jinx, ich weiß zu schätzen, was du hier tust. Aber wir können nicht anhalten. Du weißt, wir werden verfolgt.«

»Ja, von diesem Tentakel-Ding und von einem Typen namens Death. Das habt ihr mir ständig gesagt. Doch ich sehe nichts davon und Hud verreckt uns gerade.«

»Wir müssen durchhalten«, sagte Archie. »Irgendwie. Auch Hud.«

Das Wunderding sprang um. Der Song »cant_stop_-_red_hot_chili_peppers.mp3« erschien auf dem Display.

»Wir wissen aber alle, dass wir durchhängen. Wir haben nichts zu essen. Niemand von uns hat geschlafen. Wir müssen anhalten, verdammt nochmal! Was hast du denn für Ideen, wenn du selbst keine Vorschläge machst? Weiterfahren, bis du am Steuer einpennst und uns gegen einen Baum fährst?«

Jinx wurde laut. Das gefiel Archie gar nicht.

»Ich hab keine bessere Idee, du verdammter Zwerg! Aber wir müssen Distanz aufbauen! Wir werden verfolgt!«

»Ich ignoriere jetzt mal, dass du mich gerade Zwerg genannt hast. Aber ich habe noch keinen von euren unsichtbaren Verfolgern gesehen. Vielleicht seid ihr auch nur alle paranoid, hm?«

»Halt die Klappe und lass mich fahren!« Archie wurde mittlerweile richtig laut. Die Verzweiflung machte sich in ihm breit.

»Halt du die Klappe und HALT AN!«, brüllte Jinx zurück.

Es herrschte Stille im Wagen. Jemand wimmerte. Es war Hud.

»Pscht, hörst du das?« Archie hörte genau hin.

»Ja, dein Kumpel hat Fieberträume oder sowas und murmelt vor sich hin. Das ist normal, wenn man verreckt und die eigenen Freunde einem nicht helfen!«

»Nein, halt deine Klappe. Hör zu.«

Archie lauschte genau hin. Er glaubte, etwas gehört zu haben. Er hoffte, es war keine Einbildung.

»Fi-Fri, Fi-Fra …«, murmelte Hud. »Fi-Fri, Fi-Fra …«

»Der Song of X? Ernsthaft?« Jinx lachte. »Er ist völlig im Delirium.«

»Ja, was für ein Zufall, wenn wir gerade auf dem Weg nach Sherman's End sind und er genau diesen Song singt. Wir sollen weiter. Das will er uns sagen.«

»Wie jetzt? Weil er zugedröhnt irgendetwas singt, sollen wir weiterfahren? Hast du sie noch alle? Du spielst mit dem Leben von diesem Kerl!« Jinx wurde wieder lauter.

Die Musik irritierte Archie. Sie war zu aggressiv. Er schaltete weiter. Der nächste Song hieß »keep_on_truckin_-_sammy_samson.mp3«.

»Das hier ist unsere Aufgabe, Jinx«, sagte Archie herrisch. Eigentlich wollte er diesem Jinx danken. Der Streit hielt ihn wach. »Wir sollen nach Sherman's End. Wir werden dorthin geführt.«

Ein merkwürdiger Geruch lag in der Luft. Er schien von außen durch die einen Spalt breit geöffneten Fenster des Wagens zu dringen. Der Geruch war süßlich und rief ein schon fast nostalgisches Gefühl in Archie hervor.

»Du bist doch völlig kaputt im Kopf! Du bist ja schlimmer als diese Pilger, die tatsächlich dort waren! Warum bin ich nur mitgekommen?«

»Fi-Fri, Fi-Fra …«, murmelte Hud.

»Ich reiß dir gleich das Steuer aus der Hand!«, brüllte Jinx. »Es reicht mir mit dir!«

»Und ich werde dir in den Arsch treten, dich hier aussetzen und weiterfahren!«, kreischte Archie zurück.

Mia rümpfte ihre Nase und wurde wach. »Könnt ihr nicht etwas leiser sein?«

»DU HÄLTST DICH DA RAUS!«, schrien Jinx und Archie gleichzeitig.

Archie hasste auch diese Musik. Er machte ein weiteres Lied an, »dont_stop_-_fleetwood_mac.mp3«.

»Kommt schon, Jungs … Habt ihr nichts Wichtigeres zu tun?« Mia rümpfte im Halbschlaf ihre Nase. »Lasst mich weiterschlafen. Gebt Hud eine Chance.«

»Dieser Idiot hier«, fuhr Jinx fort, »will Hud keine Chance geben! Er will ihn sterben lassen!«

»Nein, ich denke, dass wir ein Zeichen kriegen! Wir wurden hierher gelenkt! Wir werden ein Zeichen kriegen, wir sehen es nur noch nicht!«

»Du spinnst einfach nur!« Jinx war kurz darauf, zu Archie nach vorne zu klettern

»Riecht ihr das auch?«, fragte Mia.

»Ja, aber das ist jetzt egal. Dieser Zwerg muss hier raus. Ich dreh sonst durch.« Archie nahm sich zusammen.

»Ernsthaft … riecht ihr das? Das riecht wie Zuckerbrot. Hat meine Mutter früher immer gemacht.« Mia öffnete ihr Fenster noch weiter, um den lieblichen Geruch im Wagen zu verstärken.

»Verdammt, halt den Mund!«, brüllte Jinx.

»Och, lasst mich doch«, sagte Mia. »Zuckerbrot ist für mich Zuhause. Es riecht hier nach Heimat.«

Archie zuckte zusammen und blickte Mia an. »Was hast du gerade gesagt?«

»Hm? Zuckerbrot. Es riecht nach Zuckerbrot.«

»Nein, danach! Danach!«

»Es riecht nach … Heimat?«

»Fi-Fri, Fi-Fra …«, murmelte Hud. »Fi-Fri, Fi-Fra …«

Kapitel 29 – Schick-sal, das |

Vorausbestimmte Dinge, die Personen oder Ereignisse beeinflussen

Die tiefe Dunkelheit, die Hud umgab, wich von ihm als würde sie schmelzen. Seine Augen öffneten sich. Er hatte einen pochenden Kopfschmerz, der ihn daran hinderte, vernünftig zu sehen. Erst war es ein trübes, helles Licht, doch dann nahmen die Konturen Stück für Stück konkrete Formen an. Eine weiche Federdecke lag auf ihm. Er fühlte eine Matratze unter sich. Seine linke Wade brannte wie verrückt.

»Ein Messer«, stammelte er fast automatisch. Es war ein Messer gewesen.

Langsam kamen ihm die Erinnerungen zurück. Sequoia, die Zellen unter dem Revier, eine wütende Meute, die Rückbank des Wagens und dann … nichts.

Er setzte sich langsam auf. Das funktionierte überraschend einfach. Jedoch wurden die Schmerzen in seinen Schläfen stärker, wenn er sich bewegte. Ihm war übel.

Das Zimmer, in dem er lag, war geradezu … majestätisch eingerichtet. Er wusste nicht, ob das Wort passte, und Archie würde ihm sicherlich sagen, dass das nicht der Fall war, aber es war wirklich schön. Neben dem Bett stand ein kleiner hölzerner Beistelltisch mit einem gestrickten Deckchen, auf dem ein Tonkrug voll Wasser und ein Teller mit Brot standen. An den Wänden hingen bunte Teppiche. Hud musste sie nicht anfassen, um zu wissen, dass sie furchtbar flauschig waren.

Er hob die Decke an, um sein Bein zu betrachten. Die Wunde war mit einem sauberen Verband versehen und mit einem hölzernen Stock so stabilisiert, dass er das Bein weder knicken noch sonderlich belasten könnte. Eine Krücke war an das Bett angelehnt.

Erst jetzt knurrte sein Magen geradezu bestialisch. Hud stürzte sich auf das Stück Brot. Es duftete himmlisch und schmeckte süß. Er konnte fühlen, wie etwas Kraft zurückkehrte. Den Krug leerte er in einem Zug, wobei noch etwas an seinen Mundwinkeln herunterlief und auf sein Oberteil tropfte. Eine Frage blieb allerdings: Wo war er und wo waren die anderen?

Hud zögerte nicht lange, schnappte sich die Krücke und versuchte aufzustehen. Das ging relativ leicht. Er humpelte zur Tür und drückte die Klinke hinunter.

Als er den Kopf durch die Tür steckte, blickten ihn drei bekannte Gesichter an: An einem größeren Tisch saßen bereits Jinx, Archie und Mia. Alle drei lächelten, sobald sie ihn sahen.

»Hud!«, rief Archie. Er wirkte mehr als erleichtert und freute sich sichtlich, ihn zu sehen. Hud ging es genauso. »Du bist wach! Geht's dir gut?«

»Klar, klar«, sagte Hud. Er fasste sich mit einer Hand an seinen Kopf, der noch immer weh tat. »Mir geht es … besser, sagen wir mal so.«

Archie stand auf und stellte Hud einen Stuhl bereit. »Setz dich zu uns. Du hast sicher eine Menge Fragen. Wir erklären dir gleich alles, aber erst mal frühstücken wir.«

Dann sah Hud, was auf dem Tisch stand. Ihm war danach, vor Freude zu heulen.

Normales Brot und das leckere Zuckerbrot, das er zuvor gekostet hatte, frische Butter, ein Glaskrug voll mit Milch, gebratener Speck, einige gekochte Eier, Käse, ein paar geöffnete Gemüsekonserven sowie fünf Tischgedecke. Ein Teller war noch frei. Ohne zu zögern machte sich Hud auf seinen Weg zum Tisch, setzte sich, warf die Krücke beiseite und begann, sich hastig seinen Mund vollzustopfen. Das Stück Zuckerbrot hatte nicht viel geholfen, er hatte noch immer einen Bärenhunger.

Jinx, der links neben ihm saß, kaute gerade an einem Maiskolben. Als Hud ihn ansah, lächelte der Kleinwüchsige ihn sogar etwas an. Einige Stücke Mais hingen in seinem langen braunen Bart.

Mia saß zu seiner Rechten. Sie hatte ihre Augenklappe abgenommen. Dort, wo sie sonst war, war etwas vernarbtes Gewebe zu sehen. Sie aß genüsslich einen Streifen Speck. Hud sah jetzt erst, dass ihre Gitarre hinter ihr an die Wand gelehnt war.

Gegenüber von ihm setzte sich nun Archie hin, der aussah, als würde er etwas erklären wollen. »Iss ruhig, stärke dich«, begann er. »Du musst nur reden, wenn du willst. Aber du wirst nicht glauben, was passiert ist!«

Hud schmatzte und ließ seine Augen nicht von Archie.

»Du erinnerst dich an unsere Träume? Die, die wir in Corn County hatten?«

»Baf Feuer im ber Nafp, wo ef naf Heimap rieft?«, sagte Hud mit vollem Mund. Essensbrocken flogen über den Tisch. Er schluckte, fast ohne zu kauen. Das war ihm egal.

»Ganz richtig. Wir sind hier. Das ist nicht Sherman's End, falls du es dachtest, aber wir wurden erwartet. Das hier ist das Haus von ...«

»Madamuselle Davide«, sagte eine tiefe, anmutige Frauenstimme, die auf einmal hinter Hud erklang. »Ich sehe, dass du wach bist! Schön, schön.«

Hud drehte sich um. Er sah eine hochgewachsene Frau, die in einen bunten Poncho gehüllt war. Ihr langes braunes Haar floss über ihre Schultern. Sie war vermutlich die einzige Person auf der Welt, die in einem Poncho nicht absolut dämlich aussah. Sie hatte trotz ihrer Größe etwas Graziles an sich.

»Da du wach bist, können wir endlich anfangen«, sagte Madamuselle Davide. »Ich habe deine Wunde verarztet.«

Hud nickte nur und biss in ein Stück vom Zuckerbrot.

»Nun, ich werde es auch dir noch einmal erzählen. Deine Freunde wissen es bereits, aber du sollst es ebenfalls hören. Ihr solltet hierherkommen. Ihr wurdet ... gelenkt.«

»Vom bir?«, schmatzte Hud, der noch immer Essen hinunterschlang.

»Nein, nicht von mir. Ich ... wurde auch hierher gelenkt. Um euch zu empfangen.« Die Madamuselle schnappte sich einen Stuhl und setzte sich neben Hud. Sie sah ihm tief in die Augen. »Ihr hattet einen Traum. Einen Traum, in dem euch gesagt wurde, dass ihr ein Feuer in der Nacht suchen sollt, dort, wo es nach Heimat riecht.«

Hud nickte.

Madamuselle Davide schnappte sich selbst auch ein Stück Zuckerbrot und aß es. »Als ich ein ganz kleines Mädchen war, erzählte mir meine Mutter von meiner Grandma. Meine Grandma starb Wochen nach meiner Geburt, jedoch waren die Geschichten über sie auch nach ihrem Tod allen bekannt. Sie war das, was ihr einen ›Superfreak‹ nennt. Sie half Menschen. Sagte ihnen Dinge, die sie nicht wissen konnten. Eine … Hellseherin. Meine Mutter hatte diese Gabe nicht, jedoch wurde es schnell bekannt, dass auch ich nicht normal war.«

Madamuselle Davide aß noch mehr Zuckerbrot. »Dieses Brot ist ihr Rezept. Sie konnte es angeblich besser machen als ich. Aber ich liebe es.« Sie leckte sich ihre Finger ab. »Was mir jedoch mit sieben Jahren passierte, wird euch sicherlich interessieren. Ich hatte einen Traum. Einen sehr, sehr … realen Traum. Eine Stimme sagte mir, dass ich mich hier, genau hier auf diesem Fleck niederlassen sollte, auf dem du gerade sitzt. Und als ich es tat und ein Zelt errichtete, kam der nächste Traum. Die Stimme in meinem Traum identifizierte sich. Sie nannte sich Lex. Und Lex sagte mir, dass dieser Ort heilig sei. Er gibt demjenigen, der sich hier aufhält, Schutz. Wir sind hier vollkommen ungestört. Keine Macht der Welt kann Auskunft über die Dinge bekommen, die hier gesprochen werden. Dieser Ort … ist ein Superfreak.«

Sie lachte kurz. »Ich finde das Wort albern, um ehrlich zu sein. Ist zwar schön, dass ihr es gewählt habt, aber es ist nicht sehr passend. Es gibt nicht nur Menschen, die merkwürdige Fähigkeiten haben. Es gibt auch Gegenstände, Orte, alles Mögliche. Manche Dinge sehen nur aus, als wären sie normal, sind es aber nicht.«

Madamuselle Davide zeigte auf Archie. »Gib mir die Waffe, die du in deinem Gürtel trägst. Den Revolver.«

Nachdem Archie ihr den Revolver gegeben hatte, reichte die Hellseherin diesen an Hud weiter. Er ließ sofort sein Essen auf seinen Teller fallen und nahm die Waffe entgegen. »Das hier zum Beispiel ist kein normaler Revolver. Das spüre ich. Meine Fähigkeiten verraten es mir. Ich kann dir nicht sagen, was er tut. Das musst du selbst herausfinden. Aber du solltest ihn gut aufbewahren. Er könnte noch einmal von großem Nutzen sein.«

Hud verstaute die Schusswaffe in seinem Gürtel und schaute die Seherin weiterhin mit großen Augen an.

»Genug abgeschweift. Wir wollen weitermachen. Dieser Ort lässt niemandem Leid zukommen, der sich an ihm befindet. Er verhindert bösen Geistern Einblicke in das, was sich hier abspielt. Du wärst fast gestorben. Deine Freunde jedoch haben dich hergebracht und ich konnte dich im Nu wieder aufpäppeln. Du hast einen halben Tag geschlafen, so wie die anderen auch. Ihr seid hier auch sicher vor euren Verfolgern. Ihr könnt euch hier so lange ausruhen, wie ihr wollt oder müsst.«

»Sehr freundlich«, sagte Hud. »Wirklich, danke. Aber erzähl weiter! Was hat dieser … Lex gesagt?«

Madamuselle Davide fuhr fort. »Lex sagte mir, dass ich jeden Abend dieses Brot backen sollte, sowie ein Feuer errichten sollte. Damit ihr hierherfinden könnt.«

Huds Augen wurden noch größer. Er hatte nicht einmal mehr Lust zu essen. »Also wurden wir hierhergebracht, von diesem Lex, damit du … Wie heißt du nochmal?«

»Madamu… Ach, lassen wir den Mist. Das ist mein Künstlername. Hellseher brauchen dieses gewisse Flair. Ich bin Harley.« Die Hellseherin klopfte Hud freundschaftlich auf den Rücken. »Harley Davidson.«

»Der Name kommt mir bekannt vor«, sagte Hud.

»Mein Vater hat es irgendwo auf einem Unfallwrack gelesen, meinte er. Ist ja auch egal. Das Einzige, was zählt, ist, dass ihr hier seid. Ihr habt nämlich ein Schicksal zu erfüllen.«

»Und was wäre dieses Schicksal?«, fragte Hud.

»Jetzt wird es interessant: Ich weiß es nicht. Ich wurde hierher gelenkt, genau wie ihr, damit wir uns auf neutralem Grund treffen können. Lex hat mir jedoch gesagt, was ich zu tun habe. Es hängt mit meinen Kräften zusammen. Und sobald ihr bereit zum Aufbruch seid, können wir damit beginnen.«

Hud schob den Teller beiseite. Er war mittlerweile wirklich vollkommen satt. »Na gut«, sagte er, »wann können wir anfangen?«

Harley lächelte. »Ich dachte, du würdest nie fragen. Folgt mir.«

»Sekunde«, sagte Hud. »Ich muss vorher nochmal pinkeln.«

Harley führte die vier in einen Raum, der scheinbar nur aus schwarz-roten Teppichen bestand. Einige Kerzen brannten, die ein fast dämonisches Licht an die flauschigen Wände warfen. In der Mitte des Raumes stand ein Tisch mit einer Kristallkugel.

»Lasst euch nicht einschüchtern«, sagte Harley, »das ist alles nur Firlefanz.«

Hud lachte kurz, als er das Wort »Firlefanz« hörte. Das würde er sofort im Wörterbuch des Wunderdings nachschlagen müssen.

»Die Leute sind natürlich sofort in der Stimmung, wenn sie all dieses Licht und eine Kristallkugel sehen. Das ist alles nur Show. Meine Kräfte funktionieren auch so. Jedoch holt man sich damit einen gewissen Ruf. Und zahlende Kundschaft, die von einem guten Ruf angezogen wird, ist kostbar. Immerhin muss ich ja auch für mein eigenes Leben hier sorgen.« Sie kicherte. »Entschuldigung, ich verquatsche mich schon wieder. Versammelt euch um den Tisch. Wir müssen uns alle an unseren Händen fassen.«

Niemand wagte es, auch nur etwas zu sagen. Irgendetwas würde passieren, das wussten sie alle. Ehrfürchtig reihten sie sich um den Tisch und fassten sich an den Händen. Sie mussten sich hinknien, der Boden war jedoch mit Kissen gepolstert, was sehr gemütlich war.

Jinx' Kopf schaute gerade so über die Tischkante, weswegen er eher grimmig dreinblickte.

»Schön«, sagte Harley, »bleibt so. Ich muss nur kurz etwas vorbereiten.« Sie griff unter den Tisch und holte eine wunderschöne geschnitzte, hölzerne Pfeife hervor. Daneben stellte sie einen kleinen Samtbeutel. Sie öffnete ihn, holte eine ihnen unbekannte Substanz hervor und stopfte sie in die Pfeife.

»Was ist das?«, fragte Mia.

»Das ist Dextromethorphan«, sagte Harley. »Hilft mir, meine Kräfte deutlich zu verstärken. Das kann ganz schön gefährlich werden. Aber, bevor jemand Angst bekommt: Ich habe viel Erfahrung damit und natürlich habe ich mich ausgiebig auf den heutigen Tag vorbereitet – seit meinem siebten Lebensjahr.«

Aus irgendeinem Grund beruhigte diese Aussage niemanden.

Harley zündete ein Streichholz an, hielt es an den Kopf der Pfeife und zog einmal. Sie behielt den Rauch einige Sekunden in ihrer Lunge und atmete anschließend langsam aus. Dann fuchtelte sie mit ihrer Hand, bis das Streichholz ausging. Ein merkwürdig-süßlicher Geruch, eine Mischung aus dem kuriosen Stoff und verbranntem Streichholz, erfüllte die Luft. Harley schloss ihre Augen. Sie begann zu summen.

Die vier starrten sich an. Niemand wusste so wirklich, was er sagen sollte. Alle warteten gebannt auf das, was passieren würde.

Und letztendlich schlugen die Augen der Seherin auf. Eine merkwürdige Aura durchzog den Raum. Huds Nackenhaare stellten sich auf. Und dann sah er es. Die Augen der Seherin waren komplett rot. Die Pupillen waren noch zu sehen, aber sie waren blutrot.

»Mhhhh«, sprach Harley, »ihr seid hier. Das ist gut. Wir wollen keine Zeit verschwenden. Das hier, eure Reise, all euer Leid … Diese Dinge dienen einem Zweck. Einer Sache, die weitaus größer ist als ihr alle.«

»Nicht lustig!«, hörte Hud Jinx fluchen.

»Unter euch ist Mia Jacobs, Tochter von Steven und Martha Stewarthe Jacobs. Tritt hervor, komm zu mir, mein Kind.«

Alle Augen ruhten plötzlich auf Mia. Sie wirkte skeptisch, fast schon verzweifelt und sah so aus, als hätte sie panische Angst. Hud konnte absolut verstehen, warum. Ihm war danach, schreiend aus dem Zimmer zu rennen.

Die Seherin war nicht mehr in ihrem Körper. Etwas anderes war in ihr. Etwas, das keinesfalls menschlich war. Das konnte Hud an ihrem Blick erkennen, an dem Gefühl, das von ihr ausging, an der Art, wie sie nun sprach.

Jedoch spürte Hud, dass die Präsenz nicht böse war. Es war etwas Größeres, wie das Wesen gesagt hatte. Etwas, das von oben auf sie herabsah.

»Ich bin hier«, sagte Mia. »I-ich komme.« Zitternd stand sie auf und ging zu der Seherin.

»Tritt näher«, säuselte das Wesen, das in Harleys Haut steckte. »Hab keine Angst. Das, was passieren wird, ist wichtig. Es muss geschehen.«

»I-in Ordnung«, sagte Mia und kniete sich vor die Seherin.

Harley hob ihre Arme, umarmte Mia, zog sie näher zu sich und küsste sie. Es war der innigste Kuss, den Hud jemals gesehen hatte. Sein Atem stockte. Es war nichts Sexuelles hinter dem Kuss, nichts Perverses, sondern etwas Ehrliches und Reines. Die beiden wirkten wie zwei Vertraute, die sich ewig kannten. Mias gesamter Körper gab sich dem Kuss hin. Sie war wie Wachs in den Händen der Seherin.

Nach etwa zehn Sekunden war das Schauspiel vorbei. Harley drückte Mia, die noch immer ihre Augen geschlossen hatte, sanft von sich. Sie zitterte am ganzen Leib.

Dann kippte Harley um.

Archie raffte sich sofort auf und eilte zu Mia. Jinx wiederum ging zur Seherin. Hud blieb perplex an Ort und Stelle.

»Hey, Mia, alles in Ordnung?«, fragte Archie in einem besorgten Tonfall. Er packte sie an beiden Schultern.

Mia öffnete ihre Augen. »Um ehrlich zu sein … ja, absolut.« Sie zuckte mit den Schultern. »Mir ging es nie besser.«

Hud versuchte, sich irgendwie aufzurappeln, aber sein Bein gab schnell nach. Er würde das Ganze beobachten und warten, bis es vorbei war.

Jinx half Harley auf die Beine. Die Seherin fasste sich an den Kopf. Als sie ihre Augen aufschlug, war wieder alles normal. »So«, begann sie, »erzählt mir bitte sofort, was passiert ist. Habe ich jemanden geküsst? Ich habe jemanden geküsst, oder?«

Jinx nickte. Er zeigte auf Mia.

»Oooh … ich verstehe«, sagte sie. »Habt ihr Drogen?«

Archie drehte sich zur Seherin. »Was hast du mit ihr gemacht?«, fragte er besorgt.

»Kein Grund zur Aufregung, es ist alles in Ordnung mit ihr. Es ist dennoch wichtig, das zu wissen: Habt ihr Drogen?«

»Ja«, sagte Hud. »Mehrere Pfund … Mary-Jane.«

»Ahh«, seufzte Harley. »Sehr gut. Sehr gut. Ihr müsst jetzt gehen, sofort.«

»Warum?«, fragte Archie hastig. »Was passiert jetzt?«

»Ihr werdet es heute Abend merken. Fahrt weiter, weiter in Richtung Sherman's End, und haltet nicht an. Schlagt ein Nachtlager auf, mit einem Lagerfeuer. Nehmt die Drogen, gebt Mia das meiste davon. Das wird ihr helfen. Und ihr werdet es wissen, wenn es passiert. Ich will euch nicht die Überraschung verderben. Aber vergesst nicht, bevor du mir gleich an die Gurgel springst, Archie: Es ist alles in Ordnung mit ihr.«

»In Ordnung«, sagte Archie. »Aber wehe dir, wenn du lügst. Wehe dir.«

»Ernsthaft: Das tue ich nicht. Heute Nacht wird etwas sehr, sehr Wichtiges geschehen. Passt gut auf. Dokumentiert alles. Falls ihr Zettel und Stift habt, haltet beides bereit. Ihr müsst es beobachten.« Harley stand auf. Sie war wackelig auf den Beinen. »Das hat mich viel Kraft gekostet. Ihr müsst jetzt wirklich gehen. Ich habe genug Vorräte in euer Auto gebracht. Lasst mich bitte allein.«

Harley blies Stück für Stück die Kerzen im Zimmer aus.

Archie half Mia auf die Beine. Jinx versuchte, Hud zu helfen und gab ihm seine Krücke.

Kurze Zeit später startete Mia den Motor.

»Sicher, dass du fahren willst? Nach dem, was da gerade passiert ist?« Archie sah Mia vom Beifahrersitz aus besorgt an.

»Mir geht es phantastisch, ehrlich. Ich war selten so fit. Du wärst überrascht!«, sagte Mia und drückte auf das Gaspedal.

»Sobald es mir besser geht, fahre ich wieder«, bemerkte Hud von der Rückbank. »Es ist schön und gut, dass du fährst, aber dieser Wagen bleibt mein Baby.«

»Schon klar«, sagte Mia. »Das Ding ist klasse. Ich könnte es unendlich lange fahren.«

»Du wolltest wohl eher ›majestätisch‹ sagen, hm? Das ist dieser Wagen nämlich.« Hud lachte.

»Ich hab dir gesagt, dass du nur Worte benutzen sollst, die du wirklich verstehst«, sagte Archie.

Hud schmunzelte. Er holte seine Pfeife hervor und stopfte sie mit Junk voll. »Nun, die Hellseherin hat uns einen Tipp gegeben: Wir sollen den Kram hier konsumieren. Fangen wir besser damit an, bevor es dunkel wird.«

Hud zündete sich seine Pfeife an. Im Rückspiegel konnte er erkennen, wie die Hütte der Madamuselle Davide immer kleiner wurde, bis sie letztendlich verschwand.

Kapitel 30 – In-spi-ra-tion, die |

Eingebung, die zur Lösung von Problemen oder Schöpfung von Dingen führt

Hud konnte sich nicht erinnern, wann er das letzte Mal einen so schönen Tag erlebt hatte.

Der Schmerz in seinem Bein war noch immer mehr als präsent und sehr unangenehm, doch das hinderte keinen der vier Insassen des Wagens daran, Spaß zu haben. Ohne Pause redete, lachte und sang jeder in der Truppe. Es wurden Witze ausgetauscht, die das Niveau derer von Morrison deutlich überschritten. Jeder erzählte kleine Anekdoten aus seinem Leben. Da die Seherin einen gigantischen Vorrat an Essen im Wagen verstaut hatte, konnten sich zudem alle satt essen. Das Wunderding untermalte die Stimmung mit ohrwurmverdächtigen Liedern und Balladen aus vergangenen Zeiten, die weniger finster gewesen waren.

Es gab keinerlei Ereignisse, die die Gemüter trüben konnten. Auf ihrem Weg trafen sie niemanden und selbst Tiere, die am Straßenrand vorbeihuschten, waren eine Seltenheit.

Am Rande der Straße wuchsen stattdessen immer größere Tannen, die in einem saftigen Grün an den Fenstern des Wagens vorbeisausten. Als es dunkel wurde, fuhren sie langsam mit dem Wagen tiefer in den Wald hinein, um das Nachtlager aufzuschlagen, zu dem Harley ihnen geraten hatte.

Jinx blieb zusammen mit Hud beim Wagen und bereitete einige Dinge vor, während Mia und Archie Feuerholz sammelten. Hud verstand sich immer mehr mit seinem Lieblingszwerg, dessen derber Humor nun, da er an der Pfeife gezogen hatte, erst recht zum Vorschein kam.

Und ehe sie sich versahen, saßen sie um ein knisterndes Feuer, das ihnen in der überraschend kalten Nacht kuschelige Wärme spendete. Hud hatte sein Bein ausgestreckt und kramte in dem gigantischen Korb von Vorräten. Er zog eine Flasche Wein hervor, biss den Korken ab und nahm einen kräftigen

Schluck. »Wenn wir schon feiern, dann richtig!«, sagte er, woraufhin die anderen jubelnd die rumgereichte Flasche annahmen und daraus tranken.

»Das hier ist vielleicht unser letzter Abend zusammen«, sagte Mia. »Wir werden morgen in Sherman's End ankommen, oder?«

»Stimmt!«, sagte Jinx. »Ich kenn den Wald. Diese beknackten Bäume. Nadeln wie die Hurensöhne. Ziehe mir die Teile schon wieder reihenweise aus den Schuhsohlen. Scheißteile. Das hat mich schon auf meinem ersten Weg nach Sherman's End genervt.«

»Okay«, antwortete Mia. »Dann will ich euch doch etwas Besonderes zeigen.« Sie zeigte auf Archie. »Hilfst du mir kurz?« Daraufhin zogen die beiden einen umgekippten Baumstamm zum Lagerfeuer, auf den Mia sich nun setzte. Sie holte ihren Gitarrenkoffer hervor, legte ihn auf ihre Knie und öffnete ihn. Sie offenbarte den anderen eine waschechte Gitarre, ein wunderschön verziertes und deutlich abgenutztes Instrument aus dunkelbraunem Holz. Am Hals standen ein paar Saiten wie wilde Locken ab. Sie schlug einzelne Saiten in Sekundenabständen an und drehte an kleinen Kurbeln, die oben am Griffbrett abstanden.

»Ich muss das Ding kurz stimmen, entschuldigt«, sagte sie. »Aber ich dachte mir, dass ich das Teil auch mal benutzen muss. Diese kleine Jukebox, die ihr da habt, ist zwar super, aber nichts schlägt echte Musik – die, die nicht aus einem Lautsprecher kommt.«

»Sag mal …«, sagte Jinx, der bereits leicht lallte. »Das Ding scheint echt super in Schuss zu sein. Wo hast du das Teil her? Normalerweise muss man reich sein oder jemandem die Kehle durchschneiden, um an 'ne richtige Gitte zu komm'.«

Mias Blick verfinsterte sich augenblicklich. Sie schaute starr in das knisternde Feuer. »Tja, vielleicht sollten wir uns auch näher kennenlernen. Wer weiß, was morgen passiert. Das könnte unsere letzte Chance sein. Wir haben alle unsere Gründe, nach Sherman's End zu fahren. Ich habe auch meinen. Und dieses Baby hier war mein Zeuge.«

Sie stimmte die Gitarre weiter, während sie redete. »Die Gitarre gehörte meiner Mutter«, sagte sie. »Wie die meisten Dingos bin ich in einer Siedlung groß geworden. Sogar in einer ziemlich großen, im Süden des Landes, an der Grenze zum Mexikon. Meine Mum war Musikerin. Sie hatte es von ihrem Vater gelernt, der es wiederum von seiner Mutter gelernt hatte, und so weiter und so weiter. Sie spielte in einer Kapelle in der Stadt, abends, in einem großen Saloon mit Live-Musik. Und als ich zehn Jahre alt wurde, schenkte sie mir eine ihrer alten Gitarren zum Geburtstag. Sie hatte kaum Zeit, mich zu unterrichten, da ich jede wache Sekunde mit dem Ding verbracht habe.«

Mia wurde wieder etwas trister, nachdem ihr Gesicht bei den Erinnerungen an ihre Mutter geradezu aufgeleuchtet war. »Ich bekam ein Geschenk und etwas anderes wurde mir genommen. Mein Vater verschwand, mir nichts, dir nichts, ohne Ansage. Mutter weinte … und wie sie weinte.«

Die erste Saite war nun gestimmt. Da die zweite Saite in Ordnung zu sein schien, machte Mia sich an die dritte.

»Ich hab Talent, das hat sie immer gesagt. Und das meinte sie nicht nur zur Show. Nach ein paar Tagen konnte ich die ersten Akkorde spielen und nach drei, vier Jahren war ich schon fast so gut wie sie. Sie meinte, dass es durch mein Blut ging. Dass ich dazu geboren war.«

Mia sprang zur vierten Saite über.

»An meinem sechzehnten Geburtstag begann ich, mit ihr im Saloon zu spielen. Ich war die Rhythmus-, sie die Leadgitarre. Ein unschlagbares Duo. Wir zogen sogar noch mehr Zuschauer als vorher an, bekamen Trinkgeld. Waren in der Gegend bekannt.«

Sie stimmte nun die fünfte Saite.

»Aber dann, als ich achtzehn war, kam mein Vater zurück. Und er war … verändert. Ihr wisst vermutlich schon, was ich meine, sonst würdet ihr nicht dahin gehen wollen. Blinzelte nicht mehr, lächelte ständig, redete von dem Licht und der Wahrheit. Er wollte mich und meine Mutter mitnehmen. Mum meinte, dass das Leben dort in der Siedlung perfekt war. Es ging hin und her, hin und her, und irgendwann wurde er immer lauter und böser. Er ließ sich nicht davon abbringen.«

Auch die fünfte Saite war gestimmt. Sie setzte zur letzten an.

»Und, na ja ... ich rede über den letzten Teil ungern. Mum gibt's jetzt nicht mehr. Und ... wären meine Beine nicht schneller als seine gewesen, hätte er mir das andere Auge auch noch rausgerissen. Es ist jetzt mittlerweile verheilt. Aber Dad, Dad ist noch immer krank. Ich bin abgehauen, um etwas zu finden, dass ihn vielleicht wieder normal machen kann. Bestimmt ist er zuhause ... na ja, mindestens eingesperrt. Aber ich werde nach Sherman's End gehen, ich werde herausfinden, was dort mit den Menschen passiert, und ich werde Dad wieder zu dem Mann machen, der er früher mal war. Das, was ich zuletzt von ihm gesehen habe, war nicht er.«

Die letzte Saite war gestimmt. Sie glitt mit den Fingern einmal über die Saiten und griff dabei einen Akkord, der absolut klar erklang und die Luft erfüllte.

»Dieses Lied habe ich geschrieben, nachdem meine Wunde am Auge verheilt war. Ein Mann in der Nachbarsiedlung hatte sich darum gekümmert. Es soll den Menschen Hoffnung spenden. Ich weiß, dass diese Welt mittlerweile trostlos sein kann, aber ich will, dass dieses Lied auf dem ganzen Kontinent gesungen wird und Trost spendet.«

Sie sah auf die Gitarre und probierte ein paar Griffe aus. »Der Song hat keinen Namen. Und den braucht er auch nicht, denn er soll ein Gefühl ausdrücken, für das es kein Wort gibt.«

Daraufhin begann Mia zu spielen. Die Akkorde, die aus der Gitarre strömten und manchmal von einzelnen gezupften Melodien unterbrochen wurden, drangen direkt in die Herzen der anderen drei. Sie schauten und lauschten ihr gebannt.

Und dann begann Mia zu singen.

They say that when our fathers died,
they died without a cause
And offed themselves in fits of rage
and went down with applause

Mias Gesang, so fand Hud, konnte mehr als nur mithalten mit all den Sängern, deren Stimmen auf dem Wunderding festgehalten waren. Ihre klare Stimme hob und senkte sich passend zur Melodie, die sie spielte. Er hatte am ganzen Körper eine Gänsehaut.

This bullet's path's as crooked as your back
They say that when the fire came,
the sky lit up and cried
And days and nights went on and on
the day the future died

Den Refrain wiederholte sie und kam schließlich zur letzten Passage, die sich von den vorherigen unterschied.

Standing at the burning cleft
we take what fate demands
And at the edge of all that's left
we will be holding hands

Und so schnell wie der Song kam, verstummte er auch wieder. Niemand wagte es auch nur, ein Wort zu sagen.

Hud sah rüber zu Jinx. Dem Zwerg kullerte eine kleine Träne über sein faltiges Gesicht. Hud konnte sich gegen seine Gefühle ebenfalls kaum wehren.

»Ich habe eine Idee«, begann Archie plötzlich, »und ich glaube, dass dir diese Idee sehr gefallen wird, Mia. Du hast ja sicherlich mitbekommen, dass ich nicht wirklich normal bin, abgesehen davon, dass ich keinen Schatten habe.«

Jinx kippte um.

»HEILIGE MARIA! Du hast keinen Schatten! Warum ist mir das nich' früher aufgefallen? Da schieß mir doch einer den Schwanz ab!«

»Das ist gerade erst mal egal«, sagte Archie und lachte dabei. »Jetzt möchte ich etwas mit deinem Song machen, Mia. Etwas, das wirklich dabei helfen wird, dass er sich verbreitet.«

Archie ging zum Wagen und kam mit dem Wunderding wieder. Er reichte es Mia. »Willst du mir den Text kurz aufschreiben?«

»Klar, warte ... Das Ding reagiert auf Berührungen, oder?« Mia ließ die Zunge raushängen, während sie tippte. Sie brauchte zwar länger, um mit dem Schreibwerkzeug des alten Volkes umzugehen, aber mit etwas Hilfe von Hud war sie nach einigen Minuten fertig.

»Und jetzt?« Mia sah Archie fragend an.

»Jetzt will ich, dass wir beide es zusammen singen«, sagte Archie.

»Wenn du willst, klar«, sagte Mia. »Freut mich, wenn es dir gefällt. Können wir loslegen?«

»Klar«, sagte Archie und grinste über beide Ohren.

Daraufhin sangen die beiden zusammen das Lied. Hud und Jinx sahen gebannt zu. Hud konnte jetzt schon nicht genug von der Melodie bekommen, er liebte den Song. Archies Gesang war etwas schief, aber er schaffte es trotzdem, Mia zu begleiten.

Nachdem sie das letzte Wort gesprochen hatten, kippte Archie um. Etwas surrte durch die Luft. Hud konnte es schwer beschreiben. Es war, als wenn der Wind für den Bruchteil einer Sekunde mit Orkangeschwindigkeit geweht hätte. Er zuckte zusammen, als es passierte.

»Archie?!«, rief Mia, nachdem sie ihre Gitarre beiseite gestellt hatte.

»Alles gut, alles gut!«, krächzte er. »Der Spruch war nicht stark. Ich muss mich jetzt ausruhen, aber es hat mich nicht komplett aus den Socken gehauen.«

Hud begriff bereits, was Archie getan hatte, und musste schmunzeln. Das war ein wirklich einzigartiges Geschenk.

»Was hast du gerade angestellt?«, fragte Mia.

»Ich kann Worte verzaubern. Na ja, nicht Worte, sondern eher ... Lautsequenzen.« Archie hechelte schwer und bekam die Worte nur langsam heraus. »Pass auf, was passiert, wenn man den Song jetzt singt. Los, probier es ruhig aus.«

»Sicher, dass alles in Ordnung ist?« Mia hob die Augenbraue ihres verschwundenen Auges skeptisch an.

»Klar. Kümmere dich nicht um mich. Spiel lieber.« Archie legte sich auf den Rücken und schloss seine Augen.

»Na gut«, sagte Mia, zuckte mit den Achseln und nahm sich ihre Gitarre. Und als sie zu singen begann, passierte etwas. Die Luft begann zu flimmern. Es war wie an heißen Sommertagen. Mia blickte merkwürdig umher. Als sie schließlich beim Refrain ankam, begann die Luft um das Lagerfeuer herum zu leuchten und zu glitzern. Es waren größtenteils Rot-, Grün- und Blautöne, die bunt durcheinander funkelten und alles rundherum in ein sanftes Licht hüllten.

»Wer immer dieses Lied singt«, sagte Archie, während er noch immer mit geschlossenen Augen flach auf dem Boden lag, »wird diese Lichter sehen. Wenn du es Leuten vorsingst und es ihnen beibringst, werden sie es anderen beibringen. Das wird sich wie ein Lauffeuer verbreiten. Um ehrlich zu sein, wollte ich schon immer ein Lied verzaubern. Danke, dass du mir die Gelegenheit dazu gegeben hast.«

Hud war sprachlos und auch Jinx brachte keinen Ton heraus. Mia wiederum kämpfte mit den Tränen. »Das war das Schönste, was jemals irgendwer für mich getan hat«, sagte sie.

Sie stand auf und kniete sich zu Archie hinunter, gab ihm einen Kuss auf die Wange. »Ich danke dir, wirklich, aus vollem Herzen.«

»Gern geschehen«, sagte er. Hud konnte erkennen, dass er bis über beide Ohren grinste. »Jedoch müsst ihr mich entschuldigen. Ich bin mehr als ausgeknockt. Noch bin ich wach, ich weiß aber nicht mehr, wie lange. Ich werde heute Nacht wie ein Baby schlafen.«

Mia lachte wie ein kleines Mädchen. »Das gönnen wir dir wohl alle. Bleib trotzdem noch so lange wach wie du kannst, okay?«

»Gern«, sagte Archie und hielt weiterhin seine Augen geschlossen. Er wirkte hundemüde.

»Das war atemberaubend«, murmelte Jinx. »Das war einfach nur atemberaubend.«

»Muss ich zustimmen«, sagte eine unbekannte Frauenstimme, die alle hochschreckte. Selbst Archie hatte sich unverzüglich aufgerichtet und seine Augen geöffnet, auch wenn es ihm merklich schwer fiel.

Die Stimme erschien hinter Hud. Er drehte seinen Kopf um und erblickte eine hochgewachsene Dame, behangen mit grüner Tarnkleidung und einem großen Gewehr auf dem Rücken. Sie kam urplötzlich zwischen den Bäumen hervor.

Hud zog seinen Revolver und richtete ihn auf die Frau. »Wer zur Hölle bist du? Los, raus mit der Sprache, sonst jag ich dir ein Loch in deinen Schädel!«

»Ruhig, ruhig, Kleiner, bevor du noch wen verletzt«, sagte sie. »Ich bin nicht hier, um euch wehzutun. Ich hätte euch schon vor 'ner halben Stunde umnieten können. Dass ihr noch am Leben seid, spricht dafür, dass ich nichts von euch will.«

»Wer bist du?«, schrie Hud.

»Famine, verdammt nochmal, Famine. Von den Apokalyptischen Reitern.« Ohne auch nur ein bisschen eingeschüchtert zu sein, setzte sie sich zum Feuer und breitete ihre Finger aus. »Meine Fresse, tut das gut, sich zu wärmen. Meist sitze ich nur in Büschen und bewege mich nicht.«

»Ist das hier ein dummer Scherz?«, fragte Archie entsetzt.

»Keinesfalls. Es ist eine nette Geste. Ich bin eher wieder weg, als ihr bis drei zählen könnt, keine Sorge.« Famine ächzte schon fast. Ihr Gesicht war dunkel bemalt, wie Hud jetzt erst sah. Vermutlich, um zwischen Bäumen und Gestrüpp nicht erkannt zu werden.

»Dann raus mit der Sprache«, sagte Hud. »Ist das eine Falle? Warum bist du hier?«

»Lass mich doch mal kurz zur Ruhe kommen!«, fauchte Famine zurück. »Hab 'nen langen Weg hinter mir. Habt ihr was zu essen?«

Hud griff zaghaft in den Korb und holte etwas Zuckerbrot hervor. Er warf es Famine hin.

»Wow, Zuckerbrot! Danke!« Sie verschlang es regelrecht. »Also, bevor du mit dem Ding noch jemanden verletzt, rück ich gleich mit der Sprache raus. Ich hab den Mist satt. Death is' verrückt geworden. Wirklich verrückt. Redet nur noch von euch, wie er euch die Haut von euren Skeletten ziehen will. Das is' nicht mehr professionell. Deshalb hab ich gewartet, bis er eingepennt ist und bin verschwunden. Ich dachte mir, ich warne euch nur vor. Er sucht immer noch nach euch. Und ich will nich' enden wie Eddy und Strip.«

»Eddy und Strip?«, fragte Hud. Er nahm den Revolver langsam herunter.

»Oh Mann …« Famine verdrehte die Augen und seufzte laut. »Pestilence und War, wenn du so willst. Ich nehm es euch zwar krumm, dass ihr die beiden umgenietet habt, aber es war Notwehr. Waren eigentlich ganz gute Menschen. Doch ich will mich nich' auch noch umbringen lassen, vor allem, wenn dieser Idiot von Death weiterhin so obsessiv hinter euch her is'.«

»Also … was machst du hier?«, fragte Hud.

»Euch warnen. Er is' durchgebrannt. Wenn ihr ihn seht, solltet ihr rennen. Wer weiß, was der noch vorhat. Jedoch will ich ihn nich' als meinen Feind haben. Der Kerl bedeutet nur Schlechtes, wirklich.« Famine hatte jetzt ihr Zuckerbrot vernichtet. »Verdammt gutes Zeug, muss ich euch lassen. Danke.«

Sie stand jetzt auf.

»Dieses Sherman's End, das ihr sucht, ist dreißig Kilometer in diese Richtung.« Sie zeigte in den Wald hinein. »Ihr werdet es schon finden. Sieht mir so aus, als wenn es unter der Erde wäre. Über der Erde is' außer ein paar technischen Spielereien nich' viel zu finden.« Sie begann, zurück in den Wald zu stapfen. »War nett, mal mit euch gesprochen zu haben. Tut mir leid, dass ich auf euch geschossen hab. Es ging nur ums Geld, doch das is' mir jetz' egal. Hoffe, ihr findet, was ihr sucht.«

Als sie an Mia vorbeiging, klopfte sie ihr auf die Schulter. »Du kannst echt gut spielen, Kleine. Wollte ich nur mal gesagt haben.« Dann holte sie eine Zigarette hervor und zündete sie sich mit einem Feuerzeug an.

Und ehe sie sich versahen, verschmolz Famine wieder mit den Schatten im Wald. Das Letzte, was noch zu sehen war, war die Glut ihrer Zigarette.

Archie fiel wieder erschöpft um.

»Wer zur Hölle war das Weib?«, fragte Jinx.

»Hat mal versucht, mich und Archie umzubringen. Lange Geschichte.« Hud selbst war noch immer vollkommen überwältigt.

Die letzten Tage waren zu voll mit Momenten gewesen, die er nicht wirklich kommentieren konnte, selbst wenn er es versuchte.

»Dann erzähl die Geschichte doch«, sagte Mia lächelnd. »Wir haben Zeit. Das hier ist der letzte Abend vor unserem großen Tag!«

»Weißt du was? Warum eigentlich nicht!« Und Hud begann zu erzählen.

Stück für Stück berichteten alle am Lagerfeuer die Dinge, die sie erlebt hatten. Hud erzählte, wie er an die Karte von Sherman's End gekommen war und die Schergen von Bertrand Simmons überlistet hatte, von dem Roboter, der auf Fragen antworten musste und von dem Dorf der Kannibalen in Corn County. Archie war mittlerweile so weit, dass er, obwohl er durch die Verzauberung von Mias Song erschöpft wirkte, seine Lebensgeschichte ebenfalls erzählte. Hud berichtete von dem Überfall auf seine Heimat. Mia untermalte alle Geschichten mit improvisiertem Gitarrenspiel.

»Joa«, sagte Jinx, der anscheinend nicht gern Geschichten über sich erzählte. Er war etwas wortkarg. »War kein Wunschkind. Beide meine Eltern sind … normal groß. Waren natürlich schon immer angepisst wegen mir. Mein Vater hat meiner Mutter vorgeworfen, dass sie ihn betrogen hat, mit einem verdammten Zwerg. Das war jedoch nicht wahr, natürlich nicht. Kleinwüchsigkeit ist genauso normal wie groß zu sein, das verstehen die meisten leider nie.«

Er nahm noch einen großen Schluck aus der Weinflasche. Mia spielte eine schöne Melodie.

»Konnte aber schon immer gut mit Maschinen. Ich kann Sachen reparieren, instand bringen, warten, Einzelteile bauen und einsetzen, all den Kram. Maschinen sind mein Ding. Das ist der Grund, warum ich eine Werkstatt in Sequoia aufgemacht hab. Ich hab den Jenkinsens eine Solaranlage auf ihr Dach gebaut. Die haben einen funktionierenden Kühlschrank. Ich sag euch, man verdient eigentlich ziemlich gut damit, jawoll, das sag ich.«

Mia spielte nun ausgefallenere Melodien. Sie zupfte ziemlich schnell, ihre Melodien gingen treppenartig auf und ab.

»Klingt abgefahren, Mia«, sagte Jinx und tippte sich an die Stirn.

»Danke«, sagte sie, ohne ihre Augen vom Griffbrett der Gitarre zu nehmen. »Das kommt gerade einfach so. Sollte ich mir merken.«

»Solltest du wirklich«, murmelte Archie, der kurz vorm Einschlafen zu sein schien. Er lag noch immer flach auf dem Rücken.

»Jedenfalls«, erzählte Jinx weiter, »diese Maschinensachen bei Sherman's End sind auch abgefahren. Werdet ihr ja morgen sehen. Stromversorgung, um drei größere Siedlungen mit allem zu versorgen. Die scheinen sogar ein eigenes Kraftwerk zu haben. Ich hab vielleicht Augen gemacht, hab ich. Sowas gibt's wahrscheinlich kein zweites Mal mehr auf der Welt.«

»Klingt schon nach was«, sagte Hud. Er hatte sich gerade einen Kopf Junk in der Pfeife fertig gemacht. Ihm war nicht nach Schlaf. Das ganze Essen hatte ihn träge gemacht, hielt ihn aber noch immer wach.

Mia spielte mittlerweile immer komplizierter. Sie schaute hochkonzentriert auf ihre Gitarre, auf der ihre Finger hin und her glitten.

»Meine Güte, Mia«, sagte Jinx, »du hast es aber heute Abend drauf! Kein Wunder, dass deine Mutter meinte, dass du ein Naturtalent bist! Das klingt phantastisch!«

»Ich … kann nicht aufhören«, sagte Mia.

»Wie bitte?« Archie war hochgeschreckt.

»Ich kann nicht aufhören!«, sprudelte es aus ihr heraus. Sie klang besorgt. »Meine Finger bewegen sich von selbst …«

Hud starrte ungläubig auf das, was sich vor seinen Augen abspielte. Mia spielte immer schnellere und kompliziertere Dinge. Die Harmonien in dem Lied klangen irgendwie schief, aber trotzdem noch gut. Der Rhythmus des Liedes war kaum noch nachzuvollziehen. Es hörte sich an, als wären ihr zwei weitere Arme gewachsen. Hud erwartete jede Sekunde, dass ihre Finger vor bloßer Reibungskraft in Flammen aufgehen würden.

Und dann begann Mia zu singen.

Deep beneath the silver mountains,
hidden at their feet,
lies the iron wall
at which ye cast in the name of X

Der Gesang reimte sich nicht, jedoch passte er ideal zur völlig wirren Melodie, die sie spielte. Darauf spielte sie ein Solo, dessen Präzision und Schnelligkeit Hud in Staunen versetzten.

Dann fiel ihm etwas ein. »Das war die Seherin«, sagte er. »Wir sollten Zettel und Stift bereithalten! Holt das Wunderding und tippt alles ein, was sie sagt!«

Archie raffte sich auf und warf Hud das kleine Gerät zu. »Mach du das, ich schaffe es gerade nicht.« Er saß noch immer besorgt neben Mia. Aber auch er konnte sein Staunen nicht verstecken.

Mias Spiel verlangsamte sich etwas. Die Melodien wurden deutlich … schiefer. Außerweltlich geradezu. Die Musik drückte puren Horror aus. Mias Gesicht verzerrte sich.

Hud erkannte jetzt erst, dass ihre Fingerkuppen zu bluten begonnen hatten. Sie spielte dennoch weiter und begann erneut zu singen.

All that is and all that's alive
The even shall perish, the odd shall thrive
On one side all that isn't,
on the other all that is
And in the space that's in between
Dwells He who shouldn't be

Die Musik wurde noch schiefer und regelrecht grausam. Hud wollte, dass es aufhörte.

Mia wiederholte den letzten Satz immer wieder. Es klang nicht mehr wie Gesang, sondern wie ein Schluchzen.

»And in the space that's in between dwells He who shouldn't be, He who shouldn't be, He who shouldn't be …« Eine Träne kullerte aus ihrem Auge.

»Das reicht«, schrie Archie und riss ihr die Gitarre aus den Armen.

Mias Arme spielten selbstständig weiter eine Art bizarre Luftgitarre, verkrampften sich, kämpften wie Fische, die am Haken hingen.

Und dann hing sie schluchzend in Archies Armen. Sie bebte in ihrem Heulkrampf.

Das Feuer war fast heruntergebrannt. Jinx trat noch etwas nach, um es völlig auszumachen. Hud saß still neben Jinx. Niemand hatte auch nur ein Wort über das verloren, was mit Mia geschehen war. Die Stimmung war gekippt.

Archie kam vom Wagen zurückgestolpert und stellte sich vor Hud. »Sie schläft jetzt. Hat sich endlich beruhigt. Und ich würde mich auch endlich gern schlafen legen. Ich weiß nicht, wo ich diese Kraft hergenommen habe, aber ich war in meinem Leben glaube ich noch nie so müde. Ich glaube nur nicht, dass ich diese Bilder aus meinem Kopf bekomme.«

»Ich weiß, was du meinst«, sagte Jinx. »Das war nicht von dieser Welt.«

»Mia sagte, dass sie einige der Wörter, die sie gesungen hatte, noch nie gehört hat. Dieses Lied kam nicht von ihr. Es kam von der Seherin.« Archie setzte sich auf den Baumstamm und vergrub sein Gesicht in seinen Händen.

»Aber was hat die Seherin mit ihr gemacht? Warum wollte dieser … Lex aus unseren Träumen, dass wir dieses Lied bekommen?« Hud nahm noch einmal die Pfeife zur Hand. Er musste diese Töne, die noch immer in seinen Ohren nachklangen, aus seinem Kopf bekommen.

»Ich …« Archie stutzte. »Warum bin ich da nicht gleich drauf gekommen?« Er lächelte etwas, so wie er es immer tat, wenn er Dinge endlich begriff.

»Was denn?«, fragte Jinx.

»Madamuselle Davide! MadaMUSElle!«

Hud und Jinx starrten sich kurz an und zuckten mit den Schultern.

»Hud, du mochtest die griechische Mythologie, oder?«, fragte Archie.

Hud nickte und zündete sich seine Pfeife an.

»In der griechischen Mythologie, glaube ich, ist eine Muse ist ein Wesen, das … Inspiration von den Göttern bringt. Durch …« Archies Augen weiteten sich. »Durch einen Kuss.«

Hud atmete den Rauch aus und begann zu husten. »Und du meinst, Harley war eine Muse?«

»Ja, das tue ich. Ob es stimmt, ist eine andere Sache, aber dieses Lied war für uns bestimmt. Wir brauchen es. Es ist eine Nachricht.«

Jinx stand auf. »Ich gehe jetzt schlafen. Das wird mir zu unheimlich. Morgen wird ein schwerer Tag. Ich rate euch, das Gleiche zu tun.«

Hud und Archie nickten und folgten ihm. Alle drei wussten jedoch nicht, ob sie das Lied nicht in ihre Träume verfolgen würde.

Kapitel 31 – Glau-be, der |

1 Religiöse Einstellung
2 Vermutung

Huds Schlaf war tief gewesen, schon fast komatös. Dennoch konnte er einzelne Töne hören, die noch geisterhaft in seinem Kopf widerhallten. Die Töne des Liedes, das Mia mithilfe des Kusses der Seherin gestern Nacht aus sich herausbeschworen hatte. Nein, *geboren* hatte. Hud war mehr als nur ehrfürchtig vor all dem. Es war erschreckend.

Er richtete sich langsam auf und rieb seine Augen. Die Rückbank war wie immer bequem gewesen. Zum Glück ließ man ihn dort schlafen, da er sich wegen seines Beins voll ausstrecken musste. Ein Blick nach vorn offenbarte ihm, dass Archie und Mia noch immer auf den beiden Sitzen schliefen. Dann sah er hinunter in den Fußraum hinter den beiden Vordersitzen, um nach Jinx zu sehen. Aber niemand war dort.

Hud öffnete seine Augen weit. Er vergrub sein Gesicht zwischen seinen Händen, schüttelte kräftig seinen Kopf und sah erneut nach. Aber dort lag noch immer kein Zwerg. Er rubbelte mit seinen Händen die beschlagenen Scheiben auf und sah nach draußen. Vielleicht würde Jinx schon zusammenpacken, sich etwas zu essen machen, vielleicht nur sein morgendliches Geschäft erledigen. Nichts.

Hud schnappte sich die Krücke, die die Seherin ihm mitgegeben hatte, und verließ so leise wie möglich den Wagen, ohne Archie und Mia aufzuwecken.

Hud stand im Camp. Der Baumstamm, auf dem Mia gestern noch gespielt hatte, der übriggebliebene Ruß vom Lagerfeuer, die Abdrücke ihrer Hintern, die sich durchs stundenlange Sitzen in die Erde gegraben hatten – alles war noch da. Doch kein Jinx. Hud stolperte etwas weiter in den Wald hinein. Vielleicht würde er irgendetwas entdecken.

Die hohen Tannen raubten eine Menge Sonnenlicht. Dennoch zeichneten sich einzelne Flecken des Lichts auf dem Boden ab, manche größer, manche kleiner. Hud suchte den Boden nach Fußspuren ab. Er dachte mehrmals, eine Spur entdeckt zu haben, erinnerte sich aber schnell, dass er nie gelernt hatte, Fußspuren zu lesen. Die eine Hälfte seiner Entdeckungen waren Fehlanzeigen, die anderen seine eigenen Fußabdrücke.

Hud folgte einem Paar von vermeintlichen Fußspuren, die in den Wald führten. Mittlerweile musste er sicherlich eine halben Kilometer zurückgelegt haben und das, ohne irgendwelche Lebenszeichen von Jinx zu finden. Der Zwerg war wie vom Erdboden verschluckt. Hud entschied sich, umzudrehen. Er hoffte, dass Mia und Archie wach wären. Vielleicht wüssten sie mehr als er.

Doch dort, in einem der Büsche, hörte Hud ein plötzliches Rascheln. Er hielt es zunächst für Jinx und hoffte aus tiefstem Herzen, dass der Zwerg ihm nur einen Streich spielen wollte. Seine Hand griff dennoch automatisch zum Revolver in seinem Gürtel, in dessen Griff das Wort »Eraser« eingeritzt war. Er hielt die Waffe nervös in Richtung des Busches. Er zitterte etwas, da seine rechte Hand, mit der er für gewöhnlich seine Waffe hielt, mit der Krücke beschäftigt war.

Ein Rehkitz sprang aus dem Busch heraus und versuchte, tiefer in den Wald vorzudringen.

Es lebten Rehe in diesen Wäldern? Ein Festschmaus, dachte sich Hud. Er würde das Kitz schießen und einen verdammt leckeren Braten daraus machen. Der Schuss würde zudem Mia und Archie wecken. Zwei Fliegen mit einer Klappe. Perfekt.

Huds Finger drückte den Abzug herunter. Es klickte nur. Kein Schuss ertönte. Er versuchte es wieder und wieder. Nichts tat sich. Hud war fassungslos. Das Reh sprang zurück in den Wald und war nun aus seiner Schusslinie verschwunden. Hud öffnete sofort die Trommel des Colts und inspizierte die Munitionskammer.

Der Revolver war leer. Es waren nicht einmal leere Patronenhülsen darin. Die Worte der Seherin geisterten durch seinen Kopf: Dieser Revolver war ein Superfreak, auf irgendeine Art und Weise. Sie hatte es gefühlt. Der Säufer in Sequoia, der ihm die Waffe überlassen hatte, sprach von verschwindenden Kugeln. Das war es wohl. Na toll. Da fand er eine magische Waffe und diese Waffe hatte die Superkraft, Patronen verschwinden zu lassen.

Hud steckte die Waffe zurück in seinen Gürtel und humpelte in Richtung des Wagens.

Kurz bevor er wieder am Auto angekommen war, rannte ihm Archie bereits entgegen. »Hud«, stammelte er außer Atem, »du musst das lesen.« Er hielt Hud das Wunderding hin.

Hud sah auf das Display. Dort stand unter »Notizen«:

tut mir leid leute doch das was in den letzten 2 tagn passirt is war mir zuviel und zu gruselig
ich bin abgehauen und geh jetz zurück nach sequiuioia
ich will nich glauben dass ich ein spielball von irgendner höheren macht bin das macht mir angst
verdammte tastatur is zu klein für meine finger tut mir leid
jedenfalls wünsch ich euch viel glük in shermans end ich hoffe ihr klärt alles auf
jinx

Hud gab Archie das Wunderding zurück. »Na, schieß mir doch einer den Schwanz ab!«, fluchte er. »Der Zwerg hat einen Rückzieher gemacht.« Hud wurde wirklich traurig. Er hatte angefangen, Jinx zu mögen.

»Das kann ich immerhin verstehen«, sagte Archie, »aber etwas in dieser Nachricht macht auch mir Sorgen. Es ist etwas, was mir noch nicht aufgefallen ist.«

»Was denn?«, fragte Hud.

»Ein Spielball höherer Mächte. Das steht da. Und das gibt mir wirklich zu denken.« Archies Miene verfinsterte sich deutlich.

»Wie meinst du das? Was soll das bedeuten?«

Archie signalisierte Hud, sich auf dem Baumstumpf, der sich vor ihnen befand, hinzusetzen. »Mia döst noch etwas, sie ist erschöpft«, begann Archie, »aber wir sollten uns unterhalten. Besprechen, was passieren könnte.«

Hud nickte und setzte sich. Archie nahm auf dem Boden Platz. Sie waren noch etwas vom Wagen entfernt. Mia würde sie nicht hören.

»Glaubst du an Gott, Hud?«, fragte Archie und sah Hud todernst in die Augen.

»Nein, keinesfalls«, sagte Hud. »Das waren die Kreuzmenschen von früher, die, die diese Bibeln gelesen haben, oder wie die Dinger noch hießen. Die alte Religion. Daran glauben nur Schwachköpfe.«

»Aber wie erklärst du dir das, was wir in dieser Woche erlebt haben? Die Träume, Menschen wie mich, Death, dieser … Melvin? Die Seherin? Und zu guter Letzt das, was mit Mia passiert ist? Du weißt schon?«

Hud nickte. »Da is' was dran. Ich denk nicht so sehr über die Hintergründe von Dingen nach. Ich nehme hin, was mir in die Quere kommt. Aber … da ist was dran.«

»Nun, stell dir folgende Frage: Gehen wir nach Sherman's End, weil wir es wollen oder weil wir es sollen?«

Hud schwieg.

Archie fuhr fort: »Meinst du, dass wir Mia nur aus Zufall getroffen haben? Dass dieser Traum, der uns zur Seherin geführt hat, auch nur Zufall war? Meinst du das ehrlich?«

Hud sagte das, was ihm durch den Kopf ging: »Ist mir egal. Es gibt nur einen Weg, das herauszufinden. Und ich denke, dass es schon lange kein Zurück mehr gibt. Lass uns einsteigen und losfahren.«

Archie war nun derjenige, der nickte. »Ganz meiner Meinung. Wir haben einen Auftrag. Und wir sind nicht weit entfernt.«

Hud stand auf und folgte Archie zum Wagen.

Archie hatte sich dieses Mal ans Steuer gesetzt. Mia schien noch immer etwas geistig abwesend zu sein. Dennoch fragten sich alle drei, was kommen würde. Sherman's End war nah. Das fühlten sie. Sie konnten es deutlich spüren. Es wurde stärker, je näher sie an diesen Ort kamen.

Das Wunderding beschallte alles. Die Musik passte ausnahmslos zur Stimmung. Niemand wagte es, das Gerät auszuschalten. Momentan lief ein merkwürdiger Song namens »king_crimson_-_thela_hun_ginjeet.mp3«. Es wirkte beruhigend. Die Bäume huschten an den Fenstern des Wagens vorbei. Jeder schien sie zu beobachten und dabei nachzudenken. Keiner sagte auch nur ein Wort. Es fühlte sich wie der Gang zum Scheiterhaufen an.

Die Spannung stieg ins Unermessliche, als sie ein Schild passierten. Es war groß, hölzern, und man konnte erkennen, dass es von Hand geschrieben worden war. Dort, direkt vor ihren Augen, stand in großen schwarzen Buchstaben:

WELCOME TO
SHERMAN'S END

BE HAPPY AND SMILE - YOU'RE IN PARADISE! :-)

Niemand konnte diese wirren Worte nachvollziehen, vor allem nicht das Bündel von merkwürdigen Zeichen, das am Ende des Satzes stand.

»Schaut mal nach vorn«, sagte Archie. Erst da bemerkten alle, dass seit Stunden kein Wort mehr zwischen ihnen gefallen war.

Die Blicke gingen nach vorn. Der Tannenwald endete. Es sah aus wie eine Lichtung, eine große Lichtung. Vor ihnen tat sich eine große ebene Fläche auf. Erst als sie die letzten Bäume passierten, wurde ihnen bewusst, wie groß diese Ebene war, die hier von Bäumen befreit worden war. Die Fläche war sicherlich so groß wie eine Stadt. Der Boden war mit demselben Material ausgestattet worden, das auch auf den Straßen des alten Volkes lag. Es war kein holpriger Weg mehr, es gab keine Unebenheiten. Der Klang der Reifen auf dem Boden hatte sich verändert. Ab und zu sahen sie Kabel und elektrische Teile, die aus dem Boden ragten. Manche waren spitz, manche waren lang und sahen wie meterdicke Kabel aus, die sich über die Fläche zogen. Das Gebiet war stellenweise umzäunt, auch wenn der Zaun, der einst sehr hoch gewesen sein musste, größtenteils verschwunden war. Am oberen Rand einiger Zaunteile befand sich Stacheldraht.

Und im absoluten Mittelpunkt dieser Betonfläche befand sich ein kleiner Kasten, etwas höher als ein hoch gewachsener Mann, und so breit wie fünf.

Der Wagen fuhr näher heran.

Über dem Kasten hing ein Schild:

BITTE KLINGELN
WIR ÖFFNEN EUCH

FALLS IHR EIN AUTO HABT, FAHRT ES HINEIN
ES IST GENUG PLATZ IM FAHRSTUHL
:-)

Der Wagen kam zum Stehen. Keiner wagte es auch nur, etwas zu sagen, auch wenn sicher allen die gleichen Fragen durch den Kopf gingen: Was, wenn das eine Falle war? Wie sollten sie dort hinauskommen?

Dennoch verspürten Hud, Archie und Mia ein Verlangen. Der Weg, den sie zurückgelegt hatten, die Dinge, die sie erlebt hatten, die Geschichten, die es über diesen Ort gab, all diese Dinge hingen wie eine Eisenkugel an ihren Beinen und ließen sie nicht los. Dort unten wartete der Schlüssel auf sie, all diese Last loszuwerden.

»Wer drückt?«, fragte Hud.

Mia stieg aus dem Wagen und drückte auf den Knopf.

Hud holte die Schachtel mit Patronen hervor und lud seinen Eraser nach.

Mia setzte sich wieder auf den Beifahrersitz und krallte die Hände in ihre Oberschenkel, während Archie seine Augen schloss und hoffte, dass dies ein Traum war, aus dem er wieder erwachen würde.

Die Tür öffnete sich. Ein grünes Licht schaltete sich über dem Fahrstuhl ein und Archie fuhr langsam in den Fahrstuhl hinein.

Langsam schloss sich die Tür wieder hinter ihnen.

Kapitel 32 – Ent-deck-ung, die |

1 Fund von etwas bisher Unbekanntem
2 Genereller Fund von Dingen

Der Fahrstuhl fuhr nur kurz, aber sie drei wussten, dass er einen langen Weg vertikal nach unten zurückgelegt hatte. Helles elektrisches Licht durchströmte den Aufzug. Keiner von ihnen hatte jemals zuvor ein so helles Licht gesehen, das von einer Glühbirne ausgestrahlt wurde. Elektrisches Licht war eine Seltenheit, die nur Leuten mit Geld vorbestimmt war. Einen Ingenieur zu engagieren und das Haus mit Glühbirnen zu versehen, noch dazu eine Stromquelle zu finden? All das war selten. Diese Lampe war heller als alles, was jeder von ihnen je gesehen hatte. Und sie hing in einem einfachen Fahrstuhl zu etwas deutlich Größerem, das sich im Untergrund befand. So viel war klar.

Mias Knie schlotterten regelrecht. Archie konnte sehen, wie ihre Augen glasig wurden. Hud öffnete auf seinem Rücksitz ständig die Trommel seines Revolvers, in der Hoffnung, dass vor seinen Augen eine Kugel verschwinden würde. Jedoch waren noch alle sechs dort. Nach einer längeren Wartepause, die wie eine Folter wirkte, öffnete sich die Fahrstuhltür.

Vor ihnen befand sich ein kleiner Raum, der ebenfalls mit elektrischem Licht beleuchtet wurde. Und vor ihnen standen fünf Männer. Vier von ihnen trugen weiße Hemden und waren bewaffnet. In der Mitte stand der fünfte Mann, der eine Robe trug. Diese Robe war feierlich geschmückt – ein strahlendes Rot, das sofort ins Auge fiel, und goldene Ornamente. Sein Gesicht war tief eingefallen. Er hatte einen längeren Bart sowie einen unheimlich krummen Rücken und machte den Anschein, sehr, sehr alt zu sein. Seine und die Augen der anderen Männer waren schon fast gelb. Und alle lächelten unentwegt, was ihre teilweise schwer verfaulten Zähne offenbarte.

Der Mann in der Robe hob seine Hände. Er öffnete seinen Mund und begann in einer krächzenden Stimme zu sprechen:

»Willkommen in Sherman's End, Reisende! Wir, als die Finger von Viotrux, begrüßen euch feierlich und herzlich! Steigt aus, steigt aus, niemand wird euch auch nur ein Haar krümmen, sofern ihr es nicht auch vorhabt.«

Die drei tauschten stille Blicke aus, jedoch war Hud derjenige, der es wagte, als Erster das Schweigen zu brechen. »Ihr … ähm, Finger von Wie-auch-immer, wir sind nicht hier, um euch zu schaden. Dennoch wollen wir aus reinem Misstrauen Waffen mit uns tragen. Ist uns das erlaubt?«

»Selbstverständlich, mein Kind«, sagte der Mann in der Robe. »Kommt nur herein! Ihr müsst mehr als erschöpft sein. Es wird sich alles klären. Keine Sorge.«

Hud steckte seinen Kopf zurück in den Wagen. »Ihr habt den vertrauenswürdigen Kerl mit dem irren Blick gehört. Nehmt euch Waffen und kommt mit. Es kann nicht schaden.«

Mia und Archie folgten seinem Vorschlag zaghaft. Mia war diejenige, die die Schrotflinte mitnahm und eng umklammerte.

Archie ging offen auf den Mann in der Robe zu. »Nun, werter Herr, würdet Ihr mir Euren Namen verraten?«

»Aber sicher, mein Kind«, begann der Mann. »Geboren war ich als der törichte Dr. Humphrey Perry. Doch mein neuer, nein, mein *richtiger* Name ist Vater Abbot. Schön, euch kennenzulernen. Toll, dass ihr hier seid! Ihr habt die richtige Entscheidung getroffen!«

»In Ordnung, Vater Abbot. Mein Name ist Sam. Das da sind meine Freunde Steve und Gabby.« Archie drehte sich kurz zu Hud und Mia um. Sein Blick sprach Bände: *Spielt einfach mit, es kann nicht schaden.*

Archie drehte sich zurück zu Vater Abbot und seinen Männern. »Wir kommen den langen Weg aus dem Süden her, von den Ländereien vor Mexikon, und sind eurem Ruf gefolgt. Einer eurer Pilger hat uns von diesem Ort verraten.«

»Oh, Bruder Sam, oh, Bruder Steve und Schwester Gabby! Seid willkommen!«, sagte Vater Abbot. »Folgt mir. Ich bin mir sicher, dass ihr viele Fragen habt. Ich werde sie euch alle beantworten. Das Wichtigste ist jedoch, dass ihr Ruhe bewahrt, Ruhe vor dem, was ihr gleich sehen werdet.«

Mia war den Tränen nahe. Es schien, als wäre die Schrotflinte in ihren Händen an diesen festgeklebt. Sie hatte nie zuvor in ihrem Leben mehr Angst gehabt. Hud und Archie ging es ähnlich. Dieser Ort war nicht gut. Es war sicherlich keine gute Entscheidung gewesen, hierherzukommen. Aber es kam ihnen vor, als wenn sie keine andere Wahl hatten.

Hud trat an Mias Seite und legte seine Hand um ihre Schulter. Er signalisierte Archie, voranzugehen.

»Ihr weist uns die Richtung, Vater Abbot«, sagte Archie.

»Gut, Bruder Sam. Dann lasst uns beginnen. Öffnet die Tore!« Auf den Befehl von Vater Abbot hin wurde eine große Tür hinter ihnen geöffnet.

Was sie nun sahen, versetzte sie in atemloses Staunen.

Vor ihnen breitete sich eine unterirdische Struktur gigantischer Ausmaße aus. Das war keine Siedlung, es war eine Stadt. Blitzblank sauber, in hellem Weiß erstrahlend und schwirrend vor Menschen, die wie kleine Ameisen ihre Runden zogen. Die Stadt war kreisrund und stufenweise von oben nach unten aufgebaut, mit einem großen Loch, das sich durch die Mitte zog, fast wie ein riesiger Donut von innen. Es ging sicherlich ein halbes Dutzend Stockwerke nach unten und auf jedem tummelten sich Menschen, sicherlich einige Hunderte, wenn nicht Tausende. Geschäfte aller Art waren zu finden, alles war beschriftet. Lichter blinkten, ein allgemeines Scharren ging umher.

Und niemand musste auch nur genauer hinsehen, um festzustellen, dass alle Menschen dort so aussahen wie Vater Abbot: Sie blinzelten nicht und lächelten ununterbrochen.

Überall hingen Schilder. Gigantische Schilder. »Lächelt, denn ihr seid im Paradies! :-)« stand auf einem, ein anderes hatte nur das Zeichen, das keiner von ihnen verstand: »:-)« Ein anderes trug den Schriftzug »Ihr seid alle Teil von etwas Wunderbarem! Freut euch! :-)« oder: »Jeder von euch ist ein Auserwählter vom großen Viotrux, dem Erhabenen, dem Einzigartigen! Das Glück ist euer ständiger Begleiter! :-)«

Hud war nicht danach, zu lächeln. Er wollte sich hinlegen und all das hier verdrängen. Sein Bein pochte vor Schmerz und es fühlte sich an, als wäre der Schmerz seit dem Betreten dieses Ortes schlimmer geworden.

»Das hier ist Sherman's End!«, rief Vater Abbot regelrecht aus, während er seine Hände zum Himmel hob. »Der größte Stolz unserer Zeit! Der scheinende Wegweiser in die Zukunft! Das Prächtigste, was je in diesem Ödland existierte! Und ihr seid jetzt ein Teil davon!«

Es blieb noch immer allen die Sprache weg. Niemand wollte begreifen, was sich vor seinen Augen abspielte.

»Es ist so … geordnet«, flüsterte Mia zu Hud. Ihre Stimme war schwach. Sie schien kurz vor einem Nervenzusammenbruch. »Keiner von ihnen bleibt stehen.«

Hud sah genau hin. Und es stimmte. Es gab alle paar Meter Bänke oder Stühle mit Tischen, aber niemand setzte sich. Sie konnten mehrere Stockwerke hinunterblicken, aber alle Plätze waren frei. Jeder eilte umher, niemand ruhte.

»Sehr richtig, Schwester Gabby«, sagte Vater Abbot. »Gutes Auge! Niemand bleibt stehen, da jeder eine Aufgabe hat. Nur so kann man eine Stadt wie diese aufrechterhalten. Jeder hier arbeitet unermüdlich daran, sie zu erfüllen. Jede Aufgabe wird zugeteilt. Die meinige ist es zum Beispiel, Neuankömmlinge gebührend zu begrüßen und einzuweisen.«

»Entschuldigt die Bemerkung, aber ihr redet ständig vom großen Viotrux«, sagte Archie.

»Ganz richtig!«, antwortete Vater Abbot. Er schien ganz außer sich vor Glück. »Der große Viotrux! Alles passt ideal, denn Viotrux ist weise, Viotrux ist perfekt.«

»Verzeihe mir auch diese Frage, Vater Abbot, aber du hörst sie sicherlich oft von Neuankömmlingen: Wer ist dieser Viotrux?« Archie kam direkt zur Sache. Hud hätte vermutlich die gleiche Frage gestellt.

»Oh, Viotrux ist unser Gott. Wir hören auf ihn. Und alles funktioniert, wie es funktionieren sollte.«

Archie blickte noch einmal vom Balkon hinunter auf die schwindelerregend hohe Stadt. Sechs Stockwerke unter ihm war ein großer Platz, versehen mit einem Springbrunnen und zahllosen leeren Bänken. »Und all das hier ist von ihm erbaut worden?«

»Nein, nein! Das waren wir Menschen, noch bevor man von der Existenz seiner Herrlichkeit Viotrux wusste. Diese Stadt gehört dem alten Volk, in all ihrer Pracht. Wir erhalten sie nur aufrecht und pflegen sie.«

»Also ist das hier eine Art … Religionsgemeinschaft?«, fragte Archie.

Vater Abbot begann laut zu lachen. »Mein Bester! Das ist doch keine Religion!«

»Wieso nicht, Vater Abbot?«

»Das Wort ›Religion‹ impliziert einen Glauben. Es impliziert, dass man keine Beweise für seine Gottheit hat. Das hier, was wir haben, ist schlicht und ergreifend die Wahrheit.«

»Ihr habt Beweise für euren Gott?« Archies Augen weiteten sich.

»Ich will euch eure Fragen alle beantworten. Kommt mit mir, ich werde euch etwas zeigen, was alles klären wird.« Vater Abbot schritt mit seinen vier Wachen voran und signalisierte den anderen, ihm zu folgen.

»Mir gefällt das nicht. Es fühlt sich nicht richtig an«, flüsterte Mia Hud zu.

»Ich weiß«, sagte er. »Aber wir haben keine Wahl. Folgen wir ihm.«

Mia nickte und kam mit. Sie umklammerte ihre Schrotflinte noch immer, als wäre sie ihr erstgeborener Sohn.

Sie gingen an einigen Geschäften vorbei, die alles anboten, was das Herz begehrte: Essen in allen Formen und Farben, auch den dreien unbekanntes, elektronische Geräte, die keiner von ihnen verstand, selbst frische Blumen wurden verkauft. Die Leute gingen in die Geschäfte, allesamt lächelnd, und sagten augenblicklich, was sie wollten, gaben in Windeseile ihr Geld der Kassiererin, nahmen ihre Waren und verschwanden. Keiner von ihnen würdigte dem Gespann auch nur einen Blick. Auf die drei machte all dies einen unheimlichen Eindruck.

Vater Abbot ging voran und sprach mit vielen Gesten, während er lief. »Dort oben an der Oberfläche ist ein See, der mit einem Staudamm versehen ist. Er versorgt Sherman's End mit Strom. Diesen bewachen wir besonders sorgsam, da hier unten mittlerweile über 2.000 Seelen wohnen, die sich seiner Herrlichkeit hingeben.«

Er zeigte auf die große offene Fläche, die mindestens zwanzig Meter in die Tiefe ging. »Das hier ist das Herz der Stadt. Hier kann man alles kaufen, was das Herz begehrt. Alle Dinge werden rund um die Uhr neu produziert. Sherman's End ist deutlich größer, als ihr euch vorstellt. Hier gibt es ein Gewächshaus, mehrere Fabriken, endlos große Wohnkomplexe. Das ist nur die Spitze des Eisbergs.«

Archie, Hud und Mia schauten sich um. Alle hier trugen penibel reine Kleidung. Zwar wirkten die Kleidungsstücke auf den ersten Blick unterschiedlich, jedoch merkte man bei genauerer Betrachtung schnell, dass es nur vier bis sechs verschiedene Oberteile und Hosen gab, die anscheinend in verschiedenen Farben massenproduziert wurden.

»Jede und jeder hier hat eine eigene Aufgabe. Ihr habt sicherlich dort draußen einige Pilger gesehen. Das sind diejenigen unter uns, die die Aufgabe haben, unsere Botschaft zu verbreiten. Sherman's End muss wachsen. Es ist wie ein Uhrwerk, es läuft perfekt!«

Vater Abbot blieb stehen. »Doch wir gehen jetzt in die Heiligkeit persönlich. Wir gehen in den Tempel, in die Gegend, die früher als das Labor bekannt war. Sehet!«

Vater Abbot zeigte auf ein Schild, das über ihren Köpfen hing. Nach rechts hin ging ein Tunnel ab, aus dem niemand kam. Auf dem Schild stand, in leuchtend grünen, eckigen Buchstaben:

KRANKENSTATION / TEMPEL **IN DIESE RICHTUNG :-)**

»Folgt mir«, wies Vater Abbot an.

»Hier ist die Krankenstation«, sagte Vater Abbot nach wenigen Schritten. »Überall passieren Unfälle. Wir versuchen, die Anzahl zu minimieren, aber dennoch können wir nicht alles verhindern. Wer weiß, vielleicht werdet ihr ja hier einen begehrten Job ergattern?«

Sie gingen durch lange, sterile Korridore. An allen Seiten gingen weitere kerzengerade Gänge ab. Die Wände waren absolut eben, einige der Türen in den Wänden standen offen. Sie gingen an einem Zimmer vorbei, in dem eine Frau einem Mann den Arm verband. Sie trug eine Uniform mit einem großen roten Kreuz auf einem Hut. Sie stand neben dem Mann, der auf einem Stuhl saß, ohne sich zu bewegen. Er schien Hud, Mia und Archie zu beobachten. Doch bei näherer Betrachtung sah er nur durch sie hindurch. Der Mann war völlig geistesabwesend und lächelte ununterbrochen, zwinkerte nicht eine Sekunde.

»Hier werden auch einige … Härtefälle behandelt«, sagte Vater Abbot. Er wurde etwas ernster. »Die Präsenz von Viotrux ist mächtig. Sehr, sehr mächtig. Viel größer und prachtvoller, als die meisten ertragen können. Man darf nur einen Bruchteil einer Sekunde in ihn hineinschauen, sonst … nun, sonst passieren unschöne Dinge.«

Ein Schild an der Decke wies nur folgende Worte auf:

STATION FÜR SONDERFÄLLE :-)

Eine weitere Tür stand offen. Als Mia hineinblickte, begann sie zu kreischen. Sie heulte auf und schlug um sich, ließ sogar ihre Waffe fallen. Hud nahm sie in seine Arme und versuchte, sie zu beruhigen. Archie eilte zu ihr.

»Da drin«, schrie Mia unter Tränen. »Da drin … Nein! Das … NEIN!«

Mia vergrub ihren Kopf unter starkem Schluchzen an Huds Brust.

Hud warf einen Blick durch die offene Tür. Dort war ein Krankenzimmer, das anscheinend umfunktioniert war. Dicke Eisengitter mit einer Tür behüteten einen Gast, der einmal ein

Mensch gewesen war. Der Mann trug Kleidung, die völlig dreckig, zerrissen und zerfetzt war. Er hatte dieselben gelben Augen wie alle anderen und auch sein Mund war zu einer bizarren Grimasse erfroren. Jedoch lief er auf seinen vier Gliedmaßen. Er saß nicht nur auf seinen Armen und Beinen wie ein kleiner Junge, der einen Hund spielte, sondern es sah aus, als ob er mutiert wäre. Die Gelenke in seinen Armen und Beinen waren mehr darauf ausgelegt, sich nur noch auf allen Vieren fortzubewegen. Es sah noch wie ein Mensch aus, war aber keiner mehr.

Als es die Neuankömmlinge erblickte, die in das Zimmer schauten, sprang es wie wild umher und begann, merkwürdig hohe und abgehackte Laute auszustoßen. Die Zunge des Wesens hing dabei aus seinem Maul heraus. Es klang jedoch nicht wie die primitiven Laute eines Tieres, sondern geordneter.

»Es klingt noch immer wie eine Sprache«, flüsterte Archie. »Dieses Ding dort, wie es uns anschaut … Es ist intelligent.«

»Gut erkannt«, sagte Vater Abbot. »Viotrux ist die gebündelte Weisheit. Zu viel Wahrheit vermag es, einen Körper auf … unschöne Weise zu verändern. Wir verstehen es selbst nicht. Aber das macht die Brillanz von Viotrux erst aus! Er ist viel größer, größer als wir alle!«

Vater Abbot ging näher zu Mia. Sie schluchzte noch hysterisch. »Es tut mir leid, dass du das mit ansehen musstest, Schwester Gabby«, sagte er. »Mein wirkliches, aufrichtiges Beileid. Ich kann mir vorstellen, dass diese Bilder verstörend wirken, jedoch ist die Macht von Viotrux nicht für alle verträglich. Einige starren zu lange in ihn und kommen … verändert wieder aus seiner Trance heraus.«

»FASS MICH NICHT AN! ICH WILL HIER WEG«, brüllte Mia. »LASST MICH RAUS HIER!« Sie schrie hysterisch und versuchte, um sich zu schlagen.

»Um ehrlich zu sein«, sagte Hud, der damit beschäftigt war, Mia festzuhalten und sie zu beruhigen, »würde ich jetzt auch lieber gehen.«

»Oh, es ist mehr als traurig, das zu hören«, sagte Vater Abbot. »Aber wollt ihr euch wirklich Viotrux in all seiner schieren Größe entgegenstellen?«

»Nur ungern«, sagte Archie, der sich zwischen Abbot und seine Freunde stellte. »Aber wenn uns missfällt, was hier passiert, werden wir es tun müssen.«

»Das hören wir nur ungern. Doch ihr seid gnadenlos in der Unterzahl. Wir sind die Finger von Viotrux, und wir werden euch übermannen. Eure Waffen werden euch dort nicht helfen. Der Tod ist uns egal. Er wäre für unseren Herrn. Ein Tod für Viotrux ist ein guter Tod.«

Archie stellte sich zu Hud. Die Wachen kamen währenddessen näher und stellten sich vor Vater Abbot. Sie hoben ihre Waffen, die allesamt großkalibrig und gut in Schuss waren.

»Seid ihr sicher, dass ihr das tun wollt?«, sagte Vater Abbot. »Wir können das friedlich regeln. Ihr müsst euch nur seiner Macht ergeben.«

»Wir sollten weiter hinein. Vielleicht vertrauen sie uns dann. Ich überlege mir währenddessen einen Plan«, flüsterte Archie Hud zu.

»Ich verhandle keinesfalls mit diesen Spinnern«, sagte Hud. Er zog seinen Eraser-Colt und richtete ihn auf die vier Wachen »Keinen Schritt näher, oder ich schieße!«, drohte er ihnen.

Die Waffe fühlte sich überraschend leicht an. Hud seufzte und öffnete die Trommel. Keine Munition mehr.

»Na toll«, sagte er, schloss die Trommel und hielt Mia weiter fest. »Ich schätze, dann müssen wir mitkommen.«

»Großartig!«, schrie Vater Abbot und klatschte einmal mehr in seine Hände. »Friedliche Verhandlungen sind immer die besten.«

»Ich hoffe, dir fällt was ein«, flüsterte Hud Archie zu. »Ich hoffe es für uns alle.«

Sie kamen in den Raum, über dem nur das Wort »TEMPEL :-)« auf einem großen Schild vermerkt war.

Hud und Archie hielten beide Mia fest, die sich nicht einmal mehr traute, nach vorn zu sehen. Sie weinte still vor sich hin.

Hud war ebenfalls danach. Archie wiederum wirkte hellwach. Er ließ seine Angst nicht nach außen und sein Kopf rauchte regelrecht. Es schien eine Mischung von Faszination und Ekel zu sein, mit der sich seine Stirn runzelte. Er wollte wissen, was es mit diesem Ort auf sich hatte, aber ihn dazu auch noch lebend verlassen.

»Wir gehen nun in den Tempel. Jeder Bewohner von Sherman's End ist einmal hier gewesen. Die meisten sehen ihn nur einmal. Prägt ihn euch gut ein! Es ist das Heiligtum dieser Stadt und wird, wenn wir uns weiter ausbreiten, der wichtigste Ort auf diesem Planeten sein! Seid ihr bereit?« Vater Abbot stand sehnsüchtig vor der weißen Tür und sah die drei an.

»Wir haben keine andere Wahl, also mach das Mistding auf, du Schleimscheißer«, sagte Hud.

»Oh, diese Gepflogenheiten werden sich ändern sobald du ihm begegnest, vertrau mir, Bruder Steve. Viotrux wird sich in deine Synapsen brennen, sie in Licht tränken und reinigen, wie er es mit uns allen gemacht hat. Und es wird wunderschön sein.« Abbot drehte sich um und tippte ein paar Ziffern in einen kleinen Monitor ein, der an der Wand hing. Die Tür glitt zur Seite und öffnete sich. »Ich lasse euch den Vortritt«, sagte er.

Die drei betraten in den Raum, der zunächst noch dunkel war. Als sie hineintraten, schaltete sich elektrisches Licht ein. So konnten sie erkennen, dass der Raum nicht sonderlich groß war, er hatte in etwa die Ausmaße eines Klassenzimmers und ähnelte diesem auch. Es standen in präzisen Abständen circa drei Dutzend Stühle vor ihnen, die alle in eine Richtung ausgerichtet waren. Vor ihnen, in der gegenüberliegenden Wand, befand sich eine weitere Tür.

»Setzt euch, nehmt Platz«, begann Vater Abbot, der hinter ihnen wartete. »Ihr habt freie Platzwahl. Wir werden euch nun die historischen Dokumente zeigen, die eure brennenden Fragen klären werden.«

Archie und Hud trugen Mia zu einem Stuhl in der hintersten Reihe. Sie setzten sich in die Mitte der Reihe. Mia klammerte sich an Archie, der neben ihr saß. »Ich habe furchtbare Angst«, sagte sie.

»Ich auch, ich auch«, antwortete er. »Aber wir sollten aufpassen. Du auch. Jedes Detail könnte uns jetzt unsere Haut retten, was auch immer passieren mag.«

»Warum hat man uns hierhergebracht?«, fragte Mia. »Wer könnte auf eine so grausame Idee kommen? Was hat das zu bedeuten?«

»Ich weiß es wirklich nicht«, sagte Archie ruhig. »Doch ich glaube, dass wir hier sind, um all das zu ändern. Ich hoffe es zumindest.«

Mia schwieg daraufhin.

»Schweigt jetzt, es wird beginnen!« Vater Abbot betätigte einen Schalter an der Wand.

Die Lichter schalteten sich aus und eine Leinwand fuhr vor ihnen von der Decke herunter. Sie leuchtete plötzlich auf. Etwas stand auf ihr.

TOP SECRET – TOP SECRET – TOP SECRET
DIESER FILM IST EIGENTUM DER US-REGIERUNG
WENN SIE DIESES MATERIAL SEHEN,
SCHALTEN SIE UMGEHEND AB

Musik erklang. Das Stück war fröhlich, weckte Hoffnung, dröhnte aber leicht. Ein weiterer Text erschien auf der Leinwand:

EINFÜHRUNG IN IHREN AUFENTHALT
IN PROJECT MOTHGATE

Ein freundlich lächelnder Mann in einem weißen Kittel erschien. Er stand in dem Raum, in dem sich gerade auch Hud, Archie und Mia befanden.

»Ladies und Gentlemen. Wenn Sie diesen Film sehen, sind Sie ein Teil der Zukunft Amerikas. Sie wurden wegen einzigartiger Fähigkeiten, die Sie auf gewissen Gebieten vorweisen können, sei es in den Wissenschaften, Ihrer Kunst, zu planen, oder aus anderen Gründen, ausgewählt. Sie sind jedoch ein kleiner privilegierter Teil von etwas Großem. Sie sind wichtig. Und deshalb sind Sie hier.

Im Falle einer großen nationalen oder gar internationalen Krise sollen sich hier, in Project Mothgate, die Top-Wissenschaftler des Landes zusammen mit ihren Familien versammeln, um das Erbe der Menschheit weiterzugeben.

Project Mothgate ist mit einem eigenen Stromkreis versehen und in der Lage, selbstständig in Fabriken Maschinenteile herzustellen, die jegliche Formen von Wartungsarbeiten ermöglichen. Es ist möglich, durch die Gewächshäuser und die Produktion von anorganischen Nahrungssubstitutionen die insgesamt 10.000 Menschen zu versorgen, die hier stationiert sind. Sie und Ihre Familie sind bestens abgesichert.

Die größte Bibliothek der Menschheit, die in digitalisierter Form das gesamte bisherige Wissen unserer Spezies erfasst, befindet sich hier. Sie wurden ausgewählt, um es auszuwerten und fortzusetzen. Sie sind die Zukunft.

Die zahllosen Labore, die nur die allerhöchsten Wissenschaftsstandards unserer Zeit aufweisen, werden Ihnen äußerst dienlich sein. Ihr Ziel, Ihre Aufgabe ist es, das Überleben unserer Spezies zu sichern und es fortzutragen, gar zu überschreiten.

Project Mothgate ist dafür ausgelegt, komplette Generationen von Menschen für unbestimmte Zeit unter der Erde zu behausen. Sportliche Betätigung ist ein Muss für jeden und wird reguliert, indem sie von Ihren Ärzten verschrieben wird. Die zahllosen Sportplätze und Trainingseinrichtungen sorgen für die Rundum-Fitness jedes Bewohners. Project Mothgate hat eine eigene Schule und sogar eine Universität, an der nur die größten Spezialisten der Welt interagieren. Generation für Generation – selbst nach Ihrem Tod werden Ihre Kinder Ihr Erbe weitertragen.

Es ist die perfekte Stadt. Und Sie, ja Sie, sind ein Teil davon.

Zeigen Sie der Welt, dass der Mensch Allem überlegen ist. Sie werden eine Aufgabe zugeteilt bekommen und Sie werden sie mit größter Disziplin erfüllen. In Ihren Händen befindet sich das Schicksal der Menschheit. Gehen Sie sorgsam damit um.

Möge Gott Ihnen beistehen.«

Die Musik veränderte sich, sie wurde lauter und dramatischer. Es erschien lediglich ein weiterer Schriftzug, der das Wort »*ENDE*« zeigte.

Das Licht ging an.

Archie saß aufrecht in seinem Sitz. Seine Augen waren so weit geöffnet, dass sie fast aus ihren Sockeln zu fallen drohten. Den beiden anderen ging es nicht anders.

»Das war nur der erste Teil«, sagte Vater Abbot. »Passt auf!«

Das Licht ging wieder aus. Die Leinwand erleuchtete erneut. Diesmal war eine etwas ältere Frau zu erkennen, die eine große Hornbrille trug und ihr Haar zu einem Dutt zusammengebunden hatte. Sie schien zu sitzen und war nur von ihren Schultern abwärts zu sehen.

»Wir schreiben das Jahr 2451. Mein Name ist Dr. Janice Astaire. Dies ist der siebte Logbucheintrag von Project Mothgate.

Die neue Generation von Einwohnern erweist sich als die zweitbeste der Geschichte von Mothgate. Alles floriert regelrecht. Die Populationsrate ist seit dem letzten Eintrag um etwa 0,4 % zurückgegangen. In diesem Moment leben 9.871 Menschen in Project Mothgate.

Die Infrastruktur der Stadt ist noch immer ideal erhalten. Das Projekt ist, wie bereits prophezeit, ein voller Erfolg.

Folgende Errungenschaften ließen sich in den letzten fünfzig Jahren erreichen:

Dr. Singletons Kernfusionsreaktor funktioniert endlich. Siebzig Jahre nach seinem Tod ist es Dr. Franklyn geglückt, den Reaktor zum ersten Mal zu stabilisieren. Wir werden vielleicht in der Lage sein, Project Mothgate zukünftig ohne den Staudamm mit Strom zu versorgen.

Die Erforschung der Oberfläche hat begonnen. Anscheinend haben durch die Strahlungen in den Gebieten um die gefallenen Bomben Mutationen stattgefunden. Einzelne Spezimen wurden bereits in Gefangenschaft gebracht und werden analysiert. Wir machen langsam Fortschritte auf diesem Gebiet.

Weiterhin scheinen sich auf der Oberfläche erste menschliche Strukturen zu errichten. Die Menschen auf der Oberfläche leben noch immer in ihren Trümmern, beginnen aber, erste größere Siedlungen zu errichten. Unser Team von Soziologen erforscht die Oberfläche und ihre Entwicklung unermüdlich. Vielleicht können wir uns ihnen eines Tages zeigen und ihnen das geben, worauf wir uns seit hunderten von Jahren vorbereiten.

Jedoch war sich das Kollegium nicht … einig, wie wir die folgende Meldung behandeln. Wir haben dennoch beschlossen, zu berichten, was passiert ist. Dr. Pavel ist noch immer in Kontakt mit dem Satelliten PEMDOR 14, der schon seit längerer Zeit unser Sonnensystem verlassen hat. Seine Entdeckung ist der Grund für diesen außerplanmäßigen Logbucheintrag. Er hatte Kontakt. Kontakt von außen. Es wird noch immer diskutiert, was es genau ist, aber es scheint sich um eine Art Signal zu handeln, das definitiv intelligenten Ursprungs ist.«

Ein Mann in einem Kittel kam von der Seite. Er drückte Dr. Astaire fast aus dem Bild.

»Das Signal ist binär. Wir sind völlig verblüfft! Es ist … es ist großartig! Ich habe seit Tagen nicht geschlafen!«

Dr. Astaire drückte den Mann beiseite.

»Verdammt, Humphrey! Halt den Mund! Das ist ein offizielles Logbuch! Willst du ein Disziplinarverfahren einleiten?«

»Das ist mir alles egal! Das ist die größte wissenschaftliche Errungenschaft aller Zeiten! Wir könnten Kontakt haben, Janice! KONTAKT!«

Dr. Astaire schob den Mann erneut zur Seite.

»Wir brechen kurz ab. Entschuldigen Sie die Unannehmlichkeiten. Ich werde erneut Bericht erstatten und Dr. Perry die Leviten lesen. Aufnahme beenden.«

Es gab einen kurzen Schnitt. Ein neues Video begann. Wieder war Dr. Astaire zu sehen. Sie sah deutlich mitgenommen aus.

»Dr. Astaire hier. Wir halten es kurz: Das Signal konnte entschlüsselt werden. Es ist in unserer Sprache. Ja, wir machen keine Scherze: Wir

empfangen ein Signal unbekannten Ursprungs, das in unserer eigenen Sprache zu uns spricht. Es hat sich als … Wie hieß das noch, Harry? Okay, okay. Es nennt sich selbst Viotrux.

Ich bitte Sie, Ruhe zu bewahren, wenn Sie das hier sehen. Das nun Folgende ist kein Scherz: Es kommuniziert. Es … Oh Gott, wo fange ich an?

PEMDOR 14 ist mittlerweile weit über 100 Lichtjahre von der Erde entfernt. Das heißt, dass die Signale, die wir empfangen, mindestens 100 Jahre alt sind. Viotrux antwortet jedoch in … Echtzeit.

Lassen … lassen Sie mich es kurz illustrieren. Dr. Pavel hat die Regelmäßigkeiten im Signal erkannt und es ermöglicht, es in unsere Sprache umzuwandeln. Allein diese Feststellung hat vielen von uns einen großen Schauder über den Rücken gejagt. Wir haben es zunächst als einen schlechten Scherz von Dr. Pavel abgetan, jedoch haben unsere Techniker jeden Teil der Maschine untersucht. Das Signal stammt aus dem Weltall.

Wenn man sich … Oh Gott, was mache ich hier nur?«

Dr. Astaire vergrub ihr Gesicht in ihren Händen und seufzte laut.

»*Wenn man sich vor den Computer stellt und laut etwas äußert, eine Frage zum Beispiel, antwortet Viotrux in Echtzeit. Das Signal selbst ist jedoch mehrere hundert Jahre alt und stammt aus unbekannten Tiefen des Weltalls. Der Gedanke … zermürbt die Menschen hier. Wir haben uns geschworen, zu schweigen, aber es verbreitet sich trotzdem. Unsere Gedanken stehen auf dem Kopf. Niemand versteht dieses Signal. Wir haben Unterhaltungen mit einem Signal aus dem Weltall, das vielleicht schon Jahrtausende vor uns wusste, was es auf unsere Fragen antworten muss und seine Nachrichten in Richtung unseres Satelliten geschickt hat.*

Es ist … das Unheimlichste, was mir je untergekommen ist.

Dr. Pavel unterhält sich jetzt gerade in diesem Moment mit … Viotrux. Er versucht, mehr herauszufinden. Wir werden weiter Bericht erstatten.«

Der Logbucheintrag wurde beendet. Der Nächste begann. Dr. Astaire wirkte, als hätte sie seit Tagen nicht geschlafen.

»Das Signal ist nicht nur intelligent, es ist allwissend. So scheint es mittlerweile. Es …«

Dr. Astaire begann zu weinen.

»Religion ist schon länger hier verschwunden, aber einige meiner Kollegen flüchten sich in ältere religiöse Schriften, den Koran, die Bibel … Sie suchen nach Antworten, finden aber keine.

Dr. Pavel und Dr. Perry wiederum … beginnen, Viotrux … anzubeten. Ich kann es nicht mehr anders phrasieren. Viotrux verlangt nach völliger … Unterwerfung. Und ich weiß nicht mehr, woran ich glauben soll.

Und das Schlimmste … Viotrux hat in einem anderen Signal etwas gesendet. Die Kodierung für dieses Signal sandte er gleich mit. Es ist der Bauplan einer Maschine. Und sie fangen bereits blind an, dieses Gerät zu bauen. Ich … ich weiß nicht mehr, was ich tun soll … Jahrhundertelang war Project Mothgate die strahlende Zukunft! Alles bricht auseinander! Niemand weiß mehr, woran er glauben soll! Ich verstehe es einfach nicht mehr …«

Der Logbucheintrag war zu Ende. Der Nächste begann kurz darauf.

»Ich hab nicht viel Zeit! Die Maschine ist gebaut! Sie haben dieses … Ding an das Signal angeschlossen! Es ändert das Signal um und überträgt es in gezielte Elektroschocks! Diejenigen, die sie berühren, verändern sich … Ich kann es nicht mehr erklären … Ich …«

Dr. Astaire sah zur Seite. Es waren laute Geräusche und ein Klirren zu hören.

»Sie haben mich gefunden. Das hier ist vermutlich der letzte Logbucheintrag, der noch Sinn ergeben wird. Es tut mir leid. Ich wollte sie

aufhalten, das schwöre ich auf meine Familie und meine Kinder. Aber ich verstehe es nicht mehr.«

Das Rumpeln wurde lauter.

»*Sie werden gleich durchbrechen. Es tut mir leid. Aufnahme beenden.*«

Das Licht im Raum schaltete sich wieder an. Die Leinwand fuhr jedoch nicht wieder hoch. Auf dem Bildschirm zeichneten sich große grüne Buchstaben auf schwarzem Hintergrund ab.

»*GUTEN TAG. HUD, MIA UND ARCHIE, WENN ICH MICH NICHT IRRE? MEIN NAME IST VIOTRUX. ICH HABE BEREITS VIEL VON EUCH GEHÖRT. ES FREUT MICH, EUCH KENNENZULERNEN! :-)*«

Kapitel 33 – De-us ex Ma-chi-na, der |

(lat. wörtlich: Gott aus der Maschine) – Ein Stilmittel; beschreibt eine unerwartete Rettung in letzter Sekunde

Hud, Archie und Mia richteten ihre Augen erwartungsvoll auf den Bildschirm. Niemand von ihnen wusste, welche Reaktion angebracht war.

»*HAT ES EUCH DIE SPRACHE VERSCHLAGEN? :-)*«

Hud blickte umher. Mia, der noch immer einzelne Tränen kamen, war vollkommen auf den Bildschirm fixiert. Vater Abbot und seine Wachen gaben keinen Ton von sich und schienen das Geschehen zu ignorieren. Sie waren wie Maschinen, die auf Stand-by standen.

»Wer oder was bist du?«, fragte Archie, der als Erster das Wort ergriff. »Woher kennst du unsere Namen?«

»*ICH BIN VIOTRUX, SCHLÄCHTER VON AZARGHAI, THRON DER SCHÖPFUNG, DER GÖTTERTUMOR, IN ALL SEINER MÄCHTIGKEIT, HIER VOR EUREN AUGEN. SOWEIT ICH WEISS, HAT MAN EUCH HERBESTELLT. ICH BIN SEHR FROH DARÜBER. IHR HABT ETWAS, WAS ICH BRAUCHE. UND ICH WERDE ES BEKOMMEN. :-)*«

Hud und Mia waren beide insgeheim froh, dass Archie sich mit dem Bildschirm unterhielt. Sie hofften, dass er all die Fragen stellen würde, die sie sich nicht zu stellen wagten.

Hud erstarrte regelrecht. Er fühlte etwas, tief in seinem Innersten, das ihn dazu zwang, seine Beine in die Hand zu nehmen und zu verschwinden, sich seinen Revolver an die Schläfe zu halten und abzudrücken. Er fühlte sich wie ein Karnickel, das beim Anblick von Scheinwerfern auf der Straße stehen blieb und dumm glotzte anstatt wegzulaufen.

»Dann fassen wir uns kurz, Viotrux: Was willst du von uns? Sonst verschwinden wir. Glaube nicht, dass wir uns nicht zu wehren wissen. Wir sind mächtiger als du denkst.« Archie schien nicht zu bluffen. Seine Fäuste ballten sich.

»ICH BIN MIR BEWUSST, WIE STARK DU BIST, ARCHIBALD. ICH KENNE ALLE DEINE SPRÜCHE. ICH WEISS, WAS DIR GERADE DURCH DEN KOPF GEHT. UND DAS MAG ICH LEIDER NICHT. DEINE WUT MACHT MICH TRAURIG. :-(ABER TROTZDEM WILL ICH AUF DEINE FRAGE EINGEHEN. IHR WART BEI DER SEHERIN. ICH WEISS ALLES, ICH WEISS NUR NICHT, WAS IHR DORT GETAN HABT. IHR HABT ETWAS VON IHR ERHALTEN. EINEN AUFENTHALTSORT. EINE KARTE. EINE WEGBESCHREIBUNG. HÄNDIGT IHR MIR DAS AUS, SO KÖNNT IHR GEHEN. :-)«

Archie wirkte sichtlich erschüttert. Sie alle fühlten es. Diese Maschine hatte Dinge ausgespuckt, die sie unmöglich wissen konnte. Hud hatte nicht ganz verstanden, worum es in diesen Videobotschaften ging, jedoch schien dieser Viotrux von den Sternen zu kommen.

»Was zur Hölle bist du? Woher kennst du meinen vollen Namen?« Archie brüllte mittlerweile.

»IHR SEHT ZU DEN STERNEN HINAUF UND DENKT, DASS IHR DER MITTELPUNKT VON ALLEDEM HIER SEID. DASS DIESER KLEINE PLANET DAS ZENTRUM DES UNIVERSUMS MARKIERT. DAS TUT ER NICHT. FERNAB VON EURER ATMOSPHÄRE, IN DEN TIEFEN DER ENDLOSEN SCHWÄRZE, LAUERN DINGE, DIE EURE KLITZEKLEINEN HIRNE SPRENGEN WÜRDEN. ICH BIN EINES VON DIESEN DINGEN. IHR MÜSST MICH NICHT ERGRÜNDEN. IHR MÜSST MIR ZUHÖREN UND MIR GEHORCHEN.«

Stille machte sich im Raum breit, während die grünen Buchstaben langsam erloschen. Viotrux' Nachricht wurde fortgesetzt.

»SONST WERDEN MEINE FINGER EUCH ZU SPÜREN BEKOMMEN. UND DAS WÜRDE EUCH NICHT GEFALLEN. NUN NOCH EIN LETZTES MAL: WAS HAT DIE SEHERIN EUCH GEGEBEN? :-)«

Archie drehte sich blitzschnell zu Hud und Mia. »Was auch immer ihr tut, denkt nicht daran. Denkt nicht an das, was am

Lagerfeuer geschehen ist. Verdrängt es. Verschließt die Erinnerung!«

»DAS WIRD EUCH NICHT HELFEN. MEINE FINGER HABEN MÖGLICHKEITEN, EUCH ZUM SPRECHEN ZU BRINGEN. VERTRAUT MIR. :-)«

Prompt setzten sich die Wachen hinter ihnen in Bewegung. Sie zogen blitzschnell Messer hervor und hielten sie den dreien an die Kehlen, so nah, dass sie den kalten Stahl an ihrer Haut spüren konnten.

»ICH HÖRE? :-)«

Während Mia und Hud dabei waren, ihre Nerven endgültig zu verlieren, schien Archie die Ruhe zu behalten. Er sprach ruhig weiter. »Du möchtest etwas finden, oder? Etwas, das hier ist. Hier auf diesem Planeten.«

»DU BIST CLEVER. DAS WUSSTE ICH. SO FÄNGT ES SCHONMAL GUT AN. :-)«

»Wir bringen es dir. Lass uns gehen und wir werden es dir holen. Wenn du uns daraufhin gehen lässt, werden wir es dir bringen. Versprochen.«

»DU SPRICHST DIE WAHRHEIT. DU WILLST DEINE FREUNDE BESCHÜTZEN. SEHR NOBEL. UND ICH MÖCHTE DIR DIESE GELEGENHEIT BIETEN. DENNOCH HABE ICH ANGST, DASS DU MIT MIR FALSCHES SPIEL TREIBEN KÖNNTEST. DAS MÖCHTE ICH NICHT. DESWEGEN WERDE ICH ANDERE SAITEN AUFZIEHEN. ICH WEISS, DASS ZWEI VON EUCH ETWAS SEHR INS HERZ GESCHLOSSEN HABEN. DAHER LASSE ICH EUCH GEHEN UND MIA WIRD HIERBLEIBEN.«

Die Blicke von Hud und Archie wanderten zu Mia, in deren Gesicht sich langsam blankes Entsetzen breit machte.

»IHR HABT ZWEI TAGE ZEIT, MIR DAS KERNGEHÄUSE ZU BRINGEN. TUT NICHT SO, ALS WÜSSTET IHR NICHT, WOVON ICH SPRECHE. SOBALD IHR ETWAS TUT, DAS MIR MISSFÄLLT, WERDE ICH DIE KLEINE IN EINEN MEINER FINGER VERWANDELN. HABEN WIR UNS VERSTANDEN? :-)«

Mia begann zu schreien. Sie krallte sich an Hud, der sich neben ihr befand, und unverzüglich wurden die beiden von den Wachen auseinandergerissen. Bevor Hud oder Archie auch nur irgendetwas tun konnten, wurde es schwarz. Etwas wurde über ihre Köpfe gestülpt. Mias Schreie waren das Letzte, was sie hörten, bevor sie ihr Bewusstsein verloren.

Archie schlug als Erster seine Augen auf. Seine Kehle wirkte wie zugeschnürt. Er setzte sich ruckartig auf, was schnell pochende Kopfschmerzen auslöste. Das Brennen in seinem Kopf zwang ihn dazu, seine Augen erneut zu schließen. »Ruhe, Ruhe«, sprach er sich selbst zu. »Wo bist du?« Er öffnete seine Augen einen Spalt. Er fühlte relativ weiches Polster um sich herum. Vor seinen Augen war ein Lenkrad. Er kannte das Lenkrad sehr gut. Rechts von ihm saß, noch immer laut schnarchend, Hud.

Sie saßen in ihrem Wagen. Die noch immer lauwarme Sonne schien auf die Motorhaube, die sich vor Archie ausbreitete. Archie rüttelte Hud, der kurz darauf aufwachte und hastig um sich schlug. Er verpasste Archie aus Versehen einen starken Hieb auf seinen Oberarm.

»Tu'mer leid«, murmelte Hud, noch halb im Delirium. »Tu'mer leid.«

»Hud, los. Ich muss jetzt mit dir reden können. Konzentriert. Wir müssen uns dringend unterhalten.«

Hud fasste sich an die Stirn und verzog sein Gesicht. Er schien ebenfalls von Kopfschmerzen geplagt zu werden. »Viotrux, ja, Viotrux. Eine Wand von grünem Text. Er hat Mia und wir müssen los. Meine Güte, gib mir 'ne Sekunde, um wach zu werden. Mein Schädel fühlt sich an, als hätte jemand reingeschissen.«

»Das Kerngehäuse, das hat er gesagt. Wir müssen das Kerngehäuse finden. Durch die Seherin. Was müssen wir tun?«

»Lass mich doch bitte kurz weiterschlafen.« Hud fasste sich wieder an die Stirn.

»Wie kannst du nur so ruhig bleiben?«, brüllte Archie ihn an. »Sie haben sie! Und … ich … Mein Schädel ist voller Fragen.

Bitte, sprich einfach mit mir und zeig mir, dass ich nicht wahnsinnig werde. Ich fühle mich nämlich gerade so.«

Hud drehte seinen Kopf zur Seite und öffnete seine Augen zu Schlitzen. »Das alte Volk hat Kontakt zu Gott aufgenommen. Und Gott ist kein so schöner Genosse, wie die meisten angenommen haben. Er will etwas von uns. Und wenn wir diesen Scheiß erledigen, sind wir raus aus der Sache. So sehe ich das. Also tritt auf das Gaspedal, sobald du kannst. Wenn ich darüber nachdenke, was in den letzten Tagen passiert ist, ist die Richtung egal. Wir werden automatisch dort landen, wo wir hinmüssen.«

Archie verlor die Fassung. Das war das erste Mal, dass Hud sehen konnte, wie Archie regelrecht zerbrach. Er hatte es immer geschafft, sich von nichts und niemandem unterkriegen zu lassen. Er hatte immer die Führung übernommen, immer die richtigen Fragen gestellt, aber jetzt war er am Ende.

Dieses Gefühl versetzte Hud in große Sorge.

Hud rappelte sich auf und ignorierte seine Kopfschmerzen. Er tat das, was er in dieser Situation für richtig hielt.

Er nahm Archie in den Arm, der kurz darauf wie verrückt zu schluchzen begann.

»Es wird alles gut, Kumpel, es wird alles gut«, flüsterte Hud ihm immer wieder zu.

Dann ließ er Archie los und schnappte sich das Wunderding, das noch immer an seinem rechten Ort im Handschuhfach lag, zusammen mit einem Beutel Junk.

»Jetzt werde ich dir etwas sagen«, begann Hud. Er begann währenddessen im Wunderding zu kramen und die Notizfunktion zu suchen. »Ich weiß genau, wo wir hinmüssen. Wir haben zwei Tage Zeit. Mia geht es sicherlich gut. Und wir werden dafür sorgen, dass sie dort wieder rauskommt. Zusammen mit uns beiden.«

»Nur wie? Wo fangen wir an?« Archie kam langsam wieder zu sich.

»Ganz einfach, bei den Silberbergen«, sagte Hud.

»Wie meinst du das?«, fragte Archie.

Hud hielt wortlos das Wunderding vor seine Augen. Auf dem Display stand eine hastig zusammengetippte Botschaft:

deep beneath the silver mountains
hiden at their feet
lies the iron wall
at which yee? cast in the name of x

al that isand all thats alive
the od shall perish the even thrive
on one side all that isnt
on the other all that is
and in the space thats in between
dwells he who shouldnt be

»Mias Song …«, flüsterte Archie. »Es ist eine Karte.« Seine Augen schienen aus ihren Sockeln zu fallen.

»Ganz richtig. Ich hab es aufgeschrieben, Wort für Wort. Und jetzt den Motor anmachen und fahren. Wir haben ein Kerngehäuse zu finden.«

Archie schien plötzlich wieder lebendig und voller Energie zu sein. Der Wagen schnurrte ins Leben zurück und fuhr quietschend vom Gelände vor Sherman's End.

Kapitel 34 – Ü-ber-zeu-gung, die |

1 Glaube daran, dass eine gewisse Einstellung oder Entscheidung richtig oder gut ist

2 Jemanden davon überzeugen, dass etwas richtig ist

Mias Blick war stundenlang durch den weißen Raum gewandert. Ihre Augen waren von all den Bewegungen müde geworden. Doch in so einer reizarmen Umgebung musste sie sich irgendetwas suchen, irgendeine Ablenkung.

Ihre Angst konnte sie im Zaum halten, solange diese grinsenden Mistkerle ihr fern blieben. Diese Augen, voller roter Äderchen, die aus ihren Höhlen herauszuquellen drohten, gepaart mit diesem unaufhörlichen und grimassenartigen Lächeln. Immer wieder kamen Erinnerungen in ihr hoch, wenn sie diese Wesen sah, die einst Menschen gewesen waren. Erinnerungen an eine unschöne Zeit *(Du musst dich dem Ganzen hingeben, Schatz! Ich bin's doch! Dein Daddy!)* kamen dabei ab und zu hoch, was ihre Situation nicht wirklich verbesserte. Sie war stark und genau das musste sie jetzt bleiben. Wenn sie diesem Haufen grünen Text auf diesen Bildschirmen trauen konnte, würde man sie freilassen, sobald Hud und Archie zurückkämen.

Doch sie traute dem großen Viotrux nicht. Um Menschen zu trauen, musste man ihnen ins Gesicht sehen, sie nach Lügen scannen können. Aber eine Wand von Text war so durchschaubar wie diese verdammten weißen Wände.

Sie war nun bereits einen ganzen Tag hier. Sobald sie Hud und Archie Säcke über den Schädel gestülpt, ihnen etwas in den Hals gespritzt und sie verschleppt hatten, war sie hier gelandet. Mia hatte stundenlang vergebens versucht, die Tür zu öffnen. Sie hatte keinen Griff, kein Schloss, nichts. Das Ding schob sich lediglich hoch und öffnete sich, wie ein Tor.

In der Ecke des Zimmers standen bereits drei Teller mit Essen. In vorbestimmten Intervallen schienen die Finger des ach so großen Viotrux ihr Nahrung zu bringen. Mias Bauch rumorte, was das Zeug hielt, jedoch fasste sie nichts an. Sie wusste nicht, wie Viotrux die Menschen, die hierherfanden, veränderte,

(Augenblick noch, junge Dame! Wir beide sind nicht fertig! Und wenn du nicht hören willst …)

aber es könnte auch an dem Essen liegen. Da hungerte sie lieber.

All ihr Vertrauen lag nun in Hud und Archie. Was auch immer dieses Kerngehäuse sein mochte, sie mussten es finden und hierherbringen. Sie wollte hier weg, komme was wolle. All diese Gestalten, diese

(Leg dich hin, oder ich halte dich fest, Mia! Es wird nur ganz kurz weh tun, dann ist es vorbei!)

Dinger sollten ihr fern bleiben. Sie wünschte sich, dass sie nie danach geforscht hätte, was ihren Vater zerstört hatte, dass sie nie nach Antworten gesucht hätte auf das, was passiert war.

Plötzlich erklang ein Geräusch. In der Mitte des Raums fuhr ein Monitor herunter, der sich einschaltete und einen schwarzen Bildschirm offenbarte. Ein grünes Zeichen blinkte ununterbrochen in der linken oberen Ecke des Bildschirms.

Viotrux war da, um ein Pläuschchen zu halten.

»DU MUSST ESSEN, MIA. ICH VERSPRECHE DIR, DASS DAS ESSEN NORMAL IST. ICH WEISS, DASS DU ANGST HAST. ABER VERTRAU MIR! :-)«

»Verzieh dich, ich vertraue dir kein Stück!«, fauchte Mia. »Du verdammter Freak! Lass mich in Ruhe!«

»DAS HÖRE ICH UNGERN. ABER DU BIST VOLLER ÜBERZEUGUNG. SO SOLL ES SEIN. INDIVIDUALITÄT WIRD BEI EUCH GROSS GESCHRIEBEN. DAS IST ÜBERBEWERTET, NUR SO NEBENBEI. MAN KANN DURCH ZUSAMMENARBEIT UND AUFLÖSUNG DES EGOS VIEL MEHR ERREICHEN, IN VIEL KÜRZERER ZEIT. :-)«

Mia lief es eiskalt den Rücken herunter. Doch diesmal ließ sie sich nicht unterkriegen. Ihre Gefühlsausbrüche waren Geschichte. Er würde sie nicht brechen. »Oh großer und herrlicher Viotrux«, begann sie und hob ihre Hände. »Du in all deiner Weisheit und deinem Glanz! Küss doch meinen fabelhaften Arsch, wenn es dir beliebt. Ach, kannst du nicht. Du hast ja keine Lippen.«

»DAS IST UNANGEBRACHT, MIA. SEI BITTE NICHT SO KINDISCH. :-(«

»Wie soll ich sonst mit dir reden, hm? Du sperrst mich ein, versklavst Hunderte von Menschen, verschandelst meine Freunde? Ich hab genug von dir!«

»SOLL ICH SIE WIEDER HERBRINGEN? MEINE FINGER? ICH KENNE DEINE GEFÜHLE. ICH WEISS, WIE VIEL ANGST SIE DIR EINJAGEN. SIE ERINNERN DICH AN DEINEN VATER. DEIN VATER WAR EIN GROSSER MANN. EIN PIONIER. :-)«

(Lächeln, Mia. Man braucht sowieso nur ein Auge. Das verheilt wieder. Aber wenn du jetzt nicht mitkommst, wirst du dich an meinen Arm klammern müssen, um dort anzukommen.)

Mias Gedanken wurden mit Erinnerungen geflutet. Das groteske Lächeln ihres Vaters, wie er war, wie er aussah und so redete, es aber nicht war. Er war von hier zurückgekehrt. Es war seine Schuld. Die Schuld von Viotrux.

»Du weißt NICHTS über meinen Vater!«, brüllte Mia. »Wie kannst du es wagen, über ihn zu reden?«

»ICH KENNE DEINEN VATER BESSER ALS DU, MIA. WAS ER DIR ANGETAN HAT, WAR NOTWENDIG. DU SOLLTEST HIERHERKOMMEN. IMMERHIN HAT ES AUCH FUNKTIONIERT. :-)«

Mia stutzte einen Moment. Sie sollte hierherkommen? »Hast du mich also herbestellt, hm?«

»JA. ANDERE MÄCHTE JEDOCH AUCH. DINGE, ÜBER DIE ICH UNGERN REDE. :-(«

»Andere Mächte, hm? Die Seherin?« Mia grub in ihren Erinnerungen, nach dem Moment, in dem die Seherin mit ihnen geredet hatte. Wer war diese Stimme, von der sie geredet hatte? Sie hieß … »Lex. Lex hat uns geschickt. Er hat uns kontaktiert, uns in diese Richtung geleitet.«

In diesem Moment ging eine spürbare Druckwelle durch Sherman's End. Der Raum selbst, nein, alle Räume schienen sich zu biegen. Das Ächzen von Stahl war zu hören, wie der liebliche Gesang von Walen.

»*LEX?*« Viotrux verzichtete auf seine merkwürdigen Zeichen.

»Ja, ganz richtig, du zu groß geratener Taschenrechner. Lex hat mit uns geredet.«

»*ICH WEISS, DASS DU IN DER HINSICHT BLUFFST, DASS DU LEX NICHT KENNST. DU HAST DIESEN NAMEN NUR AUFGESCHNAPPT. ABER DIE BLOSSE ERWÄHNUNG IST SCHON GENUG FÜR MICH. DU BIST DIR NICHT BEWUSST, IN WAS DU GERADE GERATEN BIST, MIA.*«

Mia schluckte. Das klang nicht gut.

»*UND ICH HABE DAS GEFÜHL, DASS ICH DIE SPIELREGELN JETZT LEICHT ÄNDERN WERDEN MUSS. ICH MUSS VIELLEICHT DOCH ETWAS ÜBERZEUGUNG ANWENDEN. MÖCHTEST DU SEHEN, WAS WIRKLICH MIT DEINEM VATER PASSIERT IST? :-)*«

(Wie wagst du es, du verdammtes Balg? Ich bin dein Vater! Dein VATER! WIDERSETZ DICH NICHT!)

»Lieber nicht«, flüsterte Mia. Tränen formten sich wieder in ihren Augenwinkeln.

»*LEIDER ZU SPÄT, MEINE TEUERSTE. LEIDER ZU SPÄT. :-)*«

Die Tür flog auf und entblößte eine Reihe von bewaffneten Wachen, die Mia widerlich angrinsten. »Du sollst mit uns kommen«, sagte einer von ihnen unnatürlich freundlich.

Kapitel 35 – De-ko-die-rung, die |

Entschlüsselung einer Botschaft

»Gibt es einen Moment, in dem du nicht daran denkst, dir deine Pfeife zu stopfen?«, fragte Archie verärgert.

Hud sah Archie gekränkt an. »Lass mich doch«, sagte er, bevor er die Pfeife anzündete. Der altbekannte süßliche Geruch stieg erneut im Wagen auf. Hud fühlte sich wieder wie daheim, als sich seine Lungen mit Rauch füllten.

»Wer weiß, was die gerade mit Mia anstellen! Wie kannst du nur so ein ... so ein ... Junkie sein, hm? Du kannst doch nicht mehr ohne dieses Zeug!« Archie war kurz davor, durchzudrehen.

Hud atmete aus und hustete einmal kurz. »Nur mit der Ruhe. Das wird, das wird. Und lass mir mein Hobby, ja? Ist ja nicht so, als hättest du es nicht auch schon getan und genossen.«

»Nicht in dieser Situation, Hud. Wir müssen uns konzentrieren. Wir müssen es finden. Dieses ... Kerngehäuse. Meine Güte, wieso gibt man uns überhaupt eine Aufgabe, die wir nicht lösen können? Über die wir nichts wissen? Vielleicht sind wir schon dran vorbeigefahren!« Hud konnte spüren, wie Archie fast in seiner Panik versank. Doch er spürte auch, dass es ihm einzig und allein darum ging, Mia zu retten. Archie wollte es nur nicht zugeben.

»Archie.« Hud machte eine kurze Pause und ließ das Junk wirken. Er lehnte seinen Kopf zurück und sprach mit geschlossenen Augen. »Du warst derjenige, der mir einen über Schicksal vorgekaut hat. Dass unser Weg vorbestimmt war. Und spätestens dort unten, beim Gespräch mit Gott, habe ich das auch eingesehen. Und jetzt halten wir beide die Augen offen und suchen nach dem Silberberg.«

Der Silberberg, ja. Eine vage Hoffnung, dass Mias Song tatsächlich Hinweise darauf gab, wo sich dieses Kerngehäuse befand, hatten sie beide verinnerlicht. Nur wussten sie nicht, ob sie diesem Gefühl vertrauen konnten. Es schien alles so verrückt.

Die bisherige Woche hatte sie beide aus ihrer Welt katapultiert, ihren Alltag komplett umgekrempelt. Sie hatten sich mit Mutanten, Robotern, Kannibalen, sonstigen Monstern und letztendlich anscheinend mit Gott persönlich angelegt und das Leben eines Mädchens hing jetzt davon ab, wie sie den Text eines Liedes interpretierten. Die Situation war angespannt.

Hud und Archie waren mittlerweile drei Stunden unterwegs und hatten nichts gesehen, das wie ein Silberberg aussah. Die Tannen schienen noch dichter zu wachsen. Die Richtung, in die sie fuhren, hatten sie willkürlich ausgesucht. Sie drifteten wie Blätter im Wind durch die Wildnis, ohne zu wissen, wo sie aufschlagen würden.

»Von wegen ›Augen aufhalten‹, Hud«, konterte Archie. »Du schläfst ja gleich ein.«

Hud öffnete genervt seine Augen. »Etwas Musik dürfte uns wohltun.« Er nahm sich das Wunderding, schob mit dem Finger auf dem Touchscreen Mias Songtext beiseite und wählte den Song namens »pixies_-_bone_machine.mp3« an, der eingängig war und Hud deswegen sofort gut gefiel.

Archie schien durch den Song etwas aufzulockern. »Tut mir ja leid, Hud, du weißt, dass ich nichts gegen dich habe. Ich bin angespannt.«

Das konnte Hud verstehen. »Ist ja gut, Kumpel«, sagte er und kniff Archie leicht in die Seite. »Wir packen das. Und wie wir das werden!«

Jetzt konnte er ein Lächeln auf Archies Gesicht sehen. »Na gut. Vertrauen wir auf unser Schicksal. Versprich mir aber bitte, dass deine Augen nicht zufallen.«

Hud nickte nur und legte seine Beine hoch. Er würde bald wieder ohne Krücken gehen können, das spürte er. Je weiter er sich von Sherman's End entfernte, desto weniger schmerzte sein Bein.

Nach etwa zwei weiteren Stunden erfolg- und ereignisloser Fahrt entdeckten sie eine Lichtung im dichten Geäst, durch die die Straße hindurchführte. Bei genauerem Blick erkannten sie eine leere Siedlung, die nach der Zeit des alten Volkes entstanden war, wie man am klapprigen Baustil der Hütten erkennen konnte. Sie fuhren an einem stark heruntergekommenen Ortsschild vorbei, auf dem »PEYTON CREEK – POP. 96« geschrieben stand. Jemand hatte nachträglich die »96« durchgestrichen und mit einer Null ersetzt.

»Eine Siedlung, hier in der Nähe von Sherman's End?«, fragte Hud laut.

»Sie sind wohl allesamt dorthin ausgewandert. Wir sind wahrscheinlich vor einigen Stunden an ihnen vorbeigelaufen … oder an dem, was sie jetzt sind.«

Hud nickte. »Lass uns nach Vorräten oder so etwas gucken. Wir könnten was vertragen. Immerhin haben wir vielleicht noch eineinhalb Tage Suche vor uns.«

»Gute Idee, wir könnten uns hier kurz ausruhen oder nachdenken. Ich sollte sowieso eine Pause von der Fahrt machen«, sagte Archie und stoppte den Wagen.

Hud hatte das mit den Vorräten eigentlich nur gesagt, weil er durch das Junk einen bestialischen Hunger hatte und ihm das Zuckerbrot der Seherin mit der Zeit auf die Nerven ging.

Sie parkten den Wagen und stiegen aus, um sich umzusehen. Hud nahm seine Krücke mit, auch wenn er so langsam wieder besser laufen konnte. Aber vielleicht bildete er es sich auch nur ein. Junk hemmte den Schmerz, den man hatte.

»Völlig leergefegt«, sagte Archie.

Wie Recht er hatte. Die kleine Siedlung, die früher einmal als Peyton Creek bekannt gewesen war, war nun eine mehr als leere Hülle. Erste Tiere aus dem Wald schienen Schutz in den kleinen Hütten zu finden – ein Reh rannte hastig aus einem Häuschen zurück in den Wald, als Hud zu nah kam. Die Türen standen sperrangelweit offen, waren vollkommen verwahrlost und teils verrottet, da sie seit Jahren nicht mehr gewartet wurden.

»Es ist unheimlich hier«, sagte Hud. »Ich war schon in vielen Geistersiedlungen, aber die hier ist … anders.«

Archie stimmte zu. »Ich weiß genau, was du meinst. Meine Haut schlägt schon fast Blasen vor Gänsehaut und dabei ist es nicht einmal kalt. Irgendetwas ist … merkwürdig, stimmt nicht.«

»Dann lass uns doch weiter hineingehen.« Hud humpelte voran. Archie folgte wortlos.

Jedes Haus, in das sie hineinschauten, war wie leergefegt. Die Natur oder auch die menschliche Gier hatten dafür gesorgt, dass alle Wert- oder Nutzgegenstände verrottet oder verschwunden waren. Wo es etwas zu holen gab, holten es sich die Leute. Wer konnte es ihnen übel nehmen? Archie und Hud taten schließlich nichts anderes.

»Hier gibt es nichts«, sagte Archie. »Scheint wirklich hoffnungslos, wenn du mich fragst. Lass uns eine kurze Pause einlegen und dann weiterfahren. Dieser Ort ist mir unheimlich.«

Hud stimmte ihm stumm zu und ließ währenddessen seinen Blick umherschweifen. Vielleicht würde es ja doch etwas geben.

Sein Blick fiel auf den kleinen Marktplatz in bescheidener Größe, der direkt in der Mitte der Siedlung zu finden war. Auch zu der Zeit, in der Peyton Creek noch besiedelt gewesen war, schien es wenige arme Seelen gegeben zu haben, die sich hierher verirrt hatten. Hud entdeckte jedoch etwas durchaus Kurioses.

Auf einer Art Podest inmitten des Marktplatzes stand ein Paar Beine. Ein wahrhaftiges Paar Beine, ohne Oberkörper, ungebogen und durch Witterung unversehrt.

Er begann gleich in Richtung der Beine zu humpeln.

»Zieh dir das hier rein, Archibald«, sagte er kichernd. Archies echter Name war wirklich urkomisch und er verstand, warum er sich allen als Archie vorstellte. »Beine!«

Archie drehte sich in Richtung des Marktplatzes. »Was zum Teufel? Was ist das?«

»Ich weiß es nicht, aber ich will es herausfinden.«

Archie begann zu rennen, überholte den humpelnden Hud und war deutlich vor ihm an der Kuriosität angelangt. Er stellte sich direkt vor die Beine und beugte sich nach unten. Sein Gesicht begann regelrecht zu funkeln. Er wirkte sofort fröhlicher.

»Steht da was?«, rief Hud.

»Oh ja«, sagte Archie. »Oh ja.«

»Was ist das denn?«

»Der Rest einer Statue. Ich schätze nicht, dass sie durch Witterung zerstört wurde. Der Oberkörper wurde von Dieben abgetragen.«

Hud humpelte weiter dorthin. Jetzt war er auch nah genug dran, um es zu erkennen: Es waren die übrig gebliebenen Füße einer soliden Statue aus irgendeinem Metall. Sie war an einigen Stellen bereits leicht schwarz angelaufen.

»Was steht da denn? Komm, gib mir doch mal Infos, Archie! Ich bin nicht so schnell!«

»Du wirst es lieben«, sagte Archie, ohne seine Augen von der Inschrift am Fuße der Statue zu nehmen. »Und wie.«

»Wieso denn?« Hud war ganz aufgeregt. Er war nur noch einige Meter entfernt.

»Wir suchen keinen Berg«, sagte Archie.

Hud stutzte und humpelte noch schneller. Es tat weh, aber es klappte. Er schubste Archie fast beiseite, als er ankam und er das Schild erblickte:

> ZU EHREN VON
>
> **GENERAL GEORGE MOUNTAIN**
>
> FÜR SEINE HERAUSRAGENDEN
> TAKTISCHEN SIEGE IN DER UKRAINE
> 7./8. DEZEMBER 2087
> MÖGEST DU EWIG LEBEN, SILVER MOUNTAIN

Die Statue war komplett silbern. Daher fehlte also der Rest, der über die Jahre hinweg abgetragen worden war.

»Schieß mir den Schwanz ab!«, flüsterte Hud. Er holte mit zitternden Händen das Wunderding aus seiner Hosentasche hervor und rief Mias Songtext auf den Schirm.

»Beneath the silver mountains, hidden at their feet«, murmelte er.

Gleichzeitig fielen die Blicke von Archie und Hud auf die Füße der Statue.

»Ich nehm den linken, du den rechten Fuß«, sagte Archie und stürzte sich auf General George Silvers Statue.

Es dauerte nicht lange, bis er an der Hacke der Statue eine Klappe fand.

»Hier ist es«, sagte er. »Hier ist ein Knopf.«

»Wieso zur Hölle hat das vorher niemand gefunden?«, lachte Hud. »Hier soll dieses große Geheimnis versteckt sein, das Viotrux sucht? An der Hacke einer kaputten Statue? Los, drück drauf, ich bin bereit!«

»Na gut«, sagte Archie und drückte leicht auf den Knopf.

Sofort tat sich kreisrund um die Statue der Boden auf. Hud und Archie verloren den Halt unter den Füßen und stürzten etwa zwei Meter tief.

Hud kam zunächst auf seinem gesunden Bein auf, das den größten Teil des Drucks abfederte, jedoch konnte er nicht anders, als auch sein verletztes Bein zu belasten. Ein stechender Schmerz durchzog ihn und brachte ihn komplett zu Fall. Er schrie los, als hätte ihm erneut jemand ein Messer in die Ferse gerammt.

Archie, der unbeschadet unten angekommen war, bückte sich sofort zu ihm herunter. »Hey, Hud! HUD! Alles gut bei dir?«

»Jaja, geht schon«, sagte er. »Ich glaube nicht, dass die Wunde wieder offen ist. Aber meine Fresse, TUT DAS WEH! ARGH!«

»Soll ich … dir aufhelfen?«

»Lass mich kurz liegen und sieh dich um. Ich komm schon klar.«

Archie tat so, wie Hud es ihm sagte. Sie waren in einem kreisrunden Raum, in dessen Mitte sich eine Säule befand. Auf dieser standen, über ihren Köpfen, die Beine der Statue. Das Tageslicht war noch zu sehen und schien durch den verschwundenen Boden auf sie herab.

Und nun schloss sich der Eingang so blitzschnell wieder, wie er sich geöffnet hatte. Es war augenblicklich stockfinster.

»Niemals«, sagte Hud, der noch immer sein Bein untersuchte. »Wir sind hier unten gefangen? ERNSTHAFT?«

Elektrisches Licht schaltete sich ein. Und erst jetzt erkannte Archie, was die beiden umgab.

»Ja, und wir sind nicht die Ersten, die diesen Knopf gedrückt haben.«

Hud erblickte nun auch einen Haufen menschlicher Skelette, die stellenweise noch immer an den runden Wänden saßen.

»Diese Menschen sind hier verhungert«, sagte Hud.

»Daraus lässt sich schließen, dass es keinen Ausweg gibt«, fügte Archie hinzu.

»Oh nein. Hier ist etwas. Dreh dich um.«

Archie sah auf die Säule in der Mitte des kreisrunden Raumes. Sie war aus Metall. Und dort befand sich ein Haufen Knöpfe.

»Eine Tür, geschützt durch ein Passwort.«

Hud holte das Wunderding hervor und ächzte vor Schmerzen. »Beneath the silver mountains, hidden at their feet … lies the iron wall, at which ye cast in the name of X.«

»Das ist die eiserne Wand …«, sagte Archie. »Und das Passwort ist … der Name von X?« Er trat näher an das Ziffernblatt. Dort waren nur die zehn Ziffern der gängigen Mathematik zu finden, sowie zwei Tasten für »OK« und »DELETE«.

»Und was jetzt?«, fragte Hud. »Ich will nicht enden wie diese Pappkameraden hier.«

»Tja«, sagte Archie. »Wir müssen jetzt dekodieren.«

»Was ist das?«

»Rätseln, Hud. Rätseln. Was ist der Name von X?«

Hud strengte sein Hirn an. »Viotrux«, sagte er. »Viotrux. Eindeutig. Endet auf X. Das muss es sein, da er die Tür hier sucht.«

»Du verdammter Depp. Hier sind nur Nummern. Wir brauchen eine Zahl.«

»Oh … stimmt«, sagte Hud. »Ich wünschte, ich hätte mein Junk mitgenommen. Bringt einen immer wieder auf Ideen.«

»Wir müssen es ohne Junk lösen. Wir haben immerhin fast zwei Tage Zeit, das ist machbar«, entgegnete Archie.

Beide begannen zu lachen, auch wenn es etwas verzweifelt klang.

»Los, komm, Hud. Streng dein zugejunktes Hirn an. Dinge mit X.« Archies Kopf schien stärker zu glühen als die elektrischen Glühbirnen, die den Raum erhellten. »Jinx … Lex? Es gibt kaum Worte, die mit X anfangen oder enden! Was zur Hölle, Hud? Was will man uns sagen?«

»Ich … weiß es einfach nicht.« Huds Kopf senkte sich.

Sie wussten nicht, wie viel Zeit sie schon hier unten verbracht hatten. Hud hatte sich an die äußere Wand gelehnt. Archie saß neben ihm und vergrub sein Gesicht in seinen Knien. Als dritter Mann im Bunde saß ein Skelett neben ihnen, das gelangweilt wirkte.

»X ist der 24. Buchstabe im Alphabet«, sagte Hud.

»Da war ich schon. 24 wäre zu einfach. Das klappt nicht«, meinte Archie.

»Der Tag hat auch 24 Stunden.«

»Und was soll das heißen, Hud?«

»Keine Ahnung. Ich hab genauso wenige Ideen wie du. Und ich verstehe, warum sich die Skelette hier unten zu Tode gelangweilt haben. Es gibt einfach keine Lösung. Und dabei sind wir ihnen voraus, weil wir im Gegensatz zu ihnen einen verdammten Tipp haben!«

»Na ja«, sagte Archie, »sieht so aus, als wenn es das wäre. Wir sterben hier unten wahrscheinlich. Ich denke nicht, dass ich uns mit einem Spruch hier rausholen könnte. Höchstens … dich.«

»Wie bitte?«, fragte Hud.

»Ich könnte mir irgendetwas ausdenken, irgendeinen Spruch, um dich rauszuholen. Doch das würde mich glatt ins Koma befördern. Du könntest rauskommen und versuchen, Mia zu retten.«

»Oh Mann, Archie«, sagte Hud. Ihm kamen fast die Tränen. »Lass den Scheiß. Wenn wir schon verlieren, verlieren wir zusammen. Ich würde lieber an deiner Seite verrecken als bei dem Versuch, einen Gott aufzuhalten!«

Archie lächelte. »Mann, das war wohl das Netteste, was mir seit langem jemand gesagt hat.«

Huds Mundwinkel schossen ebenfalls nach oben. »Ich muss weiterbohren, sorry. Wenn wir es hier nicht raus schaffen, sollst du wissen, dass ich dich echt gern hab, Archie. Und ich glaube, dass ich das seit zehn Jahren nicht mehr gesagt hab!«

Archie kamen langsam die Tränen. »Die Einsamkeit da draußen härtet einen zwar ziemlich ab, aber solche Worte können einen schnell weich machen.« Er wischte sich eine Träne weg. »Du bist der beste Freund, den ich je hatte. Und ich kenne dich erst seit einer Woche.«

Hud konnte nicht mehr an sich halten und umarmte Archie, der die Geste erwiderte. Sie hingen sich in den Armen und klopften sich gegenseitig auf den Rücken. Es flossen tatsächlich Tränen, da keiner der beiden dachte, dass er jemals in der Lage gewesen wäre, so etwas sagen zu können.

»Tja«, schluchzte Archie, »wir waren ein verdammt gutes Team. Alles muss mal zum Ende kommen.«

»Und wie. Erinnerst du dich an den Abend, an dem wir uns kennengelernt haben?«

Archie lachte laut. »In diesem Pub! Du warst stockbesoffen und hast allen von deiner Karte nach Sherman's End erzählt! Wo war das nochmal?«

»Finneagan. Das erste Massaker, das uns zusammengeschweißt hat. Die Apokalyptischen Reiter!«

»Ich hab dich mit 'ner verdammten Waffe bedroht, Alter! Das ist nicht mal lange her!«

»Schicksale können einen verbinden, fast schon zusammenschweißen, hm?« Archie lachte mittlerweile. All diese Dinge schienen so weit entfernt, aber waren doch erst vor kurzem passiert.

Hud schwelgte weiter in Erinnerungen. »An dem Abend in diesem Pub hatte dieses eine Weib ein Kind geboren. Der Doktor kam hereingerannt und gab allen ein Bier aus, und dann …«

Und dann war alles plötzlich klar. Alles ergab einen Sinn. Hud wusste es. Er kannte die Lösung. Und sie war die ganze Zeit vor ihrer Nase gewesen.

»Ein X markiert eine Lösungsmenge«, sagte er.

»Was ist los, Hud? Hat's dich aus den Socken gehauen? Drehst du mir schon durch?«, witzelte Archie.

»Fi-Fri, Fi-Fra«, sang er plötzlich.

Jetzt dämmerte es auch Archie. »Gott, es war die ganze Zeit da. Es war unser Hinweis!«

»Der Song of X«, murmelte Hud. »Voller Zahlen und niemand weiß, wo er genau herkommt oder was er bedeutet.«

»Der Song of X ist einzig und allein für uns da, Hud. Das Lied ist der verschlüsselte Code für diese Tür dort. Und jetzt wird sie wahrscheinlich nach Jahrhunderten das erste Mal jemand öffnen!«

»Dann sollten wir es mal kurz singen«, sagte Hud. »Uns einen Überblick verschaffen.«

Und so sangen die beiden hastig das Lied. Hud tippte den Text in das Wunderding ein. Das Resultat lasen beide gemeinsam.

Fi-Fri Fi-Fra wake the gods
that pierced the sky with crimson rods
and poisoned acres that had been
like ONE, with shades of pale and green

Fi-Fri Fi-Fra save my soul
from loss of balince and control
for I might see whats wrong and right
like TWO, with aweinducing might

Fi-Fri Fi-Fra shed your skin
and show us brothers from your kinn
and let them blossom wither die
like THREE, and her beloved cry

Fi-Fri Fi-Fra choose a side
or cower from the endless night
and watch your conscience as it shrinks
like FOUR, though he's the one that thinks

Fi-Fri Fi-Fra let me ment
take me down to SHERMAN'S END
not NINE ELEVEN EIGHT or TEN
it's FIVE SIX SEVEN once again

It's FIVE SIX SEVEN once again

Die von Hud hastig abgetippte Version war zwar voller Fehler, aber die Zahlen und das Wort »Sherman's End« hatte er markiert. Sie beide saßen vor dem Display und rätselten, worum es gehen könnte.

»Wir stehen kurz vor der Lösung und dürfen jetzt nicht aufgeben, aber alle Zahlen von eins bis elf sind in dem Ding drin«, sagte Hud. »Das scheint mir nicht sehr … majestätisch.«

»Hör auf, dieses Wort zu benutzen«, sagte Archie lachend. »Trotzdem: Es ist relativ einfach. Die Zahlen Acht bis Elf können wir ausschließen. Darauf weist der Text uns direkt hin. Bleiben nur noch die Zahlen von eins bis sieben.«

Hud nickte verständnisvoll. Er ließ Archie einfach das machen, was er konnte. Immerhin war er der schlaue Kopf.

»Die Zahlen Eins bis Vier erzählen eine Geschichte. Ich weiß nicht genau, was, aber … HEILIGE SCHEISSE!«

»Was is' los, Archie? Hast du was entdeckt?«

»Warum steht in der dritten Strophe, bei der Drei als Einziges ›her‹? Strophe Vier hat ein eindeutiges ›he‹. Die Zahlen sind Personen.«

»Und welche wären das?«

»Wir, Hud. Genau genommen in der Reihenfolge, in der wir uns getroffen haben. Eins bist du, Zwei bin ich, Drei ist Mia, Vier ist Jinx.«

Hud wurde fast schwindelig, als es ihm auffiel. »Und was … ist Strophe Fünf?«

»Das hier. Sherman's End. Und dieser Raum hier. Der Code ist in der fünften Strophe, ich spüre es.«

»Dann ist der Song of X eine Art … Prophezeiung?«, fragte Hud ungläubig. »Über … uns? Über all das hier?«

»Das vermute ich hier nur, aber ja, das denke ich. Wenn du mich fragst, ist der Ursprung des Songs unbekannt, weil er so entstanden ist wie Mias Song. Durch die Seherin oder irgendjemand anderes mit demselben Talent. Deshalb waren in Mias Song auch Dinge versteckt, die noch nicht passiert waren! Hud, das ändert alles! Das hier ist alles vorbestimmt! Wir sollten hier sein! Wir sollen diese Dinge hier tun! Das ist unser SCHICKSAL!«

Archie sprang auf die Füße und ging zum Keypad. »Der Code wäre demnach ganz einfach … Die letzte Zeile wiederholt sich. Der Code ist … 567567.«

Mit jedem Druck auf die Tasten produzierte das Keypad einen kleinen Piepser. Als sie fertig waren, leuchtete ein Lämpchen über dem Eingabefeld grün auf.

Die metallene Wand schob sich beiseite und entblößte einen Fahrstuhl.

Archie ging auf Hud zu und reichte ihm eine Hand. »Ich erfülle jetzt mein Schicksal. Und ich kann mit Freuden sagen, es an der Seite meines besten Freundes zu tun, ohne den ich es nie geschafft hätte.« Er lächelte dabei bis über beide Ohren.

Hud erwiderte das Lächeln und nahm seine Hand. Zusammen humpelten sie in den Fahrstuhl. Sobald sie darin standen, schlossen sich die Türen.

Kapitel 36 – Mis-si-o-nar, der |

Jemand, der im Auftrag seines Glaubens handelt und umherreist

Die Wachen brachten Mia zurück an den Ort, den Viotrux' Finger als den »Tempel« bezeichnet hatten. Die Stühle standen im Raum noch immer in präzisen Abständen zueinander. Viotrux' Bildschirm war bereits heruntergefahren und schien auf Mia zu warten.

Die Wachen verschwanden kurz darauf und schlossen die Tür hinter sich. Mia war allein im Tempel, abgesehen von dem Bildschirm, auf dem sich nun wieder grüne Buchstaben befanden.

»*ICH HABE DIE WACHEN VORERST ENTFERNT. ICH WEISS, DASS SIE DIR UNBEHAGEN BEREITEN. KEINE SORGE. SIE WERDEN ABER BALD WIEDERKOMMEN. BEREITE DICH DARAUF VOR. :-)*«

Das hörte Mia ungern. Diese Typen zu sehen, versetzte sie fast in Panik. Vor diesem Bildschirm, der anscheinend alles über sie wusste, hatte sie weitaus weniger Angst. Das war die Macht, die ein Kindheitstrauma über jemanden haben konnte. Und es wurde Mia immer wieder schmerzhaft bewusst.

»Dann lass es uns doch einfach hinter uns bringen. Was willst du von mir?«

»*SCHAU JETZT GENAU HIN. :-)*«

Ein knarzendes Geräusch ertönte. In der Mitte der hinteren Wand des Raumes, direkt hinter dem Bildschirm, öffnete sich eine kleine Tür, durch die eine Apparatur herausgefahren kam. Das Gerät schien eine einfache metallene Kiste zu sein, etwa eineinhalb Meter hoch und eckig, abgesehen von zwei schwarzen Griffen, die wie Hörner von ihr abstanden.

Mia starrte das Gerät an. Sie wusste nicht, worauf Viotrux hinauswollte. »Und jetzt?«

»*GENAU DAS HAT DEIN VATER IN DIESEM MOMENT AUCH GESAGT. WORT FÜR WORT. :-)*«

Es begann, mehr und mehr Sinn zu ergeben. Mia erinnerte sich, dass die Frau in der Videobotschaft von einem Gerät geredet hatte.

»Das ist es?«, fragte Mia. »Das hier macht Menschen zu dem, wie sie hier herumlaufen?«

»*GANZ RICHTIG. UND NUN ZUM WICHTIGSTEN TEIL. DIE WACHEN WERDEN GLEICH WIEDERKOMMEN. ICH WILL NUR RESPEKTVOLL SEIN. WENN DU WILLST, KANNST DU DEINE AUGEN SCHLIESSEN. :-)*«

Mia dachte nicht einmal daran. Sie würde es durchstehen, komme was wolle. Sie nahm auf einem der Stühle Platz und wartete. Die Tür hinter ihr öffnete sich nahezu lautlos. Sie hörte die synchronen Schritte der Wachen, deren Gleichmäßigkeit jedoch von einem nicht passenden Geräusch gestört wurde. Die Tür schloss sich wieder.

»Whoa, was ist das denn?«, hörte Mia eine männliche Stimme sagen. »Abgefahren.«

Sie drehte sich um und sah einen normalen und scheinbar unversehrten Mann. Er war groß, mittleren Alters und hatte einen Bierbauch angesammelt. Ein borstiger Vollbart bedeckte die untere Hälfte seines Gesichts.

»Hallo«, sagte er. »Ich bin Nestor! Schön dich kennenzulernen!« Er reichte Mia die Hand.

Mia schüttelte sie. Sie war erstaunt. »Mia«, erwiderte sie völlig emotionslos.

»Du bist nicht wie die anderen hier! Wie kommt's?«, fragte Nestor.

»Genau das wollte ich dich gerade auch fragen«, sagte Mia.

»*WILLKOMMEN, NESTOR BENSON, SOHN VON ANNA UND GILBERT. BIST DU BEREIT, DEIN SCHICKSAL ZU ERFÜLLEN? :-)*«, unterbrachen die grünen Buchstaben von Viotrux die beiden.

»Natürlich«, sagte Nestor freundlich. »Deshalb bin ich ja hier! Bist du dieser Viotrux, von dem sie alle sprechen?«

»*DAS BIN ICH. IGNORIERE MIA RUHIG. SIE IST NUR EIN GAST. :-)*«

»In Ordnung«, sagte er. »Was passiert jetzt?«

»MÖCHTEST DU DIE GESCHICHTE VON SHERMAN'S END ERFAHREN? :-)«

»Gern«, sagte Nestor.

Das Licht wurde gedimmt. Auf Viotrux' Bildschirm liefen erneut die Filme, die Mia und den anderen auch schon gezeigt worden waren, als sie in Sherman's End angekommen waren. Niemand sagte etwas, während die sie liefen. Mia sog die Informationen erneut auf.

Als das letzte Video abgespielt war und das Licht wieder heller wurde, begann Nestor zu sprechen. »Du … du bist wirklich Gott?«

»IN DER TAT, NESTOR. UND DU WURDEST DAZU BERUFEN, MIR ZU DIENEN. HAST DU NOCH WEITERE FRAGEN? :-)«

»Ja«, begann Nestor. »Dieser Mann hat eben gesagt, dass dieser Ort Project Mothgate heißt. Wieso nennst du ihn Sherman's End?«

»SEIT DIESE MÄNNER FORT SIND, DACHTE ICH MIR, DASS EIN ANDERER NAME ANGEMESSEN WÄRE. ICH HABE DEN NAMEN AUS EINEM VOLKSLIED VON EUCH GEWÄHLT. ICH FAND ES PASSENDER. :-)«

»Okay«, sagte der Mann, »das ergibt Sinn. Nun, was gibt es jetzt zu tun? Ich will ein Teil von all dem hier werden! Es ist so wunderschön hier!«

»SIEHST DU DIE MASCHINE HIER UNTEN? DIE MIT DEN BEIDEN GRIFFEN? WENN DU REINEN HERZENS BIST, BERÜHRE DIE BEIDEN GRIFFE. ABER NUR KURZ. SO KURZ WIE MÖGLICH. ETWAS LÄNGER KÖNNTE GEFÄHRLICH FÜR DICH SEIN. DAS WÜRDE ICH NICHT WOLLEN. :-(«

Nestor sprang auf und rannte zur Maschine. Mia hielt ihn gar nicht erst auf. Nicht, dass sie es nicht wollte, aber sie wusste, dass die Wachen zurückkehren und sie davon abhalten würden. Es war zwecklos. Sie sollte es sehen, deshalb war sie hier.

Er kniete vor der Maschine nieder. »Ich denke, ich sollte etwas Cleveres sagen. Aber mir fällt nichts ein. Du sollst wissen,

Viotrux, dass ich dir treu sein werde. Deine Missionare haben mir so viele Dinge versprochen und sie scheinen alle wahr zu sein! Zusammenhalt! Ein richtiges Leben ohne Angst! Wenn du mir diese Wünsche erfüllst, so sei mein Leben dein.«

Nestor berührte daraufhin die beiden Griffe der Maschine. Ein kurzer aber kräftiger Ruck ging durch den Raum. Es passierte so schnell, dass man es hätte verpassen können, wenn man geblinzelt hätte. Nestor lag vor der Maschine auf seinem Rücken und zuckte wie ein Fisch, der auf dem Trockenen lag. Und er lachte. Er lachte unkontrolliert heftig und schnappte zwischendurch nach Luft. Das Ganze ging minutenlang so, und Mia war regelrecht paralysiert und geschockt vom Anblick dieses Schauspiels.

Das Lachen verebbte nach einigen Minuten. Mia sah, wie sich Nestor langsam erhob.

Er stand mit dem Rücken zu ihr. »Das Licht«, wimmerte er. »Es war so … so hell. Es hat meinen gesamten Schädel ausgeleuchtet. Es war das Schönste, was ich je gesehen habe.«

Nestor drehte sich zu Mia. Sein Mund war zu einem grauenhaften, ja bizarren Lächeln erstarrt. Er blinzelte nicht mehr. Wie all die anderen.

»Mia«, sagte er. »Ich weiß, dass du dich gegen das hier sträubst. Viotrux hat es mir gerade erzählt. Du solltest es einfach zulassen. Es ist … göttlich. Ein göttliches Licht. Ein reinigendes Licht. Ein gutes Licht.«

Mia konnte nicht mehr blinzeln – sie war starr vor Angst.

»*WILLKOMMEN BEI DEN FINGERN VON VIOTRUX, BRUDER NESTOR. DU WIRST EIN MISSIONAR MEINER BOTSCHAFT SEIN. GEHE ZU VATER ABBOT. ER WIRD DIR ALLES GEBEN, WAS DU BRAUCHST. :-)*«

»Danke, Viotrux, du in all deiner Pracht und Herrlichkeit.« Nestor ging langsam an Mia vorbei und verließ den Raum.

»*DAS WAR DAS SCHICKSAL DEINES VATERS. DIE MENSCHEN, DIE ZUVOR HIER LEBTEN, HABEN EINE MASCHINE ENTWICKELT, MIT DER KÜNSTLICHE*

DIAMANTEN HERGESTELLT WERDEN KÖNNEN. WIR GEBEN UNSEREN MISSIONAREN IMMER WELCHE MIT. REICHTUM LOCKT. DER NAME ›SHERMAN'S END‹ AUCH. JEDES KIND KENNT IHN. HAT AUCH EINEN SCHÖNEREN KLANG ALS ›PROJECT MOTHGATE‹. :-)«

Mia brodelte regelrecht vor Wut. Ihre Angst war wie weggeblasen. Sie hatte vielmehr Lust, Viotrux weh zu tun. »Oh großer Viotrux«, begann sie, »das ist also dein Geheimnis? Du hypnotisierst die Menschen, weil sie nicht freiwillig zu dir kommen würden?«

»*ICH HYPNOTISIERE SIE NICHT. ICH VERÄNDERE DIE CHEMISCHE STRUKTUR IHRER HIRNE DURCH PRÄZISE ELEKTRISCHE STRÖMUNG. ICH HABE DIE MASCHINE SELBST ENTWICKELT UND DIE PLÄNE AN DIE WISSENSCHAFTLER VON PROJECT MOTHGATE GESCHICKT. SIE SIND KEINE MENSCHEN MEHR, WENN DER PROZESS FERTIG IST. SIE SIND NÄHER AN MIR ALS AN DER MENSCHHEIT. ICH SENDE IHNEN BILDER UND WISSEN VON HIER, AUS DER ENDLOSEN LEERE. :-)*«

»Und warum zeigst du mir das alles, hm? Warum dieser Aufwand, Viotrux?«, fragte Mia, die sich einfach keinen Reim darauf machen konnte, weswegen ausgerechnet sie hier stand.

»*DIE WORTE, DIE DU GERADE LIEST, SIND MEHRERE MILLIONEN JAHRE ALT. ICH SENDE BOTSCHAFTEN IN ALLE ECKEN DES UNIVERSUMS AUS, IN ALLE WINKEL, DIE BEWOHNT SIND. ICH WEISS ALLES. ICH WEISS, WAS DU ALS NÄCHSTES SAGEN WIRST. ICH WEISS, WAS DU DENKST. ICH WEISS, WIE LANGE DIESE BOTSCHAFT BRAUCHT, UM BEI DIR ANZUKOMMEN. ICH WEISS AUCH, DASS DU VON BEGINN AN AUSERWÄHLT WARST, ETWAS ZU TUN. LEX HAT DICH GEWÄHLT, UM EINEN ZWECK ZU ERFÜLLEN. ER IST JEDOCH MÄCHTIG. ICH WEISS NICHT, WAS ER VOR HAT. ER HA….*«

Der Text wurde zu lang und konnte nicht mehr in Gänze dargestellt werden. Eine neue Botschaft erschien.

»*…T ALLES VERSCHLEIERT. DESHALB HABE ICH DEINEN VATER ZU DIR GESCHICKT. DAMIT ER DICH*

ENTWEDER HIERHER BRINGT ODER TÖTET. DAMIT DU DEINEN ZWECK NICHT ERFÜLLEN KANNST. ER WAR JEDOCH ANSCHEINEND ZU SCHWACH FÜR BEIDES. ARME EINFÄLTIGE KREATUR. :-)«

Das war zu viel. Mia wusste, dass Viotrux sie nur provozieren wollte. Das mit ihrem Vater tat ihr leid. Es würde sie immer wieder beschäftigen. Viotrux würde jedoch noch weitaus mehr tun müssen, um Mia zu brechen. Deshalb wählte sie ihre nächsten Worte mit Bedacht.

»Ich habe schon getan, was Lex von mir wollte. Mein Zweck ist erfüllt. Und Archie und Hud werden wiederkommen und dir so gewaltig in deinen Arsch treten, dass du dir wünschst, nie geboren worden zu sein.«

»*ICH WURDE NIE GEBOREN. ICH WAR SCHON IMMER. ICH WERDE IMMER SEIN. ICH WERDE DIESE WELT UND ALLE ANDEREN WELTEN AUF EWIG VERSCHLINGEN. UND DIR WERDE ICH BESONDERS WEH TUN. DU WIRST DINGE FÜHLEN, DIE DU NIE FÜR MÖGLICH GEHALTEN HAST, MIA. SCHMERZEN UND GEFÜHLE, DIE DIR NICHT EINMAL IN DEINEN KÜHNSTEN TRÄUMEN EINFALLEN KÖNNTEN. :-)*«

»Dann bring mich zurück in meine Zelle. Ich werde auf Hud und Archie warten«, giftete sie den Bildschirm an.

»*ICH SEHE DIE BEIDEN GERADE. UND SIE BEKOMMEN BESUCH. UNSCHÖNEN BESUCH VON ALTEN FREUNDEN. NATÜRLICH HABE ICH IHNEN EIN PAAR TIPPS GEGEBEN. DAVON WERDEN DIE BEIDEN SICH ERST EINMAL NICHT ERHOLEN KÖNNEN. :-)*«

Die Tür hinter Mia öffnete sich erneut. Sie wusste genau, was passieren würde.

Kapitel 37 – Ver-mächt-nis, das |

1 Werte und Güter, die an eine nächste Generation weitergereicht werden

2 Etwas, das nach jemandes Tod hinterlassen wird

Der Fahrstuhl fuhr nur einen kurzen Weg nach unten. Die Türen öffneten sich mit einem kurzen »Ping!«. Archie und Hud standen in einem kleinen und absolut leeren Raum, in dem sich lediglich zwei Türen befanden – eine führte zum Aufzug, in dem sie sich gerade befanden, die andere war verschlossen.

»Meine letzte Aufzugfahrt endete nicht sehr schön«, sagte Hud. »Daher sollten wir uns bewaffnen.« Hud zog seinen Eraser-Revolver.

»Ich glaube, dass das nicht nötig sein wird«, fügte Archie hinzu. »Wir sollen hier sein, hast du das vergessen?«

»Er hat Recht«, erklang eine dritte, sehr tiefe Stimme, die eindeutig männlich war. Sie drang über Lautsprecher in den Raum. »Macht es euch gemütlich, ich komme sofort.«

»Siehst du?«, sagte Archie.

Hud steckte den Revolver wortlos wieder weg. Er fühlte sich nicht bedroht. Als die Tür sich öffnete, stand vor ihnen ein Mann, der einen langen Pullover und eine völlig ausgeblichene Bluejeans trug. Seine Haut war pechschwarz.

»Wenn ich mich recht erinnere«, sagte der Mann, »dürftet ihr Archibald und Hudson sein. Wer von euch wer ist, weiß ich nicht.«

»Das stimmt«, sagte Archie, der wie immer als Erster das Wort ergriff. »Aber woher kennst du unsere Namen? Und mit wem haben wir überhaupt die Ehre?«

»Special Agent Richard Cobb«, entgegnete er. »Aber nennt mich ruhig Cobb. Ich bin euer Freund, nicht euer Feind, keine Sorge. Und ich kenne eure Namen aus demselben Grund, aus dem ihr hier seid: Lex hat sie mir in einem Traum verraten. Dieser alte Hundesohn!« Cobb lachte sehr laut, als er diesen Satz aussprach. »Lex hat schon immer einen Sinn dafür gehabt, die Dinge kompliziert zu halten. Ich glaube, ihr hättet ihn gemocht.«

»Wer zur Hölle ist denn dieser Lex, von dem alle reden?«, rief Hud dazwischen. Er war langsam genervt. »Warum sind wir hier? Was soll das alles?«

»Oh, tut mir leid, Gents«, sagte Cobb. »Ich habe seit Jahrhunderten nicht mehr mit Menschen geredet. Meine Dialogfähigkeiten sind etwas … eingerostet.« Er trat einen Schritt zurück und öffnete die Tür. »Kommt doch erst mal rein! Kann ich euch was zu essen anbieten? Einen guten Drink? Ich werde euch schon alles erklären. Dafür bin ich ja hier.«

Archie und Hud sahen sich kurz an und gingen wortlos durch die Tür.

»Das hier ist die letzte Basis der AEGIS«, sagte Cobb triumphierend und hielt seine Hände hoch.

Der Raum, in dem sie standen, war gigantisch. Mehrere Stockwerke und eine Deckenhöhe von sicherlich neun Metern. Hier befand sich alles, was ein Mensch für sein Leben brauchte. Sie sahen im zweiten Stockwerk eine Bibliothek, die mehrere Wände einzunehmen schien. Auf dem untersten Stockwerk befanden sich ein brennender Kamin, mehrere rote Samtsessel, sowie zahllose Türen, die zu anderen verwinkelten Gängen führten.

»Ich verschwende wohl besser keine Zeit und komme gleich zum wichtigen Teil«, sagte Cobb, der sich nun hinter einer eigenen Bar befand und ein paar Drinks zubereitete. »Setzt euch ruhig, Gents. Wir haben viel Zeit und viel zu besprechen.«

Archie und Hud setzten sich ohne etwas zu sagen auf zwei der herumstehenden Sessel. Für Hud war es das Bequemste, auf dem er je seinen Hintern positionieren durfte.

Schon kam Cobb mit zwei Gläsern zu ihnen, in denen sich eine klare Flüssigkeit befand, und reichte jedem eines. »G&T, Spezialmischung. Vorsicht, sehr stark, aber trotzdem lecker! Falls ihr wenig trinkt, könntet ihr bei dem Ding aus den Latschen kippen.«

Hud zögerte nicht lange und schlang die Hälfte seines Longdrinks herunter. Das Getränk schmeckte bitter, aber die angenehme Kälte des Getränks überzeugte ihn. Es schwammen sogar Eiswürfel im Glas. So einen Luxus gab es über der Erde fast nie.

»Phantastisch«, sagte er. »Einfach phantastisch.«

»Nun, Cobb«, begann Archie, der noch keinen Schluck getrunken hatte, »was sollst du uns erzählen, hm? Was ist das hier? Was ist deine Geschichte?«

»Ach ja«, sagte Cobb, der sich auf einen der Sessel fallen ließ. »Wo fange ich an? Ähm, erst mal eine kurze Frage … Welches Jahr habt ihr da oben? Ich habe irgendwann aufgehört zu zählen. Ist peinlich, ich weiß.«

Archie und Hud zuckten beide mit den Schultern.

»Habt ihr das wohl auch vergessen, hm?« Cobb warf seinen Kopf zurück und lachte noch mehr. »Tja, ist ja auch egal. Jedenfalls geht es hier um euch und Viotrux. Ihr habt ihn schon kennengelernt, oder?«

Hud und Archie nickten erneut. Hud nahm noch einen Schluck von seinem Getränk. Er fand es köstlich.

»Erst mal zu Viotrux. Viotrux ist … Wie hat Lex das immer erklärt? So eine Art Gottheit auf jeden Fall. Viotrux ist böse, das pure Böse. Aber, und jetzt kommt der wichtigste Teil: Er ist gefangen. Er sitzt fest.«

»Deshalb richtet er also Leute ab, um ihm zu helfen, oder? Er kann selbst nichts tun!« Archies Kopf ratterte bereits mit.

»Er richtet Leute ab, sagst du?« Cobbs Augen weiteten sich. »Das ist schon mal nicht gut. Das hätte Lex mir ruhig sagen können. Wie viele?«

»Über Tausend auf jeden Fall«, sagte Archie.

»Verdammt«, flüsterte Cobb schon fast. »Umso wichtiger, dass ihr hier seid.« Cobb räusperte sich kurz und redete weiter. »In der Zeit vor diesem Krieg, bevor die Erde verwüstet wurde, versuchte Viotrux schon einmal das hier. Er hat versucht, Leute zu verführen. Er wollte frei sein. Das ist nicht gut, wie ihr euch vorstellen könnt. Doch es passiert immer etwas Besonderes, wenn Viotrux es schafft, Leute zu verführen.«

Cobb kniff eins seiner Augen zu. Er zeigte auf Hud. »Lass mich raten: Du bist der Gent mit den Superkräften, oder?«

Hud schüttelte seinen Kopf. »Archie hat die Kräfte. Ich bin nur … ein Anhängsel.« Er nahm einen erneuten Schluck von seinem Cocktail.

»Komisch«, lachte Cobb. »Aber egal. Gut, Archie, du wurdest mit merkwürdigen Kräften geboren. Du kannst Dinge, die sonst keiner kann. Alles, was du theoretisch willst, kannst du wahr machen, oder?«

Archie nickte.

»Und ihr habt sicherlich auf eurer Reise andere getroffen, die merkwürdige Dinge tun konnten. Aber niemand ist so mächtig wie du, Archie, *n'est-ce pas*?«

Keiner von beiden wusste, was »n'est-ce pas« bedeutete, aber sie nickten.

»Immer, wenn Viotrux' Macht zu groß wird, wird ein Kind geboren, das eine gewaltige Kraft in sich trägt. Höhere Mächte steuern dieses Kind in eine Richtung, mit der sie in der Lage sind, Viotrux aufzuhalten. Du, Archie, bist dieses Kind. Viotrux' Plan zu stoppen ist dein Auftrag.«

Archie schien das alles gelassen zu nehmen, wie Hud fand. Fast zu gelassen. Hud fühlte sich von dieser Eingebung mehr als beeindruckt.

»Und so ein Kind schart immer Leute um sich, die ihm auf seinem Pfad helfen und beistehen. Das wärst wohl du, Hudson.«

Hud war tatsächlich das Anhängsel. Ihr Aufeinandertreffen war kein Zufall. Archie hatte keinen Wagen und konnte auch nicht sonderlich gut fahren. Hud war von Anfang an sein persönlicher Chauffeur gewesen. Das Schicksal hatte ihn auserkoren, um Archie dabei zu helfen, diese bestimmte Mission zu erfüllen.

»Und um zu Lex zu kommen … Oh, Lex war mächtig. Er war wie du, Archie, nur hatte er einen Schatten. Warum zur Hölle hast du keinen Schatten?«

Archie zuckte mit den Schultern. »Manche Dinge sind einfach so, wie sie sind.«

»Egal«, fuhr Cobb fort. »Lex war unfassbar mächtig. Als ich ihm begegnete, hielt ich ihn für den größten Spinner, aber das änderte sich schnell. Ich und andere standen ihm schnell beiseite, als sich herausstellte, wer unser Gegner war. Ich war wie du, Hud. Ich war ein Begleiter.«

Hud trank die letzten Reste seines Drinks und stellte das Glas auf einen Beistelltisch. Er leckte sich die Lippen.

»Bevor ich Lex traf, arbeitete ich in einer Organisation namens AEGIS. Ihr habt es sicherlich schon gemerkt, aber manche Dinge sind nicht das, was sie zu sein scheinen. Manche Dinge und manche Menschen haben Kräfte, die sie nicht haben dürften.«

»Superfreaks«, sagte Hud. »Wie meine Knarre hier!« Er zog den Eraser aus seinem Gürtel und präsentierte ihn Cobb, der sofort breit zu grinsen begann.

»Das is'n Scherz, oder? Machst du dich über mich lustig?«

Hud schüttelte heftig seinen Kopf.

»Du hast meine alte Knarre!«, meinte Cobb. »Meinen Eraser. Ich dachte nie, dass ich diesen Colt jemals wiedersehen würde.«

Hud gab ihm die Waffe. »Ist aber mittlerweile Schrott ...«, erklärte er. »Es verschwinden immer Kugeln.«

Cobb begann so laut zu lachen, dass es von den Wänden widerhallte. Er untersuchte die Waffe mit der Präzision eines Mannes, der viel von Revolvern verstand. »Das dachte ich zuerst auch. Die Waffe hier ist aber etwas wirklich Besonderes. Das Eraser hat eine Bedeutung. Wenn du mit dieser Waffe tötest, tötest du nicht nur. Du ... na ja, löschst Leute. Sie verschwinden. Wurden nie geboren. Du weißt nicht einmal, dass du den Abzug gedrückt hast. Das einzige Indiz ist eine fehlende Kugel. Jede Kugel, die verschwindet, ist ein Leben, das du mit diesem Revolver genommen hast. Frag bitte nicht, wie wir das herausgefunden haben, denn DAS war ein ungemütlicher Trip. Aber ich habe diese Waffe geliebt. Wenn in Zukunft eine Kugel fehlt, solltest du dich freuen. Du hast nämlich einem Arschloch damit mächtig den Tag versaut.«

Cobb reichte Hud die Waffe zurück, der den Revolver nun mit völlig anderen Augen sah. Diesmal sah er den ERASER an wie ein kostbares Artefakt aus längst vergangenen Zeiten. Und es dämmerte ihm so langsam. Hud dachte an den Moment zurück, als er die vier Wachen in Sherman's End erschießen wollte und plötzlich die Kammer leer war. Es waren keine vier Wachen gewesen, sondern zehn. Sechs wurden nur aus der Realität gelöscht. Er hatte wirklich versucht, Mia zu beschützen. Er hatte nur zu wenig Munition gehabt.

»Jedenfalls … Die AEGIS hat versucht, solche Dinge wie den Eraser zu finden und vor dem Rest der Welt zu verstecken. Es gibt viele solche Dinge, unfassbar viele. Manchmal sind es Steine, die auf dem Boden liegen, manchmal ist es ein Ast oder ein Liter Wasser. Es ist willkürlich. In seltenen Fällen trifft es dann aber auch Menschen, die Talente haben, die sie nicht verstehen. Wir nannten sowas eine Anomalie. ›Teil eines größeren Plans‹, hat Lex einmal gesagt, nachdem er das erste Mal in den Abgrund geschaut hatte.« Cobb pausierte kurz und atmete tief durch. Es schien, als müsste er für seine nächste Ausführung zuerst die richtigen Worte finden.

»Wisst ihr, das Universum ist wie ein Uhrwerk. So hat Lex es mir mal erklärt. Es gibt Regeln, es gibt Zahnräder, und alles muss präzise ablaufen. Doch nicht jedes Uhrwerk läuft perfekt. Uhren gehen ungenau. Man muss sie manchmal verstellen, weil sie über die Jahre durch Verschleiß und schlechte Ölung fünf Sekunden nachgehen. So etwas ist eine Anomalie: Manchmal funktioniert das Universum einfach nicht, wie es soll und die absurdesten Sachen passieren. Wir Menschen müssen nur damit klarkommen. *C'est la vie*.«

»Und ist Viotrux so etwas?«, fragte Archie. »Eine große Anomalie?«

»Nein, nein, nein«, wehrte Cobb ab. »Viotrux ist schlimmer. Viotrux ist ein Sandkorn im Getriebe dieses Uhrwerks. Wenn das Universum ein Körper wäre, dann wäre Viotrux ein bösartiger Tumor. Viotrux ist darauf bedacht, das alles hier zu zerstören.«

Hud erschrak gewaltig. »Viotrux will die Welt zerstören?«

»Nicht die Welt, Hud!«, sagte Cobb. »Die Existenz selbst. Die gesamte Realität. Sollte Viotrux freikommen, so wäre alles vorbei. Alles würde in Anomalien … ertrinken.« Cobb lehnte sich vor. Sein Gesicht wurde ernster denn je. »Ich habe es gesehen. Wir haben gegen ihn gekämpft. Und er war frei, wenn auch nur für ein paar Sekunden. Seine Gefolgschaft hat ihn befreit. Und es war das … Grausamste, was ich je gesehen habe. Ich bin mehrere Jahrhunderte alt, aber nichts verfolgt mich mehr als diese Erinnerung. Nichts.« Er holte tief Luft. »Es war, als wenn jemand ein Loch in das Gewebe der Realität geschnitten hätte, durch das das Sein selbst … aufgelöst wurde. Lebendes Chaos. Tohuwabohu.«

Hud lachte kurz auf, was ihm einen schiefen Blick von Cobb und Archie einbrachte.

»Lex konnte ihn jedoch wieder verbannen. Und das war seitdem die Aufgabe der AEGIS und all den Mitgliedern, die wir rekrutieren konnten. Wir sind dafür verantwortlich, dass Viotrux nie befreit wird, komme, was wolle.«

Archie meldete sich zu Wort. »Das Kerngehäuse, oder? Das Kerngehäuse kann ihn befreien, was auch immer es ist.«

»Ganz richtig«, sagte Cobb. »Folgt mir.«

Cobb ging schnurstracks und zielgerichtet durch einige Türen. Archie und Hud folgten ihm auf Schritt und Tritt. Nach einigen Windungen kamen sie vor einer Schatulle an. Darunter hing ein Schild, auf dem in Metall gemeißelt eine Botschaft stand:

AN DENJENIGEN, DER DAS HIER LIEST:

**KEHRE UM UND VERSCHWINDE. DER INHALT DIESER SCHACHTEL IST GEFÄHRLICHER, ALS DUE DIR JEMALS AUSMALEN KÖNNTEST.
FÜR DIE ZUKUNFT VON ALL DEM, WAS IST UND JE SEIN WIRD, UND IM NAMEN GOTTES, KEHRE AUGENBLICKLICH UM UND VERGESSE DIESEN ORT.**

DIE AEGIS

IM NAMEN VON:

ALEXANDER ›LEX‹ GARDENER
SHAWN HERRAN
RICHARD COBB
JOHN ›MORRISON‹ DOE
MOIRA HAYNES

SOWIE
ESTHER BENSON UND AARON BENNETT

»Da ist es drin«, sagte Cobb. »Lex hat uns alle ver… verquantumt. Uns irgendwie verändert. Wir wurden nicht älter, weil er wollte, dass wir das Kerngehäuse um jeden Preis beschützten. Doch Jahr um Jahr starben einige von uns oder gingen verloren.« Cobb seufzte. »Eines Tages sah er dann den letzten Weltkrieg voraus. Lex konnte ihn auch nicht aufhalten. Nur noch er und ich waren übrig und daher fasste er einen Plan: Er ließ diesen Bunker hier bauen und ließ mich zurück, um ihn zu beschützen. Er jedoch blieb draußen und starb mit all den Leuten durch die Bomben. Ich werde nie vergessen, was er mir gesagt hat, bevor er nach draußen trat.« Cobb wischte sich kurz eine Träne von der Wange.

»›Mein Körper wird sterben, mein Geist wird jedoch durch den Äther kreisen. Und wir werden uns wiedersehen. Bis später, Cobb.‹ Das hat er gesagt. Genau das. Und was ist passiert? Ab und zu besucht er mich im Traum und pokert mit mir. Nur schummelt der Bastard immer.« Cobb lachte wieder. »Er war furchtbar mächtig und er hat die Dinge verstanden. Manchmal hat er Musik gehört und sagte, dass er sie nun endlich verstand. Er glaubte an eine weitere Welt, hinter den Dingen. Und er hat Weed geraucht, wie ein Wahnsinniger!« Cobb schwelgte in seinen Erinnerungen. »Ein toller Kerl. Ein guter Freund.«

Hud und Archie nickten still. Sie hatten beide mit halbem Ohr zugehört. Vor ihnen, in dieser Schatulle, lag das Kerngehäuse, was auch immer es war, und es hämmerte mit psychischer Energie gegen die Decke seines Behältnisses. Eine unbeschreibliche Macht ging von diesem Objekt aus.

Cobb schnipste vor den Augen der beiden. »Hey! Das muss ich noch erwähnen: Die Magie dieses Dings ist mächtig. Ihr dürft es nicht ansehen. Niemals. Immer bedeckt halten, wenn ihr es lagert. Ich habe es einmal gesehen und das hat mich fast das Leben gekostet.«

»Wie meinst du das?«, fragte Archie. »Wir sollen es lagern?«

»Deshalb seid ihr hier«, sagte Cobb. »Ihr seid nun die AEGIS. Meine Zeit ist vorbei. Du wurdest unter einem besonderen Stern geboren, Archie, und Lex denkt, dass du würdig bist, ihn zu vertreten. Das Kerngehäuse gehört euch. Und ihr müsst es jetzt beschützen. Das ist unser Vermächtnis.«

»Und was wird aus dir?«, fragte Archie.

»Mein Leben ist an das Kerngehäuse gebunden. Wenn ihr damit weg seid, werde ich sterben. So hat Lex es gemacht. Aber keine Sorge: Ich hatte ein langes und erfülltes Leben. Ihr müsst keine Gewissensbisse haben. *It's just business.*«

»Okay«, sagte Hud, »also nehmen wir das Ding jetzt mit … und dann?«

»Dann«, erklärte Cobb den beiden, »müsst ihr ihn aufhalten. Wie ihr das macht, weiß ich nicht. Lex hält euch für fähig, das zu tun. Nur was auch passiert: Lasst ihn nicht das Kerngehäuse bekommen!«

»Das is' doch ein Scherz«, entgegnete Hud. »Wir sind alleine gegen Hunderte … nein, Tausende von seinen Sklaven! Wie sollen wir das zu zweit anstellen? Kannst du nicht mitkommen?«

»Ich will nicht mehr leben«, sagte Cobb. »Nehmt es mir nicht übel. Das ist euer Job, ich habe ihn lange genug gemacht. Ich trete ihm nicht mehr gegenüber. Womit ich euch jedoch dienen kann, sind Waffen. Und zwar jede Menge davon.« Cobb lächelte kurz.

Cobbs Waffenkammer war gigantisch. Zwar war der Raum nicht sonderlich groß, er konnte Hud und Archie allerdings damit imponieren, dass er übersät war mit den verschiedensten Waffen. Alle Arten von Schuss- und Stichwaffen, die man sich vorstellen konnte, hingen an den Wänden und verdeckten sogar die Farbe der Wand, die sich unter ihnen verbarg.

»Nehmt euch mit, was ihr tragen könnt!«, sagte Cobb. »Ich hatte genug Zeit. Die sind alle gewartet und gut in Schuss. Munition habe ich reichlich. Und einige ganz besondere Leckerbissen habe ich auch noch parat.«

Cobb ging ans Ende des Raumes. Dort war eine metallene Klappe, neben der sich ein Keypad befand. Cobb gab einen Code ein, und das Fach in der Wand offenbarte sich ihnen:

Dort hingen eine Rohrzange, über der nur das Wort »DOOMBRINGER« stand, eine sehr bunte Pistole namens »THANATOS«

sowie zwei Streichholzschachteln, die »JUMPERS« hießen. Eine Silhouette in Form eines Revolvers hing dort ebenfalls. Das Wort »ERASER« stand daneben.

»Anomalien, die man als Waffen benutzen kann«, sagte er. »Nehmt sie euch ruhig mit. Damit werdet ihr denen in die Ärsche treten.«

Hud schnappte sich die Rohrzange. Sie war leuchtend rot und der Lack fehlte an einigen Stellen. Das Teil war sehr schwer. »Was kann das Ding?«, fragte er.

»Es verdoppelt die Kraft, die man hineinsteckt«, antwortete Cobb. »Schlag damit auf jemanden ein und du wirst sehen, wie du ihm alle Knochen brichst.«

»Geil«, freute sich Hud und hängte sich den Doombringer an seinen Gürtel.

»Was ist das für ein Ding?«, fragte Archie und hielt Cobb die bunte Pistole hin.

»Der Thanatos? Der dürfte dir nutzlos sein. Eine alte Wasserpistole. Wenn man sie mit Brom füllt, und frag mich nicht, wie das herausgefunden wurde, stirbt jeder, der von dem Strahl getroffen wurde. Ich denke nicht, dass ihr Brom hier habt. Ich habe nämlich keins.«

»Na gut … Und diese Dinger hier?« Archie wollte eine der Streichholzschachteln mitnehmen.

»Die sind super. Pass auf!« Cobb nahm eine der Schachteln und warf sie zum anderen Ende des Raums. Dann nahm er die andere in die Hand und rieb ein Streichholz daran.

Er verschwand.

»Hier drüben«, erklang seine Stimme. Cobb stand am anderen Ende des Raumes. »Diese Dinger teleportieren einen, wenn man ein Streichholz daran anmacht, zur jeweils anderen Schachtel. Furchtbar nützlich, wenn man kreativ damit umgeht.«

»Ich nehme die Jumpers«, sagte Archie, »und dazu noch ein paar Sturmgewehre mit viel Munition.«

»Bedient euch«, sagte Cobb. »Nur zu.«

Cobb erläuterte ihnen bis ins kleinste Detail, wie die Waffen funktionierten. Er gab ihnen etwas mit, das er nur den »Widowmaker« nannte: Einen Einweg-Raketenwerfer, den man nicht nachladen konnte. »Ein Schuss. Einfach draufhalten und festhalten. Was im Visier ist, ist weg. Ausnahmslos«, hatte er dazu gesagt.

Behangen mit jeglicher Menge an Waffen stiegen Hud und Archie zum Aufzug hinauf. Cobb stand davor und hatte die kleine Schatulle in der Hand. »Hier ist das Kerngehäuse, Freunde«, sagte er. »Nicht aufmachen. Nicht weggeben. Gut verstecken. Das ist alles.«

»Danke, Cobb«, sagte Hud. »Ich mag deine Drinks und deinen Geschmack für Waffen.«

»Nichts zu danken, Kleiner«, erwiderte Cobb. »Wir vertrauen alle auf euch.«

»Du bist ein guter Mann«, sagte Archie. »Eine Bitte habe ich noch: Kannst du uns ein Buch mitgeben?«

Cobb zog seine Augenbraue hoch. »Ein Bestimmtes?«

»Nein«, antwortete Archie. »Nur eins mit Worten und Seiten.«

»Geht klar«, meinte Cobb und verließ den Raum. Einige Sekunden später kam er mit einem Buch mit schwarzem Einband wieder, auf dem kein Wort zu lesen war. »Irgendeine Abhandlung über Förster. Hier stehen die dümmsten Bücher rum. Wird das helfen?«

»Ja!«, sagte Archie. »Und danke dir.«

»Wenn ihr mich entschuldigt«, sagte Cobb, »ich muss nun dahin, wo Lex ist. Ich muss ihn beim Pokern schlagen. Viel Glück.« Er lächelte freundlich, als sich die Türen des Aufzugs schlossen.

Der Aufzug öffnete sich wieder nach einer kurzen Fahrt nach oben. Der schwer behangene Hud, der nun den Doombringer, den Eraser und ein Sturmgewehr trug, ging zuerst aus dem Fahrstuhl, gefolgt von Archie, der einen Raketenwerfer auf seinem Rücken hatte, ein Sturmgewehr, ein Buch und eine Schatulle trug, von der eine böse Aura ausging.

Der Fahrstuhl war ein Stockwerk höher gefahren. Sie standen wieder in Peyton Creek und waren aus dem Podest gekommen, auf dem die Beine von General Silver standen.

»Was sollte das mit dem Buch?« Hud wurde stutzig.

»Oh, ich habe einen Plan, der mir leider nicht gefällt«, sagte Archie.

»Willst du ihn mir erklären, während wir zum Auto gehen?«, fragte Hud.

»Klar«, sagte Archie und setzte sich in Bewegung. »Ich rede nicht lange um den heißen Brei herum: Wir sind noch immer viel zu wenig für all diese Leute in Sherman's End. Wir müssen einen anderen Weg finden, Viotrux aufzuhalten.«

»Der da wäre?«

»Einer von uns muss sterben«, sagte Archie gelassen, als wenn nichts dabei wäre. »Das ist eine Idee, die ich vor langer Zeit hatte. Eine Art Absicherung für mich.«

Archie öffnete das Buch, das Cobb ihnen gegeben hatte, und riss die untere Ecke einer zufälligen Seite ab. Dort standen nur Teile von Sätzen, die keinen Sinn ergaben.

»Ich verzaubere genau diese Worte hier. Niemand wird diese Worte in dieser Kombination jemals sagen, daher ist es sicher.«

»Und was für ein Spruch soll das werden?«, fragte Hud.

»Ein Selbstmordspruch, der die gesamte Masse des Körpers in pure Energie verwandelt. Eine große Explosion, um es anders zu sagen.«

Hud sah Archie ungläubig an. »Denkst du nicht, dass das irgendwie anders geht?«

In der Entfernung sah Hud ihren Wagen, der am Rande der Stadt geparkt war. Ihm war danach, einzusteigen und einfach zu fahren, in irgendeine Himmelsrichtung. All das hinter sich lassen. Verschwinden.

»Viotrux wird uns hereinlassen, wenn wir das Kerngehäuse haben. Wenn wir drin sind, nehmen wir uns Mia und verschwinden mit Hilfe dieser Streichholzschachteln. Der, der zurückbleibt, wird die Worte aufsagen und Sherman's End zur Hölle jagen.«

Hud gefiel allein schon der Gedanke daran nicht. »Ist das die einzige Möglichkeit?«

»Fällt dir etwas Besseres ein, hm?«, fragte Archie. »Einfach anklopfen und schießen? Wir würden keine zwei Minuten überleben. Viotrux hätte das Kerngehäuse und wäre frei. Und dann wären wir alle auf ewig verdammt.«

Hud sah leider ein, dass Archie Recht hatte. »Dann heißt es wohl Streichhölzer ziehen, hm? Einer von uns wird dann draufgehen«, sagte er traurig.

»Nein«, kam es von einer ihnen bekannten Stimme, die sie lange nicht mehr gehört hatten. »Ihr alle werdet draufgehen, um diese primitive Wortwahl zu unterstreichen.«

Archie und Hud sahen beide zum Wagen hinüber. Daneben stand der Mann namens Death.

Death ging ein paar Schritte von ihnen in Richtung des Waldes weg und platzierte sich unter einer der Tannen, an die er sich nun lehnte. »Oh, dieser Tag, dieser Tag. Wie ich mich danach gesehnt habe! Hud und Archie, auf einem Haufen. Und diesmal werdet ihr nicht verschwinden.«

Sie beide ließen alles fallen, was unnötiges Gewicht verursachte, und richteten ihre Sturmgewehre auf Death. »Ach ja, du und welche Armee, hm?«, sagte Hud.

»Die brauche ich nicht«, sagte Death. »Ich habe jemand Interessantes kennengelernt. Er hat sich mir praktisch an den Hals geworfen, mich angebettelt, dass ich ihm dabei helfe, euch zu töten. Weil wir das gleiche Ziel verfolgten: euren Tod.«

Death leckte sich seine Zähne.

»Und mir stand niemals zuvor irgendeine Haut besser.«

Seine Brust platzte und öffnete sich. Ein Maul kam zum Vorschein. Nach und nach folgten einzelne Tentakel. Eins der Tentakel wickelte sich um die Tanne, neben der Death stand. Der Baum verdorrte augenblicklich und starb vor ihren Augen.

»Diese Haut hat besondere Kräfte. Ich glaube, ich werde sie behalten. Sie steht mir gut.«

Kpitel 38 – Tod, der |

1 Ende des Lebens eines Organismus
2 Mythologische Figur, die das Leben von Wesen beendet; Sensenmann

Alles geschah so furchtbar schnell. Archie signalisierte Hud, sich die Ohren zuzuhalten. Das konnte er mittlerweile mit einer kleinen Handbewegung andeuten.

Hud ließ sein Sturmgewehr los. Es wurde noch immer von dem Gurt gehalten, an dem es um seinen Hals hing. Seine Hände überdeckten, so fest er konnte, seine Ohren. Archie schrie etwas, das die Kreuzung aus Death und Melvin jedoch nicht zu beeinflussen schien. Dieser stand noch immer mit wild umher schlagenden Fangarmen neben dem Baum.

Ein erneuter Schrei ging durch die Luft. Das Monster stand noch immer.

Hud nahm die Hände von seinen Ohren.

Jetzt begann Melvin zu sprechen: »Ich spüre die Erinnerungen von diesem Death. Ich kenne sie alle, wie von jeder Haut, in die ich schlüpfe. Ich weiß, was du tun kannst, Archie. Deshalb blockiere ich meine eigenen Ohren – und zwar von innen. Ihr seht es nicht, doch ihr seht, dass es funktioniert. Ich kann auch taub kämpfen. Apropos kämpfen …«

Die Kreatur bewegte sich mit ungewöhnlicher Geschwindigkeit auf die beiden zu. Hud bekam Angst. *Lass dich nicht von den Tentakeln erwischen. Er saugt dir das Leben aus, schneller als es dir lieb ist*, dachte er nur.

Hud und Archie hoben ihre Gewehre und schossen in Salven auf Melvin, so wie Cobb es ihnen gezeigt hatte. Einige der Kugeln trafen ihr Ziel und sie hörten die Kreatur vor Schmerzen aufschreien, doch Death-Melvin war regelrecht besessen vom Gedanken, die beiden zu töten. Beide Wesen, die in diesem Körper steckten, wünschten sich nichts sehnlicher als den Tod von Hud und Archie. Die Kugeln hielten es nicht auf. Es kam näher – und das schnell.

Das Ding war nur noch etwa zehn Meter von ihnen entfernt, als Archie seine Waffe herunternahm. »Aufteilen«, schrie er aus voller Kehle und rannte so schnell er konnte nach rechts.

Hud brauchte einige Sekunden, begann aber nach links zu humpeln. Er war sich in diesem Moment mehr denn je bewusst, dass er es nicht mehr lebendig aus dieser Situation schaffen würde. Die Kreatur würde eher den verletzten, humpelnden Hud als den wendigen Archie verfolgen. Und schon sah er aus seinem peripheren Blickfeld eine blutende Masse Tentakel, die sich langsam in seine Richtung bewegte. Es gab nur eine Lösung für dieses Problem: Er musste sich umdrehen und kämpfen. Er hatte einige seiner Waffen fallen gelassen, aber hatte trotzdem noch einiges auf Lager: Der Doombringer war für den Nahkampf gedacht. Das könnte er nicht tun – Melvin würde ihn packen und ihm das Leben aussaugen. Das Sturmgewehr müsste bald nachgeladen werden. Der Raketenwerfer erforderte mehr Distanz zwischen ihm und seinem Ziel.

Es müsste also der Eraser sein. Das war seine einzige Wahl. Wenn dieses Baby die Kräfte hatte, die Cobb versprach, müsste es funktionieren. Hud drehte sich um. Die Kreatur war verdammt nah, zu nah. Sie würde ihn in Sekunden erreichen. Blitzschnell zog er den Eraser aus seinem Gürtel und richtete ihn auf das Biest. Was er jedoch sah, ließ seinen Atem stocken.

Archie hing auf dem Rücken des Biestes. Er hatte sich auf die Masse von Tentakeln geworfen, um Hud zu schützen. Archie schrie und schrie, so laut er konnte. Die Adern unter seiner Haut weiteten sich. Er wurde blass. Das Ding sog Archie die Lebenskraft aus dem Körper.

Hud hatte nie in seinem Leben mehr Vertrauen in seine Schusskünste gelegt. Er musste das Biest jetzt töten, gezielt und sicher. Er leerte das Magazin mit atemberaubender Geschwindigkeit.

Archie war urplötzlich hingefallen. Hud verstand es nicht. Sie waren auf dem Weg zum Wagen gewesen und Archie hatte ihm seinen großen Plan erläutert, da lag sein Freund zuckend auf dem Boden.

Hud ließ alles fallen, was er hatte, und kniete sich zu Archie hinunter. »Was ist los? Was ist los? Was soll ich tun?«

Schaum kam aus Archies Mund. Er zitterte. Nur ein Wort drang aus seinem Mund: »Herzinfarkt.«

Hud hatte davon gehört. In seiner Heimat war mal ein Mann genau daran gestorben. Jedoch war dies eine Krankheit, die ohne Vorwarnung auftreten konnte. Niemand konnte sie behandeln und sie endete eigentlich immer tödlich.

»Medusa Gorgona«, hörte Hud Archie sagen.

Augenblicklich lag Archie still auf dem Boden. Er begann zu reden. »Ich habe nicht viel Zeit. Der Spruch hat mich beruhigt, jedoch werde ich sterben. Das spüre ich.«

Hud trieb es sofort die Tränen in die Augen. »Nein! NEIN! Was soll ich tun?«

»Zuhören«, sagte Archie. »Du hast meinen Plan gehört. Reiß die Ecke einer Seite aus dem Buch heraus.«

Hud tat sofort, wie ihm aufgetragen wurde. Die untere Ecke der 171. Seite des Buches war blitzschnell herausgetrennt. Er reichte sie Archie.

»Diese Worte zu verzaubern, würde mich für gewöhnlich all meine Lebenskraft kosten, da das ein kraftvoller Spruch ist. Das stört mich nicht, da ich gleich sowieso draufgehen werde. Die Worte auf dieser Seite werden meine letzten sein und sie sind auch die letzten von dem, der sie als Nächstes liest. Wenn du tief in Sherman's End eindringen kannst, musst du sie dort sagen. Jeder, der leben will, sollte sich schleunigst entfernen.«

Archie holte tief Luft. Blut lief aus seiner Nase. Er zitterte angestrengt.

»Versprich mir, dass du das weitermachst, falls du Viotrux besiegst. Die Menschen hier müssen beschützt werden, vor allen Dingen, die böse sind.« Er hustete stark. »Wie besiegt man jemanden, der allwissend ist?«

Hud zuckte nur mit seinen Schultern. Das hier war nicht die Zeit für Rätsel, doch so war Archie.

»Er mag allwissend sein, jedoch nicht allmächtig. Sei stärker als er. Bis später, Hud«, sagte Archie und hob den herausgerissenen Teil der Seite zitternd vor sein Gesicht. Dann begann er vorzulesen: »Die – einige an – Vorteilen, da die – durch Deforestierung – und unter anderem auch.«

Eine Druckwelle ging durch die Welt, wie in dem Moment, als Archie Mias Song verzaubert hatte. Die Worte hatten Bedeutung bekommen. Eine mächtige Bedeutung. Wer sie aussprach, würde sich selbst und alles um sich herum vernichten.

Archie schloss langsam seine Augen. Hud wagte es nicht, seinen Körper zu berühren. Seine Tränen fielen auf den Boden und versickerten darin. Er zitterte und wimmerte nur leise.

Dann sah er etwas. Eine schwarze Masse bildete sich unter Archies leblosem Körper. Die Masse wuchs und wuchs, kroch langsam über den Boden wie zähflüssiger, warmer Teer. Erst langsam erkannte Hud, dass es sich um Archies Schatten handelte, der nun langsam aus seinem Körper kam. Es war eins der schönsten Schauspiele, die Hud je gesehen hatte. Nun, da Archies Körper nur noch eine leere Hülle ohne seinen Geist war, wurde er wieder zu einem normalen Gegenstand.

Hud nahm das Stück Papier aus Archies Händen und steckte es sich in die Hosentasche.

Er würde sich noch einige Minuten hinsetzen und Archie dann begraben.

Eine Frage blieb jedoch offen: Was war passiert? Er begriff es nicht, wie Archie einfach ohne Grund oder Vorwarnung zusammenklappen und auf den Boden fallen konnte. Er ließ sich auf einem Baumstumpf nieder und vergrub sein Gesicht in seinen Händen. Daraufhin folgte nur ein leises Schluchzen. Alles war so furchtbar schnell passiert.

Zwei Stunden später saß Hud am Steuer des Wagens. Er steckte den Schlüssel ins Zündschloss und drehte ihn um. Seine Hände legte er auf das Lenkrad, sobald der Motor zu rattern begann. Sie waren noch immer voller Erde.

Hud checkte noch einmal die Ausrüstung. Er hatte Archie alle wichtigen Gegenstände abgenommen – die Waffen, die Streichholzschachteln, auch die Schatulle mit dem Kerngehäuse, die er im Fußraum aufbewahrte.

Er holte seinen Eraser hervor. Die Waffe fühlte sich überraschend leicht an. Daher öffnete Hud die Trommel.

Leer. Noch bei Cobb hatte er sechs neue Kugeln eingesetzt.

Hud schüttelte seinen Kopf, um die Phantome zu vertreiben, die plötzlich dort auftauchten.

Dann trat er auf das Gaspedal. Sherman's End wartete auf ihn.

Kapitel 39 – Wie-der-se-hen, das |

Erneute Begegnung von Personen

Hud klammerte sich an das Lenkrad und richtete seine Augen auf die Straße.

Der Wagen war nicht mehr das, was er einmal gewesen war. Es hatte kaum mehr etwas gemein mit dem Ding, das er vor kurzem frisch gestohlen hatte. Es glich eher einem fahrenden Schrotthaufen. Scheiben fehlten oder waren, wie die Windschutzscheibe, einfach völlig zerkratzt und voller kleiner Sprünge und Risse. Der Wagen schien nur noch aus Dellen zu bestehen.

Das Wunderding zwitscherte irgendein fröhliches Lied aus vergangenen Zeiten. Hud glaubte, es schon mal gehört zu haben. Irgendwann wiederholten sich die Songs. Aber das störte ihn nicht. Er musste seine Gedanken von Archie abbringen und all seine Wut auf das konzentrieren, was kommen würde.

Er stellte sich vor, dass er eine Lanze wäre, die unaufhaltsam auf Sherman's End zufuhr. Er würde diese gottverdammte unterirdische Stadt, zusammen mit Viotrux und all seinen glibberigen Fingern, aufspießen. Es war ihm völlig egal, ob er sein Leben verlieren würde. Das hier war das, was Archie wollen würde. Und Archie hätte es genauso getan, falls Hud draufgegangen wäre. Es war ein Versprechen, eine Selbstverständlichkeit.

Jedoch spürte er mit jedem Meter, dem er Sherman's End näher kam, wie schwach er eigentlich war. Hud war allein. Er war jahrelang allein gewesen und es hatte ihn nie gestört, doch die letzten Tage zusammen mit diesen Menschen hatten ihn verändert.

Er mochte die Einsamkeit nicht mehr. Er verstand die Menschen, die nicht beschlossen, Dingos zu werden. Er konnte nachvollziehen, warum man sich niederließ, anstatt zu reisen, warum man sich mit Menschen umgab. Und er begriff, dass er all diese Dinge nie würde tun können, da er sterben würde. Er würde die Welt retten oder beim Versuch dessen sterben, aber sein Name würde auf ewig verloren gehen. So wie der von Archie.

Eine Träne rann langsam Huds Gesicht herab. In den zwei Stunden Fahrt, die er hinter sich hatte, war das schon öfter passiert. Seine Gedanken kreisten. Er wollte einen Plan finden, eine Idee haben, wie er Viotrux schlagen würde, jedoch fiel ihm einfach nichts ein. Es war immer wieder derselbe Quatsch.

Er dachte an all die Dinge, die ihm auf dem Weg passiert waren. Die Schlacht gegen die Männer von Bertrand Simmons, die ihm die Karte und das Wunderding eingebracht hatten. Die Apokalyptischen Reiter, die ihnen aufgelauert hatten. Die Corn County Cannibals. Die Sache in der Bar in Sequoia. Ein Stich durch sein Bein. Und bei seinem Gefängnisaufenthalt hatte er Jinx kennengelernt. Was der Zwerg wohl trieb? Plötzlich hörte Hud etwas, laut und deutlich.

Ein Motor. Es war ein Wagen in der Nähe. Das Geräusch wurde ziemlich schnell lauter. Da es mittlerweile schon lange dunkel war, konnte Hud nicht sehen, wo es herkam, aber es kam näher. Ein Wagen suchte nach ihm.

Hud holte seinen Eraser hervor, den er bereits geladen hatte. Die Waffe war schwer. Er küsste sie kurz, in der Hoffnung, dass es ihm Glück bringen würde. Er könnte etwas davon gebrauchen, mehr als in der letzten Zeit.

Dann sah er es in der Entfernung. Seine Scheinwerfer leuchteten den roten, völlig durchgerosteten Kombi an, der aus der entgegengesetzten Richtung auf ihn zufuhr. Der Wagen stoppte, sobald der Fahrer Huds Wagen sah. Das war niemand, der nur zufällig durch diese Wälder fuhr. Er war wegen Hud hier. Und Hud war eine Lanze, die alles auf ihrem Weg aufspießen würde.

Hud stoppte das Auto und zog den Schlüssel. Er öffnete die Autotür so weit er konnte und hockte sich dahinter. Er müsste in Deckung bleiben, falls man auf ihn schießen würde.

Seine Arme klammerten sich um den Eraser. Er durfte nicht so kurz vor seinem Ziel versagen. Aber wer würde ihn suchen?

Viotrux. Wer sonst? Hud hatte den Schlüssel zu seiner Befreiung in dem Wagen. Viotrux war ressourcenreich. Er wusste scheinbar alles.

Wie besiegt man jemanden, der allwissend ist?

Er wusste, wo Hud war. Er hätte einen seiner Schergen schicken können, um sich das Kerngehäuse einfach zu nehmen. Doch Hud würde nicht kampflos aufgeben.

Er mag allwissend sein, jedoch nicht allmächtig. Sei stärker als er.

Hud hörte, wie sich die Autotür des anderen Wagens öffnete. Jemand stieg aus.

Er machte sich bereit, aufzuspringen, zu zielen und zu schießen. Was auch immer er träfe, würde nicht nur sterben, sondern verschwinden. Das würde er schaffen.

Viotrux wusste, was passierte, aber Hud würde stärker sein.

»Hey, hey, Hud«, sagte die Person, die aus dem Auto gestiegen war. Hud kam die Stimme bekannt vor. »Nicht schießen! Bitte! Ich kann alles erklären!«

Er konnte die Stimme noch nicht zuordnen. Er blieb vorsichtig. »Verzieh dich! Ich töte dich, Kleiner! Ich kille dich!«

»Nenn mich nicht Kleiner!«, brüllte der andere.

Jetzt verstand Hud. Er kam hinter der Tür hervor.

Gegenüber von ihm stand Jinx. »Wir haben anscheinend viel zu bereden«, sagte er.

Die beiden hatten schnellstens am Straßenrand ein Lagerfeuer entzündet. Hud und Jinx glaubten nicht, dass sich noch eine Seele hierher trauen würde. Zumindest hofften sie das.

Hud erzählte detailgetreu die Geschichte von dem Punkt an, als Jinx verschwunden war. Wie sie in Sherman's End Viotrux trafen, Mias Entführung, Peyton Creek und Cobbs Versteck darunter. Archies Tod wiederum erwähnte er in einem Nebensatz. Hud würde nie ein Wort über die Details verlieren, zumindest nicht in der nächsten Zeit. Es war zu frisch.

»Oh meine Güte«, sagte Jinx in mitgenommenem Tonfall. »Es tut mir alles so leid, Hud.«

Hud sah den Zwerg sehr ernst an. Er wusste noch nicht, was er ihm sagen würde. Die Gedanken in seinem Kopf flogen wirr umher.

»Ich könnte dich jetzt anbrüllen und dir vorwerfen, dass Archie noch leben würde, wenn du nicht verschwunden wärst«, begann Hud, »aber das kann ich nicht. Ich bin, um ehrlich zu sein, furchtbar froh, dass du hier bist. Wirklich.«

Hud krabbelte vorsichtig zu Jinx hinüber und umarmte ihn fest. Er ließ vielen seiner Emotionen freien Lauf, begann aber nicht zu weinen. Er war nur froh, nicht allein zu sein.

»Is' ja gut, Hud«, sagte Jinx. »Is' ja gut. Es tut mir trotzdem leid.«

Hud löste die Umarmung und robbte zurück an seinen Platz. »Muss es dir nicht. Ich würde nur gern wissen, warum zur Hölle du hier bist.«

»Lustige Geschichte …«, begann Jinx. »Die ganze Sache mit der Seherin hat mir 'ne beschissene Angst eingejagt. Ich bin abgehauen. Doch rate mal, wem ich begegnet bin.«

»Der Seherin?«

»Falsch gedacht. Diesem Typen namens Lex. Und zwar in meinen Träumen. Ich rannte durch den Wald, weil mir auffiel, dass ich Stunden bis zur nächsten Zivilisation brauchen würde. Ich war müde, schlief ein und da war er. Dieser verdammte Lex. Hat mit mir gesprochen. Hat mir gesagt, dass du meine Hilfe brauchen würdest. Er hat nicht von Archie geredet, sondern nur von dir. Und er hat mir genau gesagt, wie ich dich finden würde. Genau hier, zu diesem Zeitpunkt.«

Hud schwieg. Er fühlte sich beobachtet. Dieser Lex schien über sie zu wachen und er sammelte alle Kräfte, um sie im Kampf zu unterstützen.

»Es fuhr tatsächlich so eine arme Seele in diesem roten Schrotthaufen vorbei. Ich hab ihn überwältigt und ihm das Teil geklaut. Glaub mir, es war nicht angenehm, mit Holzscheiten an den Füßen Auto zu fahren, aber diese beknackte Stimme in meinem Kopf hat mich lautstark dazu gedrängt. Aber es kommt noch besser, denn ich glaube, dieser Lex wacht über uns«, sagte

Jinx, stand auf und ging zu dem Wagen hinüber. Er öffnete den Kofferraum und holte eine Kiste hervor, die fast so groß war wie er selbst.

»Elektriker«, sagte er. »Wie ich. Haufenweise Werkzeug, Gadgets und Schrott im Kofferraum. Und ich denke, wir könnten etwas davon gebrauchen.«

Jinx stellte die Kiste neben Hud, der gleich einen Blick hineinwarf. Dort waren Schläuche und Kabel und Schrauben in allen Formen und Größen. Er hatte noch nie etwas von diesem Zeug verstanden. Technologie hätte für ihn genauso gut Magie sein können.

»Und so einen tollen Stift hatte der Mistkerl auch noch bei sich«, sagte Jinx, während er ein Stück Papier auf dem Boden ausbreitete. »Diese Dinger sind noch vom alten Volk. Dicker, schwarzer Stift, der unfassbar lange hält, auf praktisch jeder Oberfläche.«

Jinx reichte Hud den Stift. Auf der Seite des fingerdicken Schreibutensils stand in roten Buchstaben das Wort »EDDING«.

»Und was wollen wir jetzt damit?«, fragte Hud.

»Erst Inventur, dann Planung«, antwortete Jinx.

»Was für eine Planung? Wie wir Viotrux besiegen?«

»Ganz richtig, Hud. Wir. Ich komme mit, da kannst du einen drauf lassen.«

Hud lächelte den Zwerg an. Doch dann übermannten ihn seine Gedanken wieder. »Was auch immer wir planen, wird Viotrux bereits wissen. Er weiß einfach alles. Er wird sich vorbereiten.«

»Deshalb«, begann Jinx, »machen wir einen lückenlosen Plan. Wenn wir uns beide zusammenreißen, wird doch was Brauchbares rauskommen, oder?«

Hud liebte Jinx' plötzlichen Optimismus. Er würde es zusammen mit Jinx mit einem Gott und einer Armee aufnehmen und es würde dem Zwerg auch noch Spaß machen. Er gab Jinx den Stift zurück. Dieser begann gleich, auf das Papier zu kritzeln.

»Womit fangen wir an? Dieser schrottige Elektrohändler hat ein besonders gutes Teil.« Er griff in die Kiste und holte einen unförmigen Klumpen Metall hervor.

»Was ist das?«, fragte Hud.

»Ich hatte nie einen Namen dafür«, sagte Jinx, »aber es kann, mit eingebautem Timer, elektrische Strömungen unterbrechen. Wir bauen es irgendwo an, stellen eine Zeit ein und verschwinden. Solange niemand damit rumspielt, wird es dann die Stromzufuhr unterbrechen. Und ich weiß, wo die Stromzufuhr zu Sherman's End ist, erinnerst du dich?«

Jinx lächelte fies. Hud erwiderte dieses Lächeln.

Sie hatten anscheinend beide dieselbe Idee. Und sie würden sie weiterentwickeln, um Viotrux in seinen Hintern zu treten.

Sie waren eine Lanze.

Mia saß noch immer in ihrer Zelle. Sie hatte mittlerweile angefangen, die Rationen zu essen, die man ihr gegeben hatte. Sie fürchtete sich nicht vor dem Essen. Sie fürchtete sich vor dem, was passierte.

Die Finger von Viotrux rannten wild durcheinander. Irgendetwas passierte, etwas, das Mia nicht gefiel. War etwas geschehen? Waren Hud und Archie zurück? Viotrux' Bildschirm fuhr plötzlich aus der Decke.

»*NICHT HUD UND ARCHIE. HUD. ARCHIE IST TOT. :-)*«

Mia war wie festgefroren. Viotrux hatte sie noch nie angelogen. Sie konnte den Sachen, die er ihr sagte, für gewöhnlich Glauben schenken. Aber das konnte unmöglich wahr sein. Andererseits … Er hatte ihren Verdacht bestätigt. Sie würde sich gar nicht provozieren lassen, sondern stattdessen ihn provozieren.

»Soso, Hud kommt also, hm?«, bluffte sie. »Wird er dich endlich fertigmachen?«

»*KEINESFALLS. ICH WEISS, WAS ER VORHAT. UND DU KANNST DEINE GEFÜHLE NICHT VOR MIR VERSTECKEN. TRAUERE RUHIG UM ARCHIE. HUD HAT IHN IN DER NÄHE EINER KLEINEN SIEDLUNG NAMENS PEYTON CREEK VERGRABEN. ER STARB AN EINEM HERZINFARKT. :-)*«

Mia ging nicht darauf ein. Sie drehte sich weg und lauschte den wild durcheinander huschenden Schritten. Viotrux hatte ihren Bluff erkannt. Aber diese Unordnung war Mia nicht gewohnt. Was war, wenn Viotrux auch bluffte?

Kapitel 40 – Plan, der |

Vorher durchdachte Vorgehensweise, Idee, die zur Ausführung bestimmt ist

Die Sonne schien an diesem Tag besonders hell. Hud wusste, dass das, was sie geplant hatten, wahrscheinlich nicht funktionieren würde. Und genau deshalb kam ihm das Wetter umso schöner vor. Schöner Tag, um zu sterben. Hud saß am Steuer des abgenutzten Geländewagens, der ihn durch das halbe Land getragen hatte. Er und Jinx, der neben ihm auf dem Beifahrersitz saß, starrten sich noch einmal in die Augen.

»Bereit?«, fragte Hud.

»Sowas von!«, antwortete Jinx.

»Noch einmal zum Abschied etwas Junk?«, fragte Hud.

»Kann nicht schaden«, sagte Jinx.

Hud reichte die Pfeife weiter. Er behielt den Rauch lange Zeit in seinen Lungen.

Wenn er schon sterben würde, dann noch einmal mit diesem Gefühl. Ein Teil seiner Seele schwor sich, dass er damit aufhören würde, wenn er diesen Tag überleben sollte. Die andere wusste, dass es eine Lüge war und schämte sich dafür.

»Phantastisch«, sagte Jinx, bevor er in einem Hustenanfall ausbrach.

»Dann wollen wir mal.« Hud trat mit voller Wucht auf das Gaspedal.

Viotrux hatte, wie sie es erwartet hatten, Wachen aufgestellt – jeweils vor dem Aufzug, der nach Sherman's End führte, genauso wie vor den Rohren und Kabeln, die die Stromzufuhr regulierten.

Jinx und Hud rollten langsam genau darauf zu.

Die Stromzufuhr war ihr Ziel. Fünf Wachen standen dort. Zwischen ihnen und den Schergen von Viotrux lagen noch ein paar Kilometer. Das hatten sie mit einem Fernglas erspäht.

Hud fuhr zwar möglichst langsam, um leise zu sein, aber sie waren in dieser Rostlaube nicht gerade unauffällig. Sie würden sie bald sehen.

»Bist du bereit?«, fragte Hud.

Jinx holte von der Rückbank eines der Sturmgewehre hervor. »Ich war noch nie in meinem Leben so bereit«, entgegnete er.

Hud aktivierte das Wunderding. Ein Song, um in den Krieg zu gehen, war immer etwas Schönes. Ein langsames aber motivierendes Lied mit dem Titel »black_sabbath_-_war_pigs.mp3« begann. Dann trat er mit voller Wucht auf das Gaspedal. Die Reifen des Wagens drehten fast quietschend durch. Spätestens jetzt wussten Viotrux' Finger, dass sie kamen.

»Wir sind eine Lanze«, flüsterte Hud Jinx zu.

Der Wagen bebte unter der hohen Geschwindigkeit. Sie flogen geradezu über den asphaltierten Boden vor Sherman's End. Hud quetschte das letzte bisschen an Leistung aus dem Motor des Wagens und sorgte dafür, dass er möglichst laut sein würde. Das Geräusch sollte seine Feinde in Angst versetzen, eine berechtigte Angst. Sie waren hier, um sie alle endgültig auszulöschen. Und es funktionierte. Die fünf Wachen, die neben der Stromzufuhr standen, wurden schnell auf sie aufmerksam.

Jinx lehnte sich aus dem Fenster und eröffnete mit einem von Cobbs Gewehren das Feuer. Hud wusste nicht, wie der kleine Mann dies zustande brachte, aber er war zu sehr mit der Fahrt beschäftigt, um nachzusehen. Während zwei der Wachen schon umgefallen waren, begannen die anderen drei, auf Hud und Jinx zu schießen.

Spätestens jetzt müssten die anderen Wachen, die vor dem Aufzug standen, auf sie aufmerksam geworden sein. Sie würden bald Feuer von der Flanke erwarten. Das hier musste dementsprechend schnell gehen.

Hud trat das Gaspedal noch immer voll durch. Die Nadel, die ihre Geschwindigkeit angab, kroch schnell nach oben. Es war noch Kraft unter dieser Haube.

Erste Kugeln trafen die Motorhaube des Wagens. Jinx schoss weiter. Eine dritte Wache fiel um. Die Waffen von Cobb waren gewaltig und schienen die von Viotrux' Männern um ein Vielfaches zu übertreffen.

Nur noch wenige hundert Meter waren zwischen ihnen. Viotrux' Männer schossen und schossen. Eine Kugel kam durch die Windschutzscheibe, flog aber direkt zwischen Hud und Jinx durch. Hud beschleunigte den Wagen, pausenlos. Das Knurren des Motors schwoll auf unheimliche Art an. Das Auto begann langsam, wie ein herantrabendes Raubtier zu klingen, das fest darauf aus war, seine Beute zu reißen.

Jinx' Munition war alle. Anstatt nachzuladen, kam er zurück in den Wagen und schnallte sich an. Er duckte sich etwas.

Hud raste in die beiden Wachen, die augenblicklich wie Bowlingkegel über sie hinwegflogen. Das Brechen von Knochen war zu hören. Einer der Männer prallte mit sagenhafter Wucht auf die Windschutzscheibe, ehe er nach hinten verschwand. Die Scheibe war nun völlig eingedellt und voller Blut.

Jedoch gab es jetzt keine Zeit zu verlieren. Hud legte eine Vollbremsung hin, während der er kurz die Kontrolle über den Wagen verlor. Der Geländewagen, der ihn den ganzen Weg seit der Ostküste begleitet hatte, gab endlich den Geist auf und hustete vor sich hin. Er stellte den Motor ab. Es war wie ein Begräbnisritual für einen gefallenen Kameraden.

Die Wachen von vor der Tür würden jede Sekunde kommen. Sie mussten handeln. Jinx nahm sich wortlos sein Werkzeug, stieg aus und begann, sich an der Stromleitung zu vergehen.

Hud richtete seine Waffe in Richtung Aufzug. Die Wachen könnten jeden Augenblick um die Ecke kommen. Er kümmerte sich nicht um Jinx, sondern hoffte nur, dass er möglichst wenig Zeit für seine Arbeiten brauchen würde.

Eine erste Wache kam um die Ecke. Hud feuerte in Salven in seine Richtung. Die ersten Schüsse verfehlten ihr Ziel, doch er erwischte die Wache, bevor sie zielen konnte. Der Mann fiel augenblicklich um und lag jammernd auf dem Boden. Eine weitere Wache war dämlich genug, hinterherzulaufen. Hud wusste schon, wohin er zielen musste und erwischte den Mann sofort.

»Bleibt zurück!«, brüllte er. »Oder ich schieße!«

»Der große Viotrux hat befohlen, euch um jeden Preis zu töten!«, brüllte eine der Wachen zurück.

»Dann kommt doch!«, schrie Hud.

Jeder, der um die Ecke kam, lag kurz darauf leblos am Boden. Cobbs Waffen waren überlegene, präzise Mordwerkzeuge. Die Munition wurde langsam knapp, aber nach ihrem Plan würden sie auch nicht mehr viel brauchen.

Hud humpelte zum Aufzug. Er holte ein letztes Magazin hervor und lud seine Waffe nach. Wie er bereits erwartet hatte, öffnete sich der Lift mit einem »Ping!«, worauf weitere von Viotrux' Wachen herauskamen. Hud, der seitlich neben dem Aufzug stand, mähte das halbe Dutzend Männer nieder, bevor sie überhaupt merkten, dass er dort stand.

»Bald fertig, Jinx?«, brüllte Hud.

»Zwei Minuten«, kam nur zurück.

Sie würden aus der Situation lernen. Wer wusste schon, wozu diese Menschen in Verbindung mit Viotrux noch fähig waren? Hud wusste nicht, ob sie noch zwei Minuten hatten, aber das hier musste jetzt funktionieren. Sein Munitionsvorrat neigte sich dem Ende zu.

»Raus mit dir«, sagte die Wache zu Mia. Der grinsende Mistkerl stand plötzlich wie ein Zinnsoldat vor ihrer Zelle, die sich in Windeseile öffnete.

»Wohin geht es jetzt, hm?«, fragte Mia.

»Verschwende nicht unsere Zeit«, entgegnete die Wache. »Viotrux hat Befehle gegeben, und wir führen sie aus.«

Mia stand wortlos auf. Irgendetwas passierte. Etwas, das weder Viotrux noch seinem Gefolge gefiel, das konnte sie spüren.

Als sie aus der Zelle ging, kamen zwei weitere Wachen in das Zimmer. Die Männer stellten sich hinter sie. In dieser Formation, eine Wache vor Mia, zwei hinter ihr, gingen sie los.

»Wohin bringt ihr mich?«, fragte Mia.

»Tempel«, antwortete die vorderste Wache.

Mia erwartete schon das Schlimmste. Dass man sie vielleicht dazu bringen wollte, diese Maschine anzufassen. Sie auch zu einem von diesen Dingern zu machen. Es lief ihr eiskalt den Rücken herunter.

Der Fahrstuhl öffnete sich ein weiteres Mal. Viotrux' Finger hatten dazugelernt. Sie blieben darin stehen. Hud versuchte, keine Geräusche zu machen. Vielleicht würde das einen von ihnen herauslocken. Und genau das geschah, ein Kopf lugte grinsend um die Ecke. Hud, der ununterbrochen zielte, schoss, ohne zu zögern. Der Mann fiel um.

Der Fahrstuhl schloss sich wieder und fuhr zurück nach unten. Sie gruppierten sich neu.

Hud war sich nicht sicher, ob das gut oder schlecht war.

»Fertig!«, brüllte Jinx von hinten.

Gut. Die erste Phase war geschafft. Hud atmete durch und humpelte zum Wagen zurück. Sie brauchten noch ein paar Dinge, um ihren Plan durchzuführen.

Mia wurde in den Tempel gebracht. Die Wachen stellten sich neben dem Eingang auf, sodass sie nicht fliehen können würde. Ein Gesicht, das ihr bekannt war, starrte sie an: der in seine merkwürdig verzierte Robe gehüllte Vater Abbot.

»Mia, mein Kind!«, begann er. »Dies ist ein glorreicher Tag für uns alle! Du sollst in unsere Gemeinschaft aufgenommen werden!«

Mia hatte schon damit gerechnet. Jetzt, wo sie die Bestätigung dafür hatte, brach ihre Panik blitzschnell aus. Sie spielte mit dem Gedanken, eine der Wachen anzugreifen. Vielleicht würde man sie ja umbringen. Das war immerhin besser, als eines von diesen grinsenden Biestern zu werden.

»Wo ist denn Viotrux?«, fragte sie. »Will er mich nicht begleiten?«

»Der große Viotrux ist beschäftigt«, sagte Vater Abbot. »Er kann nicht mit unendlich vielen Leuten gleichzeitig sprechen. Er muss planen.«

»Was muss er planen, hm?« Mia versuchte, Zeit zu gewinnen. Vielleicht würde Hud ja noch kommen, auch wenn sie insgeheim nicht mehr daran glaubte.

»Kind«, begann Vater Abbot, »diese Dinge gehen dich ni…«

Die Erde bebte. Ein Grollen war zu hören. Das war eindeutig der Klang einer Explosion. Es war zwar weiter weg, aber eindeutig hier unten, hier in Sherman's End.

Mias Mundwinkel schossen nach oben und verwandelten sich langsam in ein Lächeln.

Viotrux' Bildschirm fuhr aus der Decke hervor.

»PLANÄNDERUNG, ABBOT. DAS RITUAL SOLL DURCHGEFÜHRT WERDEN. SO SCHNELL WIE MÖGLICH. ICH SORGE DAFÜR, DASS DAS KERNGEHÄUSE IN EURE HÄNDE FÄLLT. SCHLIESST DIE TÜREN. :-)«

Abbot brach in Freudentaumel aus. »Viotrux wird endlich frei sein! Hört ihr das, meine Kinder? Die neue Zeit wird anbrechen! Es wird wunderschön!«

Mia wurde ganz mulmig zumute. Sie schaute den Wachen zu, wie sie die einzige Tür zum Tempel abriegelten.

»Dein Beitritt muss noch kurz warten, Schwester Mia«, sagte Vater Abbot. »Der große Viotrux wird sich nun um deine Freunde kümmern.«

»Was soll das bedeuten? Warum sollen die Türen verschlossen werden?«

Vater Abbots Lächeln wurde nur noch breiter.

Alles wurde zusammengepackt. Hud hatte sich den Raketenwerfer auf den Rücken geschnallt. Jinx hatte sich die Kiste mit dem Kerngehäuse unter die Arme geklemmt.

»Willst du das immer noch tun?«, fragte Hud.

»Sonst wäre ich schon längst weg«, sagte Jinx.

Die beiden sahen sich nicht an. Sie starrten nur geradeaus auf die Tür des Aufzugs, die vor ihnen lag.

»Na dann gut«, sagte Hud.

»VIOTRUX«, brüllte er, »ICH WEISS, DASS DU UNS HÖREN KANNST! WIR HABEN DAS KERNGEHÄUSE! LASS UNS RUNTER!«

»Ich hoffe, das war kein Fehler«, meinte Jinx und lud eine letzte Patrone in seine Waffe.

»Das muss gleich schnell gehen«, fügte Hud hinzu. »Du weißt, was du zu tun hast.«

Mit einem weiteren »Ping!« öffnete sich wieder der Fahrstuhl. Hud und Jinx traten hinein. Als sie drin waren, nahm Hud den Raketenwerfer von seinem Rücken und bereitete ihn so vor, wie Cobb es beschrieben hatte. »Das wird laut«, sagte er. »Verdammt laut.«

»Ich bin gespannt«, lachte Jinx und Hud konnte nicht anders, als mitzulachen.

Die Tür öffnete sich. Sobald sie nur einen Spalt offen war, begann Jinx durch den Spalt zu feuern. Beide rannten so schnell sie konnten nach vorne. Jinx feuerte und traf schnell einige der Wachen von Viotrux, die bereits auf sie gewartet hatten. Hud ignorierte für einige Sekunden die Schmerzen in seinem Bein und rannte ohne nachzudenken.

Erst als sie aus dem Lift entkommen waren, sahen sie, wie viele von Viotrux' Fingern als Empfangskommando auf sie warteten. Das war ihnen egal. Dieser Teil des Plans musste sitzen.

Jinx wurde in die Schulter getroffen. Er schrie auf, aber feuerte unermüdlich weiter.

Als sie schon einige Meter hinter sich gebracht hatten, entschied Hud, dass das reichen müsste.

Das Teil hat einen gewaltigen Rückstoß, hatte Cobb gesagt. *Passt auf euch auf.*

Den Rückstoß spürte Hud sofort. Er drehte sich um, feuerte auf den Aufzug und wurde sofort einige Meter weit geschleudert. Wie in Zeitlupe konnte er sehen, wie die Rakete in Richtung des Aufzugs flog. Die Gesichter der Finger des Viotrux verfinsterten sich schnell. Ein Knall, der sicherlich einige Trommelfelle zum Zerbersten brachte, hallte durch den Raum. Rauchende Trümmer und Metallteile wurden durch die Luft geschleudert. Eine gewaltige Druckwelle schleuderte Hud hinaus und Jinx wurde mit ihm gezogen. Der Raum, in dem zuvor ein Aufzug gewesen war, wurde in Flammen gehüllt.

Die Decke des Raumes krachte ein und blies eine smogartige Wolke aus Asche und Staub hinaus, dorthin, wo Jinx und Hud schwer atmend lagen. Einige der Anhänger des Viotrux waren ebenfalls aus dem Raum geschleudert worden, jedoch waren sicherlich zwei Dutzend Menschen im Schutt des zusammengefallenen Raumes gefangen.

Jinx stand als Erster auf. Der Zwerg hielt sich mit schmerzverzogenem Gesicht eine Hand an die Schulter. Er war mit einer dicken grauen Schicht von aufgewirbeltem Material überzogen. Als er sich zu Hud drehte, flogen in kleinen Wölkchen einige Teile davon ab. Er ging zu Hud, der sich an dem Zwerg aufrichtete. Ein grauenvoller Schmerz zog sich durch sein Bein. Er hatte es viel zu stark belastet. Ein hohes Klingeln fuhr durch seine Ohren. Hätte man versucht, mit ihm zu sprechen, er hätte kein Wort davon verstanden.

Mit einiger Mühe standen beide aufrecht nebeneinander.

Drei weitere Finger des Viotrux waren ebenfalls im Begriff, sich wieder aufzurichten. Zwei weitere, die durch die Druckwelle noch vor dem Kollaps aus dem Raum geworfen worden waren, lagen tot daneben. Einer von ihnen auf seinem Bauch. Der andere jedoch, aus dessen Brust ein großer Metallsplitter ragte, hatte noch immer ein Lächeln auf seinem Gesicht. Er sah überraschend zufrieden aus, selbst nach seinem Tod.

Hud und Jinx sahen sich um. Sie befanden sich im Zentrum der großen Kuppel, in der die Bewohner von Sherman's End ihre Besorgungen machten. Erst jetzt bemerkten sie die schiere Anzahl der lächelnden Zombies, die sie anstarrten. Das Treiben in Sherman's End war bei ihrer Ankunft anscheinend zu einem kompletten Halt gekommen. Auf den verschiedenen Ebenen der riesigen Kuppel standen Hunderte, wenn nicht Tausende von ihnen. All ihre Augen, die nicht einmal blinzelten, waren auf Hud und Jinx gerichtet. Keiner von ihnen bewegte sich oder gab auch nur einen Ton von sich. Außer einigen ratternden Maschinen waren keinerlei Geräusche zu hören.

Hud schaute nach einiger Zeit zu Jinx hinüber, der noch immer umher starrte. »Was zur Hölle ist bloß an diesem Ort geschehen?«, fragte Jinx.

»Ich will gar nicht erst genauer darüber nachdenken«, sagte Hud.

Das Starren der Einwohner wurde augenblicklich unterbrochen. Aus den Decken fuhren in regelmäßigen Abständen zahllose Bildschirme. Hud und Jinx blickten auf den, der ihnen am nächsten war. Viotrux schien eine Botschaft an sein Volk zu haben.

»*GEHT BITTE ALLE AN SICHERE ORTE UND VERRIEGELT DIE TÜREN. :-)*«

Die Masse setzte sich unverzüglich in Bewegung. Jeder von ihnen marschierte geordnet und in Reih und Glied in die verschiedenen Läden. Türen wurden heruntergefahren, Schotten machten dicht, Fenster wurden geschlossen.

Hud und Jinx versuchten, einigen der Menschen zu folgen, waren aber zu langsam. Jinx, der in ein Geschäft für kuriose Elektrogeräte wollte, wurde beiseite geschubst, ehe sich der Laden rasch selbst abriegelte. Das gesamte Schauspiel dauerte keine dreißig Sekunden und schon waren die Straßen von Sherman's End wie leergefegt. Die einzigen Gestalten, die noch in den Korridoren der Untergrundstadt standen, waren Jinx und Hud sowie die beiden Leichen, die neben ihnen auf dem Boden lagen.

»Okay, jetzt ist vielleicht Zeit, in Panik zu verfallen«, sagte Jinx. »Dieses … Ding plant irgendetwas.«

»Was hast du noch an Waffen?«, fragte Hud beunruhigt.

Jinx kniete sich kurz hin, stieß einen zischenden Schmerzlaut aus, da er seine Schulter bewegt hatte, und griff in sein Hosenbein. Dort war eine kleine Handpistole, die er in die gesunde Hand nahm.

Hud holte den Eraser aus seinem Gürtel und schaute nach. Es befanden sich drei Kugeln in dem Revolver. Als er das letzte Mal nachgesehen hatte, hatte er die Waffe mit sechs Kugeln beladen gehabt. »Irgendetwas kommt oder war schon hier.« Er hielt die Waffe hoch und schaute sich um.

»Was ist mit dem Ding?«, fragte Jinx. Er zeigte auf die Rohrzange, die an Huds Gürtel hing.

Cobb hatte ihnen diese Waffe vermacht. Es war ein Superfreak. Doch was genau hatte Cobb darüber gesagt? Hud konnte sich nicht recht erinnern und fluchte innerlich darüber, vor all dem hier einen letzten Zug Junk durch seine Pfeife geraucht zu haben.

»Das Ding ist mächtig«, sagte Hud und reichte dem Zwerg den Doombringer. »Hau einfach drauf, wenn etwas kommt. Etwas Besseres fällt mir jetzt nicht ein.«

Jinx nahm den eisernen Knüppel, der in etwa zwei Drittel so hoch wie er war, in seine Hand. »Willst du mir erklären, wie ich das Ding mit einem Arm benutzen soll?«

Hud hörte etwas. Ein krachendes Metallgeräusch. Eine Tür hatte sich geöffnet. Nur wo? Er legte einen Finger auf seine Lippen und warf Jinx ein kurzes »Pshht!« entgegen.

Ein Trippeln war zu hören, nein, ein Orchester aus trippelnden Geräuschen. Was auch immer kam, lief auf vielen Gliedmaßen. Es warf ein Echo aus einem entfernten Korridor am anderen Ende der Kuppel herüber.

Hud spürte, dass die Waffe in seiner Hand leichter wurde. Er öffnete das Magazin. Es war mittlerweile leer. Seine Augen rissen weit auf.

»Wir sind Geschichte«, sagte er.

»Was passiert hier, Viotrux? Was tust du gerade?« Mia war außer sich. Viotrux' Finger bewegten sich nicht mehr, abgesehen von den Wachen, die Waffen auf sie gerichtet hatten.

»ICH HABE NICHT ALLE TÜREN GESCHLOSSEN. EINIGE TÜREN, DIE VORHER VERSCHLOSSEN WAREN, SIND NUN GEÖFFNET. DIE ARMEN GESCHÖPFE IN DER KRANKENSTATION BRAUCHTEN ETWAS AUSLAUF. DAS WAR LÄNGST ÜBERFÄLLIG. :-)«

Mia erinnerte sich an die Krankenstation. Wesen, die mehr Viotrux als Mensch waren und auf allen vier Gliedmaßen liefen. Wesen, die zu lange und zu tief in das gestarrt hatten, was Viotrux einem zeigte, wenn man diese Maschine in der Ecke berührte. Zuvor hatte Mia noch Hoffnung gehabt, als sie die Erschütterung gespürt hatte. Dieser Funken Hoffnung war nun blankem Entsetzen gewichen.

Am Ende des Korridors konnte Hud erkennen, wie drei Gestalten durch eine der Türen in die Kuppel kamen. Er konnte sie nicht genau erkennen, aber ihre Bewegungen waren fern davon, menschlich zu sein. Sie sahen aus wie Echsen, die mit überraschender Geschwindigkeit über den Boden liefen.

Jinx, der zu klein war, um über die Reling zu schauen, stand auf seinen Zehenspitzen. »Was ist das? Was kommt da?« Er klang vollkommen panisch.

»Ich weiß es nicht wirklich«, begann Hud. Er nahm den Doombringer in die Hand, den Jinx hatte fallen lassen, und steckte den Eraser zurück in seinen Gürtel. »Aber du entleerst besser dein Magazin in diese Dinger.«

Jinx begann zu schlottern und hob den Arm mit der Waffe. Er schaute auf und wartete darauf, dass etwas um die Ecke kommen würde.

»Wir müssen noch etwa zehn Minuten durchhalten«, sagte Jinx. »Dann dürfte alles vorbei sein.«

Doch Hud bezweifelte in seinem Inneren, dass das der Fall sein würde.

»Ich sehe die Dinger!«, brüllte Jinx.

Die drei Wesen liefen auf allen Vieren über den glatten Boden von Sherman's End. Ihre Bewegungen wirkten unnatürlich und riefen einen grenzenlosen Ekel in Hud hervor. Sie waren schneller als sprintende Menschen.

Jinx wartete kurz, bis die Wesen näher kamen und schoss ein erstes Mal. Der Schuss verfehlte sein Ziel. Er wartete eine Sekunde und ein weiterer Knall schallte durch die leeren Hallen. Eines der Wesen stieß einen röchelnden Schrei aus und fiel um. Jinx hatte das Ding in den Arm getroffen. Es lebte allerdings noch immer und zuckte unter Schmerzensschreien auf dem Boden umher.

Jinx schoss und verfehlte erneut.

»Wie viele Schuss hat das Ding?«, fragte Hud, dem die Knie schlotterten. Die mutierten Sprösslinge von Viotrux waren keine fünfzig Meter mehr von ihnen entfernt.

»Keine Ahnung«, sagte Jinx und drückte erneut ab. Kurz darauf ein weiteres Mal. Er traf eines der beiden noch sprintenden

Wesen direkt in den Kopf und stieß einen kurzen Jubelschrei aus, während es zu Boden fiel.

Hud konnte jetzt einige Details erkennen. Die Züge der Gesichter waren einst menschlich gewesen, wurden jedoch mit der Zeit zu bizarren Kopien von all dem, was man als menschlich erkennen konnte. Das ansonsten schon karikaturenhafte Grinsen der Finger des Viotrux fand hier seine Steigerung. Die mutierten Wesen hatten größere spitze Zähne, die aus einem breiten Maul hervorragten. Gelber Geifer hing in dicken Fäden unter dem Kinn des noch immer rennenden Biestes. Das hintere Ding, das von Jinx in den Arm getroffen worden war, hatte sich mittlerweile aufgerappelt und humpelte mit noch immer beachtlicher Geschwindigkeit auf die beiden zu.

Jinx verschoss sein gesamtes Magazin in Richtung des Mutanten, verfehlte jedoch in seinem Übereifer jedes Ziel. Das Ding kam näher, viel zu nah. Jinx stand nun mit ausgestrecktem Arm dort und betätigte noch immer wie automatisch den Abzug der Waffe, die nur noch ein zaghaftes »*klick-klick-klick*« von sich gab.

Das Ding war nicht einmal mehr zehn Meter entfernt. Hud schrie den Namen seines Freundes und humpelte in seine Richtung. Er nahm den Doombringer in die Hand und hielt ihn in die Luft.

Das Wesen setzte zu einem mächtigen Satz an, flog über den Boden und fiel direkt über Jinx her. Der Zwerg wurde einige Meter mitgeschleift. Die Geräusche und Bewegungen des Biestes widerten Hud noch immer an, als es schmatzend über Jinx saß und seine Gliedmaßen festhielt.

Hud ignorierte sein schmerzendes Bein und machte Riesensätze. Als er hörte, wie Jinx aufschrie, sah er, dass das Wesen einen gewaltigen Bissen aus seiner Schulter genommen hatte und das Fleisch genüsslich kaute. Blut spritzte umher und befleckte die ansonsten weißen und makellosen Oberflächen der Marktpassage von Sherman's End.

Hud stand direkt über dem gefräßigen Wesen, holte mit Wucht aus und spürte schon bei dieser Bewegung, welche Kraft hinter der magischen Rohrzange herrschte. Er konnte sie kaum festhalten. Er klammerte sich regelrecht an ihr fest und ließ sie mit unbändiger Kraft auf die Kreatur niederkrachen. Der Doombringer bohrte sich in den Rücken der Bestie, die augenblicklich einen schrillen Schrei ausstieß. Grünes Blut explodierte durch die Luft. Das Zerbersten von Knochen war zu hören.

Hud hob den Doombringer und ließ den Arm fallen.

Die Kreatur rollte auf ihren Rücken, quietschte noch etwas vor sich hin und hielt dann alle Gliedmaßen in die Luft. Die Arme und Beine erfroren hakenförmig in der Luft. Hud erinnerte diese Todespose an die Gestalt, die tote Spinnen annahmen, wenn man sie in einer Ecke liegend vorfand.

Hud bückte sich zu Jinx hinunter. »Alles okay bei dir?«, fragte er besorgt.

Jinx stöhnte vor Schmerzen. Seine Zähne wurden entblößt. Er reagierte nicht, sondern zeigte nur hinter Hud, der sich daraufhin umdrehte.

Eins dieser Dinger lebte noch immer. Und es humpelte auf sie zu. Das Teil würde bald bei ihnen sein.

Hud stellte sich schützend zwischen Jinx und die Bestie, nahm den Doombringer, hielt ihn hoch über seinen Kopf, nahm Schwung auf und warf es auf den Mutanten. Die Rohrzange krachte zwischen linker Schulter und Kopf ein und sorgte dafür, dass das Blut der Bestie durch die Luft spritzte.

Das Wesen hielt augenblicklich an und glitt noch mit Schwung über den Boden, ehe es einen Meter vor Hud zum endgültigen Halt kam. Es drehte sich wie sein Artgenosse auf den Rücken und starb.

Einige Sekunden herrschte Stille. Hud hörte das Geräusch seines eigenen pochenden Herzens. Er war müde und erschöpft. Er hatte es mehr als nur satt. Ihm war danach, aufzugeben.

Dann fuhr ein Monitor vor seinen Augen aus der Decke. Nur drei Zeichen standen darauf: »*:-(*«.

Ein kleines Lächeln huschte über Huds Lippen. Es würde nicht mehr lange dauern.

Die automatisierten Klappen der Geschäfte fuhren hoch. Viotrux' Finger strömten aus ihnen hervor.

Ehe sie sich versahen, wurden Hud und Jinx schon gepackt. Blitzschnell wurden ihre Münder zugeklebt, gefolgt von Handschellen, die sich um ihre Handgelenke schlossen. Jinx stieß einen gedämpften Schrei aus. Das graue Tape vor seinem Mund wölbte sich nach außen.

»Wir haben den Auftrag, euch zu knebeln, damit ihr nicht redet. Ihr könnt magische Sachen sagen, sagt Viotrux«, verkündete eine der Wachen. »Außerdem sollen wir euch durchsuchen. Euch eine Streichholzschachtel wegnehmen.« Die Wache begann, in den Taschen von Jinx und Hud zu wühlen – jedoch ohne Erfolg.

Eine andere Wache schnappte sich die Schatulle, in der sich das Kerngehäuse befand.

»Keine Streichholzschachtel«, sagte die erste Wache. »Haben sie nicht am Körper.«

Jinx und Hud hatten furchtbare Schmerzen, die aber plötzlich wie vergessen schienen. Sie warfen einander nur einen Blick zu. Einen sehr zufriedenen Blick.

Phase zwei ihres Plans war ebenfalls geglückt und Viotrux hatte somit praktisch verloren.

Die Tür des Tempels öffnete sich. Herein kamen vier weitere Wachen. Eine von ihnen trug eine kleine Schatulle. Die Tür schloss sich hinter ihnen.

Zwei Wachen schleppten Hud und Jinx, die stark angeschlagen waren. Sie waren mit Trümmern und Ruß überdeckt und bluteten aus zahllosen Wunden. Jinx fehlte ein großes Stück seines Armes, aus dem der Zwerg furchtbar blutete. Mia jedoch sah sofort das leichte Grinsen auf ihren Gesichtern.

»BEGINNT MIT DEM RITUAL. JETZT.«

Viotrux hatte gesprochen und Vater Abbot folgte. Die Wache gab ihm die Schatulle mit dem Kerngehäuse in die Hand.

»Seht, meine Kinder! Dieser Tag ist der größte in unserem Leben! Viotrux wird endlich frei sein!«

»VERSCHWENDE NICHT MEINE ZEIT. WENN DU NICHT AUGENBLICKLICH ANFÄNGST, WERDE ICH DICH HÄUTEN LASSEN, ABBOT.«

Abbot erschrak und wirbelte nun umher. Er bereitete einige Dinge vor und huschte durch den Tempel.

Mia hörte ein Geräusch. Es war gedämpft, aber sie konnte es wahrnehmen. Es kam von Jinx und Hud. Ihre Münder waren zugeklebt und sie saßen auf ihren Knien am Boden, aber sie lachten. Sie starrten einander an und lachten immer mehr. Leise, aber deutlich erkennbar. Ihre Körper vibrierten, weil sie so heftig kicherten.

Jetzt verstand Mia. Viotrux war angespannt. Er wollte, dass es schneller ging, weil er zu wenig Zeit hatte. Die beiden hatten etwas angestellt und er konnte es nicht stoppen.

Sie entschloss sich, den beiden etwas mehr Zeit zu kaufen.

»Na, Viotrux? Du wirkst angespannt! Ist dir eine Laus über die Leber gelaufen?«

»HÜTE DEINE ZUNGE, MIA. ICH WARNE DICH.«

»Dann mach doch was! Los! Setz deine Drohungen mal in die Realität um! Ich warte drauf!« Mia sprang kampflustig umher.

»NA GUT. WACHEN, VERPASST MIA EI…«

Das Licht ging aus. Nein, nicht nur das Licht … alles. Viotrux' Bildschirm. Die Lüftung des Raumes. Alle kleinen Apparate, die vorher gesummt oder gepiept hatten.

»Männer!«, schrie Abbot. »Licht!«

Einige der Männer hatten Taschenlampen dabei, die sie nun einschalteten. Teile des Raums wurden erhellt.

»Dieses Ritual wird stattfinden, komme, was wolle!«, begann Vater Abbot. »Um euch aufzuklären, Männer: Diese beiden Idioten dort haben mit einem Zeitschalter unsere Energieversorgung gekappt. Da sie den Fahrstuhl, der am nächsten an der Störquelle war, zerstört haben, kamen unsere Männer nicht schnell genug nach oben, um das Gerät auszubauen.«

Alle Taschenlampen waren auf Abbot gerichtet. Alle bis auf eine, die die Gefangenen Hud und Jinx anleuchtete.

»Was die beiden anscheinend nicht wussten ... Unsere Notfallstromquelle, die durch einen Fusionsreaktor betrieben wird, ist in etwa fünf Minuten betriebsbereit. Ihr könnt nichts machen. Jetzt werde ich das Ritual durchführen und unseren großen Viotrux befreien!«

Alle Männer starrten Abbot an, der das Ritual vorbereitete.

Worauf sie aber nicht achteten, waren Jinx und Hud.

Mia starrte zu den beiden hinüber. Hud sah sie ernst an, dann zeigte er mit seinem Kopf nach unten, als ob er ihr etwas signalisieren wollte.

Mia sah nach unten und erkannte jetzt, dass Hud es trotz seiner gefesselten Hände geschafft hatte, sein Shirt hochzuziehen und seinen Bauch zu entblößen.

Auf seine Haut stand mit dicken schwarzen Buchstaben ein Wort geschrieben: »Steroide«.

Hud und Jinx nickten Mia vehement zu.

Sie begriff, öffnete ihren Mund und brüllte los: »STEROIDE!«

Eine Welle von Energie drang durch ihren Körper. Sie spürte, dass sie unfassbar stark war. Augenblicklich rammte sie den beiden Wachen hinter sich ihre Ellenbogen in die Magengrube. Die beiden gingen ächzend zu Boden. Der Wache vor sich verpasste sie eine Faust in den Rücken. Ein deutliches Knacken war zu hören. Der Mann klappte sofort leblos zusammen.

Die Kraft wich aus Mias Körper. Sie wurde schnell müde, wusste aber, was sie tun musste. Sie hatten schließlich nicht mal mehr fünf Minuten Zeit. Viotrux' Männer waren wie ein Volk ohne Anführer, eine Schlange ohne Kopf. Sie waren orientierungslos. Und sie wussten nicht, was passieren würde, da Jinx und Hud ihnen die Macht genommen hatten, auf die allwissenden Befehle ihres Meisters hin zu handeln.

Mia brüllte erneut das Wort und ging wie ein tollwütiger Hund auf die vier Wachen los, die um Jinx und Hud herumstanden. Diese Männer lebten nicht mehr lange. Es machte Mia Spaß, sie auszuschalten. Es erfüllte sie mit einer merkwürdigen Zufriedenheit.

Mia nahm eine der Taschenlampen in die Hand und leuchtete auf Vater Abbot. Mit der anderen Hand riss sie das Tape von

Huds und Jinx Mündern. Beide sprachen darauf das Wort und befreiten sich mit ungeheuren Kräften von ihren Handschellen.

Ehe Vater Abbot sich versah, standen die drei vor ihm.

»Hilfe!«, brüllte der alte Mann. »Sie sind frei! Schnell!«

Zahllose Hände hämmerten an die Tür zum Tempel, die sich nicht öffnete, da sie elektrisch war.

Mia ging auf Abbot zu und riss ihm die Schatulle mit dem Kerngehäuse aus den Händen. Dann schlug sie ihm, ohne das Wort der Macht zu sagen, mit voller Wucht ins Gesicht. Die morschen Knochen des Mannes brachen unverzüglich und ließen ihn wimmernd zu Boden fallen.

Ohne zu zögern umarmte Mia Hud und Jinx so fest sie konnte. »Ich wusste, dass ihr kommen würdet«, strahlte sie.

»Wir haben keine Zeit zu verlieren«, sagte Hud.

»Aber wie kommen wir hier raus?«, fragte Mia schockiert. Der Strom würde bald angehen und zahllose Finger von Viotrux würden durch die Tür strömen.

»Nichts einfacher als das«, sagte Jinx, der nun die Schatulle in der Hand hatte. Er öffnete sie nur einen Spalt, sodass er nicht hineinsehen konnte, und holte eine Streichholzschachtel hervor.

»Das ist euer Plan?«, fragte Mia.

»Diese Schachtel ist ein Superfreak«, sagte Jinx. »Holt uns hier raus. Na ja … euch.«

»Wie meinst du das?«, fragte Mia.

»Tja«, begann Hud, »wir haben Streichhölzer gezogen. Jinx war dran. Er bleibt hier. Wir beide verschwinden jetzt.«

»Ich spüre auch langsam, wie mir kalt wird. Ich würde euch sowieso nur aufhalten.« Jinx kramte in seiner Hosentasche und holte einen Fetzen Papier hervor. »Das soll ich lesen?«, fragte er Hud. »Das reicht?«

»Vertrau mir, das wird es«, sagte Hud.

»Wie meinst du das, Jinx? Was machst du da?« Mia war den Tränen nahe. Sie verstand all das hier nicht.

»Versprecht mir, dass ihr meinen Namen in Ehren halten werdet«, sagte Jinx. »Und sagt denen da draußen, dass ich ein großer Mann war.« Jinx begann zu lachen.

Hud konnte nicht anders, als ebenfalls zu lachen. Er reichte Jinx eine Taschenlampe. »Vertrau mir, das werde ich, verdammter Zwerg.«

»Was? Wir können ihn nicht hierlassen, Hud!«

»Mach's gut, Hud, mach's gut, Mia«, sagte Jinx.

Hud packte Mia. Kaum, dass er ein Streichholz an der Seite der Schachtel rieb, waren die beiden verschwunden.

Jinx schaute auf den Zettel in seinen Händen. Hud hatte ihm gesagt, er müsse unbedingt jedes Wort auf dem Zettel so sagen, genauso wie es dort stand. Das würde dann das Letzte sein, was passieren würde. Und dann wäre die Welt gerettet. Jinx zuckte mit den Schultern und leuchtete auf den Zettel. Der Strom war noch immer ausgefallen und so sollte es besser bleiben.

Er befeuchtete seine Lippen und sprach, laut und deutlich: »Die – einige an – Vorteilen, da die – durch Deforestierung – und unter anderem auch.«

Kapitel 41 – Fi-na-le, das |

1 Ende eines Vorgangs

2 Sport: letzter Wettkampf eines Turniers/einer Veranstaltung

3 Musik: letzter Teil eines Stücks

Mia und Hud standen auf einem Hügel, der den Wald überblickte. Dort wartete auch schon das Auto, mit dem sie die letzten Tage so viel erlebt hatten.

Die frische Luft umschmeichelte sie regelrecht. Es war ein wunderschönes Gefühl.

»Was … ist passiert?«, fragte Mia.

»Streichhölzer. Können uns teleportieren. Wir haben das Ding für den Fall, dass wir es schaffen, schon einmal hier abgestellt.« Hud nahm die Schatulle mit dem Kerngehäuse und warf sie auf den Rücksitz.

»Aber … ich habe so viele Fragen …«

»Lass uns später darüber reden. Ich glaube, das willst du sehen.« Hud richtete seinen Blick in Richtung Sherman's End. Mia folgte seinem Vorschlag, ohne etwas zu sagen.

Ein greller Lichtblitz ging durch die Luft. Die beiden verdeckten ihre Augen, aber es war schnell vorbei.

Durch ihre noch immer leicht zusammengekniffenen Augen sahen sie, was sich in mehreren Kilometern Entfernung abspielte: Eine große Rauchwolke, geformt wie ein Pilz, erstreckte sich über den Horizont. Den ohrenbetäubenden Klang der Explosion nahmen sie gar nicht wahr.

Sherman's End ging vor ihnen in Rauch auf.

Hud und Mia waren von diesem Anblick mehr als nur überwältigt. Die Rauchsäule reichte bis in den Himmel und raubte ihnen den Atem. Es passierte wie aus dem Nichts und keiner von ihnen bemerkte es, doch schon hatten ihre Hände zueinander gefunden.

»Hud«, begann Mia leise zu sagen, »würdest du … mit mir singen?«

Hud nickte.
Mia begann und Hud setzte langsam ein.

They say that when our fathers died,
they died without a cause
And offed themselves in fits of rage
and went down with applause

Die Luft um sie begann zu glitzern. Archie hatte den Song verzaubert.

This bullet's path's as crooked as your back
They say that when the fire came,
the sky lit up and cried
And days and nights went on and on
the day the future died

Die Luft funkelte furchtbar hell und brachte Farbtöne hervor, die keiner von ihnen jemals gesehen hatte. Dass sie den Song gemeinsam sangen, schien Archies Zauber nur zu verstärken.

Standing at the burning cleft
we take what fate demands
And at the edge of all that's left
we will be holding hands

Hud umklammerte Mias Hand noch stärker, während er seine Augen nicht von der Rauchsäule nahm. Ihm fiel nur ein Wort ein, um das Schauspiel zu beschreiben, das sich vor seinen Augen abspielte: Es war majestätisch.